本书获得同济大学"欧洲研究"一流学科建设项目
"欧洲思想文化与中欧文明交流互鉴"子项目出版资助

比较视域中的
世界性与本土性
留学知识分子及其跨语际书写

娄晓凯·著

Worldliness and Locality
from a Comparative Perspective

復旦大學出版社

目 录

绪论 ………………………………………………… 001

第一章 本土与异域文化语境中的中国知识分子及其历史使命

第一节 接受与承继：中国传统文化思想的浸染和洗礼 …… 016
第二节 中国现代知识分子的身份突围及其文化选择的
两难 ………………………………………………… 027

第二章 自由主义与"情"本体论：留欧美知识分子及其世界性与本土性

第一节 西方异质文化在中国现代文学观念中的本土性
呈现 ………………………………………………… 040
第二节 "情"本体论及其变异性彰显与中西文学观念之
整合 ………………………………………………… 046
第三节 "戴着镣铐跳舞"："情"之出场的形式控制及其张力
空间 ………………………………………………… 075

第三章　文以载道与工具理性：留日知识分子及其世界性与本土性

第一节　留日知识分子群体及其激进主义立场 ………… 090
第二节　"有所为而为之"：单向度批判与介入性重构 …… 094
第三节　传统与现代的融汇：从"文以载道"到文学的意识形态指涉性 ……………………………………… 118
第四节　反观与透视：文学书写策略与政治美学立场 ……… 139

第四章　"走进来"：被"本土化"了的世界性

第一节　世界文学概念的蜕变及大卫·达姆罗什的当下定义 …………………………………………… 151
第二节　在两种异质文明中生成的第三种文学立场 ……… 159
第三节　拿来主义：鲁迅及其小说创作的世界性与本土性 … 162
第四节　突围与变异：新文体的生成与中国文学的现代转型 …………………………………………… 175

第五章　"走出去"：跨语际传播中的世界性与本土性

第一节　译入与译出：翻译的双向性行动与影响 ………… 209
第二节　通过翻译走向世界：多元的椭圆折射 …………… 215
第三节　视域融合：作为一种研究范式的世界性与本土性 … 229

第六章　个案研究：中外比较视域中的世界性与本土性

第一节　郭沫若：东西方文学观念的"混杂"与再创造 …… 245
第二节　郁达夫：传统文化的情结与跨越民族的书写 ……… 265

第三节　老舍：本土立场与暴力改写 …………………… 316
第四节　莫言：从源语小说到译入语小说的翻译与改写 …… 332

结语 …………………………………………………… 344

参考文献 ……………………………………………… 350

绪　论

一、缘起：传统特质与现代精神

在中国现代文学史上，具有留学背景的现代知识分子及其文学创作是一个特殊的存在现象，几乎一大半的重要作家都曾在20世纪初出国留学，接受外域文化与文学思潮的影响。著名作家如胡适、徐志摩、冰心、林语堂、巴金、鲁迅、郭沫若及郁达夫等都曾在美国、欧洲或日本留学，他们学成归国以后，又以丰厚的文学创作成果为中国现代文学的形成、发展和传播作出了不可忽略的重要贡献，他们是中国历史上真正具有现代意识、国际眼光与世界影响的作家。从某种意义上来说，中国文学能够从近代以及"五四"以后敞开视界，真正实现从古典向现代的转型，这批有留学背景的现代作家及其文学创作、批评及理论具有重要的推动和决定性意义。

长期以来，论及20世纪中外文学关系，不少研究者常常从比较文学的影响理论和接受理论出发，运用单一对立的"影响/接受"模式，探讨中国现代文学及其作家在创作上如何接受西方社会思潮及文学思潮的影响，在某一个维度上相对忽略或遮蔽了中国文学传统对他们浸润和潜移默化，以及他们文学创作中的本土性和民族性。同样，众多国内外学者对这批具有留学背景的中国现代知识分子的思考和研究,或侧重于对其作品的思想主题、审美特性、叙事策略、象征品格、意义向度与精神内涵等方面的探讨,或侧重于从"影响—接受—过滤"的研究视域考察中国现代作家及其创作如何接受西方社会思潮和文学思潮的影响。

但从世界性与本土性这两个维度,把中国近现代史上的留学现象及留学生的多元文化背景作为一个专有的研究透镜,以探讨中国现代作家及其文学作品中所沉淀的世界性与本土性,进而接续思考他们的文学书写在这两个维度上所构成的对话与融合,并探究现代精神与传统特质在整合中推动中国现代文学史发展的逻辑,这在当下学界几乎没有形成体系化的论述与完整的研究。

一方面,作为中国现代知识分子,他们在出国留学之前,都曾深受中国传统文化的熏陶和浸染,母国本土文化思想中的济世情怀、出世精神与诗骚传统等都曾给他们造成潜移默化的影响,并在他们的文化心理中沉积为一种中华民族文化的集体无意识(collective unconsciousness),这必然促成他们在文学书写中自觉地遵守本土叙述立场,并在一定程度上彰显出中国传统文化的道德价值取向。

另一方面,留学他国的生存经历又使他们接触到当时世界上最先进的工业文明和异域前卫的文化资源。他们拥有崭新的世界性眼光和敞开的多元文化视域,虽然在文化身份上他们是中国留学生,但他们可以据守他者立场,操用西方现代文化思潮及其审美价值观,在东西方两种文明的冲突与整合之间重新审视、反观中国本土几千年传统文化所沉积的落后与封闭。因此,不同于中国近现代史上那些在中国本土私塾与学堂学成的知识分子,他们在世界性与本土性两个维度上不仅成就了自己的特殊社会身份，也促成了中国现代文学的生成与发展。

然而通过研究，笔者也注意到一种令人反思的现象，他们的留学经历与敞开的知识结构，非但没有降低或削弱其文学书写中的民族性与本土性元素，反而从另外一个维度强化了他们的本土身份感和民族感。在文学创作、文学批评与文学理论三个层面上，即使他们借鉴了外国文学思潮及其文学创作中的种种书写风格与修辞技巧，但他们投注于文学书写中的精神内核仍然是本土的与传统的，他们在文学书写中自觉不自觉地对中国传统元素充满着守护感。这种经过东西方文化碰撞并交汇贯通之后的本土性、民族性，也恰恰是中国现代文学自立于世界文学格局的鲜明特质。

本书从全球化时代的多元文化景观展开研究，对留学归返本土的中国现代知识分子进行透视及思考，并以此把他们的留学背景与他们的文学创作、批评及理论汇通起来，置放在世界性与本土性两个维度上给予多元的观照与整合性研究。不仅探讨在中国与外域、传统与现代之间他们据守世界性眼光对中国本土文化的民族性诉求，同时勾勒出他们在世界性与本土性之间行走的文化逻辑系谱，考察并说明其创作中独特的民族文化元素及其开放的文化姿态和普遍的世界性意义。

此外，笔者在对这一专题的持续关注和研究进程中，也研读了当前国内外学界一些专家和学者的相关论文或专著，发现当前学界对于这批具有留学背景的中国现代知识分子的研究与探讨主要侧重于以下几个方面。

第一，对中国现代作家及其小说作品的分析探讨，一直以来都为学界所关注，研究情况可以界分为以下三种面向：一是以单个作家为主，对其小说作品的思想主题、审美特性、叙事策略、话语方式、象征品格、意义向度与精神内涵等方面进行研究；二是把不同的作家作品置于共时的中外文化景观下进行汇通性思考，以探讨两者之间的共同性与差异性元素；三是追根溯源，考察中国现代作家及其小说作品对中国传统文化的接受和继承。

第二，以比较文学的影响研究与平行研究为方法，从"影响—接受—过滤"的研究视域，探讨20世纪中国现代文学与世界文学的关系，并深入探讨中国现代作家及其创作如何接受西方文化思潮和文学思潮的影响。

第三，也有相关论者从不同的留学背景入手，或者单向度地对留学欧美与留学日本的中国现代作家及其各自的创作风格特点进行分析，或者对两大留学群体进行整体把握和对比研究，并考察说明他们在中国现代文学史上的意义和影响。

在国际学界，当中国现代知识分子及其文学创作被域外译者基于不同的文化立场所拣选与翻译时，欧美与日本的汉学家与比较文学研究者已经同步开始了对他们的关注和研究。近年来，国际学界有不少汉学家与比较文学研究者以跨语言、跨文化、跨民族、跨学科的多元研究视域，对之进行具体的分析和探讨，从而为中国本土的现代文学研究开辟了一个更为广阔的国际性思考领域。

比如在日本学界，汉学家及比较文学研究者对鲁迅、郭沫若、郁达夫、巴金、老舍、茅盾的研究，以及对创造社诸作家和相关社团的研究，几乎与翻译同时起步。其中鲁迅研究在日本汉学界占有举足轻重的地位，竹内好和伊藤虎丸对鲁迅精神历程的探索和诠释最具代表性。1944年，竹内好出版了《鲁迅》一书，这部专著堪称日本鲁迅研究界的里程碑式著作；后来的伊藤虎丸则以日本视角解读鲁迅作品、探索鲁迅的思想和精神，对"竹内鲁迅"既有继承又有所突破，很大程度上也是对中国鲁迅研究界的参照和互补。

在欧美学界,捷克斯洛伐克汉学家普实克(Jaroslav Prusek)、高利克(Marián Gálik)都曾在东西方两种历史文化与现实的比较研究中,运用比较文学的研究视域及其方法论,对茅盾、巴金、鲁迅等人的小说进行独到的理解与解释。

德国学者顾彬(Wolfgang Kubin)在其主编的《二十世纪中国文学史》一书中,跳出了中国特定的现代历史语境,超越了中西时代和民族之间的界限,对老舍、巴金、茅盾、冰心的小说,对鲁迅的杂文,对林语堂的散文,对徐志摩、闻一多的诗歌,以及对田汉、洪深的戏剧等都给予了重新审视与重新解读,建构了一幅具有现代性特质和世界文学底色的中国现代文学研究地图。

保罗·巴迪(Paul Bady)是法国当代著名汉学家、巴黎第七大学远东文学系教授,他注重从文化的层面研究老舍作品的特质并剖析老舍的创作心理,他的跨文化思考对中国国内的老舍研究具有启迪性意义。

美国华裔学者夏济安与夏志清兄弟对中国现代文学的研究具有鲜明的学术个性和开创意义。《黑暗的闸门》与《中国现代小说史》等都是他们推出的研究读本,他们的专著不仅以西方华裔学者的国际性视域,对鲁迅、蒋光慈等现代作家及其作品进行了跨文化的透视,而且打破了中国本土现代文学史的研究模式,侧重以"他者"的视域来重构中国现代文学史。后来的李欧梵与王德威也基本秉承夏志清所开创的文学史观,注重"文学性"的价值评判理念。他们从文学作品的审美特质出发,运用西方现代文论对中国现代经典作家作品进行他者视域的另类解读。他们的研究不仅重新审视、重新评估了中国现代作家及其作品在世界文学史上的地位,并且建构起一种对传统中国现代文学研究给予批评的话语体系与研究范式。

尽管国内外专家学者们的研究和探讨各有侧重,风格迥异,但都给了笔者很多新的启迪和新的发现,推动笔者可以在前人研究的基础上接续性地思考下去。在一定程度上,笔者认为,一部中国现代文学发展史也是一部中国现代文学深受外域异质文化影响的交流史。因此,在全球化与后工业文明打造的多元的学术语境下,我们把跨语言、跨民族、跨文化作为研究展开的比较视域,把中国现代文学研究带入比较文学研究的领域中,给予中外文化与学术研究的汇通性观照,可以让我们更为切近地洞悉在中国现代文学发展史上,中国本土文化与世界文化特别是欧美异域文化在交汇中所形成的巨澜,进而寻求跨越东西方文化并具有世界性与本土性的文学规律,以及中外双方关于文学观念与文艺思考的普遍性原则。

与此同时,笔者在考察前人研究的基础上,将留学背景与中国现代知识分子及其文学创作汇通起来进行整体性思考,并落实在具体的经典作家作品的细读基础上,分别从本土与异域、传统与现代、翻译与跨语际传播、个案研究等几个具体的方面切入,在中外双向的互通、互比、互照与互识中,深入分析其文学思想及创作的发展变化轨迹,详细说明在传统与现代、中国本土与外域文化融会贯通的大背景下,这些具有留学背景的中国现代作家们如何自觉或不自觉地坚守中国传统文化、"移植"或"转化"西方异域资源,并探讨其作品中独特的民族文化元素和普遍的世界性意义。这种研究展开的向度不仅填补了国内中国现代文学研究的空缺,而且具有一定的开创意义。

(1) 本土与异域文化语境中的中国知识分子及其历史使命。

对于中国现代文学史上具有留学背景的现代知识分子来说,一方面,他们诵读四书五经,在中国传统的旧式教育中沉淀过自己;另一方面,以儒道佛为基础的中国传统文化精神及其价值评判体系的浸润和积淀,也促成了他们文学创作中独特的中国文化的审美情趣和无法规避的本土叙述立场。不同的文化选择和价值取向，在一定程度上决定了他们心怀魏阙、积极入世或归隐江湖、超然世外的处世方式和文化立场。而他们又从本土负笈留学欧美或日本，敞开自己的眼界接受西方先进的工业文明与异域的文化资源，所以他们必然不可遏制地书写出深具世界性和本土性的"互文性"文本，成为中国现代文学史上真正具有现代意识、国际眼光与世界性影响的重要作家。在文化身份上，这批留学西洋与东洋归返母国本土的学者，由于接受了西方文化的先进思想，在救亡图存的民族危难中，他们必然成为介入性公共知识分子（interventional public intellectuals）。无论他们是为救亡图存而呐喊，还是为潜心学术、探求知识而书写，他们都在中国现代历史及中国现代文学史上留下了独特的行走足迹，并以此构成了中国现代文学史上留学归返本土的两大知识分子群落相互冲突与整合的多元文化景观。

（2）留欧美知识分子及其世界性与本土性。

胡适、徐志摩、梁实秋、林语堂、闻一多、李金发、朱光潜、梁宗岱、宗白华等都曾是留学欧美的现代知识分子，他们在中西文化的双向透视与观照之间融汇中西、贯通古今，在不同的程度上，接受与吸收了当时在欧美盛行的各种先进的文学理论思潮，同时把大量的西方文学作品及理论读本翻译介绍到了中国本土，推动了中国新文学运动的蓬勃发展。

欧美哲学家、政治学家与经济学家在抽象的思维表达中所倡导的自由与独立，被留学欧美的这批知识分子给予过滤性的选择与接受。在中西文化的冲突、对话与交汇中，这种被过滤性接受的自由与独立，在那个时代的中国本土文学观念中转换成为一种崇尚自由与独立的审美情怀，并在中西文化的冲突、对话与交流中，与中国古典诗学批评与文学观念所倡导的抒情传统与审美精神融汇贯通、介入重构。因此,在他们的文学创作、批评与理论书写中,中国古典诗学批评倡导的"情"及其本土性与民族性也被重新赋予了崭新的现代性与世界性内涵。"情"作为一个变异性呈现的范式,在留欧美知识分子的诗性书写中构筑了更具张力的深层表现空间,并在文学创作、文学理论与文学批评三个维度上形成了留学欧美知识分子独特且深具本土性与世界性的"情"本体论文艺观。

(3) 留日知识分子及其世界性与本土性。

对于留学日本的中国现代知识分子而言,从鲁迅到郭沫若、郁达夫、成仿吾、田汉、夏衍、欧阳予倩以及后期创造社成员李初梨、彭康、朱镜我等,他们不同于同时期留学欧美知识分子所一贯坚持的自由与独立。在他们的理论倡导、创作实践与批评论争中,他们更多地倾向于将个人的内心情感在释放中转换成为一种激进的政治性表达,他们大都自觉且有意识地把文学及文学批评作为一种改造社会的工具,强调文学批评在意识形态层面上的宣传功能,试图以一种激进的、功利的甚至是介入性重构的方式来引导、规约文学的表现形态与发展路径,有所为而为之。留日知识分子这种颇具群体性特质的创作倾向与文化立场,无疑蕴含着在中国本土文化与诗学系统中,一以贯之并长期居于主导地位的"文以载道"传统与经世致用的价值取向。

当然,从另外一个层面来分析,他们又深受经由欧美传至日本的无产阶级文学运动以及文艺思潮的渗透和影响。马克斯·韦伯和阿多诺、马尔库塞、霍克海默、弗洛姆、哈贝马斯等法兰克福学派的代表学者,他们曾经致力于揭示西方发达工业社会的工具理性,抨击工具理性从异化的维度对作为主体之人的奴役和操控。我们在此也把法兰克福学派批判工具理性的思潮作为一个透镜,来反观与透视这批具有留日背景的中国现代知识分子及其颇具时代特征的工具主义文学理念。

（4）被"本土化"了的世界性。

对于这批具有留学背景的中国现代知识分子来说，他们曾以最为敞开的心态接受了不同于汉语民族文化传统的西方哲学、西方美学及西方文学艺术观，并在跨文化与跨民族的汇通性融合中，将其带入自己的文学活动和文学创作中，书写出既深受外域文化影响又深具本土民族元素的作品。他们的书写是深受西洋和东洋影响的间性文本(inter-text)，他们的小说或诗歌必然呈现出他们留学目的国的异质文化元素，既反映和表达了人类普遍的情思和历史文化精神，同时，又在审美与表现风格的层面上呈现出普世的(universal)和超民族的(transnational)世界文学意义，并且丰富了世界文学的多元内涵，扩大了世界文学的谱系。这种基于本土立场和外域影响的"世界性"，我们认为是东西方两种异质文化汇通整合后所呈现出来的独创性，可以被称之为"被本土化"了的世界性。

（5）跨语际传播中的世界性与本土性。

在另一个维度上，鲁迅、郭沫若、郁达夫、巴金与老舍等著名作家的文学创作完成以后，其不仅在中国文坛独具一格，征服了中国汉语本土的众多阅读者，同时也引起了西方、日本等域外译者和批评家的广泛关注，并借助于翻译而走向了世界。他们的译入语作品在跨文化与跨民族的传播中旅行，满足了不同语言读者的审美想象及其对东方异质文化的期待视野，吻合于大卫·达姆罗什(David Damrosch)在《什么是世界文学？》(*What is World Literature?*)一书中所定义的具备"世界性"意义的文本条件。

而从概念的本质上来评判，"世界性"也是一种跨文化、跨民族与跨语言的研究视域，这种研究视域和研究范式超越了传统中外文学关系研究中影响/被影响、传播/接受的二元对立模式,而形成由大众读者、译者与学者共同构建完成的一个汇通性知识场域。我们在此对具有留学背景的中国现代知识分子及其文学创作给予敞开性的研究,并将其作为研究对象和研究内容置放在更为开阔的国际文学平台上,倡导在平等和开放的全球化语境和跨文化视域中,对其进行跨民族的比较研究和整体性的汇通整合。此外,他们的文学作品被翻译为多种语言走向外域,其本身就含有经由外域译者拣选、翻译、评判的世界性与本土性,我们可以把其称为走出本土的世界性或跨语际传播中的世界性与本土性。

(6) 个案研究——中外比较视域中的世界性与本土性。

我们分别选取郭沫若、郁达夫、老舍和莫言作为个案,在中外比较视域和中国现代作家与西方作家的汇通性研究中,具体分析并探讨他们文学创作中的世界性与本土性。需要说明的是,莫言是中国当代作家,从严格意义上讲他并不属于本书论述的对象,但莫言曾于2012年10月11日获得诺贝尔文学奖,他的作品也经由译者的翻译、改写与创造性重构而走出本土,在跨语际传播中吻合于大卫·达姆罗什定义的世界文学。因此,我们在讨论这批留学域外的中国现代作家及其作品被翻译为多种语言现象并走向世界时,也借此机会把关于莫言小说的翻译带入进来,以在翻译实践与理论的深化研究上,进一步说明中国现代小说的翻译不同于当代小说翻译背后的西方资本操控——那个时代这批具有留学背景的中国现代知识分子及其文学作品的译介与跨语际传播,其背后的动力更在于从本土走向世界的政治和文化动因。

需要指出的是,在本书的思考与探讨中,笔者也打破了当前学界在中国现代文学研究中过于注重西方影响的研究模式,试图将中国文学放置在世界文学的总体发展格局中,以探究中国现代文学深受外域文化影响下的中国民族精神及其特质,从而寻求中国现代文学可以"平等地"融入世界文学潮流的独特魅力所在,为国内中国现代文学研究提供一种世界性的研究视域。

此外,本书把具有留学背景的中国现代知识分子群体置放在东西方两种异质文明的汇通与整合中,详细地讨论他们的文艺观、创作观和批评观发展变化的轨迹,同时也具体说明他们如何在跨文化与跨民族的比较视域中,坚守中国文化传统、融汇西方文化的特质。而运用文本细读、比较研究与个案分析等方法展开研究是本书所坚持的方法论,其目的是为探讨他们在文学创作、文学批评及理论中所深受的外域文化的影响,同时也是为了追溯他们不失本土情怀与民族特色的世界性与本土性。

二、本书所论及的具有留学背景的中国现代知识分子[①]

容闳是"近代中国留学之父",1847年,他自愿赴美留学,开启了中国人留学海外的先河。从容闳以后,中国知识分子赴域外留学的踪迹如涓涓细流从未间断过,并且一直有上升的趋势。1872—1875年,在容闳的协助与曾国藩、李鸿章等洋务派的主持下,清政府曾先后派出4批共120名幼童赴美国留学,正式拉开了中国官方派遣留学生的帷幕。从19世纪70年代中后期开始,为了培养组建近代海军所需要的军事力量,改变中国海军技术落后的状况,洋务派也曾先后4次选派青年学生和下级军官赴欧洲学习,开启了中国人留学欧洲的历程。

[①] 笔者近年来持续对"具有留学背景的中国现代知识分子"进行关注和研究,并以此为研究对象申报了国家社科基金青年课题《比较视域中的世界性与本土性》(12CWW006)。

1895年甲午中日战争后，随着北洋水师的惨败，中华民族亡国灭种的危机日益加深，国人迫切寻求救国救民的真理，留学运动特别是赴日留学，成为许多有识之士新的选择。这一时期延续两千年的中国封建社会已经病入膏肓、遁入末世，其各种矛盾和危机也日益深化和激化，再加上1901年《辛丑条约》签订以后一连串的外交失败，以及国内愈来愈强烈的改革和革命的要求，这一切均迫使清政府废除了行之多年的科举和八股考试，鼓励并大量派遣留学生远赴海外学习，并以此开始实行所谓的"新政"。

　　与此同时，部分"庚子赔款"的退还、留美预备学校清华学堂的设立，也为20世纪初的留学高潮和大批学子奔赴域外提供了一定的条件，使他们的留学活动得以顺利进行。这些远赴海外留学的中国知识分子，虽然人员庞杂，所去的国家、选择的学校和所学的科目专业并不相同，但是，强烈的使命感和浓厚的政治意识以及救亡救国的迫切心情始终是他们共同的追求。他们大都在国外刻苦攻读，努力学习东洋、西洋各种先进的科学技术和现代的政治文化体制，并希望以西方先进的文化和技术来改造当时落后的中国，力图使中华民族跻身于世界文明富强之林。学成归国以后，他们又大都学以致用，成为中国社会变革的前驱和先导力量，在政治、社会、科技、思想、文化、教育与学术等方面都给当时的中国带来了许多新的生存境遇及可能性，更为推动中国社会的近代化进程作出了存留于历史记忆的努力。

　　同样，在中国现代文学史上，具有留学背景的中国现代知识分子也是一个特殊的存在群体。纵观整个中国现代文学的发展历程，几乎一大半的作家都曾在20世纪初出国留学，留学他国、汇通中外是他们共同的背景和经历。他们站在时代前沿，既传承了古老的中华文明，又负笈留学海外，亲历了西方现代文明的浸染，他们是"中西文化融汇的载体"，也是中国文学从古典走向现代的构建与推动力量。在《留学背景与中国现代文学》一书中,作者郑春在考察留学归国的知识分子及其群体特征时,曾经由衷地肯定他们对中国文学敞开视界、具备"现代"特质、融入世界文学总体格局的重要贡献和意义。

> 留学归国人员从事文学创作人数之多,文学成果之丰富,对建设中国新文学的贡献之大,不仅此前中国历史上绝无仅有,就是在世界文坛上也是罕见的。从某种意义上说,中国文学能在近代以来,特别是"五四"之后极大地开阔眼界,迅速地建立起全新意义上的现代文学体系,积极地融入世界文学的总体格局,并成为这个格局中同步发展的组成部分,具有留学背景的作家群体起了决定性的作用。①

1934年,顾凤城编撰了《中外文学家辞典》,书中共收录217名中国现代作家,其中有89名具有域外留学的经历和背景②。1937年,日本学者小岛友于编撰《现代中国著作家》一书,共收录了322名中国作家,其中155人是留学生出身。而在中国现代文学史上,著名作家如鲁迅、郭沫若、郁达夫、老舍、巴金、艾青、田汉、朱光潜、宗白华等都曾怀着救国救亡的使命远赴海外,在欧洲、美国或者日本求学,学成归国以后又都以满腔的热情投入中国现代文学的建设中来,以丰厚的文学理论建构和文学创作成果为中国现代文学的形成、发展和传播作出了不可忽视的贡献。他们成为中国历史上真正具有现代特质、现代意义的作家和知识分子。

---

① 郑春:《留学背景与中国现代文学》,山东教育出版社2002年版,第135页。
② 顾凤城:《中外文学家辞典》,乐华图书公司1933年版。

通过研究我们不难发现,中国现代文学史上具有域外留学经历的作家和知识分子,大致可以分为以下两种情况:一种是在20世纪初专门出国留学的学生,他们到国外主要是以求学为目的,希望通过自身的努力获得国外的学历或学位,如胡适、梁实秋、徐志摩、郭沫若、郁达夫等。另一种是出国工作或由于其他原因如避难、旅行等在国外待过一段时间,他们没有进过固定的学校,也没有学过系统的专业知识,不以获得学位为目的。如茅盾曾到日本避难、朱自清曾到欧洲旅行等。鉴于这种情况,我们先来界定一下本书所论及的具有留学背景的中国现代知识分子。我们的研究对象主要以那些出国读书学习、归国以后又曾在文学创作、文学批评与文学理论三个方面有突出成就的中国现代作家为主,他们对真正意义上的中国现代文学的产生、发展和传播作出过一定贡献,在中国现代文学史上也产生过不可磨灭的影响。

由此本书所论及的、留学欧美的中国现代知识分子主要有:胡适(1910—1917年赴美留学),徐志摩(1918—1920年赴美留学,1920—1922年赴英留学),梁实秋(1923—1926年赴美留学),闻一多(1922—1924年赴美留学),林语堂(1919—1923年赴美留学),吴宓(1917—1926年赴美留学),梅光迪(1911—1920年赴美留学),胡先骕(1913—1916年赴美留学),李金发(1919—1921年赴法留学),梁宗岱(1924—1931年赴法留学),朱光潜(1925—1933年赴英、法留学),宗白华(1920—1925年赴法、德留学),艾青(1929—1932年赴法留学),巴金(1927—1928年赴法留学),冰心(1923—1926年赴美留学),冯至(1930—1935年赴德留学),李健吾(1931—1933年赴法留学)。留学日本的中国现代知识分子和重要作家主要有:鲁迅(1902—1909年),郭沫若(1914—1923年),郁达夫(1913—1922年),成仿吾(1910—

1921年),张资平(1912—1921年),陶晶孙(1906—1927年),倪贻德(1927—1928年),李初梨(1915—1927年),彭康(1917—1927年),朱镜我(1918—1927年),穆木天(1920—1926年),丰子恺(1921—1922年),李叔同(1905—1910年),夏丏尊(1905—1907年),欧阳予倩(1902—1910年),田汉(1916—1922年),夏衍(1920—1927年)。

需要说明的是,著名作家老舍于1924—1929年赴英国担任伦敦大学亚非学院的讲师,1929年夏离英回国之时,他还曾在新加坡滞留半年,担任中学教员,他并不是单纯以出国读书学习为目的的中国现代作家,但老舍客居英国多年,还曾受美国国务院邀请赴美讲学一年,他的长篇小说《老张的哲学》《赵子曰》《二马》和《四世同堂》的第二卷《偷生》等均在国外完成。老舍客居英国,为排遣寂寞而补习英文,因此也阅读了大量英文小说,从而接触了明显迥异于中国本土的西方异质文化,这些文化的深度体验给了老舍"试验笔力"的启发和勇气。狄更斯、康德拉、威尔斯、福楼拜、莫泊桑、梅瑞狄斯、哈代等西方著名作家,他们的小说创作技巧,如故事讲述、情节构筑与人物塑造等方面,也曾给予老舍无尽的启迪和影响。因此,我们在本书中也将老舍纳入我们的研究领域当中,在本土立场与他者视域中分析并探究其小说创作中的世界性与本土性。

此外,本书在世界性与本土性这一跨文化、跨语言、跨民族的比较文学研究视域下,对具有留学背景的中国现代知识分子进行整体性把握和汇通性整合,深入研究并探讨他们坚守中国传统并融汇西方文化的现代性特质。由于本书涉及的研究对象众多,时间跨度较大,在论述并呈现一些问题的同时,也难免会出现遗漏或忽略的情况,敬请各位请专家学者不吝指教,予以补正。

第一章　本土与异域文化语境中的中国知识分子及其历史使命

第一节　接受与承继：中国传统文化思想的浸染和洗礼

在中国现代文学史上,具有留学背景的中国现代知识分子及其文学创作是一个被历史所永恒记忆的特殊存在现象,著名作家鲁迅、郭沫若、巴金、林语堂、徐志摩、郁达夫、冰心等都曾在 20 世纪初期远赴海外留学。而 19 世纪末至 20 世纪初是中华民族风云变幻、遭遇内忧外患而被迫走向转型的历史时期,也正是在这一历史的转捩点上,他们从本土负笈留学欧美或日本,敞开自己的视界,以求取母国的救亡图存与振邦兴国,"明时势,长志气,扩见闻,增才智,非游历外国不为功也"[①]。

对于在那个时代历史的转捩点上有幸能够从中国本土远赴西洋与东洋留学的群体而言,他们学成归返母国时所携带的思想精神、知识结构、语言能力及敞开的视界,在不同程度上推动了他们义无反顾地参与了中国现代文学史的建构和书写。在某种意义上,我们认为,一部中国现代文学史就是一部留学归国知

---

① 张之洞:《劝学篇》,李忠兴评注,中州古籍出版社 1998 年版,第 115 页。

第一章 本土与异域文化语境中的中国知识分子及其历史使命

识分子所参与的中国文学思想史,他们留学归返母国后,在其第一身份的塑造上即成为对母国投注救亡图存之激情且具有忧患意识的介入性公共知识分子。

他们既谙熟中国古典文学及中国传统文化,又有着长期留学欧美与日本的学术背景,在语言能力上拥有极高的英文、法文、德文、日文等多国语言的造诣。因此,在知识结构与精神思想两个维度上,他们能够自觉地站在世界性的立场上注视与反思当时的中国,对母国的封闭与落后持有一种悲怆铭心的焦虑性苦涩之感。

作为介入性公共知识分子,他们深受留学目的国彼时彼地的影响,留学目的国的诸种文学运动、文艺思潮、先进的异质文明与生活观念均给予他们从灵魂到肉体的渗透和洗礼;他们以最为敞开的心态接受了不同于汉民族文化传统的西方哲学、西方美学及西方文学艺术观念的影响,并在跨文化、跨语言、跨民族的汇通性整合中,将其带入中国汉语文化本土与他们个人的文学活动和文学创作中去。因此,他们的书写是既深受外域文化影响又不失本土民族情怀的间性文本——"inter-text",我们在汉语译入的术语转码上,也可以把"inter-text"翻译为互文本。

在中国文学由古典转型到现代的发展进程中,这批留学归国的公共知识分子作出了为历史所永久记忆的重要贡献,可以说,在中国文学史发展脉络上的现代性——"modernity",正是从他们这个群体怀揣着启蒙救亡的信念对中国历史的介入而起始的。由此,他们也必然成为中国历史上真正获有国际视域且有世界性影响的重要现代作家。他们有幸先行在西方与东方、现代与传统、异域与本土之间,西方先进的异质文明和欧风美雨的文化洗礼,让他们在本民族黑暗历史的遮蔽中成为最先觉醒的知识分子。他们留学归国后,义无反顾地介入启蒙救亡的运动。不同于那些职业的政治家、军人与民族工商业者,他们以拯救民族危亡的责任感及自身的才情,操用文学作为自己批判社会与表达思想的武器,成为那个时代以文学拯救民族危亡的摇旗呐喊者。当然,文学的审美形式也在他们的摇旗呐喊中被放大到极限,文学担当起纯然审美之外而更为沉重的历史使命感与社会责任感,也因此伟岸起来。

从另一个维度来审视,这批留学归国的公共知识分子在出国之前,都接受过正统的中国传统文化教育,所以在民族文化的血脉维系上,他们无法摆脱与传统所结成的千丝万缕的联系。中国本土传统文化思想中的济世情怀、出世精神与诗骚传统等都曾给他们潜移默化的影响,并且在他们的文化心理结构中沉积为一种中华民族文化的集体无意识。作为那个时代具有留学背景的中国现代知识分子,他们始终行走在世界性与本土性的融合和紧张中,他们践行于中国传统儒释道三脉文化思想的观照下,可以选择居庙堂之高,也可以处江湖之远,尽管他们很多时候归隐江湖却依然心怀魏阙。在本质上他们还是那个时代留学归返母国,以启蒙救亡为信仰的介入性公共知识分子。他们已然持有的社会身份、思想立场、历史使命和文化抉择,在与当时的政治意识形态的对立中呈现出不可调和的紧张,他们的存在及其文学书写铸成中国现代文坛的众声喧哗。

从中国本土赴先进发达国家留学的学子,按照留学目的国地域的版图划分,我们可以把他们界分为两类留学群体:一是留学欧美的留学生群体,如胡适、徐志摩、闻一多、梁实秋、林语堂、巴金等;二是留学日本的留学生群体,如鲁迅、郭沫若、郁达夫、成仿吾、田汉等。客观地讲,对这两类留学生群体的界分,有着重要的学理意义,他们构成了"五四"及新文化运动以来的中国现代知识分子的群落,他们是那个时代中国思想界和文学界的

第一章 本土与异域文化语境中的中国知识分子及其历史使命

主体。

从中国本土负笈留学海外,他们接受了西方和日本先进的工业文明与文化思想资源,学成归国以后,他们又操用西方现代文化的价值观念,去重新审视和批判中国传统文化中旧有的封闭和落后。在东西方两种异质文明的冲突与交汇之中,他们激烈甚至不遗余力地反封建、反传统,在"五四"狂飙突进的年代,呼吁"重新估定一切价值"。然而如果追溯他们出国之前所接受的教育及其传统文化修养,我们可以发现,这批具有留学背景的中国现代知识分子,大都于四五岁时入私塾启蒙,经历过中国传统文化三跪九叩之拜师与破蒙的习俗,全然接受过从《三字经》开始的中国正统文化的启蒙教育。他们出国之前已经博览群书、手不释卷、能写诗会作文,中国古典文学和国学的修养早已深植于心。

尽管他们赴域外留学之后,深受外域异质文化的影响,在他们的跨文化书写中充溢着那个时代的现代文化特质和世界主义精神;但不可否认的是,中国本土的民族文化传统及其价值评判体系的浸润和积淀,作为一种"集体无意识"早已潜移默化地沉淀于他们的骨髓和灵魂深处,这不仅促成了他们文学创作中独特的中国文化的审美情趣与不可遏制的母本文化情怀,并且也成为他们在文学创作中自觉追求且无法规避的本土立场(national standpoint)与民族认同(national identity)。

比如,胡适曾在《口述自传》中回忆他幼年时在本家私塾里所接受正规的传统教育,私塾九年,他十一岁左右就读完了《孝经》《小学》《论语》《孟子》《大学》《中庸》《诗经》《书经》《易经》《礼记》等儒家经典,也因此打下了扎实的国学基础,儒家忠孝仁义的伦理道德观念和程朱理学的哲学信仰体系对他有着重要的影响。

鲁迅幼年时不仅在三味书屋跟随寿镜吾先生攻习举业，熟读十三经，学作八股文和应帖诗，而且遍阅《尔雅》《周礼》《仪礼》和《古诗源》《古文苑》《板桥全集》《酉阳杂俎》《辍耕录》《唐读叩弹集》《文史通义》《癸巳类稿》等杂类书。他对中国古典小说也颇感兴趣，熟读了《三国演义》《西游记》《红楼梦》《儒林外史》《封神榜》《聊斋志异》等古典小说。在其思想深处，他曾对以孔孟和老庄为代表的儒道思想批判地继承，并深受魏晋风度与文章以及中国传统绘画的影响。

郁达夫在赴日留学之前的十多年间，不但熟读四书五经，还广泛阅读了《史记》《汉书》《资治通鉴》等历史典籍，他能够吟写古体诗，曾"九岁题诗四座惊"。而且通过研究我们不难发现，郁达夫在其内心深处始终隐匿着一种中国传统文人的孤傲精神，他甚至把传统文人落魄与放浪形骸的名士精神装饰为自己日常生活的生存范式。他还把这种中国传统文人的生存范式与西方世纪末的病态和颓废巧妙地结合起来，开创了中国现代文学史上"自叙传"抒情小说这样一个重要流派。

郭沫若五岁发蒙，自幼熟读四书五经，暗诵唐诗宋词，他经受过科举时代余波的"淘荡"，并且还作过"赋得体"的试帖诗，古典诗词和传统文化的陶冶濡染与深厚的旧学积淀，在创作动机、结构方式、审美特质等诸种层面上都促成并影响着他的诗歌创作[①]。

---

① 郭沫若在《我的童年》一文中曾经谈到其幼年在家塾白天读经、晚上读诗的情景，以及唐诗宋词对他的影响："关于读诗上有点奇怪的现象，比较易懂的《千家诗》给予我的铭感很浅，反而是比较高古的唐诗很给了我莫大的兴会。唐诗中我喜欢王维、孟浩然，喜欢李白、柳宗元，而不甚喜欢杜甫，更有点痛恨韩退之。"（郭沫若：《我的童年》，《郭沫若全集》（文学编）第 11 卷，人民文学出版社 1992 年版，第 41 页。）"在十岁以前我所受的教育只是关于诗歌和文艺上的准备教育。这种初步的教育似乎就有几分把我定型化。"（郭沫若：《如何研究诗歌与文艺》，《沫若文集》第 13 卷，人民文学出版社 1957 年版，第 132 页。）

第一章 本土与异域文化语境中的中国知识分子及其历史使命

而在以"四书五经"为代表的儒家经典著作中,在古文辞书、唐诗宋词、历史传记和古典小说中,都深刻地蕴含着以儒道佛为基础的中国传统文化精神。以孔孟为代表的儒家思想成为中国文化传统的主流意识形态,在几千年的社会历史变迁中,无论怎样的改朝换代,儒家思想不断地被历代君王御用,并被打造成为统摄国家意识形态的权力话语。然而从另一个维度来分析,从原始儒家思想在孔孟时代的形成,到董仲舒举贤良对策推动汉武帝"罢黜百家,独尊儒术",儒家思想感时忧国与积极入世的精神,千百年间在华夏大地源远流长,当然也对这批留学外域的现代知识分子有着刻骨铭心的渗透。那种"穷则独善其身,达则兼善天下""修身、齐家、治国、平天下"的人生哲学与正统思想,在他们的处世哲学中潜移默化、根深蒂固。在中国传统文化上,"士人"就是中国知识分子群体的一个原始指称,他们自古就怀有家国情怀的忧患意识,他们把"士以天下为己任"的民族担当和历史使命作为自己追求的终极目的。

身处19世纪末向20世纪初转型的历史时代,中国社会的风云变幻与动荡不安成为那个历史时期的特定风向标。以鲁迅、郭沫若等为代表的具有留学背景的中国知识分子,同样具有强烈的忧患意识和为国为民的"济世之志"。他们在母国积贫积弱之时,远赴欧美和日本留学,原本就出于"明时势,长志气,扩见闻,增才智"的现实诉求,他们把自己的现实诉求与振兴中华、拯救国民于危难之中的救亡目的紧密地维系起来,以铸造个人的救世信仰。他们关注和思考中国的现实和未来,并以不同的言说方式和积极的行动自觉地承担起历史所赋予的责任,同时,也自觉地践行着他们自己的信仰与处世哲学。

鲁迅早年曾在《自题小诗》中宣称:"灵台无计逃神矢,风雨如磐闇故园。寄意寒星荃不察,我以我血荐轩辕。"从这首《自题小诗》,我们可以看到鲁迅的人格力量,也可以阅读到鲁迅沉淀其中的深厚爱国激情和为革命、为人民、为理想而奋斗的历史使命感。鲁迅为什么弃医从文?是因为他"不过想利用他(小说)的力量,来改良社会","意在揭出病苦,引起疗救的注意"①。鲁迅也正在这样一种生存的目的论下,翻译域外小说,发表《摩罗诗力说》《文化偏至论》《破恶声论》等檄文,并以他的书写构建起一套完整的"立人"思想。"五四"时期鲁迅曾义无反顾地投身于新文化运动并为之鼓劲呐喊,他也曾对封建礼教和中国传统文化的弊端进行猛烈抨击,对麻木沉默的阿Q、孔乙己、祥林嫂等"哀其不幸,怒其不争";他的那种介入现世的猛士精神,继承了儒家传统精神中的忧患意识、民本情怀和"知其不可而为之"的入世精神。鲁迅在其性格的铸成中沉淀着一股凛然正气,我们可以把鲁迅的凛然正气逻辑化到儒家传统士大夫的"浩然正气"的品格上去。

《女神》时代的郭沫若,曾经以炽热的情感和精神来获取个性的解放,他喜欢庄子"汪洋恣肆,仪态万千"生存境界。在审美姿态上,郭沫若具有像火焰一般强烈燃烧的自我个性张扬意识。1925年以后,随着思想的转向,他也逐渐从个人的吟唱走向了为革命与人民大众请命的公共政治立场。郭沫若开始关注新文学对于"时代的使命"以及文学家自身的"任重而道远",并且利用文艺鼓动民众以摧毁封建思想而救亡救国。他甚至穿上军装,奔赴战场。郭沫若这种介入社会与历史为大众请命的思想行动,在某种程度上也与儒家感时忧国和积极入世的精神一脉相承。

---

① 鲁迅:《我怎么做起小说来》,《鲁迅全集》第4卷,人民文学出版社1981年版,第512页。

第一章 本土与异域文化语境中的中国知识分子及其历史使命

在国族文化精神的渊薮上,郭沫若一直在试图从儒家文化传统中寻找积极进取的精神力量。比如,在《中国文化之传统精神》《王阳明礼赞》《屈原研究》等文章中,他曾极力称赞孔子及其"高唱精神之独立自主与人格之自律"①的人生哲学,把孔子视为与西方的康德、歌德同样伟大的"天才"和"巨人"②。然而,郭沫若也同样深深地迷恋王阳明,欣赏王阳明"在理想的光中与险恶的环境搏斗",礼赞王阳明"像太空一样博大"的精神,把王阳明诠释为"努力净化自己的精神,扩大自己的精神,努力征服'心中贼'以体现天地万物一体之仁的气魄"③。郭沫若作为一位从日本留学归国的现代知识分子,无论他在日本时还是归国后,都向中国汉语本土的思想领域推介了大量的西方文化思想,然而他在骨子里始终把中国传统文化视为求取精神思想的渊薮。

郭沫若推崇化名正则、字灵均的屈原,尊崇屈原景仰"尧、舜、禹、汤、文王、箕子、比干"及持身极端的"推重修洁"。他欣赏屈原对于君国"以忠贞自许"④,所以郭沫若在诗文和剧作中曾经"自比过屈原"⑤。在原始儒家思想中,"仁"是一个调控王朝意识

---

① 郭沫若:《中国文化之传统精神》,《郭沫若全集》(历史编)第 3 卷,人民文学出版社 1984 年版,第 260 页。
② "我们所见的孔子,是兼有康德与歌德那样的伟大的天才,圆满的人格,永远有生命的巨人。他把自己的个性发展到了极度——在深度如在广度。"(同上书,第 259 页。)
③ 郭沫若:《王阳明礼赞》,《郭沫若全集》(历史编)第 3 卷,人民文学出版社 1984 年版,第 289 页。
④ 郭沫若:《屈原研究》,《郭沫若全集》(历史编)第 4 卷,人民文学出版社 1984 年版,第 56 页。
⑤ 在《创造十年》中郭沫若曾经谈道:"我虽然不曾自比过歌德,但我委实自比过屈原。就在那一年所做的《湘累》,实际上就是'夫子自道'。那里面的屈原所说的话,完全是自己的实感。"(郭沫若:《创造十年》,《郭沫若全集》(文学编)第 12 卷,人民文学出版社 1992 年版,第 79 页。)

形态与国家社会秩序的重要道德伦理范畴,郭沫若对儒家之"仁"给予了高度的肯定,并且推崇备至,所以他在历史剧《屈原》《高渐离》《孔雀胆》《虎符》中,塑造了一系列忧国忧民的志士仁人形象。也正是在这样一种思想的逻辑上,郭沫若在他的戏剧及文学创作中,把聂政姐弟慷慨就义、高渐离和荆轲刺秦王、如姬窃符,均视同为杀身成仁、舍生取义的高洁人格给予颂扬。

可以说,中国传统文化的精神对郭沫若的人格构成是潜移默化的渗透,他希望自己"以天下为己任",具备"杀身成仁"的魄力和诚心,正如他在《中国文化之传统精神》一文中所宣称的:

> 以天下为己任,为救四海的同胞而杀身成仁的那样的诚心,把自己的智能发挥到无限大,使与天地伟大的作用相比而无愧,终至于神无多让的那种崇高的精神,便是真的"勇"之极致。①

中国传统文化是借由儒道释三脉思想而构成的,所以这批留学归国的现代知识分子,他们必然同时深受儒道释三脉思想的陶冶,而不是在单维的思想逻辑上形成一种偏执的人格。不同于儒家忧国忧民的生存姿态,道家在崇尚自然无为的人生哲学中呈现出一种超然旷达的出世态度,虽然道家思想不是两千年来中国古代思想史上的正统,却也成为中国文化传统中另外一种人生处世的立场,其恰恰与儒家感时忧国与"知其不可为而为之"的入世精神形成了悖立的互补。林语堂、梁实秋等深受道家淡泊无为与超然世外的生存哲学的影响,从他们的文学创作

---

① 郭沫若:《中国文化之传统精神》,《郭沫若全集》(历史编)第3卷,人民文学出版社1984年版,第262页。

第一章 本土与异域文化语境中的中国知识分子及其历史使命

和文学思想中更多地飘逸出一种超然出世、无为而无不为、怡然自得的道家文化精神。

林语堂曾提出"以自我为中心,以闲适为格调"的闲适论和性灵说,在其书写与风格上构成了他独特的文学创作精神,而在本质上也可以说,他的这种文学创作精神与道家超然出世、怡然自得、崇尚自由的精神一脉相承。

梁实秋认为随着人们阅历的增多和性格的老成,老庄的思想和情趣则"有可能渗入其骨骸":"因为在人们少壮气盛的时候,他对老庄那种淡泊无为、安性命之情的趣味或许难于领略,但是阅历渐多,世情窥透,当少壮的锐气转换为老成的浑融之后,老庄情趣有可能渗入其骨骸。"[①]抗日战争开始以后,梁实秋随军进入四川,自筑"雅舍",写作《雅舍小品》,在简陋的茅屋"雅舍"中安贫乐道、怡然自得,他也从早年的"扬儒抑道",以及对道家文化思想"消极""不健康"的批判转到了皈依和欣赏。

在中国传统文化思想发展的历程上,除了儒家的感时忧国与积极入世的生存姿态之外,道家讲究一种淡泊无为与超然世外的生存观念,而禅宗则把任运随缘与达观超脱诠释为一种拯救众生的情怀,这种拯救情怀源自佛教"上求佛道,下化众生"的宗教信仰。儒道释就是在如此恰如其分的悖立与整合中,以各自特有的精神魅力吸引着众多文人墨客。留日作家丰子恺、李叔同、苏曼殊等都曾笃守佛家精神,修炼个人的品性,恪守沙门戒律。他们的人生观、世界观与文艺创作观也都深受佛教精神的影响,他们的生存姿态及创作也呈现出与世无争、随意自然与超凡脱俗的精神,他们的生存美学就是追求与众不同的人生品

[①] 杨义:《中国现代文学流派》,《杨义文存》第 4 卷,人民出版社 1998 年版,第 620 页。

位和高远的栖居境界。

在《五四运动与中国传统》一文中,余英时谈到"五四"一代知识分子时,曾经肯定他们对传统的承继和依恋:

> 当时在思想界有影响力的人物,在他们反传统、反礼教之际,首先便有意或无意地回到传统中非正统或反正统的源头上去寻找根据。①

而纵观整个中国现代文学史的发展历程,我们不难发现,对于具有留学背景的中国现代知识分子来说,以儒道释为本体的中国传统文化精神及其价值评判体系,作为一种人格的浸润与学养的积淀,促成了他们文学创作中独特的中国文化审美情趣,这也是他们在文学书写中无法规避的本土叙述立场。他们对儒道释不同的选择必然给出不同的审美价值取向,因此在一定程度上,这也决定了他们或心怀魏阙或归隐江湖的处世方式及文化立场。尽管他们留学于外域,然而他们的文化之根还是固守在中国文化传统的血脉之中。

此外,他们从本土负笈留学欧美或日本,敞开自己的眼界接受了西方先进的工业文明与异域文化资源,所以他们必然不可遏制地书写出深具世界性和本土性的"互文性"文本,成为中国现代文学史上真正具有现代意识、国际眼光与世界性影响的作家。在文化身份上,这批留学西洋与东洋并归返母国本土的学者,由于他们接受了西方文化的先进思想,所以在救亡图存的民族危难中,他们必然成为介入性公共知识分子。无论他们是为

---

① 余英时:《五四运动与中国传统》,《余英时学术思想文选》,上海古籍出版社2010年版,第254页。

救亡图存而呐喊,还是为潜心学术、探求知识而书写,他们都在中国现代历史及中国现代文学史上留下了行走足迹,并以此构成了中国现代历史上留学归返本土的两类知识分子群落相互冲突与整合的多元文化景观。

第二节 中国现代知识分子的身份突围及其文化选择的两难

准确地评判,在中国传统文化语境中绝然没有产生西方近现代意义上的"知识分子"(intellectual)这样一个概念,但这并不是说中国历史缺少"知识分子"这样一类承载着特殊文化使命的阶层。德国思想家卡尔·雅斯贝尔斯(Karl Jaspers)曾撰写过《历史的起源与目标》(*Vom Urspurng und Zile der Geschichte/The Origin and Goal of History*)这样一部曾无尽启示过东西方现代知识分子的读本,在这部读本中,卡尔·雅斯贝尔斯曾把公元前500年前后同步出现在中国与西方的人类文化突破现象称为"轴心时代"。也正是在中国的轴心时代——春秋战国时期,"知识分子"即以其独特的哲学认知、道德判断与价值理性等智者文化心理介入社会,并推动着历史的发展,他们作为一个智者阶层被那个时代的汉语定义为"士"(或"士大夫")。恰切地讲,"士"是历史赋予中国古代知识分子的一个尊称。

一、 中国知识分子系谱及公共政治话语的表达者

在西方文化传统中,知识分子是以介入国家意识形态而获取社会决策快感的中产阶级,因此他们的文化身份必然属于决策阶层。就本土文化而言,《白虎通义》在对东汉时期的社会纲常伦理与国家礼仪制度的设定中,曾将"士"明确地规定为介于

"大夫"与"庶人"之间的一个独立的社会阶层,并给出这一定义:"士者,事也。任事之称也。故《传》曰:'通古今,辩然否,谓之士。'"①无论如何,在社会阶层的分属上,"士"是以其学识居于农、工、商之上的智者,一如《汉书·食货志》所云:"学以居位曰士,辟土殖谷曰农,作巧成器曰工,通财鬻货曰商。"②由此看来,"士"不仅仅以"居位"而达向其学之目的,并且在社会的底线上成为那个时代的"四民"之首。其实在中国历史上,较之于"庶人","士"更善于用学识、智慧与思想成就自身,因此,以孔孟之道为轴心的原始儒家对"士"的道德品行、政治使命、社会属性与文化品格等必然给出了严苛且神圣的规定,最终,这种规定在历史的进程中沉淀为一种评价中国知识分子的"集体无意识"。中国文化中关于"士"之人格构建与精神铸造的表达是让人无法忘却的。例如:《论语·里仁》载:"士志于道,而耻恶衣恶食者,未足与议也。"《论语·泰伯》曰:"士不可以不弘毅,任重而道远,仁以为己任,不亦重乎?死而后已,不亦远乎?"《孟子·尽心上》云:"士穷不失义,达不离道。……穷则独善其身,达则兼善天下。"即便是主张"兼爱"与"非攻"的墨家学派也曾就"士"及其处世境遇有着类似的陈述,《墨子·尚贤上》言:"故士者,所以为辅相承嗣也。故得士则谋不困,体不劳,名立而功成。美章而恶不生,则由得士也。"至少在那个年代,"士"虽仅为"四民之首",然而在历史上他们却扮演着一种让社会及芸芸众生可以无尽投入敬重的理想角色。

正因为"士"上不及官,下不为民,是生存在社会阶层夹缝中以思想苟延其生的智者,所以"士"更应该以其厚重的学识修养、

---

① 班固:《白虎通疏证》上册,陈立疏证,中华书局1994年版,第18页。
② 班固:《前汉书·食货志》,《前四史》中卷,天津古籍出版社1991年版,第774页。

第一章 本土与异域文化语境中的中国知识分子及其历史使命

救世的风骨气节,成为义不容辞的历史担当者。由此看来,我们可以把"士"界定为中国古代文化传统上的中产阶级与决策者。然而,作为中国古代知识分子的"士"却无可逃避地崇尚"学而优则仕",以"修身、齐家、治国、平天下"为己任,特别是随着汉代察举孝廉的兴起、隋唐科举制度鼎盛、明清八股文考试的遮蔽,他们逐渐在骨子里把自身铸为一种极端的知识功利主义者,这种知识功利主义者的品质形成必然导致知识分子角色的贬值与社会批判功能的退化,所以在他们的处世境遇中时时充满着极端的功利性渴望与生存焦虑。

从某种价值判断上可以说,"士"作为中国古代知识分子阶层在中国文化传统上崛起后,以一种委身皇权的依附性人格苟延了两千多年,直至近代中国所遭遇到那段屈辱的历史,启蒙与救亡才促成了"士"开始向近现代知识分子的转型。然而,龚自珍、魏源、郑观应、严复、林纾、康有为、梁启超等尽管曾在那个时段以启蒙者的姿态企图救亡这个破败的民族,但是他们并不能够被全然称为西方现代意义上的"知识分子"。从他们的文化身份与社会角色的本质上来解析,士大夫依然是他们无法回避的背景身份,在社会与官场的职能上,他们有着这样或那样的传统功名与任职,他们在启蒙中的探索也只能被诠释为从单纯的"器物"改革而达向"制度"的改革而已;在个人的政治理想上,他们还是把变革的合法性托寄于"君主"和"庙堂",希望进行自上而下的改良运动。理解了这一点,我们也就充分理解了他们中的大部分人(如严复、林纾、康有为、梁启超等)为什么在短暂而激进的喧哗后,即迅速逃遁于复古倒退,甚至在卑躬屈节中义无反顾地扯起保皇复辟的大旗。

然而,中国历史在行进中始终期待着真正的知识分子的出场与到来,他们在人格品质及知识构成上不再是中国古代传统之"士"的承继和余绪。在文化身份、社会定位、知识构成与道德取向等多个层面上，那个启蒙与救亡的动荡时代铸成了中国传统文化之"士"向现代知识分子的突围与转型。这种突围与转型是以鲁迅、胡适、陈独秀、蔡元培等为代表的留学欧美与留学日本的现代知识分子学成归国为历史界标的。这批真正意义上的中国现代知识分子，他们虽然不可避免地在中国本土的旧式传统教育中沉淀过自己，在学缘上，他们是无法褪去小学系谱的知识负载者，在民族语言观念的深处，也是古代汉语的操用者；然而无论他们是留学西洋还是东洋，都曾以最为敞开的心态接受了先进的外域文化及其现代工业文明的生存观念，他们又是可以熟练操用西方拼音语言及日本语言与西洋、东洋的对话者，更是可以据守他者立场以他者视域反思与批判中国文化传统的先进者。作为中国现代知识分子，他们以其自身的现代意识及国际眼光，拒绝重蹈传统的"士"或"士大夫"所守护的宗法血缘关系的老路，即所谓克己修身，恪守封建伦理纲常，执著于科举功名，以维护政统、道统为己任。他们成为中国知识分子系谱上第一代国家公共政治话语的表达者与民族公共社会问题的介入者。他们从外域留学归来，在汉语本土的崛起与存在，真正地推动并实现了从具有"依附性"的士大夫到"独立"知识分子的现代转型，并且无可回避地介入中国历史的书写。

二、潜心学术与行动批判：中国现代知识分子的二元立场

在《再谈知识分子与人文精神》一文中，李欧梵认为知识分子"是一种启蒙式的人文主义者，自古至今，在中国的社会文化领域里始终有着举足轻重的地位"，并强调中国知识分子在生存价值立场上曾向两个层面拓展："当代知识分子可能会向两个方

第一章　本土与异域文化语境中的中国知识分子及其历史使命

向分化：一些人以专业知识为主，更加专业化，另一些人会成为文化型的行动知识分子。"①我们可以把李欧梵所讨论的两类知识分子在概念的定位上划界为"专业知识分子"与"行动知识分子"。正是通过这样的划界，我们不难发现，那个时代留学归返中国本土的现代知识分子，除了个别的"转向"或者"嬗变"之外，他们因留学背景及其文化区域的差异性——留学欧美或者留学日本，形成了文化立场迥然相异与群体特征鲜明独特的两种知识分子族群。这也使得他们在中国现代文坛上据守不同的文化阵地，各领风骚，甚至彼此在犀利尖刻的批评中论战不休，而骨子里，他们又都是推动中国历史发展的中国现代知识分子。而作为具有"现代"意义的中国"现代"知识分子，这两种知识分子族群的知识结构、文化选择、价值评判、言说方式的确充满着冲突与张力。究竟是"潜心学术"还是"行动批判"？究竟是埋首于故纸堆中索求知识还是把自己的终极关怀投向民族、国家与民众的疾苦？究竟是做"专业知识分子"还是做"行动知识分子"？在中国现代文坛上，他们在自觉与不自觉中逐渐开始朝着两个方向分化，并以此构成了中国现代历史上留学归返本土的两类知识分子群落相互冲突与整合的文化景观。

在《知识分子的背叛》（*Der Verrat der Intellektuellen*）一书中，法国学者朱利安·班达（Julien Benda）有一个论点值得我们注意，他曾将"知识分子"视为与世俗之人（大众、资产阶级群体、国王、大臣、政治领袖）相区别的、从事脑力劳动的阶层，并且以一种清高的修辞表达向社会宣告知识分子斐然不俗的生存姿态。"他们的活动本质上不追求实践的目的，只希望在艺术的、

---

① 李欧梵、季进：《再谈知识分子与人文精神》，《江苏大学学报（社会科学版）》2004年第1期。

科学的或形而上学沉思的活动中获得快乐。简言之,他们旨在拥有非现世的善。他们总是说:'我的王国不是这个世界。'"①在朱利安·班达看来,所谓的知识分子是具有独立自由意志的人,如同达·芬奇、马勒伯朗士和歌德一样,他们"远离政治激情""全身心从事超尘脱俗的精神活动"②;不啻于此,朱利安·班达还将知识分子利用政治激情谋取世俗利益称为是对知识分子立场的严重背叛。

尽管朱利安·班达关于知识分子的理论是对20世纪20年代那个历史时期欧洲知识分子的双重划界,但至少我们可以从他的知识分子理论那里获取一些启示。通过研究我们可以发现:以胡适、徐志摩、梁实秋、朱光潜、宗白华等为代表的留学欧美归返本土的中国现代知识分子,除去胡适曾在学术与政治的张力场中纠结矛盾、浮沉徘徊,他们大都执著地沉湎于班达所倡导的"远离政治激情",更专注于"为艺术而艺术"或关于文学本体论的学术性思考。他们以留学生的身份远游西方后,在多元政治的文化景观下欣然接受了欧美发达国家的主流文化思潮——自由主义的影响,并在知识体系的重构与自我精神的重铸两个面向上,把西方的自由与独立带回了中国汉语文化本土。在西方先进的异质文明与中国本土落后的旧日文明之冲突与整合中,构建起一种汇通中西诗学与中西文化并极具现代性与本土性的"情"本体论文学观念。

在文学创作、文学理论与文学批评这三个维度上,留学欧美的中国现代知识分子群落不仅对文学的审美本质、价值功能与

---

① [法]朱利安·班达:《知识分子的背叛》,佘碧平译,上海人民出版社2005年版,第78页。
② 同上书,第79页。

第一章　本土与异域文化语境中的中国知识分子及其历史使命

自由独立特性给予走出中国传统文化观念的界定与阐释，而且从美学与文学批评的层面更注重文学的审美形态和审美价值，他们更是一览无遗地将个体生命中的个性、人性、至情至性等激情释放于文学形式与自己的文学活动之中。例如，徐志摩曾将自己的诗情描述为山洪暴发式的震撼，并倾向于在本真的自由与情致的独立中尽情抒发喜怒哀乐；闻一多（前期）与李金发等以一种至情至性的依恋让自己跌入诗的摇篮，以此憧憬着一个又一个精致的诗性意象；巴金与林语堂在小说的叙事中讲述着《家》《春》《秋》与《京华烟云》的家族故事等，让艺术家的性情在文学书写的心绪中得以缓释为一种审美的张力；梁实秋则保守着自己"文学无阶级性"的立场，在散文的诗情画意与翻译的二次创作中把永恒不变的人性作为自己的文学艺术观；朱光潜、宗白华、梁宗岱等更是以一种纯然的学术心态锻铸自己哲学家、美学家与文艺理论家的身份，这种无政治功利性的生存境遇使得他们的学术生命超越了政治，成为被当下历史依然所记忆的踪迹。而由留学欧美的知识分子为主要成员的新月派与京派基本上秉承其自由独立精神，恪守这个族群大致相同的基本文学观念与审美理想，他们在那个时代不仅开拓了中国新文学的种种范式，并以丰厚的文学和学术成果成为"五四"乃至整个中国现代文学史上的显赫者。

如果说留学欧美的中国现代知识分子在中西文化的双向透视与观照之间"远离政治激情"、执著于基于西方自由主义立场的"至情至性"之呈现以及文学本体的审美表现形态，那么以鲁迅、郭沫若、郁达夫、成仿吾、田汉、夏衍等为代表的留学日本的中国现代知识分子族群，在文学观念的表达与审美姿态的呈现上则与同期留学欧美的中国现代作家持有迥然相异的文化立场与审美诉求。他们不再把文学认同为是一种纯然的审美形式，而是更偏执于"激进"和"功利"的文学本体论与批评论;他们侧重于将个人的内心情感在释放中转换成为一种激进的政治表达,并使其在社会批判的思想诉求中压倒甚至远离文学的审美表现形式,进而将文学单向度地认同为对社会进行宣传、批判与改造的工具,有所为而为之。这种历史所赋予的"激进"与"功利",使得他们在风云变幻、民族危难亟待拯救的年代,注定不会安于书斋与知识的象牙塔中,而是更愿意走向民间、走向社会、走向革命、走向人民大众,甚至身体力行,亲自加入革命战斗的行列中去,裹挟着政治激情成为担当历史使命的行动知识分子。

安东尼奥·葛兰西(Antonio Gramsci)曾在《狱中札记》(The Prison Notebooks)一书中将知识分子界分为传统知识分子和有机知识分子,并宣称:"每个社会集团既然产生于经济社会原初的基本职能领域,它也同时有机地制造出一个或多个知识分子阶层,这样的阶层不仅在经济领域而且在社会与政治领域将同质性以及对自身功用的认识赋予该社会集团","每个新阶级随自身一道创造出来并在自身发展过程中进一步加以完善的'有机的'知识分子,多数都是新的阶级所彰显的新型社会中部分基本活动的'专业人员'"[1]。他同时指出这种"有机知识分子"有着强烈的社会参与性和实践性,要"积极地参与实际生活",要作为"建设者、组织者和'坚持不懈的劝说者'"甚至"领导者"[2],承担起传播先进思想文化、引导人民大众进而夺取意识形态领导权的重任。从某种意义上来说,留学日本的中国现代知识分子似乎更具有葛兰西所谓的"有机知识分子"的典型特质:

---

[1] [意]葛兰西:《狱中札记》,曹雷雨、姜丽、张跣译,中国社会科学出版社2000年版,第1—2页。
[2] 同上书,第5页。

第一章 本土与异域文化语境中的中国知识分子及其历史使命

有所为而为,他们有着强烈的社会参与性和实践性,将文学视为政治运动和社会变革的宣传工具甚至斗争的武器,从思想文化和意识形态领域为革命摇旗呐喊、前赴后继、激情澎湃。他们当中的很多人早期都是创造社的成员,后来又加入了"左联",并成为文艺、宣传、社会科学等方面的领导干部,他们是典型的"无产阶级"的文学家、理论家与批评家,所以对时局、对社会、对革命的介入并积极行动成为他们创作的重要原动力,因此他们的不少作品明显地烙烫着"应和""应景""急就章"的痕迹,因为文学在本质上不是政治话语。比如,与《女神》时期的热情浪漫、狂飙突进相比,加入左联以后的郭沫若曾多次公开表明:"诗人已经表示不再作小资产阶级的自我表现了","我爱的是那些工人和农人,他们赤着脚,裸着身体。我是诗,这便是我的宣言,我的阶级是属于无产"[1],甚至在《革命与文学》《文艺家的觉悟》等文中他也不遗余力地呼吁创造符合世界潮流的无产阶级革命文学;并号召青年文艺家"赶快把时代的精神提着","替我们全体的民众打算","应该到兵间去,民间去,工厂间去,革命的漩涡中去"[2];曾经以坦诚露骨的"自叙传"震惊文坛的郁达夫一改最初的浪漫感伤与颓废忧郁,他不仅在《创造月刊》创刊号的《卷头语》中发表声明:"消极的就想以我们无力的同情,来安慰安慰那些政治的惨败的人生的战士,积极的就想以我们微弱的呼声,来促进改革这不合理的目下的社会的组成"[3],还发表了《无产阶级专政和无产阶级的文学》《〈鸭绿江上〉读后感》等文章来声援并倡导无产阶级革命文学;领导左翼剧联的田汉和夏衍不仅自编

---

[1] 郭沫若:《诗的宣言》,《郭沫若全集》(文学编)第1卷,人民文学出版社1982年版,第374页。
[2] 郭沫若:《革命与文学》,《郭沫若论创作》,上海文艺出版社1983年版,第38页。
[3] 郁达夫:《卷首语》,《创造月刊》1926年3月16日第1卷第1期。

自演"急就章"①甚至"票友性质"②的红色剧目,还进行"小剧场"运动、"工厂剧"活动,组织巡回演出,锻炼和造就了大批左翼戏剧工作者和群众文艺积极分子。就连"悲天悯人、自度度人"的弘一大师李叔同也心系世间,大力提倡"念佛不忘救国,救国不忘念佛","上求佛道,下化众生",以出世的精神干入世的事业。

余英时在《士与中国文化》一书中谈到中国传统的士及其文化使命时也曾强调道:"'士'的传统虽然在现代结构中消失了,'士'的幽灵却仍然以种种方式,或深或浅地缠绕在现代中国知识人的身上。'五四'时代知识人追求'民主'与'科学',若从行为模式上作深入的观察,仍不脱'士以天下为己任'的流风余韵。"③在同期的中国汉语语境中,留学欧美的中国现代知识分子曾将文学活动中情感的自由自在、无拘无碍地宣泄视为创作与批评的本体,并以自己的审美性人文行动自觉地执著于朱利安·班达所倡导的"远离政治激情""全身心从事超尘脱俗的精神活动",他们更多地专注于文学本身的专业性思考;留学日本

---

① 在《〈田汉剧作选〉后记》一文中,田汉总结道:"起先,我是凭着青年的热情和正义感写作的;其后在党的领导下,通过戏剧活动为反帝反封建而斗争。我对南方农民生活不太陌生;我长期在大城市生活;我在对日抗战前期有过部队访问的经验,因而我写过农民,写过工人,写过士兵,也写过知识分子,写过话剧工作者和戏曲艺人。当然,对我所熟悉的,我能描绘得比较有鼻子、有眼睛,我所不甚熟悉的就不免影影绰绰了。由于要及时反映当前斗争,我常常不能不来'急就章',对人物性格就顾不到精雕细琢。"(田汉:《〈田汉剧作选〉后记》,《田汉论创作》,上海文艺出版社1983年版,第150—151页。)

② 夏衍后来回忆道:"我学写戏,完全是'票友性质',主要是为了宣传,和在那种政治环境下表达一点自己对政治的看法。写《赛金花》,是为了骂国民党的媚外求和,写《秋瑾》,也不过是所谓'忧时愤世'。因此,我并没有认真地、用严谨的现实主义去写作。许多地方兴之所至,就不免有些'曲笔'和游戏之作。"(夏衍:《谈〈上海屋檐下〉的创作》,会林、绍武编:《夏衍戏剧研究资料》上册,中国戏剧出版社1980年版,第20页。)

③ 余英时:《士与中国文化》,上海人民出版社2003年版,序,第6页。

的中国现代知识分子族群则以其"激进"和"功利"的社会批判，在文学的审美诉求中担当起传播先进思想、引导人民大众、变革社会意识形态的重任，他们毫不犹豫地承继了中国传统士人的"流风余韵"。

三、知识探求与公共关怀：中国当代知识分子的双重角色

毫无疑问，"知识分子"具有双重性：公共性与专业性，并有公共知识分子（public intellectual）、专业知识分子（professional intellectual）或者行动知识分子与学院知识分子之分。知识探求与公共关怀在很大程度上呈现冲突中的紧张，两大留学群体的文化选择与较量在权衡中不仅彰显了他们自身的人生关怀与安身立命所在，而且铸成了中国现代文坛的多元化发展格局，也影响着中国现代知识分子的角色定位和文化抉择。在《知识分子论》（*Representations of the Intellectual*）一书中，爱德华·W.赛义德（Edward W. Said）曾谈到他理想中的知识分子，认为知识分子应该具有朱利安·班达所说的"一小群才智出众、道德品质高超的，像至高无上的哲学家（philosopher kings）一类的人士，他们构成社会的良知"，同时，他们又能像葛兰西所说的"有机知识分子"一样积极介入社会和政治事务[①]。在族群的本质上，知识分子是否可以真的如此呢？

在今天看来，留学欧美的中国现代知识分子虽然曾经以一种无政治功利性的生存境遇与学术心态成为显赫于历史的诗人、小说家、文学理论家与学者，并获取了那个时代及后来者对

---

① Edward W. Said, *Representations of the Intellectual*, New York: Pantheon Books, 1994, pp.4-5.

他们身份的敬重,却在有意无意之间远离了知识分子与生俱来的公共关怀与社会评判功能。在另一个维度上,留学日本的中国现代知识分子因深度地介入那个时代的政治,而被那个时代的左翼政治推入意识形态的紧张中所需要与所显赫。但在特定的历史阶段,往往会出现敷衍于政治意识形态所铸造的知识分子形象及其言说方式,然而政治的更替也往往会瞬间使伟大降解为渺小,并使其丧失其特定的功利性价值。也正是如此,郭沫若、田汉、夏衍等当年那些宣传式的、工具化的、应景应制的作品越来越多地被加以反思。

应该说,知识分子的普世良心及其伟岸人格,需要经过历史长久的代际沉淀才能给予准确评判。胡适曾在"但开风气不为师"的背后依然为政治与学术的纠结矛盾不已;鲁迅也曾遗憾"新作小说则不能",因为"不在革命的漩涡和中心""久不能到各处去考察"[1];郭沫若则反思当年自己所作的那些宣传式的、应景应制的作品的价值[2]。弗兰克·富里迪(Frank Furedi)曾痛彻地感受到知识分子的迷失,并在惘然若失中痛心地高呼"知识分子都到哪里去了"?[3] 拉塞尔·雅各比(Russell Jacoby)无奈地看着学院化、体制化使当代知识分子的公共性在身份的褪色中飘

---

[1] 鲁迅:《且介亭杂文·答国际文学社问》,《鲁迅全集》第6卷,人民文学出版社1981年版,第18页。

[2] 郭沫若生前对自己的作品有过好几次沉痛的自我否定,"我常感到自己的生活中缺乏诗意,因此也就不能写出好诗来。我的那些分行的散文,都是应制应景之作,根本就不配称为是什么'诗'!……回顾我的过去,我对于自己发表过的'诗'已经没有多大兴趣。任它们作为历史的陈迹,自生自灭吧。"(郭沫若:《致陈明远》,黄淳浩编:《郭沫若书信集》下册,中国社会科学出版社1992年版,第142页。)

[3] Frank Furedi, *Where Have All the Intellectuals Gone*? Continuum International Publishing Group, 2004.

第一章　本土与异域文化语境中的中国知识分子及其历史使命

零且淡去,从而悲怆地慨叹"消逝的知识分子就消逝在大学里"①。

我们发现:历史往往有着惊人的相似,在后现代高科技文明打造的全球化时代,两大留学群体、"五四"一代知识分子的纠结、徘徊与紧张在当下又重新开始上演。从作为整体的中国知识分子族群来看,当代中国知识分子如何整合自身的双重角色与双重社会功能?在众声喧哗的网络与媒体时代,当代中国知识分子如何既在知识的探求中求取自己的学者身份,又在公共知识分子的立场上担当起启蒙民众的使命与社会的责任,既"游方之内"又"游方之外",成为在身份本质上意义完整的"知识分子",最终以此真正找到当代知识分子之精神与良心的归宿?这恐怕是当代每一位中国知识分子都值得思索与行动的要务,也是他们当下面临的又一次身份突围。

---

① [美]拉塞尔·雅各比:《最后的知识分子》,洪洁译,江苏人民出版社2002年版,第13页。

第二章　自由主义与"情"本体论：留欧美知识分子及其世界性与本土性

第一节　西方异质文化在中国现代文学观念中的本土性呈现

在西方政治思想史及其文学艺术发展的历程上，自由主义（liberalism）不是一个绝然封闭的、孤立的学术概念，而是一个在敞开中承载着诸种相关政治思想与文化思潮的集合概念。在这个概念的词源学追问上，我们可以把现代英语"liberty"——"自由"在意义上追溯至古罗马时代的拉丁文"liber"。从古罗马以来，西方历代知识分子在从"liber"至"liberty"的语言转换进程中，这个概念的意义发展形成了一系列高扬"自由"旗帜的多元思想流派。我们在这里没有更多的文本空间去详细地讨论每一位留欧美知识分子具体是对哪一种自由主义思潮的接受，但是就我们概括而言，西方的自由主义作为一个集合概念，至少是在以下四个层面对西方社会、政治、历史、文化、文学艺术等产生了深远的影响，如政治自由主义（public liberalism）、文化自由主义（cultural liberalism）、经济自由主义（economical liberalism）与社会自由主义（social liberalism）。特别是自 19 世纪中叶以来，自由主义几乎成为覆盖欧美发达国家的主流文化思潮。胡适、

第二章 自由主义与"情"本体论：留欧美知识分子及其世界性与本土性

徐志摩、梁实秋、闻一多、林语堂等留学欧美派作家，在一个相对多元的意义上不可避免地接受了西方自由主义的影响。

通过研究，我们可以发现这样一种历程：他们以留学生的身份走向西方后，得以规避中国本土几千年传统文化所沉积的落后与封闭，对西方之自由与独立的认同成为他们坚定的立场，也正是基于这一立场，他们又以最为敞开的心态接受了西方的哲学、美学及文学艺术观。作为那个时代留学欧美的知识分子，他们在知识结构的重组和自我精神的重铸两个面向上，把西方的自由与独立带入中国汉语文化本土，西方的先进异质文化在跨文明的遭遇中，对东方中国旧日文明传统形成了冲击、颠覆与介入性重构。正是在这种中西文化的冲突、对话与交汇中，留学欧美作家的文学观念呈现为一种把主体人格意志中的"至情至性"放大到极致的姿态。

现代诗人徐志摩曾先后赴美英留学，他是一位终其一生执著追求"爱、美、自由"的浪漫才子[①]。在欧美留学期间，徐志摩在与先进异质文化的遭遇中融入了欧美自由民主的氛围，接受了浪漫主义的传统和唯美主义的思潮，西方文化在影响的渗透中对他的熏陶和洗礼造就了他的内在审美气质[②]，促成了他在文学艺术创作中崇尚自由与独立的人格，也更激发了他创作的灵感

---

① 胡适曾在《追忆志摩》中谈道："他的人生观真是一种单纯的信仰，这里面只有三个大字：一个是爱，一个是自由，一个是美。他梦想这三个理想的条件能够会合在一个人生里，这是他的单纯信仰。他的一生的历史，只是他追求这个单纯信仰的实现的历史。"（胡适：《追忆志摩》，《新月月刊》1932年1月10日第4卷第1期。）
② 在《吸烟与文化》一文中，徐志摩曾不无留恋地回忆道："我在康桥的日子可真是享福，深怕这辈子再也得不到那样甜蜜的机会了。我不敢说康桥给了我多少学问或是教会了我什么。我不敢说受了康桥的洗礼，一个人就会变气息、脱凡胎。我敢说的只是——就我个人说，我的眼是康桥教我睁的，我的求知欲是康桥给我拨动的，我的自我意识是康桥给我胚胎的。"（徐志摩：《徐志摩全集》第2卷，天津人民出版社2005年版，第331页。）

和诗情的"无关阑的泛滥"。

在《猛虎集·序》中谈到诗歌创作的心理内在冲动时,徐志摩在回忆中把自己的诗情描述为山洪暴发式的震撼:

> 有一个时期我的诗情真有些像是山洪暴发,不分方向的乱冲。那就是我最早写诗那半年。生命受了一种伟大力量的震撼,什么半成熟的未成熟的意念都在指顾间散作缤纷的花雨。我那时是绝无依傍,也不知顾忌,心头有什么郁积,就付托腕底胡乱给爬梳了去,救命似的迫切,那还顾得了什么美丑!①

无论我们在什么时间、什么地点走进徐志摩的诗性世界,我们的阅读总是能够体验到诗人在本真的自由与情致的独立中尽情抒发的喜怒哀乐。

如果说"感情"的"无关阑的泛滥"成就了徐志摩以诗人身份在那个时代得以显赫,同样留学欧美的闻一多早在《评本学年〈周刊〉里的新诗》一文中,就已经阐明了"情感"是诗人在创作中所投射的本体力量,并以此作为评判新诗优劣的审美价值标准。闻一多把源于诗人内心的真情阐释为"诗的真价值":"诗的真价值在内的原素,不在外的原素。'言之无物''无病呻吟'的诗固不应作,便是寻常琐屑的物,感冒风寒的病,也没有入诗的价值。"进而把爆裂于诗人胸中的激情理解为铸成惊心动魄之作的本体:

> 诗人胸中底感触,虽到发酵底时候,也不可轻易放出,

---

① 徐志摩:《猛虎集·序》,《徐志摩选集》下册,人民文学出版社 2004 年版,第 243 页。

第二章　自由主义与"情"本体论：留欧美知识分子及其世界性与本土性

必使他热度膨胀,自己爆裂了,流火喷石,兴云致雨,如同火山一样——必须这样,才有惊心动魄的作品。①

在后来的《冬夜评论》一文中,闻一多又激情无限地申述了他的文学观念:"文学本出于至情至性"②,诗歌是以语言在审美符号的编码中"厚载情感"的。也正是在这种"至情至性"文学观念的构成上,闻一多把诗歌创作的动力追溯至个体内在情感的蒸发与展现之中:"诗是被热烈的情感蒸发了的水气之凝结,所以能将这种潜伏的美十足的充分的表现出来。"③甚至在《泰果尔批评》一文中,闻一多对世界级大诗人泰戈尔也进行了批评,认为泰戈尔的诗歌过多地在哲理中追寻诗性的思辨,从而导致了情感的缺席,因此闻一多宣称:"诗家底主人是情绪,智慧是一位不速之客,无须拒绝,也不必强留。至于喧宾夺主却是万万行不得的!"④闻一多不仅对新诗的批评持有这样一种"至情至性"的情本体论创作观念,他对中国古代诗歌的批评也依然如此。所以在《唐诗杂论·孟浩然》一文中,他反复重申:"情当然比学重要得多。说一个人的诗缺少情的深度和厚度,等于说他的诗的质不够高。"⑤

---

① 闻一多:《评本学年〈周刊〉里的新诗》,《闻一多全集》第 2 卷,湖北人民出版社 1994 年版,第 40、47 页。
② 闻一多:《冬夜评论》,《闻一多全集》第 2 卷,湖北人民出版社 1993 年版,第 87 页。
③ 同上书,第 64 页。闻一多在论及《冬夜》的音节时曾谈道:"声与音的本体是文字里内含的质素;这个质素发之于诗歌的艺术,则为节奏,平仄,韵,双声,叠韵等表象。寻常的语言差不多没有表现这种潜伏的可能性底力量,厚载情感的语言才有这种力量。诗是被热烈的情感蒸发了的水气之凝结,所以能将这种潜伏的美十足的充分的表现出来。"
④ 闻一多:《泰果尔批评》,《闻一多全集》第 2 卷,湖北人民出版社 1993 年版,第 126 页。
⑤ 闻一多:《孟浩然》,《唐诗杂论》,上海古籍出版社 2006 年版,第 29 页。

非常值得现代文学研究者注意的是,李金发与闻一多先后去欧美留学时,他们选择的都是美术专业①。在文艺复兴之后的西方文学与西方艺术发展史上,美术作为视觉艺术从来都高扬着前卫性大旗,在自由与独立中把人的本性与情感表现得淋漓尽致。在某种程度上,可以说,李金发与闻一多在他们的文学观念中所彰显的情本体论思想,与他们留学初期对美术专业的选择也有着密切的逻辑关系。

在法国留学时,李金发深受象征派诗人波德莱尔及其《恶之花》的影响,学成归国后,他以自己的汉语诗歌书写,成为中国本土现代文学史上的第一位象征主义诗人。朱自清在《中国新文学大系·诗集导言》中曾将李金发视为中国新诗坛的"一支异军",并强调他自觉遵从"法国象征诗人的手法"并第一个将其介绍至中国汉语本土的开创之举;同时指明尽管李金发的诗"没有寻常的章法",但他要表现的"不是意思而是感觉或感情"是"对于生命欲挪揄的神秘及悲哀的美丽"②。

也有论者曾经讨论李金发诗歌的想象性与象征性的契合点:"李金发凭着自己丰富的想象和敏锐的感觉力,捕捉着自然万物的种种现象,并把他们视为'象征的森林',用这些和诗人内心世界相'契合'的具有象征性的意象作为表现手段,来表现自己复杂微妙的内心世界、思想情感的细致变化和宇宙万物的印象、感受。"③虽然这位论者的论述基本表明了自己的立场,然而

---

① 李金发曾于1919年赴法勤工俭学,并于1921年就读于第戎美术专门学校和巴黎帝国美术学校;闻一多曾于1922年赴美国芝加哥美术学院留学。关于李金发与闻一多两位学者的美术观念及其文学观念的互涉性影响,我们另有论述。
② 朱自清:《诗集导言》,赵家璧主编:《中国新文学大系》第8集,上海良友复兴图书印刷公司1935年版,第7—8页。
③ 安危:《李金发诗艺的美学特征》,《东北师范大学学报(哲学社会科学版)》1990年第2期。

第二章　自由主义与"情"本体论：留欧美知识分子及其世界性与本土性

笔者认为，如果在讨论李金发诗歌的想象性与象征性的契合点中，论者能够进一步发掘情感的自由抒发与李金发在象征主义诗歌世界中所执著追寻的独立人格，这样可以在一种深度的理解层面上更准确地加以把握。当然诗歌原本就是个人精神、情感的自由抒发，李金发是执著追求艺术的自我世界而心无旁骛的诗人，他是为抒发情感而写诗的，情感就是他的诗得以存在的本体。在他并不多见的诗论《诗是个人灵感的纪录表》一文中，针对批评他的诗作"初看上去不甚明了""很难读"等评论，李金发则泄尽诗意地回应：

> 我作诗的时候从没有预备怕人家难懂，只求发泄尽胸中的诗意就是。时至今日，果然有不少共鸣的心弦在世上。——我的作风普遍了。……我的诗是个人灵感的记录表，是个人陶醉后引吭的高歌，我不能希望人人能了解。①

可以说，徐志摩倡导的"无关阑的泛滥"之感情、闻一多申述的"至情至性"与李金发"满贮着我心灵失路之叫喊"②的诗作，不仅代表了那个时代留学欧美知识分子释放在他们文学活动中的全部激情，也代表了那个时代留学欧美知识分子在他们的文学活动中所形成的自觉的文学观念。用闻一多的话语来总纳，这种文学观念的审美理论构成就是创作主体宣泄于文学形式中使其意义出场的"至情至性"。我们认为，这种"至情至性"是西方之自由与独立在中国本土留欧美知识分子文学观念中的变异性

---

① 李金发：《诗是个人灵感的纪录表》，原载于《文艺大路》1935年第2卷第1期，杨匡汉、刘福春编：《中国现代诗论》上册，花城出版社1986年版，第250页。
② "我，/长发临风之诗人，/满洲里之骑客，/长林里满贮着我心灵失路之叫喊，/与野鹿之追随。"（李金发：《给X》，《微雨》，浙江文艺出版社1996年版，第36页。）

呈现。特别需要指明的是,对于那些留学欧美的中国现代知识分子而言,西方的自由与独立是他们在留学期间作为哲学、经济学、政治学、社会学与伦理学意义上的学理所接受的,而他们把西方的自由与独立带入中国汉语本土后,则使其转换于文学观念中,变异为文学创作、文学批评与文学理论三个维度上"至情至性"的情本体论思想表达。

第二节 "情"本体论及其变异性彰显与中西文学观念之整合

如果说在文学观念这个概念中涵盖着文学创作、文学批评与文学理论三个维度,那么也正是在这三个维度上,可以说,"情"是我们在此分析与总纳留欧美知识分子文学观念时,从中提取出来的一个重要的涵盖性术语——"umbrella term"。我们认为,留欧美知识分子在他们的文学活动中构成了他们所倡导的以"情"为本的情本体论文学观念,"情"这个术语在其学理体系的构成上可以总纳他们在中国汉语本土构建于文学观念中的美学思想。

在中国古代文学观念发展史上,早在先秦时期,《荀子·正名》即把"情"界定为人性的本质:"性者,天之就也;情者,性之质也;欲者,情之应也。以所欲为可得而求之,情之所必不免也。"[①]由上文可见,早在那个时代,荀子在原始的审美心理上已经把"情"作为一个"概念"本质主义(essentialism)化了。这种把"情"作为一个审美概念的认同一直在中国古代文学观念中发展着,并形成了不可磨灭的踪迹。《吕氏春秋·上德》曾讨论"顺

---

① (战国)荀子:《荀子·正名》,《诸子集成》第2集,上海书店出版社1991年版,第284页。

第二章 自由主义与"情"本体论：留欧美知识分子及其世界性与本土性

天"与"顺情"的自然文化观：

> 其之敉，而不知其所以然，此之谓顺天。教变容改俗，而莫得其所受之，此之谓顺情。①

东汉高诱曾对此句中的"情"字也是这样作界定的："情，性也，顺其天性也。"②我们把荀子与高诱界定的"情"进一步带入文学观念中来解释，这里的"情"在自然的本质上是审美的"人情"——人之情，成书于战国至秦汉年间的《礼记》在《礼运》篇就"人情"记录了那个时代士人所赋予的解释意义：

> 何谓人情？喜、怒、哀、惧、爱、恶、欲，七者弗学而能。③

在某种程度上，《礼记·礼运》所记载的"喜、怒、哀、惧、爱、恶、欲"，也正是"情"注入于不同文学体裁中所外显的诸种审美表现。在中国古代文学观念中，"言志"与"缘情"是中国古代诗学本体论两个重要范畴，文学是审美的表现形式，所以"言志"也必须借助于"缘情"得以出场。

在中国古代诗学史上，《诗大序》是最早在自觉的理论上讨论"诗"与"情"的文本：

> 国史明乎得失之际，伤人伦之废，哀刑政之苛，吟咏情

---

① （战国）吕不韦撰、（东汉）高诱注：《吕氏春秋》，《诸子集成》第6集，上海书店1991年版，第241页。
② 同上书，第241页。
③ （东汉）郑玄注、（唐）孔颖达等正义：《礼记正义》，《十三经注疏》下册，中华书局1980年版，第1422页。

性,以风其上,达于事变而怀其旧俗者也。故变风发乎情,止乎礼义。发乎情,民之性也;止乎礼义,先王之泽也。①

无论《诗大序》是在一种怎样的封建礼教之道德观念上,要求文学创作把"情"的审美宣泄止乎"礼义",其还是把"情"解释为文学得以发生的本体。

西晋文学家陆机在《文赋》中提出"诗缘情而绮靡"的诗学思想,主张诗人在创作的审美心态中把"情"推至表现的极限。钟嵘是南朝的文学批评家,在《诗品·序》中,他倡导诗人应该在创作的审美无意识中体验吟咏情性,以此拒绝用典:"至乎吟咏情性,亦何贵于用事?"白居易作为中唐新乐府运动的倡导者,尽管在文学观念的社会性上提出"文章合为时而著,歌诗合为事而作",然而在其《与元九书》中,他还是执著地把"情"认同为诗的根本——本体:"诗者;根情,苗言,华声,实义。"②"诗者:根情",这是中国文学批评史上以"情"为根本的文学观念的建构。

徐志摩、闻一多、李金发等留学欧美知识分子所提出和倡导的"感情"或"至情至性"作为文学观念,其中含有中国本土文化的诗学传统,正如清代诗坛性灵派主将袁枚在《随园诗话》中所强调的那样:"诗写性情,惟吾所适。"③所谓"惟吾所适"就是需要主体在诗歌创作的性情宣泄时体验一种自由与独立的审美心理,即"至情至性";无疑"情"是留学欧美知识分子在他们的文学观念中得以安身立命的基点,用当代文学理论来解释,这个基点就是本体。然而,不同于陆机、钟嵘、白居易、袁枚等中国古代诗

---

① 《毛诗正义·诗大序》,《十三经注疏》上册,中华书局1980年版,第271—272页。
② (唐)白居易:《与元九书》,《白居易集》第3册,顾学颉校点,中华书局1979年版,第960页。
③ (清)袁枚:《随园诗话》第1卷,顾学颉校点,人民文学出版社1960年版,第3页。

第二章 自由主义与"情"本体论：留欧美知识分子及其世界性与本土性

人及文学批评家的是，留学欧美知识分子不仅继承了中国本土以"情"为本体的传统文学观念，同时在其中也注入来自欧美文化背景的自由与独立之思想，因此构建起属于他们那个时代的、融汇中西之文学观念的"情"本体论。进一步需要说明的是，尽管那个时代的中国还处在积贫积弱的状态，但是留学欧美知识分子在他们的文学观念中所构建的"情"本体论，其中依然沉淀着丰富的中国文化传统的民族性，这里的民族性就是本土性，并且这种本土性、民族性与他们所接受的西方文化精神是同等重要的。例如，大卫·达姆罗什在《一个学科的再生：比较文学的全球起源》一文中引用雨果·梅尔兹（Hugo Meltal）的表述："相反，比较文学钟情培育的是民族纯粹的民族性。[……]我们的秘密座右铭是：作为民族个性的民族性是神圣不可侵犯的。因此一个即使在政治上无足轻重的民族，从比较文学的视角来看，也与最强大的民族同等重要。"①

需要强调的是，"情"在我们的论述中是一个重要的文学理论概念，它不再是于日常用语上所使用的一个常然表述。从文学观念的构成上来解释"情"这个概念，人是作为感性的生命存在个体，在文学的审美活动中，人往往把自己丰富的本质、品性、修养、感受、情致都感性化地渗透于"情"这一概念中，因此作为一个重要文学理论概念的"情"，其包涵着个体生命投入文学活动中的个性、人性、性灵、情感、至情至性、心灵、灵魂、纯诗、灵性、真诚与自我等。也正是在这个层面上，对以胡适、徐志摩、闻一多、梁实秋、林语堂、朱光潜等为代表的留学欧美知识分子而

---

① [美]大卫·达姆罗什：《一个学科的再生：比较文学的全球起源》，[美]大卫·达姆罗什、陈永国、尹星主编：《新方向：比较文学与世界文学读本》，北京大学出版社2010年版，第45页。

言,"情"不再仅仅是一个可以被简单地理解为纯然"feeling"的表述,而是在汇通中西诗学与中西文化的大背景下,极具现代性与本土性的"情"本体。

在《中国近代思想史上的胡适》一书中,余英时把胡适尊称为"20世纪中国学术思想史上的一位中心人物"[①],同时,我们也认为胡适是"中国现代自由主义先驱"与"中国文艺复兴之父"。胡适在太平洋彼岸接受了七年的美国式教育,这使他对西方文化中的自由、民主与法治有着自觉的认同并终生服膺。在文学理论的主张上,胡适推崇易卜生"个人须要充分发展自己个性"的主张,提倡自由独立的精神,认为"社会最大的罪恶莫过于摧折人的个性,不使他自由发展",进而要求社会和所谓的"好政府"能够"充分容纳个人的自由,爱护个性的发展"[②]。在《中国的文艺复兴运动》一文中,他对五四文学革命运动作出总结,这个总结正是从文学理论的层面热切希望中国文坛能有"自由"的、以"人"为主体的文学:

> 我们希望两个标准:第一个是人的文学;不是一种非人的文学;要够得上人味儿得文学。要有点儿人气,要有点儿人格,要有人味的、人的文学。第二,我们希望要有自由的文学。[③]

可以说,这两个标准——"人的文学"与"自由的文学",实际上是从胡适到朱光潜等留学欧美知识分子于自觉或不自觉之间一致

[①] 余英时:《中国近代思想史上的胡适》,联经出版事业公司1984年版,第7页。
[②] 胡适:《易卜生主义》,《胡适文集》第2卷,人民文学出版社1998年版,第30页。
[③] 胡适:《中国文艺复兴运动》,《胡适的声音1919—1960:胡适演讲集》,广西师范大学出版社2005年版,第259页。

第二章 自由主义与"情"本体论：留欧美知识分子及其世界性与本土性

恪守的基本文学理念。而在《什么是文学——答钱玄同》一文中，胡适又对"何为文学"作出了自己的界定，这也是他此后一直坚守的文学理论立场：

> 语言文字都是人类达意表情的工具：达意达的好，表情表的妙，便是文学。但是怎样才是"好"与"妙"呢？这就很难说了。我曾用最浅近的话说明如下："文学有三个要件：第一要明白清楚，第二要有力能动人，第三要美。"因为文学不过是最能尽职的语言文字，因为文学的基本作用（职务）还是"达意表情"，故第一个条件是要把情或意，明白清楚的表出达出，使人懂得，使人容易懂得，使人决不会误解。①

文学是借用语言塑造审美形象的修辞性书写，所以语言在文学创作中的"达意"必须借助于修辞的"表情"而兑现，而胡适正是将"达意表情"视为文学的第一个"要件"。如此还不尽完美，他还提倡达意表情的"有力"和感人："懂得还不够。还要人不能不懂得；懂得了，还要人不能不相信，不能不感动。我要他高兴，他不能不高兴；我要他哭，他不能不哭，我要他崇拜我，他不能不崇拜我，我要他爱我，他不能不爱我。这是'有力'。这个，我可以叫他做'逼人性'。"②胡适在以上的陈述中主张，如此以来的创作才算是在意志自由与情感宣泄中达向"美"的文学③。在《五十年来中国之文学》一文中，他依然重申："大凡文学有两个主要分

---

① 胡适：《什么是文学——答钱玄同》，《胡适文集》第2卷，北京大学出版社1998年版，第149页。
② 同上书，第149—150页。
③ "我说，孤立的美，是没有的。美就是'懂得性'（明白）与'逼人性'（有力）二者加起来自然发生的结果。"（同上书，第150页。）

子：一是'要有我',二是'要有人'。有我就是要表现著作人的性情见解,有人就是要与一般的人发生交涉。那无数的模仿派的古文学,既没有我,又没有人,故不值得提起。"①由此可见,尽管胡适深受美国学术文化的影响,终其一生都辗转徘徊于中西文学、中西哲学、中西政治、中西教育及相关中西学术构成的互文场域中,但他基于西方自由主义的立场,在"五四"时期依然遮蔽于封建文化传统弥漫下的中国本土,以先驱者的姿态积极倡导"健全的个人主义"及文学在审美自由中"达意表情"的理念。这种先驱者的姿态及先锋性的倡导,不仅推动胡适形成了彰显"著作人的性情见解"之自由主义文学理论思想,也推动着那个时代的文学挣脱一切束缚,在新旧文化的交替与更迭中追寻个体情感的自由表达。

梁实秋1923年赴美留学,先在科罗拉多学院(Colorado College)学习,毕业后转入哈佛大学继续攻读西方文学和文学理论的研究生,师从新人文主义大师白璧德并获得哲学博士学位。在早年与闻一多的《冬夜评论》一起出版发行的《草儿评论》一文中,梁实秋已经关注到诗歌创作中"情"的专属性,他声称寻常的"演说词""小说""记事文"都不能被承认为"诗",原因在于"诗的主要职务是在抒情,而不是在说理;演说恰反是。人的精神活动,理智与情感是有反对性的。有时情感经过理智的分析,便烟消火灭了;诗人大半是情感胜过理智的。所以诗里最忌的是冷酷严厉的说理词句,因为如此适足以减少诗的情的成分"②。而且梁实秋进一步强调"诗人发泄的情感,是同平常人不同的,——

---

① 胡适:《五十年来中国之文学》,《胡适文集》第3集,北京大学出版社1998年版,第238页。
② 梁实秋:《〈草儿〉评论》,《梁实秋文集》第1卷,鹭江出版社2002年版,第7页。

第二章　自由主义与"情"本体论：留欧美知识分子及其世界性与本土性

或是特别的委婉，或是特别壮烈"①。在此后的文学理论和文学批评中，由于梁实秋服膺于英美自由主义思想，尤其又深受白璧德新人文主义影响，他又将诗歌中"情"的抒发与表现上升至"人性"的层面，明确地表明文学"发于人性、基于人性、亦止于人性"，并进而认为"伟大的文学亦不在表现自我，而在表现一个普遍的人性"②。"人性"成为他的文学思想中基本的核心概念，他曾在《偏见集·现代文学论》一文中对此进行了总括性的阐释：

> 文学的精髓在其对于人性之描写。人生是宽广的，人性是复杂的，我们对于人生的经验是无穷的，我们对于人性的了解是无穷极的，因此文学的泉源是永远不竭，文学的内容形式是长久的变化。伟大之文学家能洞悉人生的奥秘，能彻悟人性之最基本的所在，所以文学作品之是否伟大，要看它所表现的人性是否深刻真实。文学的任务即在于表现人性，使读者能以深刻的了解人生之意义。文学作品以一时间一地点之特殊生活为对象者，其感动人之力量便有时间地点之限制；文学作品以基本的普遍的人性为对象者，其感动人的力量，便是永久普遍的。喜怒哀乐之情是亘古不变的，其方式自有变化，其本质却是固定不移的。③

从西方普遍的"人性"论出发，梁实秋在中国汉语本土以一种激

---

① 梁实秋：《〈草儿〉评论》，《梁实秋文集》第1卷，鹭江出版社2002年版，第19页。
② 梁实秋：《现代中国文学之浪漫的趋势》，《梁实秋文集》第1卷，鹭江出版社2002年版，第47页。
③ 梁实秋：《偏见集·现代文学论》，《梁实秋文集》第1卷，鹭江出版社2002年版，第400—401页。

烈与固执的姿态拒斥当时的"工具文学""武器文学""宣传文学",要求"思想自由"①,批判"政治控制文艺",反对文艺的阶级性和题材的积极性。在《文学是有阶级性的吗?》一文中,梁实秋进而大声疾呼:"文学的国土是最宽泛的,在根本上和在理论上没有国界,更没有阶级的界限。"②同时,他在《文学与革命》一文中把白璧德在西方倡导的普遍"人性"置入他那个时代中国本土的文学观念中,因此把文学视为个人在自由与独立中追寻真善美的"情思":"文学家所代表的是那普遍的人性,一切人类的情思,对于民众并不是负着什么责任与义务,更不曾负责着什么改良生活的担子。所以文学家的创造并不受着什么外在的拘束,文学家的心目当中并不含有固定的阶级观念,更不含有为某一阶级谋利益的成见。文学家永远不失掉他的独立。……文学家不接受任谁的命令,除了他自己内心的命令;文学家没有任何使命,除了他自己内心对于真善美的要求使命。"③

当然,不啻如此,在讨论梁实秋的文学理论及那个时代留学欧美知识分子的情本体论文学观念时,我们还可以从梁实秋大量的书写中追寻到这样一种融合中西的美学踪迹,即他把西方的普遍"人性"与中国本土那个时代作家所表达的"情思"进行整

---

① 梁实秋:《论思想统一》,《梁实秋文集》第5卷,人民文学出版社1998年版,第562页。梁实秋在《论思想统一》一文中呼吁:"我们要思想自由、发表思想的自由,我们要法律给我们以自由的保障。我们并没有什么主义传授给民众,也没有什么计划要打破现状,只是见着问题就要思索,思索就要用自己的脑子,思索出一点道理来就要说出来,写出来,我们愿意人人都有思想的自由,所以不能不主张自由的教育。我们反对思想统一! 我们要求思想自由! 我们主张自由教育!"而且申明:"据我看,文学这样东西,……我看还是让它自由的发展去罢!"
② 梁实秋:《偏见集·文学是有阶级性的吗?》,《梁实秋文集》第1卷,鹭江出版社2002年版,第322页。
③ 梁实秋:《偏见集·文学与革命》,《梁实秋文集》第1卷,鹭江出版社2002年版,第313页。

第二章 自由主义与"情"本体论:留欧美知识分子及其世界性与本土性

合,并以此作为测量文学的终极标准。因此,在《文学与革命》《文学是有阶级性的吗》《人性与阶级性》等文中论及文学的性质与价值时,他又一再重申:

> 但是就文学论,我们划分文学的种类派别是根据最根本的性质与倾向,外在的事实如革命运动复辟运动都不能借用做衡量文学的标准。并且伟大的文学乃是基于固定的普遍的人性,从人心深处流出来的情思才是好的文学,文学难得的是忠实,——忠于人性;至于与当时的时代潮流发生怎样的关系,是受时代的影响,还是影响到时代,是与革命理论相合,还是为传统思想所拘束,满不相干,对于文学的价值不发生关系。因为人性是测量文学的唯一标准。①

从早年提倡"诗的主要职务是在抒情"到坚持以人为本、推崇西方普遍的"人性",在文学观念的构成中,梁实秋认为文学是自由独立地展示个体"内心深处流出来的情思"的审美表现形式,在这种审美表现形式中驻留的本质是普遍的"人性"。可以说,梁实秋的文学理论构成在民族斗争与阶级斗争激烈的年代显得格外"不合时宜",他不仅与鲁迅、左翼等作家产生了严重的分歧与对立,而且在20世纪二三十年代的中国现代文坛论争不断、纷扰四起。但这似乎并不妨碍他终其一生对文学自由与独立的审美特性深深认同并执著坚守。1986年8月,他在重版《偏见集》的序言中依然如故甚至痴心不改:"回顾数十年来所谓文坛上的风风雨雨,实际上是以政治企图控制文艺所引来的骚扰。野心

---

① 梁实秋:《偏见集·文学与革命》,《梁实秋文集》第1卷,鹭江出版社2002年版,第312页。

家可以声势浩大的喧腾于一时,文学终归是文学,空嚷无益。没有文学家肯被长久的拘囿于一个狭隘的政治性的框框之内,文学家要自由,自由发挥人的基本人性。"①梁实秋再次重申了其留学哈佛时期所接受的西方自由与独立的立场。

如果说胡适基于西方自由主义的立场,曾以先驱者的姿态积极倡导"健全的个人主义"及文学在审美自由中"达意表情"的理念;梁实秋以"人性"为基点,对文学的审美本质与价值标准给予明确的界定与阐释,从而捍卫文学的自由和独立发展的权力;林语堂则以"性灵""幽默"与"闲适"展现了他的文学观念及文化选择的自由与超功利性。林语堂出身牧师家庭,1916年上海圣约翰大学毕业后曾到清华大学英文系任教。1919年留学于美国哈佛大学文学系并于1921年获得比较文学方向硕士学位,1922年获得德国莱比锡大学语言学博士学位。早在那个时期,林语堂曾就自己的敞开性与国际性的文学研究立场有过一句著名的表述:"两脚踏中西文化,一心评宇宙文章。"从当代比较文学研究的学科理论来解释,这里的"宇宙文章"即言指比较文学研究者主求汇通中西文化,以求取具有普世性的第三种文化立场的书写。从比较文学跨语言、跨国族、跨文化的研究视域来看,林语堂既谙熟中国古典文学及传统文化,又有着长期留学欧美的学术背景与极高的英文造诣。这种语言能力与知识结构的组合决定了林语堂可以在中西文化的双向透视中,达向学贯中西与学贯古今的境界。林语堂一生笔耕不辍,他的这种自觉的比较文学研究视域渗透在他的小说、散文、批评与翻译等书写的文本中,并且有着突出成就。

---

① 梁实秋:《偏见集·文学与革命》,《梁实秋文集》第1卷,鹭江出版社2002年版,第308页。

第二章 自由主义与"情"本体论:留欧美知识分子及其世界性与本土性

1924年林语堂在《晨报副刊》发表《征译散文并提倡"幽默"》《幽默杂话》两篇文章,在中国文坛最早把英语文学传统中的一个重要修辞"humour"用汉语音译为"幽默",并进而指出:"我们应该提倡,在高谈学理的书中或是大主笔的社论中,不妨夹些不关紧要的玩意儿的话,以免生活太干燥无聊"①,"幽默二字原有纯粹译音……若必译其意,或可作'风趣''谐趣''诙谐风格'(humour)实多只是指一种作者或作品的风格"②。实际上,无论是在西方文学传统中还是在中国文学传统中,"幽默"作为翻译过来的一个专有文学术语,其又与汉语本土的另外一个专有文学术语"性灵"有着紧密相连的逻辑关系,并且两者属于互文术语。林语堂认为要达到行文论事的自然、洒脱与活泼的"幽默","性灵"则必不可少:"提倡幽默,必先提倡解脱性灵,盖欲由性灵之解脱,由道理之参透,而求得幽默也。"③何为性灵?林语堂在《论文》《论性灵》《写作的艺术》等文中几乎把"性灵"提高到无以复加的文学本体地位,他不仅认为"性灵就是自我""文学之命脉实寄托于性灵",而且呼吁"个性无拘无碍自由自在表之文学",希望文学能够摆脱一切束缚从而自由独立地发展。

> 一人有一人之个性,以此个性Personality无拘无碍自由自在表之文学,便叫性灵。……在文学上主张发挥个性,向来称之为性灵,性灵即个性也。大抵主张自抒胸意,发挥己见,有真喜,有真恶,有奇嗜,有奇忌,悉数出之,即使瑕瑜并见,亦所不顾,即使为世俗所笑,亦所不顾,即使触犯先

---

① 林语堂:《关于幽默》,《林语堂自传》,江苏文艺出版社1995年版,第202页。
② 同上书,第204页。
③ 林语堂:《论文》,《林语堂名著全集》第14卷,东北师范大学出版社1994年版,第155页。

哲,亦所不顾。①

文章者,个人之性灵之表现。性灵之为物,惟我知之,生我之父母不知,同床之吾妻亦不知。然文学之生命实寄托于此。②

古来文学有圣贤而无我,故死,性灵文学有我而无圣贤,故生。③

"性"即个人的"性情","灵"即个人的心灵。写作不过是发挥一己的性情,或表演一己的心灵。……我们在读一本古书,或阅一幅古画时,我们其实不过是在观看那作家的心灵的流动。有时这心力之流如若干涸,或精神如若颓唐时,即是最高手的书画家也会缺乏精神和活泼的。④

显然,林语堂关于"性灵"的理论与主张,与他一贯的呼唤个性、注重人情、表现自我、反对功利的自由主义立场有着密切的逻辑关联。

如果把我们的研究转入中国传统文化中,可以发现,"性灵"原本属于中国古典文学批评的范畴,其美学渊源可以追溯至求取人格独立和精神自由的庄子学派。万历年间(晚明)的"公安三袁"注重创作中个性的真挚表现和情感的自然流露,对明代弘治以后文坛"文必秦汉、诗必盛唐"的复古倾向进行了猛烈的抨击和尖锐的批判,并正式提出"独抒性灵,不拘格套""信腔信口,

---

① 林语堂:《论性灵》,《林语堂名著全集》第18卷,东北师范大学出版社1994年版,第238页。
② 林语堂:《论文》,《林语堂名著全集》第14卷,东北师范大学出版社1994年版,第148页。
③ 林语堂:《论性灵》,《林语堂名著全集》第18卷,东北师范大学出版社1994年版,第239页。
④ 林语堂:《写作的艺术》,《林语堂名著全集》第21卷,东北师范大学出版社1994年版,第363页。

第二章　自由主义与"情"本体论：留欧美知识分子及其世界性与本土性

皆成律度"的文学理论主张。林语堂虽然在美国哈佛大学获取比较文学硕士学位，在德国莱比锡大学获取语言学博士学位，但是，在知识结构的本土性立场上，他依然深受老庄思想和"公安三袁"的影响，并且对公安派推崇备至。林语堂不仅在《四十自叙》中公开表明自己得遇袁中郎之欣喜若狂："近来识得袁宏道，喜从中来乱狂呼，宛似山中遇高士，把其袂兮携其裾，又似吉茨读荷马，五老峰上见鄱湖，从此境界又一新，行文把笔更自如"①，更立足于古今中外的文学发展脉络上给性灵派以"抓住近代文的命脉""足以启近代散文源流"，甚至与胡适之文学革命同等重要的地位。

> 大凡此派主性灵，就是西方歌德以下近代文学普通立场。性灵派之排斥学古，正也如西方浪漫文学之反对新古典主义。性灵派以个人性灵为立场，也如一切近代文学之个人主义。其中如三袁兄弟之排斥仿古文辞，与胡适之文学革命所言，正如出一辙。②
>
> 性灵二字，不仅为近代散文之命脉，抑且足矫目前文人空疏浮泛雷同木陋之弊。吾知此二字将启现代散文之绪，得之则生，不得则死。盖现代散文之技巧，专在冶议论情感于一炉，而成个人的笔调。此议论情感，非修辞章法学来，乃由解脱性灵参悟道理学来。③
>
> 性灵之启发，乃文人根器所在，关系至巨。故不惮辞费，再为下篇，以明文章之孕育取材及写作确不能逃出性灵

---

① 林语堂：《四十自序》，《论语》1934年9月16日第49期。
② 林语堂：《论文》，《林语堂名著全集》第14卷，东北师范大学出版社1994年版，第146页。
③ 同上书，第152页。

论范围也。①

当然,林语堂是一位从中国本土走向欧美又从欧美归返故国的优秀比较文学研究大师,所以在他的文学观念中一直坚定地持有中国本土文学传统的立场。不仅如此,作为留学欧美的现代作家,林语堂又自觉地从意大利美学家克罗齐及其表现主义中找到了与自身契合的理论主张:"大概一派思想到了成熟时期,就有许多不约而同的新说,同时并记,我认为最能代表此种革新的哲学思潮的,应该推意大利美学教授克罗齐(Benedetto Croce)的学说。他认为世界一切美术,都是表现,而表现能力,为一切美术的标准。"②如果对林语堂遗存下来的文献进行阅读与考察,我们可以发现克罗齐及其"艺术即表现,即直觉"、艺术唯情论及艺术无目的论,都曾使林语堂如获至宝,并且引为知己③。从提倡闲逸洒脱的"幽默""闲适"到形成"自抒胸意,发挥己见""无拘无碍自由自在表现个性"的性灵文艺观,从推崇"公安三袁"的"独抒性灵,不拘格套"到认同并接受克罗齐的表现主义文艺理论,在中西文化的交汇与融合中,林语堂始终坚持这样

---

① 林语堂:《论文》,《林语堂名著全集》第14卷,东北师范大学出版社1994年版,第152页。
② 林语堂:《旧文法之推翻与新文法之建造》,《林语堂名著全集》第13卷,东北师范大学出版社1994年版,第328页。
③ 早在哈佛大学比较文学研究所留学时,林语堂虽然十分尊敬白璧德,但对他所倡导的新人文主义思想,却始终持有一种怀疑和反叛的态度。在20世纪初期发生的那场白璧德与"浪漫派"的斯宾加恩(Spingarn)的论战时,他毫不犹豫地支持后者。而斯宾加恩则极端推崇克罗齐,认为克罗齐的"艺术即表现,即直觉"的美学理论,从多个方面革新了传统的文艺理论体系。林语堂后来在《八十自叙》一文中回忆道:"我不肯接受白璧德的批评规范,有一次曾毅然为史宾岗(即斯宾加恩——引注)辩解,结果和克罗齐将一切批评起源视为'表现'的看法完全吻合。"(林语堂:《八十自叙》,《林语堂经典名著》,金兰出版社1985年版,第69页。)

第二章　自由主义与"情"本体论：留欧美知识分子及其世界性与本土性

一种文学观念的立场：文艺是创作主体的个性与心灵的表现，这种表现也是主体精神在真诚自然中不可抑制的抒写，并进而认为这种表现、抒写与道德功用、政治功用、文以载道皆无逻辑关联。林语堂在一种自觉的汇通中西文学理论的表达中提出，惟其如此，文学才能成为"亲感至诚"与"引动他人"的不朽之作："凡人作文，只怕表情不诚，叙物不忠，能忠能诚，自可使千古读者堕同情之泪"，"凡出于个人之真知灼见，亲感至诚，皆可传不朽。因为人类情感，有所同然，诚于己者，自能引动他人"①。

如前所述，留学欧美的中国现代作家曾经在欧风美雨的文化浸染下接受、认同并坚守自由与独立的思想立场，以最敞开的心态从不同的层面接受了西方的哲学、美学及文学艺术观，在西方先进的异质文明与中国本土落后旧日文明的冲突与整合中，在跨民族、跨语言、跨文化甚至跨学科的对话与交流中，留欧美知识分子构建起一种汇通中西诗学与文化并极具现代性与本土性的"情"本体论文学观。如果说徐志摩、闻一多、李金发等曾注重"情感"在创作中特别是诗歌创作中所投射的本体力量，在文学创作层面将主体人格意志中的"至情至性"放大到极致；胡适、梁实秋、林语堂等或倡导"健全的个人主义"，或推崇"基本的普遍的人性"，或提倡"幽默""性灵"与"闲适"，在文学理论这一维度上对文学的审美本质、价值功能与自由独立特性给予了明确的界定与阐释，并使中国传统文论中的"情"具有包涵着个体生命投入文学活动中的个性、人性、性灵等特质的现代性内涵；朱光潜、梁宗岱、宗白华则更多地从美学和文学批评的层面注重文学的审美形态和审美价值，表明了留欧美知识分子一致恪守的

---

① 林语堂：《论文》，《林语堂名著全集》第14卷，东北师范大学出版社1994年版，第149页。

基本文学理念与大致相同的文化选择。

朱光潜于 1925 年至 1933 年先后在英国、法国、德国留学，因此他能够地熟练掌握欧洲多种拼音语言，这也为他后来把一系列欧洲重要的哲学、美学与文艺理论著作翻译至中国汉语学界提供了坚实的储备，如维科的《新科学》（1725）、莱辛的《拉奥孔》（1766）、黑格尔的《美学》（1817）、爱克曼的《歌德谈话录》（1836）与克罗齐的《美学原理》（1910）等，西方的古典、现代学术思想与中国传统文化的精髓在他的知识结构中得到了很好的融汇与贯通。1925 年朱光潜留学英国时，正是意大利美学家克罗齐在欧洲学界声名极盛之时，同林语堂一样，朱光潜很快了解并接受了克罗齐以"直觉"为核心的美学思想，并以此构建了他以"美感经验"为基础的美学理论和文艺批评理论体系①。所谓"美感经验"，朱光潜认为，"就是我们在欣赏自然美或艺术美时的心理活动"，这种心理活动的最基本的特点就是"形象的直觉"（intuition of form）②。

> 无论是艺术或是自然，如果一件事物叫你觉得美，它一定能在你心眼中现出一种具体的境界或是一幅新鲜的图画，而这种境界或图画必定在霎时中霸占住你意识全部，使你聚精会神地观赏它，领略它，以至于把它以外一切事物都

---

① 1926 年，朱光潜写了《欧洲近代三大批评学者》系列文章，包括法国的圣伯夫、英国的阿诺德和意大利的克罗齐，其中他认为克罗齐是西方美学史上"以第一流哲学家而从事文艺批评者"，"亚里斯多德以后，克罗齐要算首屈一指。他从历史学基础上树起哲学，从哲学基础上树起美学，从美学基础上树起文艺批评，根源深厚，所以他的学说能风靡一时"（朱光潜：《朱光潜全集》第 8 卷，安徽教育出版社 1987 年版，第 229 页）。
② 朱光潜：《文艺心理学》，《朱光潜全集》第 1 卷，安徽教育出版社 1987 年版，第 208 页。

第二章 自由主义与"情"本体论:留欧美知识分子及其世界性与本土性

暂时忘去。这种经验就是形象的直觉。形象是直觉的对象,属于物;直觉是心知物的活动,属于我。在美感经验中心所以接物者只是直觉,物所以呈现于心者只是形象。"①

美感起于形象的直觉,不带实用目的。②

艺术是最切身的,是要能表现情感和激动情感的,所以观赏者对于所观赏的作品不能不了解。如果他完全不了解,便无从发生情感的共鸣,便无从欣赏。了解是以已知经验来诠释目前事实。如果对于某种事物完全没有经验,便不能完全了解它。③

从艺术表现情感和激动情感的特性出发,朱光潜希望在各种审美活动中,审美主体以"自我"直觉的活动对客观的"物"凝神观照、无所为而为地欣赏"(disinterested contemplation),摆脱一切"外在的"(extrinsic)的道德意义和社会效用,独专注于审美客体"内在的"(Intrinsic)价值。那么如何才能到达这种"物我两忘"进而"物我同一"的境界呢?朱光潜又借助英国心理学家布洛(Bullough)的"心理距离说"(pschical distance)和德国心理学家、美学家立普斯(Lipps)的移情说(Einfühlung),对文艺审美进程中的"美感经验"进行了丰富和阐述。

美感经验是一种聚精会神的观照。④

要达到这种境界,我们须在观赏的对象和实际人生之

---

① 朱光潜:《文艺心理学》,《朱光潜全集》第1卷,安徽教育出版社1987年版,第209页。
② 同上书,第216页。
③ 同上书,第220页。
④ 同上书,第269页。

中辟出一种适当的距离。艺术的成功或失败,就靠它对于观赏者的距离远近何如。距离太近,它容易引人回到实际人生里去,便失其为孤立绝缘的意象。距离太远,它又不能引起兴趣,使人难了解欣赏。①

在聚精会神地观赏一个孤立绝缘的意象时,我们常由物我两忘走到物我同一,由物我同一走到物我交注,于无意之中以我的情趣移注于物,以物的姿态移注于我。但是这种移情作用虽然常伴着美感经验,而却非美感经验的必要条件。有些艺术趣味很高的人常愈冷静愈见出形象的美。②

在文艺鉴赏或批评的审美活动中,朱光潜提倡在"观赏对象"与实际的人生和现实的生活之间"辟出适当的距离",超以象外,得其环中,不即不离,"无所为而为地欣赏"(disinterested contemplation),如此才能对审美对象进行单纯的观照和真正的鉴赏;而"诗和其他艺术都是情感的流露","一首诗或是一篇美文一定是至性深情的流露,存于中然后形于外,不容有丝毫假借。情趣本来是物我交感共鸣的结果。景物变动不居,情趣亦自生生不息。我有我的个性,物也有物的个性,这种个性又随时地变迁而生长发展"③。移情作用在"物我交感共鸣"进程中的重要性和必要性自不待言:"我们可以看出移情作用是和美感经验有密切关系的。移情作用不一定就是美感经验,而美感经验却

---

① 朱光潜:《文艺心理学》,《朱光潜全集》第1卷,安徽教育出版社1987年版,第269页。
② 同上。
③ 朱光潜:《"慢慢走,欣赏啊!"——人生的艺术化》,《谈美》,安徽教育出版社1989年版,第153页。

常含有移情作用。美感经验中的移情作用不单是由我及物的,同时也是由物及我的;它不仅把我的性格和情感移注于物,同时也把物的姿态吸收于我。所谓美感经验,其实不过是在聚精会神之中,我的情趣和物的情趣往复回流而已。"[1]在朱光潜的美学思想与文艺观念中,流露的"情"与"情感"被界定为文学和艺术的本体:"我的情趣和物的情趣往复回流",其缘起于"形象直觉"的美感经验,所以被看视为文艺鉴赏和产生共鸣的基础;审美主体只有进入《圆觉经》所言的"不即不离,无缚无脱"的凝神观照中,这样才可能达向庄子美学思想所追寻的"物我同一"的至高审美境界。

除此之外,从"起于形象的直觉,不带实用目的"而又注重移情、不即不离的美感经验出发,朱光潜倾向于"艺术的""主观的"与"直觉的"印象主义批评,并提倡"无所为而为"的超然和非功利性的文艺批评态度。在《灵魂在杰作中的冒险——考证、批评与欣赏》一文中,谈及文学批评,朱光潜将其分为四类:以"导师"自居的批评、以"法官"自居的批评、以"舌人"自居的批评和印象主义的批评,并对前三类都持否定态度。他进而陈述道:"印象派的批评可以说就是'欣赏的批评'",并表示"就我个人说,我是倾向这一派的"[2]。在《文艺心理学》一书中,他推崇"欣赏的批评和创造的批评",希望真正的批评家以自身的感觉印象,窥透作品的深层美学结构与脉搏气息,追寻作品的"内在的价值"与独特的艺术魅力,规避教条式的与功利性的文学批评。

---

[1] 朱光潜:《"子非鱼,安知鱼之乐?"——宇宙的人情化》,《谈美》,安徽教育出版社1989年版,第37—38页。
[2] 朱光潜:《灵魂在杰作中的冒险——考证、批评与欣赏》,《朱光潜全集》第2卷,安徽教育出版社1987年版,第39—40页。

> 真正的批评家都应该象创造世界的上帝一样,看见自己的作品而察觉它美或不美。如果批评者不是著作者自己,他也必须先把所批评的作品变成自己的。做到这步,他才能从作品里层窥透它的脉搏气息,才能寻出它的内在的价值,不只是拿外来的标准和义法去测量它。①
>
> 创造是造成一个美的境界,欣赏是领略这种美的境界,批评则是领略之后加以反省。领略时美而不觉其美,批评时则觉美之所以为美。不能领略美的人谈不到批评,不能创造美的人也谈不到领略。批评有创造欣赏做基础,才不悬空;欣赏创造有批评做终结,才底于完成。②

在其随后的重要著作《悲剧心理学》一书中,朱光潜不仅澄清了美学与文学批评之紧密关系,还将"心灵"与了解"心灵"视为批评的基础:"与美学紧密联系的是文学批评。与别的艺术形式一样,文学也是心灵与心灵互相交流的一种媒介。一切正确的批评理论都必须以深刻了解创造的心灵与鉴赏的心灵为其础。过去许多文学批评之所以有缺陷,就在于缺少坚实的心理学基础。"③因此,"真的批评家",应如印象主义(impressionism)领袖法朗士(Anatole France)所说:"叙述他的灵魂在杰作中的冒险。"④1932

---

① 朱光潜:《关于美感经验的几种误解》,《朱光潜全集》第 1 卷,安徽教育出版社 1987 年版,第 276 页。
② 同上书,第 276—277 页。
③ 朱光潜:《悲剧心理学》,人民文学出版社 1983 年版,第 5 页。
④ 朱光潜谈到印象主义批评时曾提及法朗士并赞同他的观点:"依我看来,批评和哲学与历史一样,只是一种给深思好奇者看的小说;一切小说,精密地说起来,都是一种自传。凡是真批评家都只叙述他的灵魂在杰作中的冒险",并将之视为"印象派批评家的信条"(《灵魂在杰作中的冒险——考证、批评与欣赏》,《朱光潜全集》第 2 卷,安徽教育出版社 1987 年版,第 40 页)。

第二章　自由主义与"情"本体论：留欧美知识分子及其世界性与本土性

年，朱光潜在《谈美》一书中论及创造和艺术时依然坚守他一贯的"超然"和"无功利"："美感的世界纯粹是意象世界，超乎利害关系而独立，在创造或是欣赏艺术时，人都是从有利害关系的实用世界搬家到绝无利害关系的理想世界里去。艺术的活动是'无所为而为'的。"①他在据守老庄的传统美学思想的基础上，正式在中国汉语本土的文学艺术批评领域中提出了"无所为而为"的理论表达，而他所言说的"无所为而为"，即指一种超然独立、无功利目的性的文学批评观念，当然在其中也充分灌注、融汇着西方克罗齐与立普斯的美学元素。

梁宗岱曾于1924年留学法国，在留学期间，他又不失时机地漫游欧洲，经历了由英语、法语、德语与意大利语构成的文化景观，也熟练地掌握了这四门语言。梁宗岱在他的学术信仰上尊崇象征主义大师瓦雷里（Paul Valery）。在《保罗·梵乐希先生》一文中，梁宗岱曾回忆了自己追随瓦雷里的文学风采："常常追随左右，瞻其风采，聆其清音：或低声叙述他少时文艺的回忆，或颤声背诵廉布、马拉美及他自己底杰作，或欣然告我他想作或已作而未发表的诗文，或蔼然鼓励我在法国文坛继续努力。"②在瓦雷里文学语境中的流连、追随与沉淀，这种源于生命内心的异质文化接受奠定了梁宗岱象征主义诗学理论的坚实基础。1931年回国后，他曾撰写了《象征主义》等系列论文，编定了诗学文集《诗与真》《诗与真二集》两部读本，翻译了瓦雷里的《水仙辞》、歌德的《浮士德》、莎士比亚的《十四行诗》三部著作，还出版了自己创作的诗集《晚祷》、词集《芦笛风》等，从中我们都可以找到西方

---

① 朱光潜：《开场话》，《谈美》，安徽教育出版社1989年版，第10页。
② 梁宗岱：《保罗·梵乐希先生》，《梁宗岱文集》（评论卷），中央编译出版社2003年版，第18页。

象征主义及其诗学理论影响的踪迹。梁宗岱独具特色而又颇有代表性的"纯诗"理论,在很大程度上是借鉴了西方象征主义并深受其师瓦雷里"音乐化"诗论重要影响的产物①。

我们在研究留欧美知识分子及其"情"本体论的构成时,发现梁宗岱在他的文学观念构成上有其自觉的理论表达。1934年,梁宗岱撰写了《谈诗》这篇重要的文章,对那个时代留欧美知识分子普遍认同的"情"本体构成有着自己的认识和理解。从"摒除一切客观的写景、叙事、说理以至感伤的情调""绝对独立,绝对自由"的纯诗理论出发,梁宗岱将心灵、自我、情绪的自然流淌及其与审美客体的融会、契合视为文艺创作活动中的重要元素。在《论诗》这篇重要的诗学理论文章中,他进一步重申:"诗是我们底自我最高的表现,是我们全人格最纯粹的结晶。"②"一切最上乘的诗都可以,并且应该,在我们里面唤起波特莱尔所谓'歌唱心灵与官能底热狂'的两重感应,即是:形骸俱释的陶醉和一念常惺的澈悟。"③当然,他还进一步反复强调:"文艺底欣赏是读者与作者间精神底交流与密契:读者底灵魂自鉴于作者灵魂底镜里。"④"真正的文艺欣赏原是作者与读者心灵间的默契,而

---

① 梁宗岱在《谈诗》一文中谈道:"所谓纯诗,便是摒除一切客观的写景,叙事,说理以至感伤的情调,而纯粹凭借那构成它底形体的原素——音乐和色彩——产生一种符咒似的暗示力,以唤起我们感官与想象底感应,而超度我们的灵魂到神游物表的光明极乐的境域。像音乐一样,它自己成为一个绝对独立,绝对自由,比现世更纯粹,更不朽的宇宙:它本身底音韵和色彩底密切混合,便是它底固有的存在理由","这纯诗运动,其实就是象征主义底后身,滥觞于法国底波特莱尔,奠基于马拉美,到梵乐希而造极"(梁宗岱:《谈诗》,《梁宗岱文集》(评论卷),中央编译出版社2003年版,第87—88页)。
② 梁宗岱:《论诗》,《梁宗岱文集》(评论卷),中央编译出版社2003年版,第28页。
③ 梁宗岱:《象征主义》,《梁宗岱文集》(评论卷),中央编译出版社2003年版,第73页。
④ 梁宗岱:《谈诗》,《梁宗岱文集》(评论卷),中央编译出版社2003年版,第88页。

第二章 自由主义与"情"本体论：留欧美知识分子及其世界性与本土性

文艺的微妙全在于说不出所以然的弦外之音。"①在梁宗岱看来，上乘诗作是诗人的心灵乃至整个宇宙的象征，只有读者、批评家的心灵与精神达到足够的高度，才能从作品本身透视出作家心灵的世界，进而领略作品的微妙之处与弦外之音。

1941年重庆举办第一届诗人节，梁宗岱为此写了专论《屈原》一书，在此书的《自序》中，梁宗岱依然宣称："文艺的欣赏和批评或许有两条路"，一条是他称之为"走外线的"，以19世纪末法国文学批评家泰纳（Hippolyte Adolphe Taine）为代表的"外部研究"，"走这条路的批评对于一个作家之鉴赏、批判或研究，不从他底作品着眼而专注于他底种族、环境和时代"；但梁宗岱认为这种源于法国文学批评家的理论在翻译至中国汉语本土后，被一些"缺乏泰纳底敏锐的直觉，深厚的修养，广博的知识"的学者与批评家一味地误读或给予过度性诠释，从而使之偏离了文艺批评的价值走向，并逐渐"沦为一种以科学方法自命的烦琐的考证"，"而直接和作品底艺术价值有关的不及十之一，——更无论揭发那些伟大作品的最内在的，最深沉的意义了"②。针对这种"走外线"批评的末流弊端，梁宗岱在"纯诗"理论的基础上选择了另一条"走内线"的批评之路，在对作品本身的直接叩问、理解和欣赏中，进行"真正而且唯一有效的"批评。

> 真正的理解和欣赏只有直接叩作品之门，以期直达它底堂奥。不独作者底生平和时代可以不必深究，连文义底注释和批评，也要经过自己努力才去参考前人底成绩。这

---

① 梁宗岱：《文坛往哪里去》，《梁宗岱文集》（评论卷），中央编译出版社2003年版，第56页。
② 梁宗岱：《屈原·自序》，《梁宗岱文集》（评论卷），中央编译出版社2003年版，第207—209页。

自然容易流于孤陋,流于偏颇,有时甚或流于一知半解。①

每个伟大的创造者本身都是一个有机的整体,带着它特殊的疆界和重心,真正而且唯一有效的批评,或者就是摒除一切生硬空洞的公式(这在今日文坛是那么流行和时髦),不断努力去从作品本身直接辨认、把捉和揣摹每个大诗人或大作家所显示的个别的完整一贯的灵象——这灵象底完整一贯程度将随你视域底广博和深远而增大。②

依然是在《屈原·自序》这篇文章中,梁宗岱再度指明:"一件成功的文艺品第一个条件是能够自立和自足,就是说,能够离开一切外来的考虑如作者底时代身世和环境等在适当的读者心里引起相当的感应。它应该是作者底心灵和个性那么完全的写照,他所处的时代和社会那么忠实的反映,以致一个敏锐的读者不独可以从那里面认识作者底人格、态度和信仰,并且可以重织他底灵魂活动底过程和背景——如其不是外在生活底痕迹。""一切最上乘的诗都是最完全的诗,就是说,同时是作者底人生观宇宙观艺术观底显或隐的表现,能够同时满足读者底官能和理智、情感和意志底需要的。"③因此梁宗岱希望批评家在审美进程中能够打开心灵之门,充分地想象、感受与契合,从创造的过程,即"从作品所展示的诗人心灵底演变,艺术的进展",去领会诗人、艺术家给我们的心灵和精神所带来的感悟与震撼。批评就是以心灵碰撞心灵、以想象重构想象的审美活动,究其实质,

---

① 梁宗岱:《屈原·自序》,《梁宗岱文集》(评论卷),中央编译出版社2003年版,第208页。
② 同上书,第210页。
③ 同上书,第209页。

第二章　自由主义与"情"本体论：留欧美知识分子及其世界性与本土性

这种审美活动也就是读者借用阅读审美心理的"形式感觉"，并将其与文艺作品的表现形式交相融汇，且以此为契机寻找读者与作者的精神契合的过程。正是在这个意义上，梁宗岱认为他对《屈原》的欣赏批评就是自己的心灵与屈原的心灵直接交流所激发的情感。与此同时，他将法国诗人瓦雷里的美学思想带入中国文学批评之中，这也是一种法国文学精神的中国本土化过程。

当我们在梁宗岱的言述中追访到一种内在的启示后，我们不妨把思考的逻辑转向另外一位同期的留欧知识分子宗白华那里去。宗白华曾于1920年赴德留学，先后在法兰克福大学与柏林大学系统学习哲学、美学、历史，在文学观念的接受与理论批评体系的构成上，他曾经深受西方歌德（Goethe）、柏格森（Henri Bergson）与斯宾格勒（Spengler）等人的影响。《新文学底源泉》这篇文章颇能代表宗白华崇尚"情"本体论的文学观念。从学理的层面，这篇文章将文学的本质归整为"人类精神生活中流露喷射出的一种艺术工具"，用以"反映人类精神生命中真实的活动状态"与"表写世界人生全部的精神生命"[1]；而由人性最深处发生的、"极强烈深浓的、不可遏止"而又"挟着超越寻常的想象能力"的情绪，则被宗白华视为古往今来的文学艺术得以发生的基础与源泉[2]。在宗白华撰写的关于中国古代美学或中国古代文艺批评的文章中，他首先是立足于西方美学的立场，然后从自己的"情"本体论出发，推崇以个体经验与直觉思维为基础的自由、超脱之客观态度与审美姿态，并希望审美主体以超功利之"唯美的眼光"感性而直观地体会、感悟创作者投注于作品中的个性、

---

[1] 宗白华：《新文学底源泉》，《宗白华全集》第1卷，安徽教育出版社1994年版，第172页。
[2] 宗白华：《美学与艺术略谈》，《宗白华全集》第1卷，安徽教育出版社1994年版，第189页。

灵魂与深情,进而更真切地把握艺术所营构的完美境界。他为数不多的文学艺术批评文章,也正是在中西美学思想汇通的基础上倡导并实践了这一批评理论主张。

德国作家歌德不仅是一位杰出的诗人和小说家,更是享誉世界的伟大的思想家和理论家,宗白华对他推崇备至并从歌德那里真切地体悟到他对自由之精神、生命的之价值、真挚之灵魂的充分肯定与执著追寻。在评述歌德的名著《少年维特之烦恼》时,比照尘世间诸多"风霜满面、尘垢满身、任重道远"的芸芸众生,宗白华将歌德与他笔下的少年维特视为心灵"纯洁无垢"、眼光"天真莹亮"的"真性情"的存在,"在污浊的人生里重新掘出精神的宝藏",重塑"崭然如新、光明纯洁"的世界;并认为《少年维特之烦恼》以其"真诚的,解放的,高超的"思想与热烈深挚、狂飙般的情感感动了千百余年的万千阅读者①,遂将其视为"一首哀艳凄美的诗""一曲情调动人的音乐"。宗白华甚至情不自禁地感慨小说的"每一页每一句呼吸着何等的生命与热烈!何等的自然与真挚",并尊称歌德为"一代的喉舌",因其"感触最深,表白得最沉痛"②。说到底,通贯在宗白华文学批评观念中的核心理念还是一个崇尚自由展现的"情"。

论及歌德以《普罗米修斯》《浮士德》为代表的诗剧,宗白华不仅敏锐地捕捉到诗人"浸沉于理性精神之下层"的"永恒活跃""如火如荼"的生命本体,而且指明歌德在抒情方式上与一般诗人的差异所在。宗白华在此所讨论的"生命本体",从文学观念的理论构成上来诠释,就是在审美自由中"永恒活跃"与"如火如

---

① 宗白华:《歌德的〈少年维特之烦恼〉》,《宗白华全集》第2卷,安徽教育出版社1994年版,第26页。
② 同上书,第35页。

第二章 自由主义与"情"本体论：留欧美知识分子及其世界性与本土性

荼"的"情"本体。除此之外，在"情"本体论文学观念构成中，他的体验与思考还跨越国族、语言、文化与时空的界限，从王国维"隔"与"不隔"的中国古典诗论中找到与歌德抒情范式相契合的创作方法论。

> 他一切诗歌的源泉，就是他那鲜艳活泼，如火如荼的生命本体。……他的诗，一方面是他生命的表白，自然的流露，灵魂的呼喊，苦闷的象征。他像鸟儿在叫，泉水在流。他说："不是我做诗，是诗在我心中歌唱。"所以他诗句的节律里跳动着他自己的脉搏，活跃如波澜。他在生活憧憬中陷入苦闷纠缠，不能自拔时，他要求上帝给他一只歌，唱出他心灵的沉痛，在歌唱时他心里的冲突的情调，矛盾的意欲，都醇化而升入节奏，形式，组合成音乐的谐和。①

> 歌德在人类抒情诗上的特点，就是根本打破心与境的对待，取消歌咏者与被歌咏者中间的隔离。他不去描绘一个景，而景物历落飘摇，浮沉隐显在他的词句中间。他不愿直说他的情意；而他的情意缠绵，婉转流露于音韵节奏的起落里面。他激昂时，文字境界节律无不激越兴起；他低徊留恋时，他的歌辞如泣如诉，如怨如慕，令人一往情深，不能自已，忘怀于诗人与读者之分。王国维先生说诗有隔与不隔的差别，歌德的抒情诗真可谓最为不隔的。②

当宗白华从对歌德、席勒等国外作家的欣赏与批评转向中

---

① 宗白华：《歌德之人生启示》，《宗白华全集》第2卷，安徽教育出版社1994版，第16页。
② 同上书，第16—17页。

国本土时,他又将"唯美的眼光"与审美的情绪带入中国新诗、散文、诗画、书法等领域,甚至带入遥远的汉魏两晋;宗白华以敞开的比较视域、多元的文化视角、间性的交叉互文自由地游走于西方与中国、古典与现代之间。他曾感谢《蕙的风》及其作者汪静之带给他鼓舞和快乐,因为这个"二十岁天真的青年",在"老气深沉、悲哀弥漫"的中国社会"放情高歌少年天真的情感",而且"没有丝毫的假饰","没有丝毫的顾忌"①;他欣赏方令孺发表于《学灯》上"灿烂凄美"的散文诗,并慨叹"诗,本是产生于诗人对于造化中一花一草一禽一虫的深切同情,由同情而体会,由体会而感悟,不但是汩汩的深情由此流出,许多惺惺的妙悟,默默的沉思也由此诞生"②。

当然,他也更崇尚精神、人格、思想上"极自由、极解放""最富于智慧、最浓于热情、也最富有艺术精神"的汉魏两晋,尽管那是"中国政治上最混乱、社会上最苦痛"的年代。《论〈世说新语〉和晋人的美》是宗白华撰写的一篇重要的关于中国古典美学的文章,在这篇文章中,宗白华认为晋人以其个性之美与狂狷不羁,来反抗"桎梏性灵"的封建礼教的束缚与士大夫阶层的"庸俗",从容地将自身"天真仁爱的赤子之心"与诚挚的"一往情深"寄情自然山水甚至行草、绘画之间,以"新鲜活泼、自由自在"的艺术心灵领悟广袤的大千世界,并由此构建其自由唯美的生活、高洁洒脱的胸襟、超然独立的精神与"无所为而为"的审美态度。这种"千古的风流与不朽的豪情"不仅前无古人,而且为后代文学艺术的发展奠定了根基与发展趋向,更吸引、感动了魏晋以来

---

① 宗白华:《〈蕙的风〉之赞扬者》,《宗白华全集》第 1 卷,安徽教育出版社 1994 年版,第 431 页。
② 宗白华:《〈听今年第一声子规〉编辑后语》,《宗白华全集》第 2 卷,安徽教育出版社 1994 年版,第 303 页。

第二章 自由主义与"情"本体论：留欧美知识分子及其世界性与本土性

甚至当下无数执著于个性与真情的文人[①]。

由此可见，在宗白华基于西方自由主义的立场所构建的情本体论文学批评中，他的确以"唯美的眼光"与"审美的态度"，真切地体悟到了他所观照的审美对象的个性、灵魂与深情，并在超越时空与民族限制的互文性场域之中，寻求古今中外的文艺家及其作品的汇通与契合。在文学批评的方法论层面，他既承袭中国古典诗学感悟、体验、鉴赏的批评方法，同时又整合西方的理性、思辨与逻辑，在一种优美抒情、气韵生动的笔调中，创造了他所独具的如同行云流水般从容自由的"散步体"文学批评。

第三节 "戴着镣铐跳舞"："情"之出场的形式控制及其张力空间[②]

如前所述，在中国现代文坛，20世纪初留学欧美的胡适、徐志摩、闻一多、梁实秋等曾经从哲学、政治学与经济学等领域中接受了西方的自由与独立思想，并将其翻译介绍到中国汉语本土。欧美哲学家、政治学家与经济学家在抽象的思维表达中所倡导的自由与独立，被留学欧美的知识分子给予过滤性接受，在中西文化的冲突、对话与交汇中，这种被过滤性接受的自由与独立在那个时代的中国本土文学观念中转换为一种崇尚自由与独立的审美之情。这种在文学观念中以自由与独立为支撑并汇通中西诗学与文化的"情"，即为留学欧美知识分子在文学创作、文

[①] 宗白华：《论〈世说新语〉和晋人的美》，《宗白华全集》第2卷，安徽教育出版社1994年版，第267—284页。
[②] 在我们的论述场域，"格律""节制"及"纪律"等都是作为文学书写的形式元素，这些元素作为文学形式在表现的手法上是调整或制约创作主体情感宣泄的技术，因此我们在这里统称为"形式"。

学批评与文学理论三个维度上彰显的"至情至性"。因为文学毕竟不同于哲学、政治学与经济学,文学是以语言塑造形象反映社会的审美意识形态。对于长期留学欧美的中国知识分子而言,西方的自由与独立在他们的文学观念中,其必然呈现为一种以语言在审美的修辞中所宣泄的情感。我们在这里没有更多的文本空间去详细地讨论每一位留学欧美知识分子具体是对哪一种自由主义思潮的接受,但融汇中西文学观念的"情"本体论,实际上是从胡适到朱光潜等留欧美知识分子于自觉或不自觉之间一致恪守的基本文学理念。

需要指出的是,尽管"情"是我们在分析与总纳留学欧美知识分子文学观念时,从中提取出来的一个重要的涵盖性术语,也是他们在文学活动与审美理论构成上得以安身立命的本体;但通过研究我们可以发现,在留学欧美知识分子文学观念的发展进程中,他们对"情"这一审美本体的推崇与宣泄也并非一成不变,在另外一个维度上,他们又以一种"控制"的姿态提倡"格律"、呼吁"节制"、倡导变革形式等元素。从某种程度上来说,在这种"控制"的背后,留学欧美派知识分子希望通过文学形式的变革和诗歌格律的运用来适当地控制感情,避免感情在宣泄中过度泛滥。从表象上来看,这种"控制"与他们所倡导"至情至性"是对立的,但实际上,这恰恰是他们抒写与表现主体人格意志中的"至情至性"时的必然要求,他们倡导的"控制"是为了给"情感"的出场与表达营造一个更为恰切、更为完美、更有张力的文本空间。

闻一多留学美国时,西方浪漫主义与唯美主义思潮曾给予他潜移默化的熏陶与影响,并由此促成了他前期坚持"以美为艺术的核心",追求"为艺术而艺术"的文艺理论观念与诗学批评思想。在此基础上,闻一多强调文艺独立存在的美感价值与审美

第二章 自由主义与"情"本体论:留欧美知识分子及其世界性与本土性

的超越性、独特性,主张文艺创作主体超功利之独立自由与创作进程中个体情感之"至情至性"的展现。在他前期的系列批评论文中,他也曾将源于诗人内心的"情感"视为文学得以生发的本源、诗人投射于作品中的本体力量以及评判新诗优劣的审美价值标准;但在文学艺术的空间中,"至情至性"毕竟要借助于语言符号或者其他外在的审美表现形式,才能使情感负载的潜在意义得以出场,闻一多在推崇情感并使其极致化的同时也并没有忽略这一点。

在1921年他所撰写的《评本学年〈周刊〉里的新诗》一文中,闻一多曾经激情无限地肯定"诗底真价值在内的原素",但同时他也没有完全忽略"外的原素",声称"美的灵魂若不附丽于美的形体,便失去他的美了"[①]。在写于科罗拉多的《泰果尔批评》一文中,他不仅批评大诗人泰戈尔的诗歌由于过多的哲理思辨而导致了情感的缺席,而且在论及艺术与诗歌的形式问题时更加激烈,明确指明泰戈尔的诗歌"没有形式",由此造成了诗歌在审美上的"单调"与在艺术方面的"不足以引人入胜"。

> 在艺术方面泰果尔更不足引人入胜。他是个诗人,而不是个艺术家。他的诗是没有形式的。我讲这一句话恐怕又要触犯许多人底忌讳。但是我不能相信没有形式的东西怎能存在,我更不能明了若没有形式,艺术怎能存在!固定的形式不当存在;但是那和形式本身有什么关系呢?我们要打破一种固定的形式,目的是要得到许多变异的形式罢了。泰果尔的诗不但没有形式,而且可以说是没有廓线。

[①] 闻一多:《评本学年〈周刊〉里的新诗》,《闻一多全集》第2卷,湖北人民出版社1993年版,第42页。

因为这样,所以单调成了他的特性。我们试读他的全部诗集,从头到尾,都仿佛是些不成形体,没有色彩的 amoeba 式的东西。我们还要记好这是些抒情的诗。别种的诗若是可以离形体而独立,抒情诗是万万不能的。①

而在1926年6月发表于《晨报》副刊《剧刊》的《戏剧的歧途》一文中,闻一多对当时文坛的"问题戏"过于注重宣传思想与改造社会的功能,忽略戏剧原本的艺术价值极为不满,进而阐明了与英国浪漫主义诗人济慈(J. Keats)相契合的"纯形"的审美理想。他宣称:"艺术最高的目的,是要达到'纯形'Pureform 的境地",如果作家在提笔时把什么道德问题、哲学问题、社会问题……这些"不相干的成分粘在他的笔尖上",那么"问题粘的愈多,纯形的艺术愈少"②。影响极为深远的《诗的格律》一文不仅是闻一多最重要的诗学理论文本之一,也成为中国现代新诗史上新格律诗派的奠基之作与理论纲领。在这篇关于现代诗学的论文中,针对"五四"时期白话新诗过分直白与散漫无张的散文化倾向,闻一多将西方英文中的"form"翻译为中国传统诗学理论中的"格律"一词,并指明"棋不能废除规矩,诗不能废除格律",由此可见,他所言说的"格律"指称的就是文学的"形式"。他从中国的的韩愈与西方的莎士比亚、歌德等古今中外文学家与诗人的创作进程中得到启示:越是伟大的作家,越是要"戴着脚镣跳舞"才跳得痛快,格律非但不是文学活动中情感抒发的"障碍物",反而是"表现的利器"。

---

① 闻一多:《泰果尔批评》,《闻一多全集》第2卷,湖北人民出版社1993年版,第128—129页。
② 闻一多:《戏剧的歧途》,《闻一多全集》第2卷,湖北人民出版社1993年版,第148页。

第二章　自由主义与"情"本体论：留欧美知识分子及其世界性与本土性

诗的之所以能激发感情，完全在他的节奏；节奏便是格律。莎士比亚的诗剧里往往遇见情绪紧张到万分的时候，便用韵语来描写。葛德作《浮士德》也曾采用同类的手段，在他致席勒的信里并且提到了这一层。韩昌黎"得窄韵则不复傍出，而因难见巧，愈险愈奇……"这样看来，越有魄力的作家，越是要戴着脚镣跳舞才跳得痛快，跳得好。只有不会跳舞的才怪脚镣碍事，只有不会做诗的才感觉得格律的缚束。对于不会作诗的，格律是表现的障碍物，对于一个作家，格律便成表现的利器。①

与此同时，由于具有深厚的中国古典文学修养与广阔的西方现代文艺理论背景，闻一多具备沟通中国本土文学传统与西方诗歌文化传统的能力。在中西文化的比较视域中，他进一步系统地提出了新诗创作的"三美"主张："诗的实力不独包括音乐的美（音节）、绘画的美（词藻），并且还有建筑的美（节的匀称和句的均齐）。"②新诗注重音节与节奏，是因为"诗的之所以能激发感情，完全在他的节奏；节奏便是格律"；而中国的文字是象形的，"中国人鉴赏文艺的时候，至少有一半的印象要靠眼睛来传达"，因而他提倡"绘画的美"与"建筑的美"，希望新诗能够"在视觉上引起一种具体的印象"，从而也为新诗的发展开拓出崭新的创作方向与审美形式。除此之外，闻一多不仅从理论层面为中国新诗提供了重要的奠基之作与创作纲领，他还身体力行地进行诗歌的创作与试验。他的诗作，尤其是《红烛》《死水》中的诗篇，正

---

① 闻一多：《诗的格律》，《闻一多全集》第2卷，湖北人民出版社1994年版，第138—139页。
② 同上书，第141页。

是他倡导的新格律诗理论的完美呈现：音尺错落有致，格式于变化中不失整齐一致，节奏分明自如，情感曲折充沛，涵义深切隽永，诗人好似"戴着镣铐跳舞"，这种"跳舞"让诗人在自由与独立中体验的"至情至性"之情感在文学形式的恰切控制中宣泄得一览无遗。闻一多的诗学观念不仅标志着新诗范式的进步与突破，同时在中国新诗史上开启了一代诗风，并促成了中国新诗继郭沫若之后的又一次发展高潮。

如果说闻一多发表《诗的格律》一文，提倡新诗创作中音乐美、绘画美和建筑美的"三美"理论，引发了中国现代诗坛关于新格律诗的倡导与运动，徐志摩则将闻一多的诗学理论主张落实到实际的、广泛的、丰富的诗歌创作实践之中，并加以具体化与多样化。徐志摩终其一生执著追求爱、美与自由，西方文化思潮与英伦风尚曾带给他无尽的愉悦与全身心的熏陶洗礼。他早期的创作曾经倾向于在本真的自由与情致的独立中尽情抒发个体的喜怒哀乐，但随着他接任《晨报副刊》主编，与积极倡导新格律诗的闻一多、饶孟侃、朱湘等新月派同人共同创办《诗镌》专栏，他便逐渐地由前期任由创作灵感和诗情"无关阑的泛滥"转向对新诗格律的推崇与"三美"诗论的自觉实践。

1926年4月1日，徐志摩在自己所主持的《晨报副刊·诗镌》第1期上发表《诗刊弁言》一文，不仅阐明了开办《诗刊》专栏的宗旨与他这一时期对"新诗的浅见"——"我们的大话是：要把创格的新诗当一件认真事情做"，并且宣告式地转达了他的诗学理论主张与理想信仰："我们信诗是表现人类创造力的一个工具，与音乐与美术是同等性质的……我们信完美的形体是完美的精神唯一的表现；我们信文艺的生命是无形的灵感加上有意识的耐心与勤力的成绩"，而"诗文与各种美术的新格式与新音节的发现"，便是徐志摩那时所心仪的、为自由的思想、灵魂、完

第二章　自由主义与"情"本体论:留欧美知识分子及其世界性与本土性

美的精神所构造的"恰当的躯壳"①。

尽管《诗镌》只出到 11 期就草草收场,然而徐志摩在《诗刊放假》一文中总结新格律诗歌运动时执著地认为:首要成绩在"理论方面"曾经进行过"新诗音节与格律"的讨论与倡导,并觉悟到"诗是艺术",艺术创作的主体应该"自觉地运用某种题材,不是不经心的一任题材支配";甚至直接倡言:诗是一个有机的整体,诗感或诗意如同心脏的跳动,内在音节的"匀称与流动"则恰似人体"血脉的流通",是诗情得以阐发、诗的生命得以延续的必要条件。

> 我们也感觉到一首诗应分是一个有生机的整体,部分与部分相关联,部分对全体有比例的一种东西;正如一个人身的秘密是它的血脉的流通,一首诗的秘密也就是它的内含的音节,匀整与流动。……明白了诗的生命是在它的内在的音节(internal rhythm)的道理,我们才能领会到诗的真的趣味;不论思想怎样高尚,情绪怎样热烈,你得拿来激底的"音节化",(那就是诗化)才可以取得诗的认识,要不然思想自思想,情绪自情绪,都不能说是诗。……正如字句的排列有恃于全诗的音节,音节的本身还得起原于真纯的诗意。再拿人身作比,一首诗的字句是身体的外形,音节是血脉,"诗感"或原动的诗意是心脏的跳动,有它才有血脉的流传。②

---

① 徐志摩:《诗刊弁言》,《徐志摩选集》下册,人民文学出版社 2004 年版,第 172 页。
② 徐志摩:《诗刊放假》,《徐志摩全集》第 3 卷,天津人民出版社 2005 年版,第 85—86 页。

在 1928 年发表的《新月的态度》一文中,徐志摩有着更明确的以理性过滤、节制情感的表示:"我们不敢赞许伤感与热狂,因为我们相信感情不经理性的清滤是一注恶浊的乱泉,它那无方向的激射至少是一种精力的耗废","我们当然不反对解放情感,但在这头骏悍的野马的身背上我们不能不谨慎的安上理性的鞍索"①。1931 年,徐志摩的诗集《猛虎集》正式出版,他还在序言中对自己前后诗风的转变进行了清楚的总结与说明:

> 我的第一集诗——《志摩的诗》——是我十一年回国后两年内写的;在这集子里初期的汹涌性虽已消减,但大部分还是情感的无关阑的泛滥,什么诗的艺术或技巧都谈不到。……我想这五六年来我们几个写诗的朋友多少都受到《死水》的作者的影响。我的笔本来是最不受羁勒的一匹野马,看到了一多的谨严的作品,我方才憬悟到我自己的野性。②

从《志摩的诗》到《猛虎集》,从情感的自由奔涌到自觉考察并实践诗歌的音节与韵律、注重诗歌的创作范式,徐志摩由主观抒情走向了更为合理的、用理性节制情感、用理性控制野性的客观抒情。说到底,形式在徐志摩的文学观念转型为一种理性,他主张以形式理性节制情感是为了恰切地表现情感,这依然是一种持有"情"本体论的文学观念。纵观徐志摩的新诗创作如《再别康桥》《偶然》《雪花的快乐》等,可以发现,作为新格律诗的实践者,

---

① 徐志摩:《新月的态度》,《徐志摩全集》第 3 卷,天津人民出版社 2005 年版,第 196 页。
② 徐志摩:《猛虎集·序》,《徐志摩选集》下册,人民文学出版社 2004 年版,第 243—244 页。

第二章　自由主义与"情"本体论：留欧美知识分子及其世界性与本土性

徐志摩的诗作文辞优美、平仄相间、音韵对称、节奏和谐、流畅自然，极富内在的音乐、旋律之美与外在的辞藻、形式之美。在徐志摩所营造的美的境界之中，我们可以更深切地感受到诗人内在情绪的起伏变化与个体情感的执著真挚，因为外在节奏的匀整和谐、音尺旋律的回环反复以及空灵美妙的意境都为他诗歌中情感的出场营造了极富张力的表现空间。

如果说，闻一多与徐志摩在中国现代文坛提倡格律、推崇"三美"，分别从文艺理论、文艺批评与文艺创作三个层面，以格律的运用恰切地控制文艺创作尤其是诗歌创作中情感的"无关阑泛滥"，为其自由、独立的思想与完美的精神构造"恰当的躯壳"与更有张力的表现空间；那么，梁实秋则把普遍"人性"视为文学的本质，进而主张把文学的"纪律"与创作主体的内在情感、想象给予交互性的理性"节制"，并将其视为"文学力量的源泉"[①]。何为节制？梁实秋在《文学的纪律》一文中明确指出："所谓节制的力量，就是以理性（reason）驾驭情感，以理性节制想象。"[②]从普遍的人性论与文学的抒情本质出发，梁实秋认同文学可以发泄"极丰烈极壮伟"之情感的功能，但却认为抒情的方法值得斟酌。

> 文学固可以发泄极丰烈极壮伟的情感，而其抒情之方法，却大有斟酌之处。文学本身是模仿，不是主观的，所以在抒泄情感之际也自有一个相当的分寸，须不悖于常态的人性，须不反乎理性的节制，这样健康的文学，才能产生出

---

① 梁实秋认为："文学的力量，不在于开扩，而在于集中；不在于放纵，而在于节制。"（梁实秋：《文学的纪律》，《梁实秋文集》第 1 卷，鹭江出版社 2002 年版，第 139 页。）
② 出处同上。

伦理的效果。①

因此,梁实秋号召"伟大的文学者"应该致力于以理性"制裁情感",将情感置放在理性的缰绳之下,从而激发文学的力量与效用,也在审美层面给予读者一种"平和的宁静的沉思的"舒适之美。

不啻于此,梁实秋将他所倡导的"情感想象的理性制裁"归结于精神与内质层面,在此基础上他还呼吁"形式与内质不能分开",并对往往着力打破形式、视形式为创作桎梏的"文学革命者"进行了反驳与批评,进而在文学创作活动中提倡"表现之合度"的"有纪律的形式"。

> 能有守纪律的精神,文学的形式方面也自然的有相当的顾虑。进一步说,有纪律的形式,正是守纪律的精神之最具体的表现。所谓"文学革命"者,往往着力在打破文学的形式,以为文学的形式是创作的桎梏,是天才的束缚,应该一齐的打破。其实文学的形式如有趋于单调呆滞的倾向,正不妨加以变换,不能因某一种形式之不合用遂遽谓文学可以不要形式。②

值得我们关注的是,虽然梁实秋在此所注重的"纪律"和"形式"与闻一多、徐志摩所提倡的"格律"和"三美"在理论阐释与言说方式上不尽相同,但其终极目的与文学理想却不谋而合。梁实秋并没有将作诗的字行、平仄韵律等"末节"归入"形式的意义"

---

① 梁实秋:《文学的纪律》,《梁实秋文集》第1卷,鹭江出版社2002年版,第141页。
② 同上书,第145页。

第二章　自由主义与"情"本体论：留欧美知识分子及其世界性与本土性

层面，反而在《文学的纪律》一文中重审形式"其真正之意义乃在于使文学的思想，挟着强烈的情感丰富的想象，使其注入一个严谨的模型，使其成为一有生机的整体"①。他还从西方的亚里士多德论悲剧与中国清代的《红楼梦》中黛玉引导香菱学诗的事例中，明确"不以词害意"的文学创作范式，即在"形式"方面尽量自由，而在"意"的方面严守纪律，使其成为一个有限制的整体。论及体裁，梁实秋则坚持强调，"一种严格的诗的体裁，无论其为律诗，或十四行诗体，绝不会有束缚天才的能力"，这在一定程度上与闻一多的"戴着镣铐跳舞"殊途同归、异曲同工。

无独有偶，我们同样可以在梁宗岱、朱光潜与宗白华的言论中追访到倡导格律、内质与形式并重的踪迹。1931年，梁宗岱写信给当时《诗刊》的主编徐志摩，探讨新诗创作及诗歌鉴赏问题，此信即是后来的《论诗》一文。在谈到新诗的"音节"时，梁宗岱认为"那简直是新诗底一半生命"②，他宣称"我从前是极端反对打破了旧镣铐又自制新镣铐的，现在却两样了"③，并进一步强调"镣铐也是一桩好事（其实行文底规律与语法又何尝不是镣铐），尤其是你自己情愿戴上，只要你能在镣铐内自由活动"④。他甚至还引入法国象征主义大师梵乐希（Paul Valery）的诗论和中国古代脚戴铁锁练习"飞墙走壁"的侠士故事，赞成并呼吁"努力新诗的人"，在"彻底认识"中国文字和白话的平仄、格律、节奏、音乐性等基础上，如同意大利或莎士比亚式十四行诗、法文阴阳韵一样，尽可能"自制许多规律"，注重诗歌的音乐性和诗形的建筑美。

---

① 梁实秋：《文学的纪律》，《梁实秋文集》第1卷，鹭江出版社2002年版，第146页。
② 梁宗岱：《论诗》，《梁宗岱文集》（评论卷），中央编译出版社2003年版，第35页。
③ 同上。
④ 同上。

> 制作底时候,最好为你自己设立某种条件,这条件是足以使你每次搁笔后,无论作品底成败,都自觉更坚强,更自信和更能自立的。这样,无论作品底外在命运如何,作家自己总不致感到整个的失望。①
>
> 我很赞成努力新诗的人,尽可能自制许多规律;把诗行截得整整齐齐也好,把脚韵列得像意大利或莎士比亚式底十四行诗也好;如果你愿意,还可以采用法文底阴阳韵底办法……不过有一个先决条件:彻底认识中国文字和白话底音乐性。因为每国文字都有它特殊的音乐性,英文和法文就完全两样。逆性而行,任你有天大本领也不济事。②

朱光潜在《"从心所欲,不逾规"——创造与格律》一文中论及创造与格律时,首先从"情感"出发,指明"诗和其他艺术都是情感的流露",情感又是人心理中"极原始的一种要素",在时时变化之中依然有"不变化者存在"③;将这种"不变化者"归纳成为原则,就是"可以用为规范律"、满足"人类共同的情感需要"的自然律,即朱光潜所谓的"格律"。他还以律诗的四言、五言、七言以及古、律、绝、词的交替变换为例,坚决反对把格律变成"有群性无个性、有整齐无变化,有因袭无创造"的"死板的形式",并从是否为"真正之诗人"的角度为时常被误解的格律"开脱正名"。

> 格律在经过形式化之后往往使人受拘束,这是事实,但

---

① 梁宗岱:《论诗》,《梁宗岱文集》(评论卷),中央编译出版社2003年版,第35页。
② 同上书,第35—36页。
③ 朱光潜:《"从心所欲,不逾规"——创造与格律》,《谈美》,安徽教育出版社1989年版,第125页。

第二章 自由主义与"情"本体论:留欧美知识分子及其世界性与本土性

是这决不是格律本身的罪过,我们不能因噎废食。格律不能束缚天才,也不能把庸手提拔到艺术家的地位。如果真是诗人,格律会受他奴使;如果不是诗人,有格律他的诗固然腐滥,无格律它也还是腐滥。①

宗白华虽然没有明确倡导"格律"的文学理论主张,但他主张"形"与"质"的并重,追求诗歌的音乐、绘画、意境之美以及情致表达的深婉曲折,这也从另一个侧面折射出他希望以美好的形式,"引人精神飞越,超入美境",并进一步引人"由美入真",深入"生命节奏"之核心的审美理想。早在 1920 年刊于《少年中国》的《新诗略谈》一文中,宗白华已经表明了他"形"与"质"并重的美学思想。他将诗定义为:"用一种美的文字——音律的绘画的文字——表写人的情绪中的意境。"同时,他也指明了诗的"形"就是诗中音节和词句的构造,诗的"质"就是诗人的感想情绪,因而真正的"好诗真诗"要达到两种境地——"完美诗人人格和完满诗的艺术"。在此基础上,他还进一步希望诗的"形"能有"图画的形式的美",诗的"质"(情绪思想)则能成为"音乐式的情调"②。在他与田汉、郭沫若探讨诗歌、艺术、人生观的书信集《三叶集》一书中,他强调"白话诗尤其重在思想意境及真实的情绪,因为没有词藻来粉饰他",并大加赞扬郭沫若的诗歌"意味浓深""雄放直率"③;康白情的诗有些"形式构造方面嫌过复杂,使人读

---

① 朱光潜:《"从心所欲,不逾规"——创造与格律》,《谈美》,安徽教育出版社 1989 年版,第 126 页。
② 宗白华:《新诗略谈》,《宗白华全集》第 1 卷,安徽教育出版社 1994 年版,第 168—169 页。
③ 宗白华:《三叶集》,《宗白华全集》第 1 卷,安徽教育出版社 1994 年版,第 226—227 页。

了有点麻烦",而郭沫若的诗"又嫌简单固定了点,还欠点流动曲折",虽然意境不坏,但他叮嘱郭沫若"构造方面还要曲折优美一点",如同作"词中小令",要"意简而曲,词少而工"①。在后来(1934年)载于《创作与批评》的《略谈艺术的"价值结构"》一文中,宗白华又从美学与理论层面总结了形式的意义、功用与价值。

> 形式的价值,就主观的感受言,即"美的价值"。②
> 美术中所谓形式,如数量的比例、形线的排列(建筑)、色彩的和谐(绘画)、音律的节奏,都是抽象的点、线、面、体或声音的交织结构。为了集中地提高地和深入地反映现实的形象及心情诸感,使人在摇曳荡漾的律动与谐和中窥见真理,引人发无穷的意趣,绵纱的思想。③
> "形式"为美术之所以成为美术的基本条件,独立于科学、哲学、道德、宗教等文化事业之外,自成一文化的结构,生命的表现。它不只是实现了"美"的价值,且深深地表达了生命的情调与意味。④

总之,对中国现代文学史上的留欧美知识分子而言,从中国本土负笈留学海外,既谙熟中国古典文学及传统文化,又有着长期留学欧美的学术背景与极高的英文甚至多国语言造诣,他们持有敞开的普世性文化立场及比较视域,并在汇通中西的基础

---

① 宗白华:《三叶集》,《宗白华全集》第1卷,安徽教育出版社1994年版,第227页。
② 宗白华:《略谈艺术的"价值结构"》,《宗白华全集》第2卷,安徽教育出版社1994年版,第69页。
③ 同上书,第70页。
④ 同上书,第71页。

第二章 自由主义与"情"本体论:留欧美知识分子及其世界性与本土性

上形成了深具本土性与世界性的"情"本体论文学观念。同时,他们这种诗性书写也构成了那个时代独有的文化资源,在这种文化资源中的本土性就是民族性,而其中所接受的西方精神又具有世界性。在《文学、民族与政治》一文中,当下国际著名的比较文学研究者帕斯卡尔·卡萨诺瓦曾讨论了一个时代文化资源构成的民族性与世界性问题,并认为:"这些资源——具体与抽象、民族与国际、集体与个体,以及政治、语言和文学的资源——组成由世界所有作家所共享的特定遗产。每个作家在进入国际文学竞争时都携带(或不携带)整个文学的'过去':仅仅由于属于某个语区或民族集团,他就要体现或恢复整个文学史,甚至在没有完全意识到的情况下肩负起自己所处'文学时代'的使命。因此,他就成了'造就'整个民族和国际历史的继承人。"[1]在这一向度上,中国现代文学史上的留学欧美知识分子作为一个族群,作为复数的"他们",正是那个文学时代使命的担当者。

---

[1] [法]帕斯卡尔·卡萨诺瓦:《文学、民族与政治》,[美]大卫·达姆罗什、陈永国、尹星主编:《新方向:比较文学与世界文学读本》,北京大学出版社 2010 年版,第 223 页。

第三章　文以载道与工具理性：留日知识分子及其世界性与本土性

第一节　留日知识分子群体及其激进主义立场

美国学者任达(Douglas R. Reynolds)在《新政革命与日本——中国,1898—1912》一书中论及近代日本对中国社会文化的影响时曾指出:"中国在1898年至1910年这12年间,思想和体制的转化都取得令人注目的成就。但在整个过程中,如果没有日本在每一步都作为中国的样本和积极参与者,这些成就便无法取得。"[1]的确,在中国历史向近现代转型的进程中,我们不否认一衣带水的日本对那个时代中国的文化再造有着一定的影响,然而,我们不能像美国学者任达那样,一厢情愿地遗忘了日本从1868年明治维新到1945年战败投降期间对中国实施的野蛮侵略和残酷掠夺。

在1894—1895年的中日甲午战争中,不可一世的北洋水师惨败于历来被中国士大夫所鄙夷的东瀛小国,这种在国耻中引发的民族震撼与文化反思是空前的,同时,这也迫使中国士大夫

---

[1] [美]任达:《新政革命与日本——中国,1898—1912》,李仲贤译,江苏人民出版社1998年版,第7页。

第三章 文以载道与工具理性：留日知识分子及其世界性与本土性

群体在天朝大国自给自足的傲慢中猛然觉醒，迫切意识到闭关锁国的危害性与冲出文化孤立主义而走向世界的必要性和时代性。张之洞在《劝学篇》中曾鼓励那个时代的有志知识分子走出自闭的大清本土，走向因接受西方影响而迅速发展且膨胀的日本，敞开自己的眼界以求取不得而已的救亡图存："明时势，长志气，扩见闻，增才智，非游历外国不为功也"，而"游学之国，西洋不如东洋"，原因在于"一、路近费省，可多遣；一、去华近，易考察；一、东文近中文，易通晓；一、西学甚繁，凡西学不切要者，东人已删节而酌改之。中东情势风俗相近，易仿行。事半功倍，无过于此"[①]。于是赴日留学就成为那时众多有识之士的最佳选择，中国现代文学史上的著名作家鲁迅、郭沫若、郁达夫、成仿吾等正是在这一时期纷纷东渡与留学日本。但是，通过研究我们不难发现，在文学观念的表达与审美姿态的呈现上，留学日本的这批中国现代作家与同期留学欧美的中国现代作家持有迥然相异的文化立场，他们不再把文学认同为一种纯然的审美形式，而是更偏执于"激进"和"功利"的文学本体论与批评观，在中国现代文学史上书写下了自身独特的群体性特质。

而激进主义（radicalism）起源于英国，是与保守主义（conservatisim）、自由主义（liberalism）相对立而存在的一种文化思潮和意识形态。余英时曾在《中国近代思想史上的激进与保守》一文中宣称，激进主义"通常是指发生了重大变化的时代或社会里以矫枉过正的言行改变现存秩序任何一个领域状况的态度（disposition）或倾向（orientation）"[②]。它既不像保守主义

[①] 张之洞：《劝学篇：中体西用的强国策》，李忠兴评注，中州古籍出版社1998年版，第115页。
[②] 余英时：《中国近代思想史上的激进与保守》，李世涛主编：《知识分子立场——激进与保守之间的动荡》，时代文艺出版社2000年版，第1—2页。

那样固执地维护现有的社会秩序和传统文化,也不赞同自由主义改良、渐进与和平的社会变革方式,它常常倾向于以激进甚至革命、暴力的手段,从根本上改变旧的政治制度及其思想文化道德基础,彻底改换现存的社会组织和传统的政治、伦理、文化秩序。除了政治层面上的激进、革命、反传统、要求剧烈的社会变革以外,历来的激进主义和激进主义者们也大都非常重视思想观念与意识形态的作用,同时,也具有将文艺理论或文化观念意识形态化的倾向。

纵观中国近现代文坛,晚清以康、梁为代表的资产阶级维新派曾经大力倡导"诗界革命""文界革命""小说界革命"和戏剧改良运动,试图突破陈腐守旧的封建文学观念和文学形式,将文学特别是小说和戏剧的政治宣传和思想教化功能抬高、推崇至几乎无所不能的地位①,并力图让其成为承载政治革新理念、改良社会、变易风俗、启蒙民众的工具和宣传利器。"五四"新文化运动的先驱陈独秀、胡适、李大钊等曾以"叛逆"的革命激情和"重估一切价值"的批判精神向封建专制主义统治下的旧文化、旧文学宣战,他们提倡白话、反对文言、批判旧学、传播新知,并以声势浩大而又激进坚定的文学"革命"的方式,对以"三纲五常"为

---

① 梁启超在《论小说与群治之关系》一文中开篇即宣称:"欲新一国之民,不可不先新一国之小说。故欲新道德,必新小说;欲新宗教,必新小说;欲新政治,必新小说;欲新风俗,必新小说;欲新学艺,必新小说;乃至欲新人心,欲新人格,必新小说。何以故?小说有不可思议之力支配人道故。"历来被视为"小道""雕虫小技,壮夫不为"的小说反而被其尊为"文学之最上乘"(梁启超:《论小说与群治之关系》,《梁启超全集》,北京出版社1999年版,第884页)。在《译印政治小说序》一文中,他进一步强调小说的思想启蒙和教化功能:"六经不能教,当以小说教之;正史不能入,当以小说入之;语录不能谕,当以小说谕之;律例不能治,当以小说治之;天下通人少而愚人多,深于文学之少,而粗识之无之人多。六经虽美,不通其义,不识其字,则如明珠夜投,按剑而怒矣。"(梁启超:《译印政治小说序》,《梁启超全集》,北京出版社1999年版,第172页。)

第三章 文以载道与工具理性：留日知识分子及其世界性与本土性

核心的、"雕琢的阿谀的、陈腐的铺张的、迂晦的艰涩的"①传统文学进行彻底的颠覆和背叛，文学也成为其开启民智、精神启蒙救国乃至革新政治、改造社会的重要途径和传播媒介。对于留学日本的中国现代知识分子而言，从鲁迅到郭沫若、郁达夫、成仿吾、田汉、夏衍、欧阳予倩以及后期创造社成员李初梨、彭康、朱镜我等，他们身处内忧外患、动荡不安、亟待救亡图存的民族危难时刻，承继晚清至"五四"有识之士一以贯之的思想与文化启蒙传统，自觉主动地注重文学批判、改造社会的工具作用及其意识形态层面的宣传功能，试图以一种激进、功利甚至介入性重构的方式来引导、规约文学的呈现方式与发展路径。有所为而为之，不可避免地成为他们共同的创作倾向和文化立场。

不同于同时期留欧美知识分子一贯秉持的自由与独立，留学日本的中国现代作家们在理论倡导、创作实践与批评论争中，更多地倾向于将个人的内心情感在释放中转换成为一种激进的政治性表达，而这种激进的政治性表达在他们所进行的单向度的社会批判与思想诉求中，往往也相对忽略和消解了文学自身独特的审美价值和多元化呈现的诸种可能。也正如相关评论者所言："在清末民初的留日学生群体中，从陈独秀、李大钊、钱玄同、鲁迅、周作人到茅盾、郭沫若、郁达夫、田汉、张资平，大都成为了'五四'思想启蒙运动的文化精英、激进主义的挑大梁人物。同时，他们大都是已从日归国或即将从日归来的知识分子，都是具有日本教育背景的渊博学者。"②

---

① 陈独秀：《文学革命论》，《新青年》1917年2月1日第2卷第6号。
② 岳凯华：《五四激进主义的缘起与中国新文学的发生》，岳麓书社2005年版，第94页。

第二节 "有所为而为之"：
单向度批判与介入性重构

在"五四"新文学阵营中，鲁迅是首位开启中国小说新时代的激进先锋，他曾以"表现深切"与"格式特别"的小说创作显示了"文学革命"的实绩。在《我怎么做起小说来》一文中，鲁迅在谈及自己缘何进行小说创作时曾不止一次地强调："说到'为什么'做小说罢，我仍抱着十多年前的'启蒙主义'，以为必须是'为人生'，而且要改良这人生。我深恶先前的称小说为'闲书'，而且将'为艺术的艺术'，看作不过是'消闲'的新式的别号。所以我的取材，多采自病态社会的不幸的人们中，意思是在揭出病苦，引起疗救的注意。"[①]在鲁迅关于他为什么作小说的论述中，我们注意到小说作为文学书写的一种审美表现类型，在鲁迅的笔下已经不再是一种纯粹的为了艺术而艺术的文体，而是被定义为一种揭示社会病苦以引起疗救的文学性批判文本。我们不妨接续阅读鲁迅在这篇文章中谈及自己为什么做小说的表述：

> 我怎么做起小说来？——这来由，已经在《呐喊》的序文上，约略说过了。这里还应该补叙一点的，是当我留心文学的时候，情形和现在很不同：在中国，小说不算文学，做小说的也决不能称为文学家，所以并没有人想在这一条道路上出世。我也并没有要将小说抬进"文苑"里的意思，不过

[①] 鲁迅：《我怎么做起小说来》，《鲁迅全集》第4卷，人民文学出版社2005年版，第526页。

第三章　文以载道与工具理性：留日知识分子及其世界性与本土性

想利用他的力量,来改良社会。①

鲁迅认为在中国文学传统中"小说不算文学",这是有一定道理的,因为鲁迅的逻辑思路还是承继了中国古代文化传统对小说的定位和评价。让我们在这里回溯中国古代文学史,追问"小说"这个词语发生的早期系谱。"小说"作为一个词语最早见于《庄子·外物》:"饰小说以干县令,其于大达亦远矣。"②《庄子·外物》为《庄子》杂篇,学界一般认为是庄子弟子及后学所作,可见庄子学派把"小说"解释为与"大达"境界有着较远距离的琐屑之言。东汉经学家桓谭在《新论·本造篇》中把小说释义为"丛残小语":"若其小说家,合丛残小语,近取譬论,以作短书。治身治家,有可观之辞。"③给人以启示的是,用现代小说理论来分析,正因为小说有着强大的日常叙事性,是贴着社会底层之地面书写百姓生活的"丛残小语",其才有"可观之辞"。东汉史学家班固在《汉书·艺文志》中把小说家置列为"十家"之后,为小说界定了一个极为草根的社会身份:"小说家者流,盖出于稗官,街谈巷语,道听途说之所造也。"④思考到这里,如果我们把整部中国古代文学史及其中诸种文体类型的发展形式一路通贯地分析下来,可以发现,较之于诗词等文学类型,小说的确是源出于社会草根文化的一种书写形式,其没有诗词入乐之格律音韵等修辞形式的要求。班固在《汉书·艺文志》中为小说作了源流系

---

① 鲁迅:《我怎么做起小说来》,《鲁迅全集》第4卷,人民文学出版社2005年版,第525页。
② 《庄子》,载于《二十二子》,上海古籍出版社1986年缩印浙江书局汇刻本,第73页。
③ (汉)桓谭撰,朱谦之校辑:《新辑本桓谭新论》,中华书局2009年版,第1页。
④ 班固撰,颜师古注:《汉书》第6册,中华书局1964版,第1745页。

谱的追溯后,又援引了孔子的表述:"孔子曰:'虽小道,必有可观者焉,致远恐泥,是以君子弗为也。'"①"致远恐泥,是以君子弗为也",虽然这可以视为是孔子对"小道"——"小说"的贬损,但他还是承认了"虽小道,必有可观者焉"的事实。

其实,从先秦两汉以来,正因为小说是源自社会底层文化的琐屑之言、丛残小语、街谈巷语与道听途说,其书写的叙事性、情感的通俗性与修辞的生动性恰恰更接脉于大众生活的地气,也更易于表达人世间芸芸众生的疾苦与欢愉,因而也更容易通透于历史的底层而成为批判社会阴暗的利器——工具;所以鲁迅没有把小说抬进"文苑"里,而是把小说看视为他批判社会的工具——利器。

鲁迅早年留日学医,梦想卒业后回国,救治像"父亲似的被误的病人的疾苦","战争时候便去当军医",又"促进了国人对于维新的信仰"②。然而他最终弃医从文,转而希望以文艺"转移性情、改造社会"③。可以说,鲁迅从一开始从事文学活动就带有明确的目的性和功利性,由于切身体验到对"愚弱"的国民在思想文化和意识形态领域进行启蒙与革命的迫切性和重要性,他尤为看重文艺改造国民精神、进而改良社会和人生的工具作用,一如鲁迅在《〈呐喊〉自序》中所言:"凡是愚弱的国民,即使体格如何健全,如何茁壮,也只能做无意义的示众的材料和看客,病死多少是不必以为不幸的。所以我们的第一要著,是在改变他们的精神,而善于改变精神的是,我那时以为当然要推文艺,于是

---

① 班固撰,颜师古注:《汉书》第6册,中华书局1964版,第1745页。
② 鲁迅:《〈呐喊〉自序》,《鲁迅论创作》,上海文艺出版社1983年版,第4页。
③ "我们在日本留学的时候,有一种茫漠的希望:认为文艺是可以转移性情、改造社会的,因为这意见,便自然而然地想到介绍外国文学这一件事。"(鲁迅:《〈域外小说集〉序》,《鲁迅论创作》,上海文艺出版社1983年版,第376页。)

第三章 文以载道与工具理性：留日知识分子及其世界性与本土性

想提倡文艺运动了。"①鲁迅认为"文艺是国民精神所发的火光，同时也是引导国民精神的前途的灯火"②，并试图通过文艺这一特殊的批判武器和宣传利器去唤醒民众，改变国人愚弱、蒙昧、落后、麻木与日益沦亡的精神危机，从根本上"启人智而开发其性灵"③，进而使之"念祖国之忧患""思想为作、日趣于新"，奋起抗争，最终拯救民族国家于危难之中，使得曾经拥有悠久历史、绚烂文明的东方古国"能与世界大势相接"，"卓立宇内，无所愧逊于他邦"④。这是鲁迅的文艺观。

在早年发表于《河南》杂志的《文化偏至论》一文中，鲁迅曾深刻批判西方历史发展进程中出现的重物质、非精神等文化"偏至"现象，并在此基础上提出自己确立的以"立人"为核心的启蒙理想与救国主张，即《文化偏至论》所声称的"角逐列国是务，其首在立人，人立而后凡事举"⑤。然而要"立人"，鲁迅则认为必须"尊个性而张精神"，"掊物质而张灵明，任个人而排众数"⑥，惟其如此，"人既发扬踔厉矣，则邦国亦以兴起"⑦，中国才得以可能"屹然独立于天下"。在被日本学者伊藤虎丸称为"文学原论"⑧的

---

① 鲁迅：《〈呐喊〉自序》，《鲁迅论创作》，上海文艺出版社1983年版，第4—5页。
② 鲁迅：《论睁了眼看》，《鲁迅论创作》，上海文艺出版社1983年版，第526页。
③ 鲁迅：《文化偏至论》，《鲁迅全集》第1卷，人民文学出版社2005年版，第46页。
④ 鲁迅：《摩罗诗力说》，《鲁迅全集》第1卷，人民文学出版社2005年版，第101页。
⑤ 鲁迅：《文化偏至论》，《鲁迅全集》第1卷，人民文学出版社2005年版，第58页。
⑥ 同上书，第47页。
⑦ 同上。
⑧ 在《鲁迅与日本人：亚洲的近代与"个"的思想》一书中，伊藤虎丸认为："到了写《文化偏至论》以下三篇评论的时候，鲁迅通过在日本留学'和西方相遇'，已经从科学到达了文学这个终点，而且在这个终点，应称之为'原鲁迅'的他的思想构架也已经形成。特别是《摩罗诗力说》，是应该叫做他文学原论的作品，小说家鲁迅的出发点，也许应该真正放在这里。"（[日]伊藤虎丸：《鲁迅与日本人：亚洲的近代与"个"的思想》，李冬木译，河北教育出版社2000年版，第82页。）

《摩罗诗力说》一文中,鲁迅首先赞赏并推崇西方19世纪以拜伦为代表的摩罗诗派和摩罗诗人,认为摩罗诗人"立意在反抗,指归在动作","不为顺世和乐之音,动吭一呼,闻者兴起",认为摩罗诗人"刚健不挠、抱诚守真,不取媚于群,以随顺旧俗"的"雄声"与创作,在振奋国民精神与促进"国人之新生"方面有着重要的意义。进而在"大其国于天下"方面也有着"绵延至于无已"的影响。

>今且置古事不道,别求新声于异邦,而其因即动于怀古。新声之别,不可究详;至力足以振人,且语之较有深趣者,实莫如摩罗诗派。摩罗之言,假自天竺,此云天魔,欧人谓之撒但,人本以目裴伦(G. Byron)。今则举一切诗人中,凡立意在反抗,指归在动作,而为世所不甚愉悦者悉入之,为传其言行思惟,流别影响,始宗主裴伦,终以摩迦(匈加利)文士。凡是群人,外状至异,各禀自国之特色,发为光华;而要其大归,则趣于一:大都不为顺世和乐之音,动吭一呼,闻者兴起,争天拒俗,而精神复深感后世人心,绵延至于无已。虽未生以前,解脱而后,或以其声为不足听;若其生活两间,居天然之掌握,辗转而未得脱者,则使之闻之,固声之最雄桀伟美者矣。然以语平和之民,则言者滋惧。①
>
>上述诸人,其为品性言行思惟,虽以种族有殊,外缘多别,因现种种状,而实统于一宗:无不刚健不挠,抱诚守真;不取媚于群,以随顺旧俗;发为雄声,以起其国人之新生,而大其国于天下。②

---

① 鲁迅:《摩罗诗力说》,《鲁迅全集》第1卷,人民文学出版社2005年版,第68页。
② 同上书,第101页。

第三章　文以载道与工具理性：留日知识分子及其世界性与本土性

鲁迅目睹当时中国的闭塞萧条与传统"诗宗词客"的单一陈旧，认为中国所缺失的恰恰就是"摩罗"诗人的反抗精神，因此渴望并热忱地呼唤中国的"精神界之战士"，热切地希望他们能"作至诚之声，致吾人于善美刚健"，希望他们能"作温煦之声，援吾人出于荒寒"，最终实现唤起民众、改良其思想、发扬其精神、鼓舞其斗志、振邦兴国的启蒙目的。思考到这里，我们有必要再度细读鲁迅投入《摩罗诗力说》中的那些经典表述：

> 试稽自有文字以至今日，凡诗宗词客，能宣彼妙音，传其灵觉，以美善吾人之性情，崇大吾人之思理者，果几何人？上下求索，几无有矣。①
>
> 今索诸中国，为精神界之战士者安在？有作至诚之声，致吾人于善美刚健者乎？有作温煦之声，援吾人出于荒寒者乎？家国荒矣，而赋最末哀歌，以诉天下贻后人之耶利米，且未之有也。非彼不生，即生而贼于众，居其一或兼其二，则中国遂以萧条。②

至此，文艺成为鲁迅最初以"立人"为核心的启蒙理念与救国理想的主要载体与具体实施途径。也正是在此基础上，他还进一步深化了启蒙的内涵，他不仅借用英人约翰·密勒的话语，指明文艺的功利作用及其"兴感怡悦"与"涵养吾人之神思"的特殊职能，并且还进一步强调了文艺之于人生，有着"决不次于衣食，宫室，宗教，道德"的重要功能。鲁迅还以德国、法国、英国、意大

---

① 鲁迅：《坟·摩罗诗力说》，《鲁迅全集》第 1 卷，人民文学出版社 2005 年版，第 71 页。
② 同上书，第 102 页。

利、希腊等国的民族革命战争为例,指明文艺对于启发民族自觉精神、鼓舞民族斗志、兴邦救国有着不可忽视的重要作用。

当下是一个后现代大众消费文化的全球资本运作时代,也正是在这个时代,文学被大众消费文化贬值到几乎连最低的审美要求都承担不起了,文学似乎在这个时代被彻底边缘化了。而当我们重新在反思中谨慎地细读鲁迅的《摩罗诗力说》《文化偏至论》等文时,依然可以感受到那个时代的鲁迅所赋予文学的极为崇高与神圣的地位。

> 由纯文学上言之,则以一切美术之本质,皆在使观听之人,为之兴感怡悦。文章为美术之一,质当亦然,与个人暨邦国之存,无所系属,实利离尽,究理弗存。故其为效,益智不如史乘,诚人不如格言,致富不如工商,弋功名不如卒业之券。特世有文章,而人乃以几于具足。英人道覃(E. Dowden)有言曰,美术文章之桀出于世者,观诵而后,似无裨于人间者,往往有之。然吾人乐于观诵,如游巨浸,前临渺茫,浮游波际,游泳既已,神质悉移。而彼之大海,实仅波起涛飞,绝无情愫,未始以一教训一格言相授。顾游者之元气体力,则为之陡增也。故文章之于人生,其为用决不次于衣食,宫室,宗教,道德。①

> 文章不用之用,其在斯乎?约翰穆黎曰,近世文明,无不以科学为术,合理为神,功利为鹄。大势如是,而文章之用益神。所以者何?以能涵养吾人之神思耳。涵养人之神思,即文章之职与用也。②

---

① 鲁迅:《摩罗诗力说》,《鲁迅全集》第1卷,人民文学出版社2005年版,第73页。
② 同上书,第73—74页。

第三章 文以载道与工具理性：留日知识分子及其世界性与本土性

此他丽于文章能事者，犹有特殊之用一。盖世界大文，无不能启人生之闷机，而直语其事实法则，为科学所不能言者。所谓闷机，即人生之诚理是已。此为诚理，微妙幽玄，不能假口于学子。……惟文章亦然，虽缕判条分，理密不如学术，而人生诚理，直笼其辞句中，使闻其声者，灵府朗然，与人生即会。①

"盖世界大文，无不能启人生之闷机，而直语其事实法则，为科学所不能言者"，这是鲁迅所给出的震撼人心的表达，文学在鲁迅的书写中，毫无疑问成为其启蒙与疗求社会的工具。

除此之外，鲁迅在以《呐喊》《彷徨》等为代表的国民性批判系列小说中，还将其文艺启蒙的理念，与"为人生""改良人生"的工具意识从观念层面具体化到了实际的行动中。他"表现深切"与"格式特别"的小说创作不仅显示了"五四"之"文学革命"的实绩，而且对"吃人的"、造就出愚弱国民的封建传统文化和旧社会病根，进行了彻底的暴露、全面的攻击和不妥协的批判②。说到底，鲁迅把自身投入文学书写中的目的就是意在"催人留心，设法加以疗治"③。

与此同时，他甚至明确地指明了他那时进行小说创作的初

---

① 鲁迅：《摩罗诗力说》，《鲁迅全集》第1卷，人民文学出版社2005年版，第74页。
② "偶尔得到一个可写文章的机会我便将所谓上层社会的堕落和下层社会的不幸，陆续用短篇小说的形式发表出来了。原意其实只不过想将这示给读者，提出一些问题而已，并不是为了当时的文学家之所谓艺术。"（鲁迅：《集外集拾遗·英译本〈短篇小说选集〉自序》，《鲁迅全集》第7卷，人民文学出版社2005年版，第411页。）
③ "我想，虽在寂寞中，想头是不错的，也来喊几声助助威罢。首先，就是为此。自然，在这中间，也不免夹杂些将旧社会病根暴露出来，催人留心，设法加以疗治的希望。"（鲁迅：《〈自选集〉自序》，《鲁迅全集》第4卷，人民文学出版社2005年版，第468页。）

衷与缘由:"须听将令",遵奉"革命的前驱者的命令"。当然,这也是鲁迅自己"所愿意遵奉的命令",他在心底愿意为那些"在寂寞里奔驰的猛士"呐喊助威,"使他不惮于前驱"①。此后凡三十年,鲁迅的文艺观是在发展演进的,后来他也主动接受过马克思主义思想及其文艺理论,然而无论怎样,鲁迅始终是自觉地把文学视为改造社会的工具和利器,以文学的书写在启蒙和救亡中来唤醒国民大众。鲁迅终其一生,也都未曾改变过他对文学及其社会功用最初的界定与选择。

对同样留学日本的郭沫若、郁达夫与成仿吾来说,身为初期主张"为艺术而艺术"的创造社"主将",他们早期的文艺理念与创作实践不可避免地带有更多的主观抒情、自我表现、直抒胸臆等浪漫主义、唯美主义和表现主义的显著特征。如郭沫若在《致宗白华》一文中曾多次强调"诗的本职专在抒情"②,认为"诗一定是我们心中的诗境诗意底纯真的表现"③,也提出"文艺是迫于内心要求之所表现"④。在《艺文私见》一文中,郁达夫也曾表明:"文艺是天才的创造物","文学作品,都是作家的自序传",强调"作家要尊重自己一己的体验"⑤。1923年5月,成仿吾在《创造周报》

---

① "本以为现在是已经并非一个切迫而不能已于言的人了,但或者也还未能忘怀于当日自己的寂寞的悲哀罢,所以有时候仍不免呐喊几声,聊以慰藉那在寂寞里奔驰的猛士,使他不惮于前驱。至于我的喊声是勇猛或是悲哀,是可憎或是可笑,那倒是不暇顾及的;但既然是呐喊,则当然须听将令的了,所以我往往不恤用了曲笔,在《药》的瑜儿的坟上平空添上一个花环,在《明天》里也不叙单四嫂子竟没有做到看见儿子的梦,因为那时的主将是不主张消极的。至于自己,却也并不愿将自以为苦的寂寞,再来传染给也如我那年青时候似的正做着好梦的青年。"(鲁迅:《〈呐喊〉自序》,《鲁迅论创作》,上海文艺出版社1983年版,第7页。)
② 郭沫若:《致宗白华》,《时事新报·学灯》1920年2月24日。
③ 郭沫若:《致宗白华》,《时事新报·学灯》1920年2月1日。
④ 郭沫若:《批判意门湖译本及其他》,《创造》(季刊)1922年第1卷第2期。
⑤ 郁达夫:《艺文私见》,《创造》(季刊)1922年第1卷第1期。

第三章 文以载道与工具理性：留日知识分子及其世界性与本土性

发表了《诗之防御战》一文，在文中他谈道："文学始终是以情感为生命的，情感便是它的始终。"①他还进一步论述道："如果我们把内心的要求作一切文学上创造的原动力，那么艺术与人生两方都不能干涉我们，而我们的创作便可以不至为它们的奴隶。"②

自创造社中后期开始，他们则逐渐摆脱了"虚无的幻美"，也先后放弃了"低回的情趣"与个人"纯真的表现"，从早期的唯美浪漫走向了自我否定、自我批判和激进功利，从个人的吟唱走向了革命与人民大众，从文学革命走向了革命文学。他们俨然走完了一个文学观念蜕变的神圣历程。

郭沫若也曾弃医从文，在《我怎样开始了文艺生活》一文中，郭沫若在追述其中的缘由时，他曾谈到了自己的"觉醒"和"转向"：

> 这个时代觉醒促进了我自己的觉醒，而同时也把我从苦闷中解救了。从前我看不起文艺的，经这一觉醒，我认为文艺正是摧毁封建思想，抗拒帝国主义的犀利的武器，它对于时代的革新，国家的独立，人民的解放，和真正的科学技术等具有同样不可缺乏的功能。因此，我可以心安理得地放弃我无法精进的医学而委身于文艺活动了。③

如同鲁迅一样，郭沫若的"从文"也有着明确的目的，他希望能够利用文艺来鼓动民众，以摧毁封建思想而救亡救国。我们可以判定，这也是郭沫若等在其文艺观中所投入的功利性目的。当然，这里的"功利性目的"不是一个负载着贬义性修辞意义的学

---

① 成仿吾：《诗之防御战》，《创造周报》1923年5月第1号。
② 成仿吾：《新文学的使命》，《创造周报》1923年5月第2号。
③ 郭沫若：《我怎样开始了文艺生活》，《郭沫若论创作》，上海文艺出版社1983年版，第153页。

理性术语,这种文艺观中的功利性目的,是把文学带向了对历史的反思与社会的批判,让文学脱离于纯然的审美,在历史与社会的担当中伟岸起来。

1923年5月2日,郭沫若在上海大学发表演讲时,推出了《文艺之社会使命》①的演讲命题。在此次演讲中,郭沫若已经开始关注到艺术(文学)的"效用",并着力宣扬艺术的力量,推崇艺术的伟大使命及其对人类精神层面的贡献。他认为艺术能够"提高人们的精神,使个人的内在的生活美化",并且有"统一群众的感情使趋向于同一目标能力"②。郭沫若还以意大利、法国、德意志、俄罗斯等国的国内战争为例,说明但丁及其《神曲》、伏尔泰、卢梭、歌德等文学先驱及其著作对国家统一的影响和效用③,他认为要挽救当时处于衰败与分裂状态的中国,"艺术运动是不可少的事"。他还希望艺术家本身也要"觉悟",要充分体验"社会的真实的要求",进而"发生一种救国救民的自觉",因为这种从"自觉"中产生出来的艺术,它的效用"对于中国的前途是不可限量的"④。

1923年9月,郭沫若在上海《创造周报》第18号发表了《艺

---

① 最初发表于1925年5月18日上海《民国日报·文学》周刊第3期,后收入《文艺论集》。《民国日报·文学》与《文艺论集》定正本、改版本时间定为"十二年五月二日",即1923年5月2日。

② 郭沫若:《文艺之社会使命》,《郭沫若全集》(文学编)第15卷,人民文学出版社1982年版,第205页。

③ "我们可以知道,艺术可以统一人们的感情,并引导着趋向于同一的目标去行动。此类的事实很多,一时也说不完。如意大利未统一前,全靠但丁(Dante)一部《神曲》的势力来收统一之效。法国革命以前福禄特尔、卢梭的著作影响很大。从前德意志帝国之成立,托来次克(Treitschke)说,歌德的力量不亚于俾士麦(Bismarck)。俄罗斯最近的大革命,我们都晓得是一些赤诚的文学家在前面做了先驱。"(同上书,第202—203页。)

④ 同上书,第205—206页。

第三章　文以载道与工具理性：留日知识分子及其世界性与本土性

术家与革命家》一文，在这篇文章中，他论及艺术与革命、艺术家与革命家之间的关系和界限，肯定文艺家以他的作品来宣传革命的目的，认为这与"实行家拿一个炸弹去实行革命"一样，同样对于革命事业有所实际贡献。郭沫若宣称："一切真正的革命运动都是艺术运动，一切热诚的实行家是纯真的艺术家，一切志在改革社会的热诚的艺术家也便是纯真的革命家。"[①]郭沫若还声称："我们是革命家，同时也是艺术家。我们要做自己的艺术的殉教者，同时也正是人类社会的改造者。"[②]在这篇文章中，他还借用德国自由战士埃斯纳（Kurt Eisner）关于艺术的演说，来证明自己的论断："伟大的艺术家寓神明于己之一身，而成为自己艺术的殉教者……为政也是一种艺术。……这种政治艺术的对象，这种艺术所当发挥的题材，便是社会、国家、人类。……自由只能在美之国度里繁荣……今日的艺术已经不是厌世者的遁逃薮了！"[③]从形式主义美学的学理上讲，文学艺术应该保有自身纯粹的审美品质，文学艺术就是文学艺术，文学艺术不应该作为政治的附庸和宣传的工具，当然这是俄国形式主义美学为拯救文学艺术陷入政治泥沼的厄运而秉持的理论立场；但是在人类文学史上，文学从发生到发展的漫长历程中，在每一个历史的转捩点，文学艺术都以盛载思想者的激情、理想与信仰，成为颠覆一个旧时代拓建一个新时期的利器。在特殊的年代，在某种程度上，文学艺术似乎只有介入于审美与政治之间才能凸显其对历史进行评判的张力。

1924年，郭沫若再次东渡日本福冈，在翻译日本早期马克思

[①] 郭沫若：《艺术家与革命家》，《郭沫若全集》（文学编）第15卷，人民文学出版社1982年版，第192页。
[②] 同上书，第193页。
[③] 同上。

主义研究先驱、经济学家河上肇的《社会组织与社会革命》一书时,系统了解马克思主义的基本原理及相关理论,他的思想开始"觉悟"并逐步由早年的个人主义、民主主义转换到了马克思主义①。关于郭沫若这一思想立场的转变,我们可以从《孤鸿——致成仿吾的一封信》中看出,此时的郭沫若不仅成了"彻底的马克思主义的信徒",深信"马克思主义在我们所处的这个时代是唯一的宝筏",而且"对于文艺的见解也全盘变了"②。郭沫若不仅恢复了对文艺的"信仰",肯定文艺"是生活的反映","今日的文艺"是"革命的文艺",是"被压迫者的呼号,是生命穷促的喊叫,是斗士的咒文,是革命豫期的欢喜",而且还过度放大了文艺的社会功能与宣传作用,并将之与那时的社会政治革命紧密相连。他认为中国革命正处于"宣传的时期",而"文艺是宣传的利器",文艺也只有促进了社会革命的实现,才"有存在的可能","才配受得文艺的称号"。《孤鸿——致成仿吾的一封信》是我们了解郭沫若文艺观转型的一封重要的书信,让我们在一个相对完整的语境引文中来细读郭沫若。

> 我现在对于文艺的见解也全盘变了。我觉得一切伎俩上的主义都不能成为问题,所可成为问题的只是昨日的文

---

① 在《孤鸿——致成仿吾的一封信》中,郭沫若谈到翻译河上肇的《社会组织与社会革命》一书后思想的转变:"我以前只是茫然地对于个人资本主义怀着憎恨,对于社会革命怀着信心,如今更得到理性的背光,而不是一味的感情作用了。这书的译出在我一生中形成了一个转换时期,把我从半眠状态里唤醒了的是它,把我从歧路的彷徨中引出了的是它,把我从死的暗影里救出了的是它,我对于作者非常感谢,我对于马克思、列宁非常感谢。"(郭沫若:《孤鸿——致成仿吾的一封信》,《郭沫若全集》(文学编)第16卷,人民文学出版社1982年版,第10页。最初发表于《创造月刊》1926年第1卷第2期,正题为《孤鸿》,副题为《给芳坞的一封信》。)
② 同上书,第19页。

第三章 文以载道与工具理性:留日知识分子及其世界性与本土性

艺,今日的文艺,和明日的文艺。昨日的文艺是不自觉的得占生活的优先权的贵族们的消闲圣品,如象太戈儿的诗,托尔斯泰的小说,不怕他们就在讲仁说爱,我觉得他们只好象在布施饿鬼。今日的文艺,是我们现在走在革命途上的文艺,是我们被压迫者的呼号,是生命穷促的喊叫,是斗士的咒文,是革命豫期的欢喜。这今日的文艺便是革命的文艺,我认为是过渡的现象,但是,是不能避免的现象。明日的文艺又是甚么呢?芳坞哟,这是你几时说过的超脱时代性和局部性的文艺。但这要在社会主义实现后,才能实现呢。……文艺才能以纯真的人性为其对象,这才有真正的纯文艺出现。①

我们是革命途上的人,我们的文艺只能是革命的文艺。我对于今日的文艺,只在它能够促进社会革命之实现上承认它有存在的可能。而今日的文艺也只能在社会革命之促进上才配受得文艺的称号,不然都是酒肉余腥,麻醉剂的香味,算得甚么!算得甚么呢?真实的生活只有这一条路,文艺是生活的反映,应该是只有这一种是真实的。芳坞哟,这是我最坚确的见解,我得到这个见解之后把文艺看得很透明,也恢复了对于它的信仰了。现在是宣传的时期,文艺是宣传的利器,我彷徨不定的去向,于今固定了。②

我们必须承认从"五四"以来的新文学运动,对中国现代历史的

---

① 郭沫若:《孤鸿——致成仿吾的一封信》,《郭沫若全集》(文学编)第16卷,人民文学出版社1982年版,第19—20页。
② 同上书,第20页。

观念性营造给予了浸入骨髓的渗透,这种渗透直至对后现代文艺观崛起之前的中国当代文学艺术均有着重要的操控性影响。当我们在较为完整的语境下细读了郭沫若的《孤鸿——致成仿吾的一封信》,可以发现,其实"十七年"与"文革"期间所倡导的"文艺反映论"——文艺是对社会生活的反映及后来"革命文艺"口号的提出,在郭沫若那个时代早已构建完成。

在当下后现代高科技打造的消费文化景观下,资本是推动文艺发展的动力,而在新文学运动波澜壮阔于中国的革命历史时期,革命是推动文艺发展的动力。让我们再来透视郭沫若的文艺观及其革命立场。

1926年5月,郭沫若相继在《洪水》半月刊第2卷第16期和《创造月刊》第1卷第3期发表了《文艺家的觉悟》和《革命与文学》两篇文章。在这两篇文章中,郭沫若正式提出并倡导革命文学,并在文章中对革命文学的内容、形式、文学家的态度和精神等方面都给出了深具时代特征的界定和规约。郭沫若通过追踪欧洲文艺思潮的发展进程,提出了"一个时代便有一个时代的文艺,一个环境便有一个环境的文艺"的观念①。并且正是以这个观念为起点,郭沫若给出了他的基于阶级与政治立场的文艺观念之表达:

> 我们现在所需要的文艺是站在第四阶级说话的文艺,这种文艺在形式上是现实主义的,在内容上是社会主义的。除此以外的文艺都已经是过去的了。包含帝王思想宗教思想的古典主义,主张个人主义自由主义的浪漫主义,都已过

---

① 郭沫若:《文艺家的觉悟》,《郭沫若论创作》,上海文艺出版社1983年版,第21页。

去了。①

他始终承认"文学和革命是一致的",认同"真正的文学永远是革命的前驱"②,宣称只有在精神上"彻底表同情于无产阶级的社会主义的文艺",以及在形式上"彻底反对浪漫主义的写实主义"的文艺,才可以被称为"最新最进步的革命文学"③。因此他呼吁文艺家们要抓住时代精神,认定"文艺的主潮",必须要"替我们全体的民众打算",他主张从根本上铲除"个人主义和自由主义",彻底反抗"反革命的浪漫主义的文艺"④。而在关于文学内容的书写与精神出场的价值取向上,郭沫若还主张书写革命时代所希求的无产阶级之理想和苦闷,应该表现革命时代的"革命的感情",即"最强烈、最普遍的一种团体感情"⑤。郭沫若是一位情感充沛甚至夸张的诗人,所以同步表现在他的革命文艺观上,也是极为彻底的。他主张到"兵间去,民间去,工厂间去,革命的漩涡中去",成为"革命的文学家"而不是"时代的落伍者",以牺牲自己的个性和自由去为"大众人的个性和自由请命"⑥。与此同时,郭沫若的倡导和号召也得到了中期创造社同仁们的纷纷响应和支持。

而从中国现代文学史到中国当代文学史,其中不可避免地通贯着承继与接续发展的内在政治美学逻辑,倘若我们一路透

---

① 郭沫若:《文艺家的觉悟》,《郭沫若论创作》,上海文艺出版社1983年版,第25页。
② 郭沫若:《文学与革命》,《郭沫若论创作》,上海文艺出版社1983年版,第32页。
③ 同上书,第36页。
④ 同上书,第37页。
⑤ 同上书,第33页。
⑥ 同上书,第37—38页。

视下来,在现代文学史程上的新文学运动那里,革命曾经是文艺发展的动力,在当代文学史程上的"十七年"与"文革"时期,革命依然承继与接续为文艺发展的动力,而时值当下后现代消费文化的全球资本运作时代,资本则替代革命成为文艺发展的动力。我们怎能不感慨历史的转型对文学命运的介入、规约甚至颠覆?在特殊的年代,文学家、文学批评家与文学理论家从来没有、抑或不能在文学立场上铸造自己的纯粹身份,他们必然作为介入性公共知识分子纠结于革命需求与国族意识形态,成为一个时代以文学为利器(工具)而呐喊于社会的启蒙者与创造者。

再让我们来剖解成仿吾的文艺观。

1923年5月,成仿吾在《创造周报》第2号发表了《新文学之使命》一文,此时的成仿吾已经开始关注新文学对于"时代的使命"以及文学家自身的"任重而道远"。他在这篇文章中指出:"文学是时代的良心,文学家便应当是良心的战士。"[1]他认为文学家要对时代负有一种重大的使命,要能够把握时代潮流,并要用"强有力的方法","有意识"地将之表现出来,这是文学家的重要责任。"五卅"事变的"不幸狂风"更促使成仿吾看清了时代风云的变化和今后努力的方向,不仅他自身幡然醒悟走在了"方向转换"的途中,而且他还号召文艺家们"从此觉悟起来"[2],以"五卅"事变"做一个起点,划一个新纪元",并"以新生的毅力与热诚,致力于我们的永远的使命"[3]。

1926年6月,成仿吾在《创造月刊》第1卷第4期上又发表了《革命文学与它的永远性》一文。这篇文章着重从文学对人们

---

[1] 成仿吾:《新文学之使命》,《成仿吾文集》,山东大学出版社1985年版,第91页。
[2] 成仿吾:《今后的觉悟》,《成仿吾文集》,山东大学出版社1985年版,第187页。
[3] 同上书,第189页。

第三章 文以载道与工具理性：留日知识分子及其世界性与本土性

的"感化"功能这一角度来阐释他对革命文学和革命的文学家的理解。成仿吾认为革命文学"不因为有革命二字便必要以革命这种现象为题材"，要紧的是"所传的感情是不是革命的"。在这篇文章中，成仿吾就革命文学的范畴给出了自己的设问：是否能够激荡人心，有没有"使人震撼的热力"，这是判断是否为革命文学的标准，同时，他还指出文学应该可以"在人类的死寂的心里，吹起对于革命的信仰与热情"[①]。在此基础上，他强调如果文学作品要是革命的，它的作者必须具有"革命的热情"，因为"革命的文学家，当他先觉或同感于革命的必要的时候，他便以审美的文学的形式传出他的热情。他的作品常是人们的心脏，常与人们以不息的鼓动"[②]。

随后成仿吾又撰写了一系列文章诠释自己的革命文学观，如《完成我们的文学革命》《文艺战的认识》《文学革命与趣味》《文学家与个人主义》《从文学革命到革命文学》等。我们也注意到，成仿吾、郭沫若等在宣讲他们的革命文学观时，他们的理论准备大都是从欧美文学思潮与俄苏文学思潮那里跨越语际借渡过来的。欧美文学思潮与俄苏文学思潮在那个时代之所以可以形成一种波及世界各个国家、民族与区域的文化思想现象，也正是因为其是一种先进文化，在世界性的冠名下代表着人类在那个时代的崛起与进一步发展。人类把一个完整的地球村依据血缘、种族、国族政治与区域政治分割为一块块划界分明的封闭空间，因此本土性这个相对封闭的观念才得以形成，也更因此世界性这个观念才成为打破本土性的对立性观念而出场。

[①] 成仿吾：《革命文学与它的永远性》，《成仿吾文集》，山东大学出版社1985年版，第206页。
[②] 同上。

正是如此,成仿吾的思想视域走出了汉语文化传统的本土,跨越了语际,投向了欧洲的俄苏及其文艺政治策略。在《文艺战的认识》一文中,成仿吾力图证明"文艺在人类社会素来有一种伟大的势力"①,他指出俄苏在制定外交政策及经济政策的同时,也决定了一种艺术政策,他们将文艺认定为"第三战线的主力",并取得了政策上的成功,认为数年来的文艺作品的成绩已经大有可观了。在此基础上,成仿吾指出:"第三战线的战略与目标是与第一第二战线上的完全不同的。"②在成仿吾看来,这种"文艺战"的特色和目标"不仅在击破而在于获得",要获得"人类一颗颗的赤心"。成仿吾接受了苏俄的"文艺战"立场,因此呼吁并号召中国本土的革命文学作家,即"忠实的文艺的使徒,勇敢的革命的战士"③,要"以我们的心之鼓动为原动力"④,操用"十分的意识来发挥这种伟大的势力"⑤,以推倒"个人主义的魔宫",让自己成为"要同感于全人类的真挚的感情而为他们的忠实的歌者"⑥。在一定程度上,"文艺战"或"革命文艺"的倡导在那个时代也成为通贯新文学运动与无产阶级革命文学运动的政治美学精神,这种前卫的政治美学精神在留学归国的介入性知识分子群体中,产生了同频共振的呼应,成为波及那个时代的信仰与文化主潮。

曾经以《沉沦》震惊文坛的郁达夫也一改之前的自我表现和

---

① 成仿吾:《文艺战的认识》,《成仿吾文集》,山东大学出版社1985年版,第218页。
② 同上。
③ 成仿吾:《文艺家与个人主义》,《成仿吾文集》,山东大学出版社1985年版,第238页。
④ 成仿吾:《文艺战的认知》,《成仿吾文集》,山东大学出版社1985年版,第219页。
⑤ 同上书,第218页。
⑥ 成仿吾:《文艺家与个人主义》,《成仿吾文集》,山东大学出版社1985年版,第239页。

第三章 文以载道与工具理性：留日知识分子及其世界性与本土性

颓废感伤,他在《创造月刊》创刊号的《卷头语》中发表了自己的宣言：

> 我们的志不在大,消极的就想以我们无力的同情,来安慰安慰那些正直的惨败的人生的战士,积极的就想以我们微弱的呼声,来促进改革这不合理的目下的社会的组成。①

随后郁达夫又接连发表了一系列论述无产阶级革命政治美学的文章,如《文学上的阶级斗争》《无产阶级专政和无产阶级的文学》《〈鸭绿江上〉读后感》《农民文艺的提倡》《农民文艺的实质》《文学漫谈》等,以激进的反潮流姿态声援并倡导无产阶级革命文学。

郁达夫认为文学是有阶级性的,因此他专门撰写了《文学上的阶级斗争》一文,并把"马克斯和恩格耳斯(Engels)的态度"作为自己的文学批评立场,大声疾呼"世界上受苦的无产阶级者""在文学上社会上被压迫的同志"与"凡对有权有产阶级的走狗对敌的文人"等团结起来,"结成一个世界共和的阶级","百屈不挠的来实现我们的理想!"②从郁达夫的话语中,我们可以见出他所倡导的世界性是无产阶级的世界性。在《〈鸭绿江上〉读后感》一文中,他宣称:"艺术家是革命的先驱者,革命的艺术作品,是加上正在革命行动中的许多人肉机器上去的油膏。"③与郭沫若、成仿吾一脉相承,郁达夫及这批留学东洋的知识分子,把文学看

---

① 郁达夫:《卷头语》,《创造月刊》1926年3月16日第1卷第1期。
② 郁达夫:《文学上的阶级斗争》,《郁达夫文集》第5卷,花城出版社1982年版,第140页。原载于《创造周报》1923年5月27日第3号。
③ 郁达夫:《〈鸭绿江上〉读后感》,《郁达夫文集》第5卷,花城出版社1982年版,第251页。原载于《洪水》1927年3月16日第3卷第29期。

视为推动历史转型与批判社会的政治美学利器。郁达夫坚定地认同文学是无产阶级宣传与斗争的武器,认为文学对于鼓吹和推动革命的进行和发展壮大,具有必不可少的积极作用,而把文学视同为政治革命美学的利器,在某种意义上,无疑是降解了文学本然的美学品质,然而,在另外一个层面上,他们又把文学从茶余饭后的审美消费中拯救出来,提升为干预社会及国族意识形态的工具和武器。所以我们也就理解了为什么郁达夫提出了书写无产阶级文学的口号,而且强调"我们现在所要求的革命文学","当然是无产阶级的文学","让一步来说,也应该是同情于无产阶级的文学"[1]。

文学在历史的风云变幻与动荡转型中,反映、透射甚至推动国族意识形态逐步演变。郁达夫在那个年代所呼唤的无产阶级文学,不仅在特定的历史年代具有典型的意义,也在当代文学的"十七年"与"文革"中成为代表国族意识形态的主流文学形式。

在《无产阶级专政和无产阶级的文学》一文中,郁达夫也进一步强调并指出真正"无产阶级的文学"产生的诸种要求和社会条件:不仅要由具备"无产阶级的自觉意识"的无产阶级者(即劳动者和农民)来作为中心人物,而且必须打倒"新军阀新官僚新资产阶级",以实现无产阶级专政,历史应该"由无产阶级者自己来创造"[2]。在此基础上,郁达夫撰写了《〈鸭绿江上〉读后感》,肯定了蒋光赤的短篇小说集《鸭绿江上》,认为这部短篇小说集从内容上来说,"篇篇都是同情于无产阶级和反抗军阀资本家的作品","光就同情的一方面说起来,已经可以完全说是无产阶级的

---

[1] 郁达夫:《〈鸭绿江上〉读后感》,《郁达夫文集》第5卷,花城出版社1982年版,第253页。原载于《洪水》1927年3月16日第3卷第29期。

[2] 郁达夫:《无产阶级专政和无产阶级的文学》,《郁达夫文集》第5卷,花城出版社1982年版,第249—250页。原载于《洪水》1927年2月1日第3卷第26期。

第三章 文以载道与工具理性：留日知识分子及其世界性与本土性

文学了"①。蒋光赤曾于1921年赴苏联莫斯科东方大学学习，随后加入了中国共产党。然而，郁达夫同时也指出作者在小说中还没有完全"把握到无产阶级的阶级意识"，也没有"将无产阶级的阶级感情"真挚地表现出来，甚至"全部喷泻出来"，因而不能激起读者"激烈的冲动"，甚至是"狂暴的兴奋"②。郁达夫在无产阶级革命文学的本质性要求上是彻底的，也是偏激的。对于生存在郁达夫那个时代的真正的无产阶级者们来说，无论他们是否意识到自己受压迫与受剥削的等级序列地位，无论他们是否会阅读到那些介入性公共知识分子书写的无产阶级文学与革命文学，在介入革命斗争与传递政治意识形态层面，郁达夫与蒋光赤们所书写的无产阶级文学都已然成为启蒙、革命与宣传的利器，也因此成为留日归国知识分子群体的政治美学工具。

与此同时，从宣传革命、唤醒农民大众积极参与斗争的角度出发，郁达夫还呼吁并大力倡导农民文艺。在《农民文艺的提倡》一文中，他希望"从事于文艺创作的诸君"，"在革命运动吃紧的现在，在农民运动开始的现在"，可以亲自到农村、到农民中间去生活，开发"这一块新文艺上的未垦地"，努力创造"泥土的文艺，大地的文艺"。对于"乡村的文学青年"，他建议加以"征搜奖励"，从而使他们那些"生气勃勃的""带泥土气的"创作产生出来③。而在其随后发表于《民众》旬刊第2期的《农民文艺的实质》一文中，他又具体谈到了农民大众自觉参与革命的重要性和必要性：

---

① 郁达夫：《〈鸭绿江上〉读后感》，《郁达夫文集》第5卷，花城出版社1982年版，第253页。原载于《洪水》1927年3月16日第3卷第29期。
② 同上书，第254页。
③ 郁达夫：《农民文艺的提倡》，《郁达夫文集》第5卷，花城出版社1982年版，第282页。原载于《奇零集》，上海开明书店1928年版。

> 中国古来就有人说是以农立国的国家,国家的命脉,社会的重心,当然是在大多数的农民身上。中国的革命,无论如何,非要使农民有了自觉,农民晓得自家起来,自动的来打倒新旧军阀,打倒土豪,劣绅,和都会里寄生着的游惰阶级,决不会成功。①

在这篇文章中,郁达夫在倡导农民文艺的政治策略上是推心置腹的,他认为中国农民深受两千多年"愚民政策的催眠""不彻底的温情主义的熏育"以及"大家族的家长制度的束缚"②,所以竭力提倡农民文艺,重视农民教育,认为这是一种"比较的可以实行的农民运动的一种武器"③,也是一种"极有效力,极经济的宣传方法"④。启蒙是疗救那个蒙昧时代的主题,只有先启蒙才可以救亡。

那么,何为农民文艺呢?有别于当时一些革命文学作家及其作品公式化概念化的倾向与标语口号式的简单宣传,郁达夫还在《农民文艺的实质》一文中对农民文艺给出了明确的界定、分类与说明:"以最浅近简单的文字,来写作诗歌,写成戏剧,创作小说,使单纯的农民,在工作的中间可以歌唱,在闲暇的时候,可以到空旷的地方去观看阅读的这一种东西。"郁达夫认为农民文艺是"以最简单的手段,来使农民觉悟奋起"⑤。郁达夫同时也对创作农民文艺的作家及其社会身份给出了描述。他提出创作

---

① 郁达夫:《农民文艺的实质》,《郁达夫文集》第5卷,花城出版社1982年版,第283页。原载于《民众》旬刊1927年9月21日第2期。
② 同上。
③ 同上。
④ 同上书,第284页。
⑤ 同上。

第三章　文以载道与工具理性：留日知识分子及其世界性与本土性

农民文艺的作者，也必须具备"热烈的感情"和"坚决的意志"，即"不问你是否出身于泥土的中间，只教你下笔的时候自觉到自己是在为农民努力，自己是现代社会中一个被虐待的农民，你的脚下，有几千万里的大地在叫冤，你的左右，有数百兆绝食的饥民在待哺"①。

在 21 世纪当下的资本全球化时代，我们在反思与重审文学的本质时，更愿意把文学带入美学中，把文学界定于纯粹的审美书写与给人愉悦享受的审美阅读中，而在新文学运动狂飙巨澜与启蒙救亡此消彼长、如火如荼的时代，文学被留日归国的这批介入性公共知识分子用作革命与宣教的工具，并以降解文学的审美艺术性为代价，去启蒙、去唤醒、去教导被旧社会所遮蔽且蒙昧的底层民众，以拯救国族于危难之中。在另一个维度上，从文学的本质蜕变来分析，或许也正是因为文学得以成为对蒙昧的底层民众所启蒙与救亡的宣讲工具，文学的社会地位在审美的降解中，其历史形象反而伟岸了起来。也正是在这个层面的意义上，文学从纯粹的审美阅读中被带出、被颠覆、被重新阐释，这无疑让文学及其书写原则呈现出两种意识形态与不同价值观之间的对立和较量，并呈现出冲突中的紧张和张力。文学的纯然审美特质，也逐渐被文学的政治美学原则所取代。

再让我们来看视郁达夫所提出的要求文艺书写农民生活的政治美学原则是如何成立的。在《农民文艺的实质》一文中，郁达夫还要求作者要有"热烈的同情"和"坚强的意志"②，作者要认真地观察农民生活，去研究与体味农民的疾苦，如此才能把自己

---

① 郁达夫：《农民文艺的实质》，《郁达夫文集》第 5 卷，花城出版社 1982 年版，第 285—286 页。原载于《民众》旬刊 1927 年 9 月 21 日第 2 期。
② 同上书，第 284 页。

"所有的经验,所有的理想,所有的不平"完全倾吐出来,如实地表达出来。如此这般才能成就"最好的农民文艺"①。

无论如何,那个特殊时代的文学在本质上所蜕变的宣传和工具性压倒了艺术的审美性。递进一步说,也许文学从来就没有自己恒定的本质,历史的需要就是文学的本质。

第三节　传统与现代的融汇:从"文以载道"到文学的意识形态指涉性

如前所述,对于留学日本的中国现代作家来说,从风雨如磐、内忧外患的中国本土负笈留学海外,在东西方文明的冲突、对话与交汇之中,在备受歧视的"弱国子民"的痛苦悲愤与救亡图存的迫切要求之中,他们在文学观念的表达与审美姿态的选择上,呈现出与同期留学欧美的中国现代作家迥然相异的文化立场。无论是鲁迅早年以文艺改造国民精神的启蒙理念,及其"为人生""改良人生""揭出病苦"的创作目的与创作实践,还是以郭沫若、成仿吾、郁达夫为代表的创造社同仁们的集体"觉醒"与彻底"转向"——从早期的唯美浪漫走向自我否定、自我批判与激进功利,从个人的吟唱走向革命与人民大众,从文学革命走向革命文学与无产阶级文学——他们大都自觉且有意识地注重文学批判、改造社会的工具性作用,过度放大了文学在意识形态层面上的宣传与鼓动功能,并以激进、功利甚至介入性重构的方式来引导、规约新文学对于"时代的使命"以及文学相应的表现形态。在中国现代文学史上,这种"激进"和"功利"的

---

① 郁达夫:《农民文艺的实质》,《郁达夫文集》第5卷,花城出版社1982年版,第286页。

第三章 文以载道与工具理性:留日知识分子及其世界性与本土性

文学工具理性成为留日作家颇具群体性特质的创作倾向与文化立场。

这种创作倾向与文化立场不仅蕴含在中国本土文化与诗学系统中,一以贯之并长期居于主导地位的"文以载道"传统与经世致用的价值取向,而且深受经由欧美传至日本的无产阶级文学运动以及文艺思潮的渗透和影响。

在中国古代文学观念漫长的发展进程中,先秦儒家重实用目的、重伦理道德、重政治教化的诗歌阐释理念,及其功利主义与工具主义的讽谏诉求与话语建构,早已成为中国古代文论体系的核心与主流,并在其后的千百年间源远流长、影响深远。作为儒家创始人的孔子注重诗文的社会功用,并将之提升到可以"感发意志""考见得失""观风俗之盛衰""群居相切磋""怨刺上政"的重要地位,这不仅促成了先秦儒家实用主义与工具主义文论观的形成,而且对后世的诗学批评与诗文创作产生了不可估量的重要影响。《论语·阳货》曾载:"小子!何莫学夫《诗》?《诗》可以兴,可以观,可以群,可以怨。迩之事父,远之事君,多识于鸟兽草木之名。"①《论语·子路》则云:"诵《诗》三百,授之以政,不达;使于四方,不能专对;虽多,亦奚以为?"②作为中国文学史上第一篇诗歌专论与儒家传统文论的集大成者,汉代的《毛诗序》进一步阐释并强调了诗歌在完善道德、实施教化与维护统治等方面的社会价值与政治功能:"治世之音安以乐,其政和;乱世之音怨以怒,其政乖;亡国之音哀以思,其民困。故正得失,动天地,感鬼神,莫近于诗。先王以是经夫妇,成孝敬,厚人伦,美教

---

① 《论语注疏》,《十三经注疏》下册,中华书局1980年影印世界书局阮元校刻本,第2525页。
② 同上书,第2507页。

化,移风俗。""上以风化下,下以风刺上,主文而谲谏,言之者无罪,闻之者足以戒。"①

尽管魏晋南北朝王纲解纽、文学自觉,儒学大一统的局面被瓦解和动摇,但曹丕在《典论·论文》中依然强调文以致用,并把文章提升到介入王朝宪政及国家意识形态的高度给予定位,"盖文章,经国之大业,不朽之盛事。年寿有时而尽,荣乐至于其身,二者必至之常期,未若文章之无穷。是以古之作者,寄身于翰墨,见意于篇籍,不假良史之辞,不妥飞驰之势,而声名自传于后"②。

刘勰在《文心雕龙·时序》中也曾谈到世情与时序对文学发展演变的影响和规约:"故知歌谣文理,与世推移,风动于上,而波震于下者"③,"故知文变染乎世情,兴废关乎时序,原始以要终,虽百世可知也"④。而在《文心雕龙·序志》《文心雕龙·原道》等篇章中他又指出文章宗经、征圣、明道的本质与尊崇儒家经典,以圣人为师的重要性。"盖《文心》之作也,本乎道,师乎圣,体乎经,酌乎纬,变乎骚,文之枢纽,亦云极矣"⑤,"故知道沿圣以垂文,圣因文而明道,旁通而无滞,日用而不匮。易曰:'鼓天下之动者存乎辞。'辞之所以能鼓天下者,乃道之文也"⑥。

中唐时期白居易崇尚并承继儒家重实用、重教化、关注社会现实的传统诗文理论,在《新乐府序》中曾表明其有所为而为之

---

① 《毛诗序》,见于《毛诗正义》,《十三经注疏》上册,中华书局1980年影印世界书局阮元校刻本,第269页。
② (三国)曹丕:《典论·论文》,(清)严可均校辑:《全上古三代秦汉三国六朝文》第2册,中华书局1958年影印本,第1098页。
③ (梁)刘勰:《文心雕龙·时序》,(梁)刘勰著,周振甫注:《文心雕龙注释》,人民文学出版社1981年版,第476页。
④ 同上书,第479页。
⑤ 同上书,第535页。
⑥ 同上书,第2页。

第三章 文以载道与工具理性：留日知识分子及其世界性与本土性

的创作目的："总而言之，为君、为臣、为民、为物、为事而作，不为文而作也。"①在《与元九书》中，他又明确主张"文章合为时而著，歌诗合为事而作"②，要求诗歌揭露批判现实、针砭时弊，并发挥其"补察时政，泄导人情"③的功能。

韩愈、柳宗元倡导古文运动并在复古的旗号下提出"文以贯道"④"文以明道"⑤，他们反对骈文，提倡古文，改革文风，推行古道，并力排佛老，复兴儒学，以明"道"之文作为其参与现实政治与实现政治理想的工具。

宋代理学大师周敦颐在其《通书·文辞》一文中正式提出"文以载道"，作为一种自觉的文学批评观念，把"文"所要表达的思想内容提高到了一个崭新的层面并给出了一种隐喻式的表达。

> 文所以载道也，轮辕饰而人弗庸，徒饰也。况虚车乎？

---

① （唐）白居易：《新乐府序》，（唐）白居易著，顾学颉校点：《白居易集》第1册，中华书局1979年版，第52页。
② （唐）白居易：《与元九书》，（唐）白居易著，顾学颉校点：《白居易集》第3册，中华书局1979年版，第962页。
③ 同上。
④ 韩愈曾多次论及其对儒家道统的重视与承继，在《答李秀才书》中他说："然愈之所志乎古者，不惟其辞之好，好其道焉耳。"[（唐）韩愈：《答李秀成书》，（明）茅坤编：《唐宋八大家文钞》第1册，上海古籍出版社1993年版，第68页。]在《题〈欧阳生〉哀辞后》中他又宣称："愈之为古文，岂独取其句读不类于今者邪？思古人而不得见，学古道而欲兼通其辞。通其辞者，本志乎古道者也。"[（唐）韩愈：《题〈欧阳生〉哀辞后》，（明）茅坤编：《唐宋八大家文钞》第1册，上海古籍出版社1993年版，第192页。]他的门人李汉在《昌黎先生序》中提及了韩愈这一文学观念："文者，贯道之器也。"[（唐）李汉：《昌黎先生序》，郭绍虞主编：《中国历代文论选》（四卷本）第2卷，上海古籍出版社2001年版，第121页。]
⑤ "始吾幼且少，为文章以辞为工。及长，乃知文者以明道，是固不苟为炳炳烺烺、务采色、夸声音以以为能也。凡吾所陈，皆自谓近道，而不知道之果近乎远乎？吾子好道而可吾文，或者其于道不远矣。"[（唐）柳宗元：《答韦中立论师道书》，郭绍虞主编：《中国历代文论选》（一卷本），上海古籍出版社2001年版，第157页。]

文辞,艺也;道德,实也。笃其实而艺者书之,美则爱,爱则传焉。贤者得以学而至之,是为教。故曰:"言之不文,行之不远。"然不贤者,虽父兄临之,师保勉之,不学也;强之,不从也。不知务道德而第以文辞为能者,艺焉而已。噫!弊也久矣。①

周敦颐把"文"比喻为"车",认为"车"是载"物"之工具,如果"车"不载"物",把"车"装饰得无论怎样华丽,其也是"徒饰",从本质上看还是无用之工具。因而周敦颐认为,"车"所载之"物"比"车"本身要重要得多,而"车"所载之"物"恰恰就是"文"所承载的"道"。他进而认为"文辞"是"艺",并将其定义为使思想出场的修辞手段,只有"道德",即儒家传统中的仁义道德和伦理纲常,才是思想出场的内在之"实"。显而易见,周敦颐"文以载道"的文学观念批判了魏晋以来的浮华、奢靡、平浅的形式主义美学文风,但在另外一种维度上,他强调"文"必须"载道","道"才是最终的目的,并偏激地将"文"视为"载道"的手段和工具,本质上并没有逃脱实用与政教的藩篱,在相当的程度上,也凸显了典型的儒家功利主义和工具主义文论观。至此,在中国古典文论的话语体系中,"文"具有"载道"的功能并能规范君权、推行教化、巩固统治、为"道"服务,这一诗教理念与儒学传统在中国古代文学史上形成了一脉持久绵延的发展系谱:从先秦绵延至唐宋古文运动,再发展至明代前后七子的复古主张与清末桐城派的义理、考据、词章。在观念意识的承继性上,"五四"新文化运动把文学强制性地推至政治批判的工具理性层面上,与此也有着一

---

① (宋)周敦颐:《通书·文辞》,(清)黄宗羲撰,(清)全祖望补修:《宋元学案》,中华书局1986年版,第491页。

第三章 文以载道与工具理性：留日知识分子及其世界性与本土性

脉相承的逻辑关系①。

由此我们认为,在中国文学传统历程中,的确存在着一脉历史悠远的、把文学视为工具的文学理念与文学批评思潮。而中国现代文学史上的那批具有留学背景的作家与文学家也必然对这脉"文以载道"的工具理性文学观有所接受与承继。尽管他们曾经从中国本土负笈留学海外,持有敞开的普世性文化立场,并接受了西方和日本先进的工业文明与异域的文化资源,在中西异质文明的冲突与交汇之中,也曾激烈甚至不遗余力地反封建、反礼教、反传统,呼吁"重新估定一切价值";但是这批留日作家们几乎都曾三跪九叩地拜师与"破蒙",接受从《三字经》开始的中国正统、经典的私塾教育,熟读"四书""五经",能写诗会作文,古典文学修养深植于心,中国传统文化对他们的影响是潜移默化的。在某种程度上,他们无法割断与传统的联系,更无法摆脱中国两千多年积淀的传统文化精神的熏陶与洗礼。正如林毓生在《中国意识的危机》一书中所谈到的:"中国五四时期的反传统主义者,尽管尚有自相矛盾之处,但都深受其传统的影响（就上述意义而言),因此,他们是全盘性的反传统主义者。"②余英时也曾在《五四运动与中国传统》一文中有着相似的论述:"当时在思想界有影响力的人物,在他们反传统、反礼教之际首先便有意或无意地回到传统中非正统或反正统的源头上去寻找根据。"③

---

① 尽管五四新文化运动及其倡导者们激烈地反传统,但他们所反对的是"载封建之道",倡导者们依然将文学视为思想文化革命的工具和有力武器,并以文学为旗帜,开展了一场全面而彻底的文学革命运动,促成了文学的全面革新和解放,并使中国文学由古典走向现代。
② [美]林毓生:《中国意识的危机:五四时期激烈的反传统主义》,穆善培译,贵州人民出版社1986年版,第86页。
③ [美]余英时:《五四运动与中国传统》,何俊编:《余英时学术思想文选》,上海古籍出版社2010年版,第254页。

此外,19世纪末20世纪初的中国内忧外患、风雨如磐,几近亡国灭种,启蒙与救亡成为众多有识之士无可规避的主动选择。中国传统士人积极的入世情怀、经世致用的价值理念、"天下兴亡、匹夫有责"的责任感和担当意识以及先秦儒学注重文艺社会功能的工具主义文学观念,成为这批留日作家们共同的精神资源与思想文化背景。他们在家国积贫积弱之时赴日留学,正是出于振兴中华、拯救国民于危难之中的共同目的,这也是他们向先进的西方异质文明学习的根本动力。

作为文学家、理论家,学成归国以后,他们不仅以满腔的热情和广大民众并肩作战,坚决反对外敌入侵,捍卫民族独立,而且自觉地以文载"道",在特殊的历史时段重新赋予文学新的"启蒙"与"教化"内涵,使文学拥有了新的时代使命,并重新肩负起启蒙大众与宣传鼓动革命、民族救亡等意识形态层面的重任。中国古典文论话语系统中居于主导地位并且源远流长的"文以载道"拥有了崭新的呈现方式和启蒙内涵。在《中国意识的危机》一书中,林毓生谈到了"五四"时期知识分子激烈的反传统主义及其思想文化根源,他认为中国前两代知识分子①"借思想文化以解决问题"的途径和方式,深受"根深蒂固的、其形态为一元论和唯智论思想模式的中国传统文化倾向"②的影响。尽管知识分子们曾经受到过西方先进异质文明与思想源流的冲击,其"思想和价值观念曾发生根本性的变化"③,不少人还曾对传统进行过激烈的批判和抨击,但即便如此,中国"传统的思想模式依然

---

① 林毓生在《中国意识的危机》一论中论及了两代知识分子:19世纪90年代的中国第一代知识分子与20世纪初的第二代知识分子。
② [美]林毓生:《中国意识的危机:五四时期激烈的反传统主义》,穆善培译,贵州人民出版社1986年版,第48页。
③ 同上。

第三章 文以载道与工具理性：留日知识分子及其世界性与本土性

顽强有力、风韵犹存"①，他们所接受的"经典教育在他们心中依然生机勃勃"，"传统的思想模式"在"他们的思想形成方面还起着决定性的作用"②。因而，他们主张只有从思想观念和意识形态层面，彻底转变甚至重建中国人的世界观和价值观，才能"振兴腐败没落的中国"③。林毓生强调这是"现代中国前两代知识分子主张借思想文化以解决问题的根源"④，而这种"借思想文化以解决问题"的途径和方式，在某种程度上与留日知识分子利用文学启蒙，以宣传鼓动人民大众参与革命和救亡的工具主义文学理念不谋而合。

我们承认，留日作家们激进与功利的工具主义文学观念蕴含着中国本土文化与诗学系统中，从先秦绵延至"五四"的儒学重实用、重道德、重教化的功利主义诉求，而对传统文化中积极入世、"文以载道"、经世致用等精神资源与价值取向的承继与接受，也使得他们不约而同地注重并放大了文学批判、改造社会的工具作用及其在意识形态层面上的宣传与鼓动功能。并且，他们偏激地把文学视为承载其政治变革理念、开启民智、启蒙精神、改造社会进而救国救民的理想工具和宣传利器。然而在另一个维度上，作为具有留学背景的中国现代知识分子，他们从中国本土负笈留学海外，在学术背景、语言造诣与文化价值观念的重构上，也难免受到目的国彼时盛行的文学运动与文艺思潮的渗透和影响。

鲁迅曾于明治三十年代留学日本，创造社的主要作家，如前期的郭沫若、郁达夫、成仿吾、郑伯奇、张资平等，后期的李初梨、

---

① ［美］林毓生：《中国意识的危机》，穆善培译，贵州人民出版社1988年版，第48页。
② 同上。
③ 同上书，第45页。
④ 同上书，第48页。

朱镜我、冯乃超、彭康,以及剧作家田汉、夏衍等人,则大都在大正时期(1912—1926)赴日留学,短则数年,长则十多年。他们学习日语,并进入日本的学校接受高等教育,吃日式饭菜,住日本公寓,看日本流行的杂志和电影,能熟练运用日文写作。他们在日本度过了自己的青春时代,并经受了异域思想文化的冲击和影响。郭沫若在《桌子的跳舞》一文中论及中国的新文艺与新人作家时曾经谈道:

> 中国文坛大半是日本留学生建筑起来的。创造社的主要作家是日本留学生,语丝派的也一样。此外有些从欧美回来的彗星和国内奋起的新人,他们的努力和他们的建树,总还没有前两派的势力浩大,而且多是受了前两派的影响。[①]

而在《创造社和日本文学》一文中,论及中国现代文学与日本文学的密切关系,日本学者伊藤虎丸也曾肯定"大正时代"日本文学思潮的变迁,对当时在日留学的创造社诸作家们影响深远。他们的文学创作与评论不仅与日本"大正时代"的作家们结成了"很深的近亲关系",甚至也是"日本文学的理论和方法"在中国的"实验"与"直接的反映"。

> 创造社文学是"大正时代"日本留学生的文学。这是说,结集在创造社周围的一群"早熟"的"文学青年",他们的文学观、艺术观、社会观以及"自我意识",是和日本近代文

[①] 郭沫若:《桌子的跳舞》,《郭沫若全集》(文学编)第16卷,人民文学出版社1982年版,第53—54页。

第三章 文以载道与工具理性：留日知识分子及其世界性与本土性

学史上"大正时代"的作家们所具有的文学观、艺术观、社会观以及"自我意识"，结成了很深的近亲关系。①

关于这个留学生团体的文学运动，它的前后约十年的历史，尽管还必须作种种的保留和注释，但可以把它大致概括为从初期的"艺术派·浪漫派"经过所谓"创造社向左转"，到后期的提倡"革命文学""无产阶级文学"这样的发展过程，在这个发展过程中，不能不看到如我们在后面将要论述的、日本大正时期文学思潮变迁的轨迹，即从"艺术家"意识的确立，经过"新浪漫派""新理想派"，而达到"无产阶级文学"兴起的这一轨迹直接的反映。②

尽管我们可以指出，他们的评论和创作，几乎是近于"照抄"日本当时的文艺思潮和理论，但那仍然是生活在变革时期中国知识青年的苦恼和奋斗的足迹的反映。③

创造社的作家们在中国所起的作用，包括积极方面和消极方面，受我国大正文学的影响很深，在这个意义上甚至可以说，整个创造社文学运动，是日本文学的理论和方法在中国的实验。④

众所周知，1868年开始的明治维新促使日本打开国门，广泛吸收学习西方先进的资本主义制度、科学技术和文化知识，他们不仅顺利摆脱了半殖民地的危机，由封建社会迅速转型成为资本主义社会，并由此拉开了日本近现代史的序幕。在文学方面，

---

① ［日］伊藤虎丸：《创造社和日本文学》，《鲁迅、创造社与日本文学——中日近现代比较文学初探》，孙猛、徐江、李冬木译，北京大学出版社2005年版，第144页。
② 同上。
③ 同上书，第145页。
④ 同上书，第177页。

曾经在西方盛行的各种主义和诸种文学思潮,如启蒙主义、写实主义、浪漫主义、唯美主义、自然主义、现代主义等,都在短短几十年间悉数被日本文坛吸收和引进,并在快速而短暂的"流行期"或发展进程中,形成了跟西方文艺思想与人文精神有所不同的日本特质。如果说,明治时期日本文坛高涨的"尼采热"曾让在日留学的鲁迅对尼采"深深倾倒"[①],并对他们早期的文艺思想和文学创作产生了重要的影响[②],"大正时代"风靡日本文坛的唯美主义、白桦派文学、新现实主义文学、私小说等为创造社早期的自我表现与主观浪漫提供了引导和借鉴;那么,日本无产阶级普罗文学与革命文学思潮的兴起和发展,则为后期创造社及其成员们的集体"左转"提供了理论指导和革命斗争的武器。他们在日留学期间曾经亲身体验过日本无产阶级运动的蓬勃开展与激进浓烈的文化氛围,回国以后,他们不仅将日本左翼文艺理论家的著述大量翻译到中国,而且在心理上深深地认同无产阶级革命文学理论,并身体力行,他们以激进昂扬的斗争精神和革命情绪大力倡导"无产阶级"普罗文学,甚至挑起了一系列围绕"革命文学"的论战。毫无疑问,他们的文学行动重新分化整合了中国文坛的创作走向,确立新的文学价值取向与评判标准,并以深度介入革命的工具主义文论体系与功利主义的文学观念,夺得文坛的话语权力。

如前所述,郭沫若曾于1924年再次东渡日本福冈,并用了近五十天的时间翻译完河上肇的《社会组织与社会革命》一书,而河上肇作为日本著名的马克思主义研究的先驱,他的思想、学

---

① [日]伊藤虎丸:《鲁迅、创造社与日本文学——中日近现代比较文学初探》,孙猛、徐江、李冬木译,北京大学出版社2005年版,第41页。
② 在鲁迅早年发表于《河南》上的表明其文艺思想的《摩罗诗力说》《文化偏至论》《破恶声论》等文中,他曾多次征引尼采语句并阐发尼采的思想,还翻译了尼采《查拉图斯特拉如是说》一书的序言,并在他的文学创作中多次提到尼采。

第三章 文以载道与工具理性：留日知识分子及其世界性与本土性

说、专著及其对马克思主义的宣传与阐释,曾在大正时期的日本舆论界产生过重要的影响,当时许多中国留日的进步青年都曾从河上肇及其著作中学习马克思主义理论,并从中获得了变革社会的思想武器和革命斗争的行动策略。郭沫若也正是通过翻译与学习河上肇的思想学说而开始"转向",他接受与信仰马克思主义,不仅成了"彻底的马克思主义的信徒",深信"马克思主义在我们所处的这个时代是唯一的宝筏",而且"对于文艺的见解也全盘变了"①,甚至决定了自己"日后的动向"——"一方面依旧继续着自己的学艺生活,而另一方面从事实际活动",即以"文艺"为"宣传利器",倡导无产阶级革命文学、投身革命战争并从事意识形态领域的宣传和阐释工作②。与此同时,中期创造社的同仁们如郁达夫、成仿吾等也都积极声援与支持郭沫若的倡导和号召,他们不仅自身幡然醒悟,走在了"方向转换"的途中,而且纷纷著文立说,呼吁并号召文艺家们成为"忠实的文艺的使徒,勇敢的革命的战士"③,把自己锻造成为无产阶级"革命的先驱"④,让自己"从此觉悟起来",认清历史使命,把握时代潮流,以

---

① 郭沫若:《孤鸿——致成仿吾的一封信》,《郭沫若全集》(文学编)第16卷,人民文学出版社1982年版,第19页。
② 在翻译完河上肇的《社会组织与社会革命》一书后,郭沫若还写作了《盲肠炎》《穷汉的穷谈》《共产与共管》等文章,大力宣传无产阶级革命思想;大革命失败后,他回到上海倡导无产阶级革命文学运动,并带头创作了革命现实主义诗集《恢复》;与此同时他还于1926年、1927年投笔从戎,亲自参加北伐战争,参加南昌起义;日本蛰居十年以后,他于1937年归国参加抗战;建国后他参加国家管理工作。以上都是他投身中国革命的"实际活动"。1924年以后他的文学创作和学术研究,也大多为中国革命和战争做宣传和阐释工作。
③ 成仿吾:《文艺家与个人主义》,《成仿吾文集》,山东大学出版社1985年版,第238页。
④ 郁达夫:《〈鸭绿江上〉读后感》,《郁达夫文集》第5卷,花城出版社1982年版,第251页。原载于《洪水》1927年3月16日第3卷第29期。

"新生的毅力与热诚",有意识地书写与表现革命时代所希求的无产阶级的阶级意识。他们主张自己的文学书写应该能够传达激荡人心的革命信仰与革命热情,能够为无产阶级革命运动的进行与发展壮大摇旗呐喊。在中国现代文学到中国当代文学的发展史程上,我们可以发现,创造社在那个时代把文学作为革命的宣传工具而为无产阶级请命,这种请命文学的信仰逻辑甚至一直延续到了"文革"的终结。在相当的程度上,马克思主义思想在欧洲的发展史程上创生后,恰恰是被翻译到日本,先波及日本的政治与国族意识形态后,再由留学日本的那批知识分子借道日本引入中国本土,对中国现代历史和文学的蜕变产生了信仰上的影响。

什么是世界性?怎样理解一种理论作为思潮对世界所产生的影响?我们考察马克思主义从西洋波及东洋,再从日本影响中国本土的踪迹,即可以理解马克思主义的确是世界性的理论思想。当然,无论是在日本还是在中国,马克思主义并非是在原教旨主义的理论维度上被接受,日本和中国都以自己历史的发展实践与具体的政治需求,对马克思主义理论进行了过滤与拣选,把西方的马克思主义与本土历史的需要结合起来,给予丰富与重构,使其形成了适合于本土历史发展的理论思想与革命信仰。

1927年年底,后期创造社的"新锐斗士"李初梨、朱镜我、彭康、冯乃超等先后从日本归国,他们以"清醒的唯物辩证论的意识,划出了一个《文化批判》的时期"[①]。也正如成仿吾在为《文化批判》创刊所写的《祝词》中所说:"没有革命的理论,没有革命的

---

① 郭沫若:《文学革命之回顾》,饶鸿兢等编:《创造社资料》,福建人民出版社1985年版,第661页。

第三章 文以载道与工具理性：留日知识分子及其世界性与本土性

行动"①，"《文化批判》当在这一方面负起它的历史的任务。它将从事资本主义社会的合理的批判，它将描出近代帝国主义的行乐图，它将解答我们'干什么'的问题，指导我们从那里干起"②。"《文化批判》将贡献全部的革命的理论，将给与革命的全战线以朗朗的光火"，"这是一种伟大的启蒙"③。这批从日本留学归国的"新锐斗士"们，高举革命文学的旗帜，不仅对当时中国社会的政治、经济、文化等领域的诸种弊端进行了彻底的揭示与全方位的批判，自觉的革命意识与强烈的革命愿望也促使他们致力于唯物辩证论和马克思列宁主义在中国的传播。可以说，正是他们的思想与行动，进一步推动马克思列宁主义世界化于东方中国这片古老的土地。马克思主义思想从德国向欧洲各地弥漫时，是一种激进的无产阶级解放运动思想，也正是受马克思主义思想的影响，这批留日归国的知识分子表现出一种更加激进的批判立场，他们甚至否定了"五四"新文学传统，以大力倡导无产阶级革命文学运动。

1928年，他们在中国文坛掀起了声势浩大的关于"革命文学"的论争，在意识形态层面为无产阶级革命事业"清扫斩除"④障碍并提供理论指南。甚至连鲁迅在与后期创造社、太阳

---

① 成仿吾：《祝词》，饶鸿兢等编：《创造社资料》，福建人民出版社1985年版，第540页。原载于《文化批判》1928年1月15日第1号。
② 同上。
③ 同上。
④ 在《怎样地克服艺术的危机》一文中，冯乃超曾经谈道："我们的艺术是阶级解放的一种武器，又是新人生观新宇宙观的具体的立法者及司法官。革命的整个的成功，要求组织新社会的感情的我们的艺术的完成"，"革命的途上，我们的艺术不能不清扫斩除目前的危机与障碍。我们的路是荆棘的路！"（冯乃超：《怎样克服艺术的危机》，饶鸿兢等编：《创造社资料》，福建人民出版社1985年版，第234页。原载于《创造月刊》1928年9月10日第2卷第2期。）

社的"革命文学"论争之中也深受其影响,鲁迅不仅纠正了自己一直以来"只信进化论的偏颇",从最初的怀疑转变为肯定并接受无产阶级革命文学的主张,而且身体力行,翻译了一系列苏俄与日本的作家、批评家关于无产阶级文学的论著及文学作品。鲁迅曾在《〈三闲集〉序言》中坦陈:"我有一件事要感谢创造社的,是他们'挤'我看了几种科学底文艺论,明白了先前的文学史家说了一大堆,还是纠缠不清的疑问。并且因此译了一本蒲力汉诺夫的《艺术论》,以救正我——还因我而及于别人——的只信进化论的偏颇。"①

也正是在那个历史时段,他们以暴风骤雨般的激情为无产阶级革命文学的书写鸣锣开道,他们书写了一系列具有鼓动性与宣言性的战斗"檄文",如《怎样地建设革命文学》《对于所谓"小资产阶级革命文学"底抬头,普罗列塔利亚文学应该怎样防卫自己?——文学运动底新阶段》《普罗列塔利亚文艺批评底标准》《自然生长性与目的意识性》《什么是"健康"与"尊严"》《革命文艺与大众文艺》《艺术与社会生活》《他们怎样地把文艺底一般问题处理过来?》《日本的普罗列塔利亚艺术怎样经过它的运动过程》等。在相当的程度上,他们是在学习甚至照搬苏俄特别是当时日本无产阶级文艺理论家的思想与理论,他们强调中国处在一个"旧社会瓦解,新社会具现,旧意识形态崩坏,新意识形态确立"的时代,他们详细论述了革命理论、阶级性、无产阶级阶级意识、宣传功能在文艺创作中的必要性与重要性,并且不遗余力地在无产阶级文学的定义、特质、主题、功能、作家、题材与文艺批评等方面作出了新的评判和主张。

1928年年初,冯乃超在《文化批判》创刊号上发表《艺术与社

---

① 鲁迅:《〈三闲集〉序言》,《鲁迅全集》第4卷,人民文学出版社2005年版,第6页。

第三章 文以载道与工具理性:留日知识分子及其世界性与本土性

会生活》一文,率先提出处于新旧转型期的中国如何建设革命艺术理论的问题,并明确指出艺术"是人类意识的发达,社会构成的变革的手段"①,指出革命文学的创作必须以"严正的革命理论"和"科学的人生观"作为基础。而在评驳梁实秋的《文学与革命》及其文学人性论时,冯乃超又反复强调文学、艺术的"阶级性",并阐明革命文学所具有的"感染、宣传、鼓动"等特质:"艺术——文学亦然——是生活的组织,感情及思想的'感染',所以,一切的艺术本质地必然是 Agitation—Propaganda(鼓动、宣传——笔者注)(这不拘艺术家自身有意或无意)。"②"文学,它若是新兴阶级所需要的文学,必然地是革命阶级的思想,感情,意欲的代言人。……政治家,思想家,文学家或其他的技术家同是一样的斗士。"③

在原载于1928年2月15日《文化批判》月刊第2号的《怎样地建设革命文学》一文中,李初梨更是旗帜鲜明地宣称:"一切的文学,都是宣传。普遍地,而且不可逃避地是宣传;有时无意识地,然而常时故意地是宣传。"④"文学,与其说它是自我的表现,毋宁说它是生活意志的要求。文学,与其说它是社会生活的表现,毋宁说它是反映阶级的实践的意欲。……一切的作品,有它的意志要求,一切的文学,有它的阶级背景。"⑤李初梨在这篇文章中更是直率地把文学言称为阶级斗争的武器:"文学,是生活

---

① 冯乃超:《艺术与社会生活》,饶鸿兢等编:《创造社资料》,福建人民出版社1985年版,第162页。原载于《文化批判》1928年1月15日1号。
② 冯乃超:《冷静的头脑——评驳梁实秋的〈文学与革命〉》,饶鸿兢等编:《创造社资料》,福建人民出版社1985年版,第218页。原载于《创造月刊》1928年8月10日第2卷第1期。
③ 同上书,第219—220页。
④ 李初梨:《怎样地建设革命文学》,饶鸿兢等编:《创造社资料》,福建人民出版社1985年版,第173页。原载于《文化批判》1928年2月15日第2号。
⑤ 同上。

意志的表现。文学,有它的社会根据——阶级的背景。文学,有它的组织机能——一个阶级的武器。"①此外,在《革命文艺与大众文艺》一文中,彭康也强调并推崇文艺的"宣传"特性与实践性、阶级性,他认为文艺既是"思想的组织化",同时又是"感情的组织化",文艺"不仅是现实社会底热烈的直接的认识机关,还是文艺家对于现实社会的一定的见解及最期望的态度之宣传机关。这是一个宣传机关,不是为艺术的艺术,不是无病呻吟,更不是迎合社会的低级的通俗的东西了。这点是文艺的实践性"②。他同时还指明"实践性"只是文艺的一般的性质,文艺还有更重要的要素,即"革命文艺的阶级性",革命文艺"特别要高唱文艺的阶级性,把守阶级的立场"③。彭康继而认为在特定的目标之下,在阶级立场及阶级意识之下,通过"思想的组织化"和"感情的组织化"来最大限度地激发读者大众团结、努力、斗争的意志和精神,完成时代赋予它的根本任务和历史使命。

我们从这批知识分子关于无产阶级文学及其理论建构的论述中,可以澄明地看视到,文学在那个特定的历史时期,逐渐远离了感性的审美,也远离了非功利性的审美,这批留日归国的知识分子把革命介入历史转型的工具理性附加给文学,让文学蜕变为宣教的工具,而不再是一种非功利性的纯然的审美表达形式。康德在界定美的本质时,以美来调和本体界之真与现象界之善,他认为美是无目的的合目的,以强调审美的非功利性。康德关于美的本质的界定,在西方美学史上有着调和欧陆理性主

---

① 李初梨:《怎样地建设革命文学》,《创造社资料》,饶鸿兢等编,福建人民出版社,第176页。
② 彭康:《革命文艺与大众文艺》,饶鸿兢等编:《创造社资料》,福建人民出版社1985年版,第241页。原载于《创造月刊》1928年11月10日第2卷第4期。
③ 同上。

第三章 文以载道与工具理性：留日知识分子及其世界性与本土性

义与英国感性主义的强大逻辑力量，从柏拉图古典主义美学以来关于本体界与现象界之间讨论所遗留的鸿沟，在康德美学这里以判断力调和纯粹理性与实践理性的方式被弥合了。然而康德的美学思想及其价值取向最早被王国维引入中国后，在中国本土无产阶级革命文学的激进与功利中，被悄然忽略了，文学的非功利性审美逐渐被革命与政治的功利性所取代。在对信仰的推崇与践行中，文学被新文学运动、无产阶级革命运动定义为一个阶级向另一个阶级挑战的宣言书。文学究竟应该是纯然的感性体验和非功利性的审美书写，还是指涉国族意识形态且推动历史转型的宣教工具？这的确要求我们落实到历史的某一具体阶段，针对具体问题给予具体分析和阐释。但无论如何，在中国现代文学的发展历程上，文学曾经成为一种利器和工具，文学在那些介入性公共知识分子的书写与请命中，担负起拯救无产阶级及其民众的社会责任感与历史使命感。在革命与政治的负重中，文学及其纯然的审美特质被击垮得破碎一地，文学在抛掉审美后的负担显得有些无奈和沉重。然而这也正是历史在前行的那个转捩点要求文学所必须付出的代价，文学也因此崇高起来。

理解了这一点，我们也就理解了这批从日本留学归国的"新锐斗士"们，为何大声疾呼无产阶级必须有"自身的文学"，"无产阶级若没有自身的文学，也不能算是完成阶级的革命"[①]。他们还宣称："'革命期中的文学'，它必然地是革命文学——无产阶级文学"[②]，"革命文学，不要谁的主张，更不是谁的独断，由历史的内在的发

---

① 冯乃超：《冷静的头脑——评驳梁实秋的〈文学与革命〉》，饶鸿兢等编：《创造社资料》，福建人民出版社1985年版，第220页。原载于《创造月刊》1928年8月10日第2卷第1期。

② 同上。

展——连络,它应当而且必然地是无产阶级文学"①。而何为无产阶级文学? 他们也给出了具体的定义和要求:"无产阶级文学是:为完成他主体阶级的历史的使命,不是以现照的——表观的态度,而以无产阶级的阶级意识,产生出来的一种的斗争的文学。"②

在中国社会的转型期间,在无产阶级的阶级立场及阶级意识之下,他们强调无产阶级文学、普罗列塔利亚文艺不仅要"高唱文艺的阶级性,把守阶级的立场"③,还"应当与政治合流",作为"政治运动底补助"而从事"政治批判"④,直接制作出"鼓动及宣传底作品",从思想上感情上启发并团结"一般意识退后及低下底大众",激发他们"斗争的意志",提起他们"努力的精神"⑤,号召他们"向着革命底途径前行"⑥。由此他们强烈呼唤"为革命而文学"的真正的无产阶级的作家、文学家、革命家,并希望他们

---

① 李初梨:《怎样地建设革命文学》,饶鸿兢等编:《创造社资料》,福建人民出版社1985年版,第179—180页。原载于《文化批判》1928年2月15日2号。
② 同上书,第180页。
③ 彭康:《革命文艺与大众文艺》,饶鸿兢等编:《创造社资料》,福建人民出版社1985年版,第241页。原载于《创造月刊》1928年11月10日第2卷第4期。
④ "艺术运动底结论,是应当与政治合流,——即是应当作为政治运动底补助——我们给它一个'副次的工作'名词。"(沈起予:《艺术运动底根本概念》,中国社会科学院文学研究所现代文学研究室编:《"革命文学"论争资料选编》下册,人民文学出版社1981年版,第677页。原载于《创造月刊》1928年10月10日第2卷第2期。)
⑤ 彭康:《革命文艺与大众文艺》,饶鸿兢等编:《创造社资料》,福建人民出版社1985年版,第243页。原载于《创造月刊》1928年11月10日第2卷第4期。
⑥ "所谓艺术运动应与政治运动合流者,这不外乎是以艺术底力量来启示读者大众,使一般意识退后及低下底大众,向着革命底途径前行。"(沈起予:《艺术运动底根本概念》,中国社会科学院文学研究所现代文学研究室编:《"革命文学"论争资料选编》下册,人民文学出版社1981年版,第676—677页。原载于《创造月刊》1928年10月10日第2卷第2期。)

第三章 文以载道与工具理性：留日知识分子及其世界性与本土性

牢牢地把握"无产阶级的世界观"，即"战斗的唯物论，唯物的辩证法"，认清革命运动的进展及发展方向，拥有"革命情绪的素养""对于革命的信心""对于革命之深切的同情"。总纳而言，即要拥有"无产阶级的阶级意识"，采用"普罗列塔利亚写实主义"的创作方法，切实地"表现社会生活"与变革"社会生活"①。作为那个时代的介入性公共知识分子，他们宣称应该以"热烈的革命精神"，熔铸"表现时代的 Tempo（节奏、发展速度——笔者注）的作品"②，以"真挚地热诚"，描写在"战场所闻见的，农工大众的激烈的悲愤，英勇的行为与胜利的欢喜"③，以及在"水深火热"的压迫里面挣扎的底层民众，及其"反抗的感情，求解放的欲念，如火如荼的革命的思想"④，并以此作为无产阶级革命斗争的"机关枪，迫击炮"，由"艺术的武器"走向"武器的艺术"。"武器"与"利器"，始终是他们在关于无产阶级文学的论述中所操用的术语，转换成另一个修辞表达，"武器"与"利器"也就是"工具"。在《怎样地建设革命文学》一文中，李初梨关于无产阶级作家及其文学书写的论述很全面地体现了这一点。

> 我以为一个作家，不管他是第一第二……第百第千阶级的人，他都可以参加无产阶级文学运动；不过我们先要审

---

① 李初梨：《怎样地建设革命文学》，饶鸿兢等编：《创造社资料》，福建人民出版社1985年版，第183页。原载于《文化批判》1928年2月15日第2号。
② 冯乃超：《艺术与社会生活》，饶鸿兢等编：《创造社资料》，福建人民出版社1985年版，第162页。原载于《文化批判》1928年1月15日第1号。
③ 成仿吾：《从文学革命到革命文学》，饶鸿兢等编：《创造社资料》，福建人民出版社1985年版，第170页。原载于《创造月刊》1928年2月1日第1卷第9期。
④ 冯乃超：《冷静的头脑—评驳梁实秋的〈文学与革命〉》，饶鸿兢等编：《创造社资料》，福建人民出版社1985年版，第219页。原载于《创造月刊》1928年8月10日第2卷第1期。

> 察他的动机,看他是"为文学而革命",还是"为革命而文学"。①
>
> 假若他真是"为革命而文学"的一个,他就应该干干净净地把从来他所有的一切布尔乔亚意德沃罗基完全地克服,牢牢地把握着无产阶级的世界观——战斗的唯物论,唯物的辩证法。
>
> 不过,仅是这样还不够。这诚如光慈君所说的"徒在理性方面承认革命,还不算完事,一定要对于革命有真切的实感,然后才能写出革命的东西"。
>
> 所以,第二步,他就应该把他把握着的理论,与他的实践统一起来。这样,他就可以把"革命情绪的素养","对于革命的信心","对于革命之深切的同情(?)",一齐都得着了。换句话说:他就有了无产阶级的阶级意识。②

此外,李初梨、冯乃超甚至直接把自己的修辞性表达带着燃烧的火药味,落实到了"武器""机关枪""迫击炮"等话语的使用上,将无产阶级作家和文学家的文学创作与人格精神提升到伟大的"革命"的高度。

> 所以,我们的文学家,应该同时是一个革命家。他不是仅在观照地"表现社会生活",而且实践地在变革"社会生活"。他的"艺术的武器"同时就是无产阶级的"武器的艺术"。所以我们的作品,不是象甘人君所说的,是什么血,什

---

① 李初梨:《怎样地建设革命文学》,饶鸿兢等编:《创造社资料》,福建人民出版社1985年版,第182页。原载于《文化批判》1928年2月15日第2号。
② 同上书,第183页。

么泪,而是机关枪,迫击炮。①

我们的作家,是"为革命而文学",不是"为文学而革命",我们的作品,是"由艺术的武器到武器的艺术"。②

伟大的艺术家,他们所以伟大的缘故,并不在发明何种流派,而在他们代表同时代的一种社会的伟大的人格,就是说他们以热烈的革命精神,熔铸表现时代的 Tempo 的作品。③

第四节 反观与透视:文学书写策略与政治美学立场

在前文中我们曾经谈到,对于中国现代文学史上具有留日背景的知识分子们来说,"激进"与"功利"的文学工具理性观念早已成为他们颇具群体性特质的创作倾向与政治立场。这种创作倾向与政治立场本然就蕴含着在中国本土传统文化与诗学系统中占据主导地位的"文以载道"传统与"经世致用"的文学观念——千百年来源远流长、影响深远。

而更重要的是,这种深度介入革命与政治、注重功利主义与工具主义的文学诉求和话语建构,也深受经由欧美传至日本的无产阶级文学运动及其文艺思潮的渗透和影响。这批留日的知识分子,特别是后期创造社成员在日留学期间,正值日本无产阶级普罗文艺运动高涨、福本主义风靡极盛之时,日本无产阶级文

---

① 李初梨:《怎样地建设革命文学》,饶鸿兢等编:《创造社资料》,福建人民出版社1985年版,第183页。原载于《文化批判》1928年2月15日第2号。
② 同上书,第184页。
③ 冯乃超:《艺术与社会生活》,饶鸿兢等编:《创造社资料》,福建人民出版社1985年版,第162页。原载于《文化批判》1928年2月15日第2号。

艺理论家的文艺思想和论著学说,如福本和夫的无产阶级意识理论、"分离结合"的组织理论、青野季吉的目的意识理论、藏原惟人的现实主义的创作方法及其对大众化的提倡等,都曾在思想观念和价值取向的层面给予他们极大的冲击和影响。他们在回国后的文学运动中,不断地学习、翻译、推崇甚至模仿、照搬这些理论的"典范"和"金科玉律",并以此作为指导革命和斗争的有力"武器",大力倡导"无产阶级"的普罗文艺,确立文坛新的话语机制与评判标准,重新分化整合中国文坛的创作走向。

福本和夫(1894—1983)曾于20世纪初赴德留学,师从西方马克思主义早期代表人物之一科尔施(Karl Korsch),追随他学习马克思主义理论,并结识了卢卡奇(Szegedi Lukács György Bernát),还得以获赠当时在国际上影响甚大的《历史与阶级意识》(History and Class Consciousness)一书。福本和夫带有鲜明激进主义色彩的异化思想、阶级意识和"思想革命"理论等,在思想的构成上无不体现出以卢卡奇为代表的西方马克思主义对他的熏陶和影响。俄国十月革命的胜利,鼓舞和激发了欧洲其他各国的无产阶级通过斗争摆脱资本主义剥削和压迫的强烈愿望,但他们的革命和起义均以失败告终。在总结与追寻失败的原因时,早期西方马克思主义的创始人卢卡奇、科尔施和葛兰西(Antonio Gramsci)将关注的焦点集中在阶级意识和意识形态这一崭新的理论层面。他们在马克思主义的历史传统上推崇并首次指证意识形态和无产阶级意识的至关重要性。他们认为正是因为无产阶级阶级意识这一主观因素的缺失,才导致欧洲各国无产阶级革命和斗争的失败,因此无产阶级只有突破传统经济决定论和资本主义社会物化表象的遮蔽,凸显并确立全新的、成熟的自我意识,并通过革命实践和意识革命、文化革命,在意识形态领域中取得文化、价值观念和精神信仰的领导权,并使广大

第三章 文以载道与工具理性：留日知识分子及其世界性与本土性

人民群众树立革命的无产阶级意识，才有望夺取无产阶级革命的胜利。

在被尊奉为西方马克思主义"圣经"的《历史与阶级意识》一书中，卢卡奇特别看重无产阶级意识在革命和斗争过程中"独一无二"的"目的和武器"功能。"在无产阶级的阶级斗争中，意识的这种独一无二的功能一直被庸俗的马克思主义者们所忽视"①，"对无产阶级来说，'意识形态'并不是进行战斗的旗帜，也不是掩饰其真正目的的外衣；它是目的和武器本身"②。在此基础上，卢卡奇还指出阶级斗争的胜利不仅仅指涉权利方面，无产阶级还必须争取社会意识形态层面的胜利，并将无产阶级意识提高到决定革命成功与否的重要地位，甚至将其直接等同为"对社会领导权"的争取和掌握。"换言之，当资本主义最终的经济危机发展时，革命的命运（以及人类的命运）将取决于无产阶级意识形态的成熟，即取决于无产阶级的阶级意识"③，"为社会意识而进行的斗争与经济斗争是并行的，增强意识与掌握对社会的领导权的可能性是同义的。在阶级斗争中无产阶级不仅在权力上是胜利者，同时在争取社会意识的斗争中也是胜利者"④。

由此可见，以后期创造社成员为代表的留日知识分子在中国民主革命的进程中，他们大力倡导革命文学，强调文学的阶级性与工具性，注重理论斗争和意识革命，凸显出阶级意识和目的意识，步调一致地站在无产阶级革命文学的旗帜之下，并走上了

---

① ［匈］卢卡奇(Lukacs, G.)：《历史和阶级意识——马克思主义辩证法研究》，王伟光、张峰译，华夏出版社1989年版，第69页。
② 同上书，第71页。
③ 同上书，第70页。
④ 同上书，第231页。

革命现实主义的文学创作道路。尽管他们激进与功利的工具主义文学观念与理论资源大都源于对福田和夫及其追随者的接受与模仿,甚至是借用与照搬,但究其理论源头和文化渊源,正是以卢卡奇为代表的西方马克思主义及其阶级意识和意识形态理论。他们引进和借用了无产阶级意识,甚至在一定的程度上照搬得相当生硬:"革命文艺,普罗列塔利亚文艺,在中国的现阶段,……只要在一个一定的目标之下,……在阶级立场及阶级意识之下,……对于同志的团结,激发斗争的意志,提起努力的精神,这是革命文艺的根本精神,也是它的根本任务。"[①]作为无产阶级文学的代言人,他们试图把文学当作革命与斗争的工具,并且在理论上自觉地执行把文学作为一个阶级向另一个阶级宣战的政治与工具策略,这种理论自觉使他们把文学意识形态化为一种理性而给予认同,所以他们在尝试着建构那个时代的无产阶级文学理论体系和无产阶级文学书写策略。而为了构建无产阶级文学书写的工具理性体系,每一个人都似乎有意把自己论述无产阶级革命文学创作的评论和文章,在气质上与修辞上作为宣言书来书写。理解了这一点,我们也就理解了在他们的文章与创作中,为什么充满了革命话语的表述和口号式的呐喊,甚至充满了阶级斗争的火药味。当然,他们在无产阶级文学理论体系的构建上,很多时候也因口号式、标语式的呐喊而显得比较粗糙,缺少把文学视为纯然的审美书写时,需要建构审美的文学特质而呈现的逻辑细腻感。

此外,他们的无产阶级文学理论建构在"有所为而为"的工

[①] 彭康:《革命文艺与大众文艺》,饶鸿兢等编:《创造社资料》,福建人民出版社1985年版,第242—243页。原载于《创造月刊》1928年11月10日第2卷第4期。

第三章 文以载道与工具理性：留日知识分子及其世界性与本土性

具理性操控下，不仅充满了革命性与战斗性，往往又表现为一种在冲动中呈现出来的激进。在某种程度上，他们无限放大了卢卡奇与福本和夫的无产阶级革命理论，进一步强调理论斗争和创立无产阶级文学的重要性和必要性，并由此引发了一系列对鲁迅、茅盾等文坛知名作家和社团的批判和清算①，以保证无产阶级意识和无产阶级队伍的纯粹性。这在李初梨《怎样地建设革命文学》一文中表达得淋漓尽致："一切的作品，有它的意志要求，一切的文学，有它的阶级背景"②，"无产阶级文学是：为完成他主体阶级的历史的使命，不是以现照的——表观的态度，而以无产阶级的阶级意识，产生出来的一种的斗争的文学"③。冯乃超在《怎样地克服艺术的危机》中也不失时机地呼吁："我们的艺术是阶级解放的一种武器，又是新人生观新宇宙观的具体的立法者及司法官。革命的整个的成功，要求组织新社会的感情的我们的艺术的完成。但是，革命的途上，我们的艺术不能不清扫斩除目前的危机与障碍。我们的路是荆棘的路！"④"我们的艺术是阶级解放的一种武器"，类似冯乃超把艺术视同为"武器"的明喻，是那个时代这批激进的公共知识分子在其书写中出场率颇高的术语与修辞。什么是"武器"？说到底就是工具！

与此同时，以后期创造社成员为代表的留日知识分子还倡

---

① 他们曾经撰文批判前期创造社的"小资产阶级文艺观"和浪漫主义的创作方法、茅盾的"小资产阶级革命文学"、新月派同仁的"人性论"、语丝社的"趣味文学"等，甚至错误地将鲁迅视为"不革命的""落伍者"、革命文学和革命运动的敌人并加以讨伐，在20世纪二三十年代的中国文坛掀起了滔天巨浪。
② 李初梨：《怎样地建设革命文学》，饶鸿兢等编：《创造社资料》，福建人民出版社1985年版，第173页。原载于《文化批判》1928年2月15日第2号。
③ 同上书，第180页。
④ 冯乃超：《怎样地克服艺术的危机》，饶鸿兢等编：《创造社资料》，福建人民出版社1985年版，第234页。原载于《创造月刊》1928年9月10日第2卷第2期。

导普罗列塔利亚的写实主义[1],"审查"普罗列塔利亚作家的创作动机和阶级意识,并把具有"无产阶级的阶级意识"、"为革命而文学"、把握理论并与实践相统一,界定为无产阶级文艺家与革命家必备的基本素养。在李初梨《怎样地建设革命文学》和《普罗列塔利亚文艺批评底标准》这两篇文章中,这种将文学视为无产阶级革命的工具、将文学家等同于革命家的观点被表述得鲜明无比[2]。而从能否适应并有助于完成普罗列塔利亚解放这一伟大使命出发,他们还确立了普罗文艺新的评判标准,认为艺术是阶级对立的强有力的武器[3],因此必须很好地"利用"和"发展"艺术、哲学、科学等,使之适应于无产阶级革命和普罗列塔利亚解放这一伟大使命。"我们对于艺术,哲学,科学……等等的根

---

[1] 在《对于所谓"小资产阶级革命文学"底抬头,普罗列塔利亚文学应该怎样防卫自己？——文学运动底新阶段》一文中,李初梨借用林伯修先生的译文具体介绍日本藏原惟人的《到新写实主义之路》,提倡普罗列塔利亚写实主义的创作方法,并认为"普罗列塔利亚的作家,用前卫的'眼光'去观察世界所得的结果,就应该用严正的写实主义的态度去描写。我们应该从过去的写实主义继承着它的对于现实底客观的态度","普罗列塔利亚写实主义,至少应该作为我们文学的一个主潮"(李初梨:《对于所谓"小资产阶级革命文学"底抬头,普罗列塔利亚文学应该怎样防卫自己？——文学运动底新阶段》,饶鸿兢等编:《创造社资料》,福建人民出版社1985年版,第268—269页。原载于《创造月刊》1929年1月10日第2卷第6期"新年特大号")。

[2] 在《怎样地建设革命文学》一文中,李初梨曾经指出:"我以为一个作家,不管他是第一第二……第百第千阶级的人,他都可以参加无产阶级文学运动;不过我们先要审察他的动机。看他是'为文学而革命',还是'为革命而文学'","我们的文学家,应该同时是一个革命家。他不是仅在观照地'表现社会生活',而且实践地在变革'社会生活'"(李初梨:《怎样地建设革命文学》,饶鸿兢等编:《创造社资料》,福建人民出版社1985年版,第182—183页。原载于《文化批判》1928年2月15日第2号)。

[3] 李初梨:《普罗列塔利亚文艺批评底标准》,载中国社会科学院文学研究所现代文学研究室编:《"革命文学"论争资料选编》(上),人民文学出版社1981年版,第520页。原载于《我们(月刊)》1928年6月20日第2期。

第三章 文以载道与工具理性：留日知识分子及其世界性与本土性

本立场,只有是从完成历史所课与我们的使命的观点,怎样地去利用它,发展它,使它适应于这个伟大的使命。"①而从这一根本的阶级立场出发,他们宣称普罗列塔利亚文艺,绝对不能是"为艺术的艺术",普罗列塔利亚的文艺批评,也只能从"这个——而且唯一的这个观点出发"②,不仅不能是"为艺术的艺术",而且在对一种文艺作品进行批评和评论时,首先要分析它所反映的意识形态。"当我们批评一种文艺作品的时侯,在检查它的结构或技巧之成功与否以前,应该先分析这个作品是反映着何种的意识"③,同时还要确定它所担当的社会角色、社会任务,以及由此而来的作品的价值。"我们要看一个作品,对于一定的社会,所演的是什么一种角色,担当的是什么一种任务;再从此点出发,去决定一切作品的价值。自然,这价值决定的标准,当然由完成普罗列塔利亚底解放运动底这个实践的观点出发。"④

在《新教伦理与资本主义精神》一书中,德国著名社会学家和哲学家马克斯·韦伯(Max Weber)在探索资本主义精神的起源时曾经论述道:新教伦理提倡新教徒们通过世俗工作的成就来荣耀上帝,并以此获得上帝的救赎,他们入世的禁欲主义思想在生存伦理上铸就了新教徒们从商行为的规范与美德,这恰恰与资本主义的商业秩序一脉相承。但是,随着资本主义生产力发展成熟之后,宗教的动力逐渐丧失,物质和金钱成为人们追求的直接目的,最初的手段变成了终极的目的,因此强调计算、效

---

① 李初梨:《普罗列塔利亚文艺批评底标准》,载中国社会科学院文学研究所现代文学研究室编:《"革命文学"论争资料选编》(上),人民文学出版社1981年版,第520页。原载于《我们(月刊)》1928年6月20日第2期。
② 同上。
③ 同上书,第521页。
④ 同上书,第521—522页。

率、功利、技术与控制的工具理性不断膨胀,并走向了极端化,其结果不仅造成了人的异化和自由的丧失,而且成为套在人们身上的"铁的牢笼"。

面对这样一种困境,马克斯·韦伯提出"理性"(rationality)这个概念,并把理性界分为两种类型:第一种是单纯追求工具和控制手段的工具理性(instrumental rationality),工具理性是漠视人的情感和精神价值的;第二种是强调纯正动机、具有正确手段和价值意义的价值理性(substantive rationality)。一方面,马克斯·韦伯坚持对资本主义制度下工具理性扩张所导致的非理性本质不断进行批判;另一方面,他也主张约束和限制工具理性,重新恢复价值理性在资本主义工业社会的权威性。

而德意志在近现代也曾为世界贡献了大量的思想大师,阿多诺(T. W. Adorno)、马尔库塞(H. Marcuse)、霍克海默(M. Max Horkheimer)、弗洛姆(Erich Fromm)、哈贝马斯(Jürgen Habermas)等作为法兰克福学派[①]的代表,在承继马克斯·韦伯工具理性批判的传统基础上,反思启蒙精神,进一步把工具理性批判从经济和社会政治领域扩展到文化和意识形态领域。他们不但批判发达工业社会中理性本身沦为达向某一目的的工具和手段,并且明确指出:科学技术、工具理性与技术理性在促进社会快速发展和进步的同时,不断影响、控制人的思维方式和价值观念,导致人的异化和社会的单一性与单向性,最终成为工具理

---

① 早期的西方马克思主义代表人物卢卡奇、葛兰西等主要从阶级革命角度来阐释意识形态理论,并且肯定无产阶级意识在夺取无产阶级革命胜利中的重要作用,而法兰克福学派尽管从卢卡奇的"物化"理论中得到过启示,但他们主要从否定的意义上批判意识形态,揭示和抨击以科技和工具为主的"新意识形态"在发达工业社会中的操纵、欺骗、控制、同化民众思想,以及消解个人的主体性和创造性等。

第三章 文以载道与工具理性：留日知识分子及其世界性与本土性

性,并形成另一种新的意识形态。关于这一点,我们不妨去阅读一下马尔库塞的《单向度的人——发达工业社会意识形态研究》、哈贝马斯的《作为"意识形态"的技术与科学》等。

尽管法兰克福学派致力于揭示西方发达工业社会的工具理性,抨击工具理性从异化的维度对作为主体之人的奴役和操控,但在通贯的逻辑上,我们在此也可以把法兰克福学派批判工具理性的思潮作为一个透镜,来反观与透视这批具有留日背景的中国现代知识分子。我们可以在理论上确切地指出：在新文学运动与无产阶级革命运动中,他们所彰显的、为无产阶级请命的文学立场在本质上正是典型的工具理性(工具主义)的文学观念。

马尔库塞在《单向度的人——发达工业社会意识形态研究》一书中讨论"肯定性思维的胜利:单向度哲学"时,曾涉及一个重要的话题,即"意义的社会系统"对一个国族与地区在语言上的统一性操控。"意义的社会系统的范围和限度,在不同历史时期随着达到的文化水平的不同而大不相同,但是它的界限规定得很清楚,只要交流不止是指向日常生活那些无争议的器具和关系的话。今天,意义的社会系统统一了不同民族的国家和不同语言的地区。"[①]在这里,语言即意识形态意义的载体。马尔库塞对这样一种具有统一性意义的社会系统进行了批判,把其定义为单向度的社会意识形态,并且指出欧洲现代工业社会是一个单向度的极权主义社会。这的确是当时的一个世界性的问题。我们在这里不妨借用马尔库塞的观点来重新审视留日知识分子所生存的中国本土,如果说那个时代的国民政府是一个政治一

[①] [美]赫伯特·马尔库塞:《单向度的人——发达工业社会意识形态研究》,刘继译,上海译文出版社1989年版,第177页。

体化的单向度(dimension)社会,留日知识分子正是那个单向度社会的抵抗者。马尔库塞是德国法兰克福学派的左翼哲学家,而中国的这批留日知识分子则集结于创造社与20世纪30年代的中国左翼作家联盟,以文学作为思想意义表达的利器,坚守在一个对立的向度呐喊,以唤醒麻痹于一个封闭的意义社会系统中的沉睡的国民,也与此同时宣示了他们的激进主义文学立场。

应该说,这批具有留日背景的中国现代知识分子,他们对社会批判介入的公共性是他们的显在立场,他们把文学作为政治与革命的工具,在社会伦理的合法性上,为无产阶级请命以求取革命的胜利和解放,他们呼吁把社会资本从少数当权者的手里交还给无产阶级人民大众,从而推动历史向另外一种社会形态转型。而在这个掀起新文学运动、无产阶级革命以推动历史蜕变的进程中,文学无疑是以损失其审美性为代价的,文学在很大程度上成为他们代表无产阶级求取解放的政治口号与革命书写。在今天看来,他们所鼓吹的无产阶级文学创作及无产阶级文学理论,也显而易见有着生硬的单一性与单向性,缺少多元的审美视野与审美形态。但我们不能否认,在风云变幻、亟待救国救民的革命与战争年代,他们的呼吁、呐喊与创作实践,也提升了文学对历史的反思、对社会的批判和对革命的参与度,文学也因深度介入历史的转型而使自身伟岸起来。这也成就了无产阶级革命文学的政治美学立场。

与此同时,也正是这批具有留日背景的中国现代知识分子,曾经从个人走向集体,从文学革命走向革命文学,从"艺术的武器"走向"武器的艺术"。他们颇具时代特色的工具理性文学观念,及其对无产阶级革命文学所做出的一系列意识形态化的规约和要求,虽然在革命和战争年代具备一定的历史合法性与实用性,但终将文学简单地降解为宣传革命和政治的利器。他们

第三章 文以载道与工具理性：留日知识分子及其世界性与本土性

集约于革命的向度中，强调文学的社会性、阶级性与政治性等非审美的意识形态元素，使文学背负上了沉重的革命使命与政治信仰，客观上消解、遮蔽甚至解构了文学本身独特的审美特性与多元的诗性内涵。随着中国民主革命运动如火如荼的进行，他们对无产阶级文学、普罗文艺的理论倡导与创作实践也逐渐成为一种标准、一种工具理性、一种主流意识形态，当然，在那个时代，这是一种目的论的理性选择。但这一切都深深地影响和规约着其后中国文学的发展进程和发展方向，这种文学和审美政治化、工具化的影响与规约，直到"文革"结束后才被在第二次启蒙中觉醒的中国当代文学创作及其批评理论所逐渐终止，成为那个特定时代的历史陈迹。

而在当下后现代高科技工业文明打造的图像-资本时代，在网络、玄幻、历史宫斗网文、网剧众声喧哗甚至甚嚣尘上之时，当我们重新审视文艺及其价值时，猛然发现，文学特别是纯文学早已从主潮中黯然"退场"，成为资本市场垄断与商业化操作下被生产销售的平庸"产品"，并丧失了其在思想文化和意识形态领域的先锋与引领作用，历史似乎从一个极端走向了另一个极端。我们承认，在特殊的年代，文学曾经被革命和政治所工具化与过度诠释，但这也正是历史在前行的那个转捩点要求文学所必须承担的责任及付出的代价，文学也正是在这个二律背反中崇高起来。作为一种审美意识形态，作为一种观念性和精神性的力量，如何保留文学自身独特的审美价值和多元化呈现的诸种可能，这值得当下的每一位知识分子思索和行动。

最后，我们从亨廷顿的思想中可以总纳出这批留日知识分子的社会角色与那个特定时代的逻辑关系。在《变化社会中的政治秩序》一书中，亨廷顿曾讨论了普力夺政体（praetorian regimes）国家愈演愈烈的民族动乱（intensified ethnic unrest），事实上,这批留学日本的中国现代知识分子,他们留学与归国前后所面对的国民政府即具有普力夺政体的性质。亨廷顿认为城市中产阶级、知识分子与学生构成了普力夺政体的反对力量:"这些学生们对自己的国家感到羞辱并与之相疏离,他们热切希望重建自己的祖国,将其推向'世界的前列'。在与自己的家庭以及传统的规范和行为准则相离异的情况下,学生们更加彻底地与抽象的现代性准则相认同。这些抽象的准则成了他们评价自己国家的绝对标准。非把社会加以彻底重建,不足以满足他们的愿望。"[①]可以说,正是这批从日本归国的留学生,他们担当起重建自己祖国与推动时代转型的介入性知识分子的角色,并在这一进程中铸就了自身的激进主义与工具主义文学观念。

[①] [美]塞缪尔·亨廷顿:《变化社会中的政治秩序》,王冠华等译,生活·读书·新知三联书店1989年版,第342页。

第四章 "走进来":被"本土化"了的世界性

第一节 世界文学概念的蜕变及大卫·达姆罗什的当下定义

1827年,德国思想家、大文豪歌德(Johann Wolfgang von Goethe)在阅读中国传奇时,已经开始关注东西方各国与各民族文学之间相互理解、交流、融汇的诸种可能性和必要性。在与青年学子艾克曼谈话中,他不仅指明中德两国在思想、行为和情感等方面存在着诸多的相似性与差异性,而且以前瞻性的眼光和开放的世界性视域,对中国传奇和法国诗人贝朗瑞(Pierre Jean de Béranger)的诗歌题材进行了跨文化、跨民族与跨语言的汇通和比较。"中国人在思想、行为和情感方面几乎和我们一样,使我们很快就感到他们是我们的同类人,只是在他们那里,一切都比我们这里更明朗,更纯洁,也更合乎道德。在他们那里一切都是可以理解的,平易近人的,没有强烈的情欲和飞腾动荡的诗兴,因此和我写的《赫尔曼与窦绿台》以及英国理查逊写的小说有很多类似的地方。"① 同

---

① [德]爱克曼(Eckermann)辑录:《歌德谈话录》,朱光潜译,人民文学出版社1978年版,第112页。

时,歌德还把中国诗人与法国诗人进行比较性的论述:"中国诗人那样彻底遵守道德,而现代法国第一流诗人却正相反,这不是极可注意吗?"①从他的论述中我们不难看出,歌德对东方中国充满了正面的评价。在此基础上,歌德把自己的眼光从封闭的德国本土投射至外域,坦陈自己"喜欢环视四周的外国民族情况",并且告诫德国人也应该"跳开周围环境的小圈子朝外面看一看"②,因为在他看来,"世界文学"的时代已经快来临了。"我愈来愈深信,诗是人类的共同财产。诗随时随地由成百上千的人创作出来。……民族文学在现代算不了很大的一回事,世界文学的时代已快来临了。现在每个人都应该出力促使它早日来临。"③

尽管歌德所提倡的近代意义上的"世界文学"(weltliteratur)这一概念,在当下看来颇具理想主义色彩,具有世界大同主义的文学理想,或者仅仅是一种乌托邦性质的愿景,但他自觉地将不同民族、不同国家与不同地域的文学实践,纳入同一种世界性视域之中进行整体性把握和观照,并对其相似性和差异性进行了对比和阐释。在某种程度上,他的这一"世界文学"的憧憬和构想,也突破和超越了以往单纯的国别文学和民族文学研究的狭隘性和局限性。此后,在距离歌德提出"世界文学"这一概念二十年以后,1848年马克思和恩格斯在《共产党宣言》中论及资产阶级及其工业文明发展进程时,详细探讨了资本输出和资产阶级"世界市场"的开拓所导致的物质生产和消费的全球化与世界化,明确地指明它们从此超越"地方"和"民族"而成为"世界性的"典型

---

① [德]爱克曼(Eckermann)辑录:《歌德谈话录》,朱光潜译,人民文学出版社1978版,第112页。
② 同上书,第113页。
③ 同上。

第四章 "走进来":被"本土化"了的世界性

特质,并由此推断出人类精神层面的"世界文学"得以形成的可能性和必然性。

> 资产阶级,由于开拓了世界市场,使一切国家的生产和消费都成为世界性的了。……过去那种地方的和民族的自给自足和闭关自守状态,被各民族的各方面的互相往来和各方面的互相依赖所代替了。物质的生产是如此,精神的生产也是如此。各民族的精神产品成了公共的财产。民族的片面性和局限性日益成为不可能,于是由许多种民族的和地方的文学形成了一种世界的文学。①

自此,"世界文学"作为一个理想的观念超越了民族和国家的疆界,开始在世界范围内对文学现象给予整体性的观照和有效性的沟通,推动着国族文学(national literature)可能在欧洲或在全世界的社会文化领域内广为传播。随着历史进程的逐步前行,一个从理想观念中脱胎而出的世界文学,终于发展成为辐射不同民族、国家与区域的审美现象,最终也引起了全球的文学书写者与文学批评家们,基于自身的立场共同关注世界文学到来的全球景观。

2003年,美国学者大卫·达姆罗什出版了《什么是世界文学?》一书,在这部专著的"结论:世界与时间之无涯"这一章节中,达姆罗什基于"世界、文本、读者"等层面,对全球化时代的"世界文学"给出了一个具有颠覆与解构意义的三重定义:第一,世界文学是不同民族文学的椭圆折射(elliptical refraction);第二,世界文学是在翻译中获益的书写;第三,世界文学不是一套

---

① 马克思、恩格斯:《共产党宣言》,中央编译出版社2005年版,第29—30页。

固定的经典文本,而是一种阅读模式,一种超然相远地与我们自身时空之外的那些世界进行交流的方式①。

不同于传统意义上已经被确定的欧洲文学名著或者享有世界性声誉的大师作家的文学杰作和文学经典,以及歌德理想中的普世主义(universalism)和大同主义(cosmopolitanism)的"世界文学",达姆罗什强调各国族文学经由翻译而走出本土语境并得以跨语际传播的流通性,同时也强调国族文学被其他语言的读者所阅读的当下性。他认为世界文学并非由已知的各种固定或一成不变的经典文本堆砌而成,世界文学是一种动态的、处于不断变化中的流通模式和阅读模式,是在翻译中获益的国际性书写,翻译赋予了国族文学跨越时空与世界各国文学对话交流的途径与可能性。达姆罗什对"世界文学"的界定和诠释,在一定程度上不仅消解了以往世界文学观念中根深蒂固的欧洲中心主义、西方中心主义与经典中心主义,而且也宣告了在全球化语境下,一种全新的由作品、流通、翻译和读者共同构建的多元开放的世界文学观念的形成。与此同时,达姆罗什提出的民族文学是一种"椭圆折射"理论,其也使得长久处于弱势地位的国族文学或非西方文学作品得以被纳入世界文学的格局当中。而一部本土性文本在从边缘走向世界的进程中,其在文化身份与审美的普世价值上所具备的国际性和世界性意义,也可以在达姆罗什所倡导的多元观照与研究视域中被重新定义和重新发掘。

以上通过追溯"世界文学"这一观念产生与发展演进的过程,我们可以发现,无论是歌德晚年充满理想主义的憧憬和想

---

① David Damrosch, *What Is World Literature*, Princeton: Princeton University Press, 2003, p. 281.

象,还是马克思和恩格斯基于经济基础和物质生产,对人类精神层面的"世界文学"的形成和到来所作出的深刻洞察和预言——当然还包括相关学者秉持不同的文化立场对之所进行的多维度阐述与论证,以及达姆罗什在经济全球化的时代语境下对"世界文学"理论和研究范式新的拓展和建构——这些理论表达都充分说明了"世界文学"并非是一个单一、固定且狭隘的文学观念。从历史的发展眼光来看视,世界文学无疑超越了民族、国家、语言与文化等界限,伴随不同的时代背景和文化潮流,不断地发展演化成为一个具有多层意义和丰富内涵的概念。它所指涉的对象和内容不仅包括传统的"总量上的、五大洲"所有的文学,欧洲中心主义的文学,经典的、大师级作家的作品,更是一种处于作者、文本、翻译和读者互动的动态关系中的流通模式和阅读模式,也是一种跨文化、跨民族与跨语言的比较视域,更是一种超越时空与世界各国文学进行对话和交流的沟通方式。那么在这一层面上,我们如何来定义或看视中国现代文学的世界性与本土性呢?作为在欧洲或西方中心主义压制下的国别文学和汉语民族文学,它能否或者在何种意义上可以体现全球化语境中的"世界文学"意识、"世界文学"特质和世界性的文化视域,并具备普世的(universal)和超民族的(transnational)的"世界性"?

通过研究我们发现,对于中国现代文学史上具有留学背景的中国现代作家来说,游走在西方与东方、传统与现代、本土与异域之间,他们可以据守他者立场,并在东西方两种不同的异质文明之间进行双向的观照、汇通与整合,他们的文学创作也必然呈现出既深受外域文化影响,同时也不失本土情怀与民族特色的世界性。如胡适、徐志摩、梁实秋、闻一多、林语堂、鲁迅、郭沫若、郁达夫、成仿吾等,在19世纪末20世纪初中华民族内忧外患、风雨如磐之时,都曾从本土负笈留学欧美或日本,敞开自己的眼界以求取母国的救亡图存、振邦兴国,"明时势,长志气,扩见闻,增才智,非游历外国不为功也"①。当他们以留学生的身份走向西方与日本以后,不但远离了中国本土几千年传统文化所沉积的落后与封闭,在知识结构的重组、自我精神的重铸、与文化价值观念的重构等面向上,他们也把西方或者经由日本为中介引入的西方先进异质文明带入中国汉语文化本土。

与此同时,由于在东洋或西洋留学多年,他们大都精通英、日、德、法等多国语言,多源而又丰富的欧风美雨对他们来说是一种文化洗礼,西方先进的异质文明对他们有着浸润般的影响。他们又领略了彼时在留学目的国盛行的诸种文学运动与文艺思潮,充溢着西方民主、自由、个性解放等思潮的文学作品不仅使他们可以拥有全新的世界性眼光和开阔的多元文化视域,并且促成了他们对"自我"的发现和自我意识的进一步觉醒,也催生了他们走上文坛、进行文学创作的自觉和热情。

对于这批具有留学背景的中国现代作家来说,他们以最为敞开的心态接受了不同于汉语民族文化传统的西方哲学、西方美学及西方文学艺术观,并将其带入自己的文学活动和文学创作中去。他们的文学作品是在他们创作的思想观念上敞开的,他们的书写是深受西洋和东洋影响的间性文本(inter-text),他们的小说或诗歌必然呈现出留学目的国的异质文化元素,同时在审美与表现风格的层面上具备了普遍的"世界性"意义。而这种基于本土立场和外域影响的"世界性",我们认为是东西方两种异质文化汇通整合后所呈现出来的独创性,可以称之为一种"被本土化"了的世界性。在另一个维度上,鲁迅、郭沫若、郁达夫、巴金、老舍等著名作家的文学创作完成以后,其不仅在中国

---

① (清)张之洞:《劝学篇》,李忠兴评注,中州古籍出版社1998年版,第115页。

第四章 "走进来":被"本土化"了的世界性

文坛独具一格,征服了中国汉语本土的众多阅读者,并且也引起了西方、日本等域外译者和批评家的广泛关注,通过翻译走向世界。他们的译入语作品在跨文化与跨民族的传播中旅行,满足了不同语言读者的审美想象及其对东方异质文化的期待视野,成为大卫·达姆罗什所定义的具备"世界性"意义的文本。这种经由西方译者拣选、翻译、旅行的"世界性",我们可以称之为走出本土的世界性或跨语际传播中的世界性。

从概念的本质上来评判,"世界性"是一种跨文化、跨民族、跨语言的研究视域,当我们以这种视域作为方法论对具有留学背景的中国现代作家进行整体性观照和把握时,我们发现中国现代作家具有"双重"的呈现方式和多元的文化内涵,即被"本土化"了的世界性与走出本土在语际中传播的世界性。这些中国现代作家曾经负笈留学海外,他们深受西方(当时世界的中心)先进的异质文明和社会文化思潮的浸染与影响,并在有意无意之间把这种影响带入其文学创作,使其成为汇通本土与外域、东方与西方的互文性文本。而大卫·达姆罗什在新的世界一体化的大背景下重新定义的"世界文学",实际上也为我们重新发现和理解留学归国作家及其世界性与本土性,提供了崭新的研究范式和研究视域。

至此我们认为,在当下的全球化语境中,衡量一部作品是否具有普世的和超民族的"世界性",至少可以从四个方面来界定。

第一,作家是否深受世界(主要是欧洲和美国)先进的异质文明和社会文化思潮的浸染与影响,并且身处跨文化与跨民族的汇通性融合中,把这种浸染与影响具体地带入个人的文学活动和文学创作中,书写出既深受外域文化影响又深具本土特色及民族元素、充满独创意义的作品。这样一类把世界性与本土性汇通于一体的作家及作品,不仅可以丰富世界文学的多元内涵,并且也扩大了世界文学的谱系。

第二,文本和作品所反映的主题与思想,是否可以超越国别和民族界限,呈现出普世的和超民族的世界文学意识,这种普世的与超民族的世界文学意识必然获有"世界文学"的特质和世界性的视域,并能表达人类普遍的情思和历史文化精神。

第三,在接受先进的"世界文学"或世界文化的影响之后,作家或文本能否重新经由翻译走向世界,也是一个重要的价值元素。如同大卫·达姆罗什所定义和强调的那样:世界文学作品必须借助于翻译走出本土语境,并且在跨语际的传播和旅行中能够被其他国族语言的读者所阅读与接受,成为一种基于文本、翻译和读者互动的流通模式与阅读模式。世界文学正是在超越时空中达向了国族文学因翻译所完成的对话与交流。

第四,在文学研究的领域中,"世界性"也呈现为一种研究视域、研究方法论和研究范式,因此我们讨论的"世界性"必然超越传统中外文学关系研究中影响/被影响、传播/接受的二元对立模式,把研究对象和研究内容置放在更为开阔的国际文学平台上,倡导在平等、开放的全球化语境和跨文化视域中,进行跨国别、跨民族的比较研究与整体性的汇通整合。这个层面上的"世界性"是由大众读者、译者与学者共同构建完成的一个汇通性知识场域。

在我们的论述和思考中,我们设置了被"本土化"了的世界性与跨语际传播中的世界性两个维度,并从这两个维度来阐释具有留学背景的中国现代作家及其文学创作中的"世界性",同时我们也在一个深度的思考中,分析中国现代作家及其作品在世界文学发展中的多元呈现方式与超民族的普世性意义及价值。

第四章 "走进来"：被"本土化"了的世界性

第二节 在两种异质文明中生成的第三种文学立场

如前所述，对中国现代文学史上具有留学背景的中国现代知识分子而言，他们在19世纪末20世纪初从中国本土负笈留学海外，既谙熟中国古典文学及传统文化，又有着长期留学欧美日的学术背景与极高的英文、法文、德文、日文等多国语言造诣。他们持有敞开的普世性文化立场及比较视域，他们深受留学目的国彼时盛行的各种文学运动、文艺思潮和西方先进异质文明的渗透与洗礼，他们拥有全新的世界性眼光和开阔的多元文化视域，以最为敞开的心态接受了不同于汉民族文化传统的西方哲学、西方美学及西方文学艺术观的影响，并在跨文化与跨民族的汇通性融合中将其带入个人的文学活动和文学创作中去。无疑，在他们的小说或诗歌创作中必然呈现出鲜明的异质文化元素，表现出既深受外域文化渗透又深具本土性和民族特色的文化情怀，世界性和本土性在他们的知识构成和文学创作中汇通与整合成为一体。在某种程度上，可以说，这批具有留学背景的中国现代知识分子及其诗性书写，跨越了国别和民族的界限，体现了人类普遍的情思和历史文化精神，这一切不仅构成了那个时代独有的文化资源，而且增进了世界文学的多元内涵，丰富并扩大了世界文学的谱系。

比如，胡适曾在大洋彼岸接受了七年的美式教育，他对西方文化中的自由、民主与法治有着自觉的认同，他的《文学改良刍议》中的"八不主义"曾经受到欧美意象主义的启示，很多地方与庞德的文学观念如"不使用多余的词，不使用言之无物的修饰语……避免抽象……即不要藻饰，也不要好的藻饰"颇为相似①。胡适推崇易卜生"个人须要充分发展自己个性"的主张,提倡自由独立的精神,在文学理论的层面热切希望并呼吁中国文坛能有"自由"的、以"人"为主体的文学。

在那个历史时段,徐志摩、闻一多、李金发等留学欧美知识分子提出了"无关阑的泛滥"的诗情,倡导了"至情至性"的诗学理论主张,书写了"满贮着我心灵失路之叫喊"②的现代诗作。这些理论主张与诗作中,不仅含有中国本土以"情"为本体的传统诗学理念,同时也在其中注入来自欧美文化背景的浪漫主义、唯美主义、象征主义等思潮的理论和思想。

梁实秋1923年赴美留学,曾师从新人文主义大师欧文·白璧德(Irving Babbitt),并深受白璧德新人文主义(new humanism)的影响。在融合中西文化的基础上,他将中国本土文学观念中"情"的抒发与表现上升至"人性"的层面,并把西方的普遍"人性"与中国本土那个时代作家表达的"情思"进行整合,明确地表明文学"发于人性、基于人性、亦止于人性",他还以"人性"为基点,强调"伟大的文学亦不在表现自我,而在表现一个普遍的人性"③。"人性"也成为梁实秋文学思想中的基本核心概念和评判文学的终极标准。

在文学创作与文学批评上,林语堂是一位自觉的中西文化汇通者,他的立场正在于"两脚踏中西文化,一心评宇宙文章"。他既谙熟中国古典文学及传统文化,又有着长期留学欧美的学术背景与极高的英文造诣。他从意大利美学家克罗齐(Benedetto

---

① 庞德:《几个不》,《诗杂志》1913年3月第1卷第6期。
② "我,/长发临风之诗人,/满洲里之骑客,/长林里满贮着我心灵失路之叫喊,/与野鹿之追随。"(李金发:《给X》,《微雨》,浙江文艺出版社1996年版,第36页。)
③ 梁实秋:《现代中国文学之浪漫的趋势》,《梁实秋文集》第1卷,鹭江出版社2002年版,第47页。

Croce)及其表现主义(expressionism)的论述中找到了与自身契合的理论主张,同时,在知识结构的本土性立场上,他依然深受老庄思想的影响,并且对以袁宗道、袁宏道、袁中道为代表的公安派推崇备至。这种丰富多元的知识结构与自觉的比较文学研究视域,决定了林语堂在中西文化的双向汇通与透视中,达向了学贯中西与学贯古今的境界。

梁宗岱 1924 年赴欧洲留学,师从象征主义(symbolism)大师瓦雷里(Paul Valery),并常常追随左右,瞻其风采,聆其清音。耳濡目染的交往和学习,奠定了梁宗岱象征主义诗学理论的坚实基础,回国之后,他不仅将瓦雷里的美学思想带入中国文学批评之中,同时借助《诗经》的"兴"和《文心雕龙》中的"依微以拟义"等中国古典诗学理论,从本体的意义上更加准确地把握"象征"的暗示性和整体性,并在汇通中西文学理论的基础上提出"纯诗""契合"等诗学概念和诗学范畴。

朱光潜于 1925—1933 年先后赴英国、法国、德国留学,意大利美学家克罗齐的表现主义(expressionism)、英国心理学家布洛(Bullough)的"心理距离说"(pschical distance)和德国心理学家、美学家立普斯(Lipps)的移情说(Einfühlung)等西方古典、现代学术思想和中国传统文化的精髓在他的知识结构中得到了很好的融汇与贯通,促成他以此构建了以"美感经验"(experience of aesthetic feeling)为基础的美学理论体系,并形成了超然独立、无功利目的性、"无所为而为"的文艺批评主张。

1920 年,宗白华赴德留学,曾先后在法兰克福大学和柏林大学系统学习哲学、美学与历史学,在文学观念的接受与理论批评体系的构成上,歌德、柏格森(Henri Bergson)、斯宾格勒(Spengler)都曾在文学观念的接受与理论批评体系的构成上给过他不同程度的影响。他曾以敞开的比较视域、多元的文化视角、间性的交叉互文自由地游走于西方与中国、古典与现代之间,并坚持以"唯美的眼光"与"审美的态度",真切地体悟他所观照的审美对象的个性、灵魂与深情,进而在超越时空与民族限制的互文性场域之中,寻求古今中外的文艺家及其作品的汇通与契合。我们将在本章第三节中以鲁迅为例,深入探究并具体分析鲁迅及其小说创作中的世界性与本土性,当然这种世界性与本土性既深受外域文化影响,同时也不失本土情怀与民族特色。

第三节 拿来主义:鲁迅及其小说创作的世界性与本土性

1935年3月,在为《中国新文学大系·小说二集》所作的序言中,鲁迅总结自己的小说创作时曾经谈道:"从一九一八年五月起,《狂人日记》、《孔乙己》、《药》等,陆续的出现,算是显示了'文学革命'的实绩,又因为那时的认为'表现的深切和格式的特别',颇激动了一部分青年读者的心。"[①]茅盾也对鲁迅及其小说作品"欣赏和惊叹"有加[②],在《读〈呐喊〉》《鲁迅论》《论鲁迅的小说》等文章中,茅盾给予《狂人日记》以极高的评价,认为《狂人日记》是"划时代""前无古人"的[③],其标志着中国近代文学特别是

---

① 鲁迅:《中国新文学大系·小说二集》导言,蔡元培等:《中国新文学大系导论集》,上海书店1982年影印版,第123页。
② 雁冰:《读〈呐喊〉》,《茅盾论创作》,上海文艺出版社1980年版,第109页。原载于《时事新报》副刊《文学》1923年10月8日第91期。
③ 同上书,第105页。

小说的"新纪元",是"中国的现实主义文学的发轫"①。并且,茅盾明确指出鲁迅是创造新形式的"先锋":

> 在中国新文坛上,鲁迅君常常是创造"新形式"的先锋,《呐喊》里十多篇小说几乎一篇有一篇的形式,而这些新形式又莫不给青年作者以极大的影响,必然有多数人跟上去试验。②

作为中国新文学的先驱和中国现代文学史上最早的现代白话小说家,鲁迅及其小说创作突破与超越了传统的魏晋志怪小说、唐宋传奇、宋元话本、明清章回体小说,也超越了辛亥革命前后出现的鸳鸯蝴蝶派小说;他独具匠心的构思精巧地体现在文学表现形式中,如日记体小说、散文体小说、诗化小说、戏剧体小说、历史小说等。鲁迅的文学创作颠覆并打破了中国古典白话小说落后狭隘的传统表现手法,如注重故事首尾完整、情节离奇曲折与题材的单一封闭等③。

在《呐喊》和《彷徨》两部小说中,鲁迅在创作观念上也表现出先锋的写作意识,对中国传统的文学观念有着颠覆与超越,同时,他也对西方文学创作表现手法有着借鉴与学习,对小说体式有着新的开拓和广泛的实验,对小说内容也有所创新和变革。总之,鲁迅的小说突破了中国传统小说的创作方法论,无论是在

---

① 茅盾:《论鲁迅的小说》,《茅盾论创作》,上海文艺出版社1981年版,第139页。
② 雁冰:《读〈呐喊〉》,《茅盾论创作》,上海文艺出版社1980年版,第109页。原载于《时事新报》副刊《文学》1923年10月8日第91期。
③ "古之小说,主角是勇将策士,侠盗赃官,妖怪神仙,才子佳人,后来则有妓女嫖客,无赖奴才之流。'五四'以后的短篇里却大抵是新的智识者登了场。"(鲁迅:《〈总退却〉序》,《鲁迅论创作》,上海文艺出版社1983年版,第200—201页。)

文学观念还是在文学理论上都具备了明确的现代意识,当然,在人物塑造、表现技巧、情节结构与叙事情节等方面也呈现出了多样的现代性(modernity)内涵。

在论及自己的小说创作时,鲁迅也曾不止一次地谈到西方文学多元丰富的艺术创作手法与现代的审美表现形式,认为这些来自西方的元素,对自己以小说的形式书写现代中国给予了有益的启示和影响。在《我怎么做起小说来》一文中,鲁迅在谈到自己从事小说创作的缘由时明确表示:"'小说作法'之类的参考书,我一部都没有看过"①,但出于"绍介"和"翻译",更是为了利用小说的力量,来达成其改良社会的功利性目的。鲁迅看了不少短篇小说,特别是"被压迫民族"的作者及其作品,他还真诚地表明了自己对俄国的果戈理和波兰的显克微支、日本的夏目漱石和森鸥外等作家的欣赏与偏爱。"看短篇小说却不少,小半是自己也爱看,大半则因了搜寻绍介的材料。也看文学史和批评,这是因为想知道作者的为人和思想,以便决定应否绍介给中国。"②鲁迅还认为:"因为所求的作品是叫喊和反抗,势必至于倾向了东欧,因此所看的俄国,波兰以及巴尔干诸小国作家的东西就特别多。也曾热心的搜求印度,埃及的作品,但是得不到。记得当时最爱看的作者,是俄国的果戈理和波兰的显克微支。日本的,是夏目漱石和森鸥外。"③

在《英译本〈短篇小说选集〉自序》中,鲁迅更是从启蒙主义和改良人生的角度指明外国小说,"尤其是俄国,波兰和巴尔干诸小国"的小说作品及作家们的"呼号"和"战斗"对他有着重要

---

① 鲁迅:《我怎么做起小说来》,《鲁迅论创作》,上海文艺出版社1981年版,第42页。
② 同上。
③ 同上。

的影响,这些影响引发和促成了他陆续采用在中国"向来不算文学"①并且备受人"轻视"的"闲书"——小说,特别是"短篇小说的形式",来书写和表达中国本土"所谓上流社会的堕落和下层社会的不幸",以便"揭出病苦,引起疗救的注意"。

> 中国的诗歌中,有时也说些下层社会的苦痛。但绘画和小说却相反,大抵将他们写得十分幸福,说是"不识不知,顺帝之则",平和得像花鸟一样。是的,中国的劳苦大众,从知识阶级看来,是和花鸟为一类的。②

此外,鲁迅在他的书写中再度表露自己的内心世界,陈述了其深受外国小说影响下的写作动机和目的。

> 后来我看到一些外国的小说,尤其是俄国,波兰和巴尔干诸小国的,才明白了世界上也有这许多和我们的劳苦大众同一运命的人,而有些作家正在为此而呼号,而战斗。而历来所见的农村之类的景况,也更加分明地再现于我的眼前。偶然得到一个可写文章的机会,我便将所谓上流社会的堕落和下层社会的不幸,陆续用短篇小说的形式发表出来了。原意其实只不过想将这示给读者,提出一些问题而已,并不是为了当时的文学家之所谓艺术。③

---

① "在中国,小说是向来不算文学的。在轻视的眼光下,自从十八世纪末的《红楼梦》以后,实在也没有产生什么较伟大的作品。小说家的侵入文坛,仅是开始'文学革命'运动,即一九一七年以来的事。自然,一方面是由于社会的要求的,一方面则是受了西洋文学的影响。"(鲁迅:《〈草鞋脚〉(英译中国短篇小说集)小引》,《鲁迅论创作》,上海文艺出版社 1981 年版,第 218 页。)
② 同上书,第 46 页。
③ 同上。

因此，在谈到《狂人日记》的创作历程时，鲁迅一再强调其"博采众家，取其所长"的书写方式："大约所仰仗的全在先前看过的百来篇外国作品和一点医学上的知识，此外的准备，一点也没有"①，"我所取法的，大抵是外国的作家"②。并且在《中国新文学大系·小说二集》导言中，鲁迅坦言《狂人日记》和《药》等他早期的小说创作所受到的外国作家的影响。他认为早在1834年，果戈理已经写了《狂人日记》，尼采（Fr. Nietzsche）也曾在1883年通过苏鲁文（Zarathustra）作出过这样的论断："你们已经走了从虫豸到人的路，在你们里面还有许多份是虫豸。你们做过猴子，到了现在，人还尤其猴子，无论比哪一个猴子的"③；"《药》的收束，也分明的留着安特莱夫（L. Andreev）式的阴冷"④。与此同时，鲁迅也清楚地指明了其小说创作的独特性与民族性，即"意在暴露家族制度和礼教的弊害"，同时他的小说与果戈里、尼采等外国作家作品在表现深度和广度上也有着差异性："但后起的《狂人日记》意在暴露家族制度和礼教的弊害，却比果戈理的忧愤深广，也不如尼采的超人的渺茫"⑤，"此后虽然脱离了外国作家的影响，技巧稍为圆熟，刻划也稍加深切，如《肥

---

① 鲁迅：《我怎么做起小说来》，《鲁迅论创作》，上海文艺出版社1981年版，第43页。
② "此后如要创作，第一须观察，第二要看别人的作品，但不可专看一个人的作品，以防被他束缚住，必须博采众家，取其所长，这才后来能够独立。我所取法的，大抵是外国的作家。"(鲁迅：《致董永舒》(1933年8月13日)，《鲁迅全集》第12卷，人民文学出版社2005年版，第434页。)
③ 鲁迅：《中国新文学大系·小说二集》导言，蔡元培：《中国新文学大系导论集》，上海书店1982年影印版，第124页。
④ 同上。
⑤ 同上。

皂》,《离婚》等"①。由此可见,从最初的《狂人日记》到此后的"一发而不可收",再到《呐喊》和《彷徨》的结集与出版,鲁迅因"须听将令"并借以"慰藉那在寂寞里奔驰的猛士"而从事的小说创作及其"实验性"变革与书写,其中不仅呈现出其"揭出病苦、引起疗救"的努力和鲜明的中国本土特色,同时也蕴含着西方近现代文学影响下的域外异质文化元素。

鲁迅在陈述自己深受外国作家的影响时态度是非常明确的,因此,我们对鲁迅的研究必须把鲁迅置放在他生存的那个时代的世界性平台上给予思考,这样才可能全面且准确地透视鲁迅。说到底,也就是把鲁迅置放在比较文学研究的空间中给予多方位的透视,才可以把握一个全面且立体的、深具世界性的鲁迅。因为鲁迅及其文学创作不仅走出国门走向了世界,对中国读者与世界上其他国家的读者都有着深刻的影响,而且在其创作与书写进程中,也深受世界上其他国族的作家及其作品的影响。

1902年春(日本明治三十五年),鲁迅带着"走异路,逃异地,去寻求别样的人们"②的人生追求和文化选择"别求新生于异邦",东渡日本留学。明治维新之后日本文坛对西方盛行的各种主义和诸种文学思潮的吸收与引进,特别是当时高涨的"尼采热"及其个人至上主义、超人哲学、唯意志论等,不仅让鲁迅深受冲击并为之"深深倾倒"③,并且这些来自西方的哲学思潮对他早期的文艺思想、文学创作乃至精神气质都产生了不可忽视的重

---

① 鲁迅:《中国新文学大系·小说二集》导言,蔡元培:《中国新文学大系导论集》,上海书店1982年影印版,第124页。
② 鲁迅:《呐喊》自序,《鲁迅论创作》,上海文艺出版社1981年版,第3页。
③ [日]伊藤虎丸:《鲁迅早期的尼采观与明治文学》,孙猛、徐江、李冬木译,北京大学出版社2005年版,第41页。

要启示和影响①。在其早年发表于《河南》杂志上的《摩罗诗力说》《文化偏至论》《破恶声论》等文论中,鲁迅不仅欣赏并大力推崇以拜伦、裴多菲、密茨凯维支等为代表的西方摩罗诗派和摩罗诗人,认为西方摩罗诗派和摩罗诗人"立意在反抗,指归在动作","不为顺世和乐之音,动吭一呼,闻者兴起"②,而且他在重新整合与审视东西方两种文明的基础上,提出并确立了其以"立人"为核心的启蒙理念与救国主张:"尊个性而张精神";"掊物质而张灵敏,任个性而排众数"③;"角逐列国是务,其首在立人,人立而后凡事举"④。在风雨飘摇、民族亟待救亡图存的年代,鲁迅热忱地呼唤中国的"精神界之战士"与尼采式的"超人"和"英哲",期待他们能"作至诚之声,致吾人于善美刚健",能"作温煦之声,援吾人出于荒寒"⑤,并最终唤醒国民大众,振奋其精神、鼓舞其斗志、拯救国家民族于危难之中。

在某种程度上,可以说,在日本留学期间,鲁迅在欧风美雨的洗礼与西方先进异质文明的耳濡目染中,切身体验到"愚弱"的国民在思想文化和意识形态领域进行启蒙与革命的迫切性和

---

① 鲁迅曾多次征引尼采语句并阐发尼采的思想:"若夫尼怯,斯个人主义之至雄桀者矣,希望所寄,惟在大士天才;而以愚民为本位,则恶之不殊蛇蝎。意盖谓治任多数,则社会元气,一旦可瀝,不若用庸众为牺牲,以冀一二天才之出世,递天才出而社会之活动亦以萌,即所谓超人之说,尝震惊欧洲之思想界者也。……惟超人出,世乃太平。苟不能然,则在英哲。"(鲁迅:《文化偏至论》,《鲁迅全集》第1卷,人民文学出版社2005年版,第53页。)《摩罗诗力说》开首鲁迅便引用尼采《查拉图斯特拉如是说》一书中的话作为题辞:"求古源尽者将求方来之泉,将求新源。嗟我昆弟,新生之作,新泉之涌于渊深,其非远矣。"(鲁迅:《摩罗诗力说》,《鲁迅全集》第1卷,人民文学出版社2005年版,第65页。)他后来还翻译了尼采《查拉图斯特拉如是说》一书的序言,并在他的文学创作中多次提到尼采。
② 鲁迅:《摩罗诗力说》,《鲁迅全集》第1卷,人民文学出版社2005年版,第68页。
③ 鲁迅:《文化偏至论》,《鲁迅全集》第1卷,人民文学出版社2005年版,第47页。
④ 同上书,第58页。
⑤ 鲁迅:《摩罗诗力说》,《鲁迅全集》第1卷,人民文学出版社2005年版,第102页。

第四章 "走进来":被"本土化"了的世界性

重要性。同时,他也意识且关注到了文艺"转移性情、改造社会""改变国民精神"的工具作用,文艺也成为鲁迅最初以"立人"为核心的启蒙理念和救国理想的主要载体与具体实施途径。而在其以《呐喊》和《彷徨》等为代表的"表现深切""格式特别"的系列小说中,鲁迅不仅将其"立人"的文艺启蒙之理念与"为人生""改良人生"的工具意识,从观念层面具体化到实际的文学创作和实践行动中,而且他可以据守跨民族与跨文化的比较视域和他者立场,在东西方两种文明的冲突与整合之中,重新审视和反观中国本土几千年封建传统文化所沉积的落后与封闭。同时,鲁迅也通过其"取法外国作家""先前看过的百来篇外国作品"所形成的多样现代的小说书写技巧,及其"博采众家,取其所长"的创新体式,对旧中国"吃人的"、造就出愚弱国民的封建专制文化和旧社会病根,进行了彻底的暴露、全面的抵抗和毫不妥协的批判。

鲁迅笔下的"鲁镇",也一如福克纳的"约克纳帕塔法县"、马尔克斯的"马孔多镇"、沈从文的"湘西"、莫言的"高密东北乡"等,走出国门、开阔眼界的鲁迅,在其精心营造的"鲁镇"这一典型意境中,借助西方现代文化思想与先进的价值观念的参照和折射,立足于启蒙与救亡的现实境遇和实际需求,开始反思与批判落后保守的传统文化积习。

在鲁迅的小说创作中,他把西方的启蒙主义精神引入,作为一束思想之光透向中国社会愚昧的阴暗处,也正是如此,鲁迅塑造了一系列遮蔽在传统的阴影下、麻木、愚昧的人物形象。在《狂人日记》中,鲁迅借狂人之口对封建礼教"四千年""吃人"历史给予控诉和批判;在《阿Q正传》中,鲁迅对以"精神胜利法"自处的阿Q"哀其不幸,怒其不争";鲁迅笔下书写的下层知识分子孔乙己深受封建腐朽思想和科举制度的毒害,其"窃书不算偷书"的生存信条实在是愚昧无能和迂腐不堪;闰土人到中年,却依然深陷于封建迷信的泥沼中,对自己的悲苦麻木和穷困不幸全然不知其所以然;鲁迅也刻画了遭受传统礼教迫害与摧残的祥林嫂,以极为细腻的笔法叙述了祥林嫂对"灵魂"的怀疑与追问;最令人震惊且无奈的是,鲁迅讲述了华老栓的故事,书写了华老栓用浸染革命者鲜血的馒头治疗肺痨的迷信守旧,也描述了《示众》中伸长脖子围观杀头的看客们的满足与漠然。上述一系列麻木于中国传统中的愚昧人物形象,是那个时代生存在中国本土社会底层之劳苦大众的缩影,如果没有西方启蒙主义之光的照射与反差,那个时代的大众一定会把这些麻木与愚昧的人物视作生活常态的本然。而"走异路、逃异地""别求新生于异邦"的鲁迅具备融汇东西方的知识结构和跨文化的比较视域,他可以据守他者立场,反观和透视古老中国沉积已久的封闭和黑暗,并在他的小说创作中对之进行了细致入微的剖析和鞭辟入里的批判。

应该说,鲁迅在他的书写中,是把启蒙精神贯彻到底的,他对旧中国底层民众不幸的遭遇及其灰色人生给予暴露和揭示,对"沉默的国民的灵魂"在质疑中有着深入骨髓的刻画,对扭曲的国民精神和愚化甚至奴化的国民性格在其小说的书写中给予展示性的反思。当然,鲁迅更把自己的思考透射至中国传统文化的无意识底层,他对绵延数千年的封建专制主义、封建礼教、封建等级观念及愚民政策给予抨击和颠覆。鲁迅的小说创作不仅蕴含着他个人复杂深刻的生命体验,也蕴含着鲁迅企图"改造国民性"、启蒙国民思想、重建本土文化的主旨和努力,同时也是其对中国传统士人家国意识和担当情怀的承继与认同。也正因为他是把他那个时代遮蔽中国社会的封建与蒙昧,置放在正在发展的世界文化景观下给予反观与批判,鲁迅成为那个时代对中国传统文化及国族意识形态充满忧患意识的公共知识分子。

第四章 "走进来":被"本土化"了的世界性

鲁迅在走上文坛之后,在从事小说创作时"博采众家,取其所长",他所"仰仗"的是"先前看过的百来篇外国作品",他对西方文学思潮的现代意识与现代小说书写技巧也有着充分了解。作为从中国传统文化中浸润与成长起来的人物,鲁迅自小学习四书五经,他接受过系统的封建正统教育,熟读过《鉴略》《古文苑》《唐代丛书》《太平广记》《山海经》等古典文献读本,并在广泛的阅读经验中接触和涉猎了大量的中国民间故事、神话历史、山野传说和野史杂记。虽然他曾对传统文化的落后、封闭、停滞、腐朽等负面性,进行过激烈的批判和深入的揭剖,但鲁迅无法全然割断自己与传统千丝万缕的逻辑联系。

鲁迅拥有开眼看世界之后全新的世界性眼光,同时,也具备深厚的中国本土古典文化素养,他不仅对唐人传奇、宋金话本、明清章回小说等古典文学遗产进行了创造性的借鉴和吸收,其文学创作也带有浓重的民族特色和鲜明的地方色彩。在《论中国现代小说》一文中,李欧梵曾经谈到中国文学传统中的"固有素质"对鲁迅及"五四"一代小说家们所产生的"根深蒂固"的影响:"虽然可以说五四短篇小说主要是模仿西方,但是我仍然认为,中国文学的某种固有素质还是起了作用。""鲁迅在他的两个小说集中始终试验用新的方法和技巧去观察现实。……鲁迅小说多样化的特征似乎与传统文章形式对他的残余影响有关。鲁迅作为短篇小说家的实践证明了在把古典散文体裁转变为现代小说时,文人文学的影响是根深蒂固的。"[①]当我们在讨论鲁迅受外域先进文化的影响时,当然也不能忘却鲁迅也是生存在中国本土传统文化中的一位作家和学人,李欧梵特别强调这一点,可

[①] [美]李欧梵:《论中国现代小说(摘要)》,邓卓译,《中国现代文学研究丛刊》1985年第3期。

以说,他对鲁迅的评价是非常公允的。

《故乡》《社戏》《伤逝》等是鲁迅的散文体小说代表,他的散文体小说不仅拥有中国文学传统中源远流长的抒情、感伤、含蓄、意境之美,而且开创了中国现代小说的抒情流脉。他以鲁镇、未庄、乌镇等为背景的颇具地域文化底蕴和民俗特质的小说作品,也成为中国现代文学史上乡土题材小说的滥觞。除此之外,鲁迅也曾从旧戏、年画甚至"新年卖给孩子看的花纸"与中国古典美学中的注重"形神""神似"的传神写意理论中,汲取带有民族特点和本土特色的表现手法与书写技巧,并构成其小说创作中精练含蓄、注重白描、善于高度概括等典型的风格特点和审美特征。

> 所以我力避行文的唠叨,只要觉得够将意思传给别人了,就宁可什么陪衬拖带也没有。中国旧戏上,没有背景,新年卖给孩子看的花纸上,只有主要的几个人(但现在的花纸却多有背景了),我深信对于我的目的,这方法是适宜的,所以我不去描写风月,对话也决不说到一大篇。①
>
> 忘记是谁说的了,总之是,要极省俭的画出一个人的特点,最好是画他的眼睛。我以为这话是极对的,倘若画了全副的头发,即使细得逼真,也毫无意思。我常在学学这一种方法,可惜学不好。②

其实,我们在谈及中国传统文化时,也不必笼而统之地把全部中国古代历史打入愚昧与黑暗中,或者机械地重复"五四"那个时

---

① 鲁迅:《我怎么做起小说来》,《鲁迅论创作》,上海文艺出版社1981年版,第43页。
② 同上书,第44页。

代的文化偏激与否定症,除去陈腐的封建糟粕,上下五千年的中国传统文化还是以其沉淀的古老文明,成就了中国立足于世界国族之林的伟岸与灿烂。

在《论"旧形式的采用"》一文中,谈到"旧形式"的采取、"新形式"的探求时,鲁迅则主张可以从历代文化的"古董"中"取法","留其精粹",加以"导引",加以"提炼",并由此得以"变革",得以滋生"新体"。可以说,鲁迅对待中国传统文化的立场是相当正面的,他在《论"旧形式的采用"》一文中表达得极为清楚。

> 我想,唐以前的真迹,我们无从目睹了,但还能知道大抵以故事为题材,这是可以取法的;在唐,可取佛画的灿烂,线画的空实和明快,宋的院画,萎靡柔媚之处当舍,周密不苟之处是可取的,米点山水,则毫无用处。后来的写意画(文人画)有无用处,我此刻不敢确说,恐怕也许还有可用之点的罢。这些采取,并非断片的古董的杂陈,必须溶化于新作品中,那是不必赘说的事,恰如吃用牛羊,弃去蹄毛,留其精粹,以滋养及发达新的生体,决不因此就会"类乎"牛羊的。①

公允地讲,如果学界只把鲁迅视为一位否定传统文化的偏激者,这一立场的持有者本身就是偏激的。我们再来阅读鲁迅在《论"旧形式的采用"》这篇文章中的接续性表述:"旧形式是采取,必有所删除,既有删除,必有所增益,这结果是新形式的出现,也就是变革。"②我们应该指出,鲁迅不仅是西方先进文化的拿来主义者,更是中国传统文化的拿来主义者与现代变革者。在《而已

---

① 鲁迅:《论"旧形式的采用"》,《鲁迅论创作》,上海文艺出版社1981年版,第664页。
② 同上书,第665页。

集·当陶元庆君的绘画展览时》一文中,鲁迅也称赞陶元庆的绘画作品以新的"形"(形式)、新的"色"(色彩)写出了"中国向来的魂灵",即"内外两面,都和世界的时代思潮合流,而又并未梏亡中国的民族性",因而必须用"存在于现今想要参与世界上事业的中国人的心里的尺"来衡量,才能懂得他既继承和发扬传统,又在此基础上取得现代性和世界性的绘画艺术①。

论及中国现代文学,鲁迅认为跟艺术、绘画与木刻一样,现代文学也要强调民族性、本土性和地方色彩,并据此"打出世界上去",与世界先进的时代思潮合流,在世界文学之林中求取自身应有的地位和价值:"现在的文学也一样,有一地方色彩的,倒容易成为世界的,即为别国所注意。打出世界上去,即于中国的活动有利。"②鲁迅自己的文学创作曾深受西方现代文艺思潮以及果戈理、安特莱夫、契诃夫、显克微支、夏目漱石和森鸥外等外国作家的启示和影响,同时,在审美情感、价值判断、主题呈现与情怀担当中,他又时常自觉不自觉地回到中国传统的文化系统中去,体现出鲜明的本土特色和民族元素,并在审美与表现的层面上具备了普遍的"世界性"意义。作为先驱者和"民族脊梁"的

---

① 在《而已集·当陶元庆君的绘画展览时》一文中,鲁迅谈到了陶元庆绘画作品中的民族性和世界性:"陶元庆君绘画的展览,我在北京所见的是第一回。记得那时曾经说过这样意思的话:他以新的形,尤其是新的色来写出他自己的世界,而其中仍有中国向来的魂灵——要字面免得流于玄虚,则就是:民族性";"陶元庆君的绘画,是没有这两重桎梏的。就因为内外两面,都和世界的时代思潮合流,而又并未梏亡中国的民族性";"但我并非将欧化文来比拟陶元庆君的绘画。意思只在说:他并非'之乎者也',因为用的是新的形和新的色;而又不是'Yes''No',因为他究竟是中国人。……必须用存在于现今想要参与世界上事业的中国人的心里的尺来量,这才懂得他的艺术"(鲁迅:《而已集·当陶元庆君的绘画展览时》,《鲁迅全集》第3卷,人民文学出版社2005年版,第573—574页)。

② 鲁迅:《致陈烟桥》(1934年4月19日),《鲁迅全集》第13卷,人民文学出版社2005年版,第81页。

鲁迅,他对本土文化的重建和对整个中国现代文学的期待也正是如此。

第四节 突围与变异:新文体的生成与中国文学的现代转型

世界性和本土性在中国五四新文学时代融汇与整合,构成了那个时代的文学史流脉,并且这种世界性和本土性融汇与整合的流脉必然是通过一个个作家群体的集体书写行为呈现出来的,绝不是一位作家的孤独行为。让我们的思路再从郁达夫延展下去。

郁达夫在谈到"五四"运动与中国新文学的关系时,曾在《现代小说所经过的路程》《五四文学运动之历史的意义》《小说论》等文章中,充分肯定并指出"五四"运动打破了中国文学传统中淤积的闭关锁国主义,促成了中国现代的"真正文艺复兴",中国从此"处入了世界呼吸的神经系统之下"开始与世界接轨,而中国文学也因此得以在世界性的文学潮流中进入了"欧洲各国的小说系统"和"世界文学的洪流",成为"世界文学的一枝一叶"①。

在《小说论》一文中,郁达夫不仅明确地指出中国现代小说在观念、内容、技巧、结构等方面都深受西洋近代小说的影响,而且认为"现代我们所说的小说",与其说是"中国文学最近的一种

---

① "最重要的一点,是因五四一役,而打破了中国文学上传统的锁国主义;自此以后,中国文学便接上了世界文学的洪流,而成为世界文学的一枝一叶了。如封建思想的打倒,德谟克拉西的提创,民族解放的主张等等,是风靡世界的当时的倾向。中国自五四以后,才处入了世界呼吸的神经系统之下,世界一动,中国便立时会起锐敏的感觉而呈反应。"(郁达夫:《五四文学运动之历史的意义》,《郁达夫全集》第11卷,浙江大学出版社2007年版,第82页。原载于《文学》月刊1933年7月1日创刊号。)

新的格式",还不如说是"中国小说的世界化"比较妥当①。我们来细读郁达夫在《小说论》一文中所给出的以下表述：

> 新文学运动起来以后,五六年来,翻译西洋的小说及关于小说的论著者日多,我们才知道看小说并不是不道德的事情,做小说亦并不是君子所耻的小道。并且小说的内容,也受了西洋近代小说的影响,结构人物背景,都与从前的章回体,才子佳人体,忠君爱国体,善恶果报体等不同了。②

如果说,中国古代文学承载了中国文化传统的本土精神,外国文学承载了异域文化传统的世界精神,那么,中国现代文学恰恰是汇通中国文化传统之本土精神与异域文化之世界精神的第三种文学。一部中国现代文学发展史,在某种程度上也可以被认为是一部中国现代文学深受外域异质文化影响的流通史,而在中国文学从古典走向现代,加入世界性文学潮流,成为"世界文学的一枝一叶"这一进程中,毋庸置疑,无论是在文学理论的建构上,还是在文学创作的实践上,具有留学背景的中国现代知识分子都起到了至关重要的开创与建设作用。

在整体的逻辑划分上,我们可以把那个时代出国留学的中国知识分子界分为留学西洋与留学东洋的两大群体,无论是留学欧美的胡适、徐志摩、闻一多、林语堂、冰心、巴金、朱光潜、梁宗岱、宗白华,还是留学日本的鲁迅、周作人、郭沫若、郁达夫、成仿吾等,无论他们是游走在西方还是东方,无论是在异国他乡书

---

① 郁达夫：《小说论》,《郁达夫文集》第5卷,花城出版社1982年版,第2页。上海光华书局1926年初版。
② 同上。

写还是在中国本土书写，他们始终以敞开的心态去接受并认同异域先进的思想文化和文学艺术思潮。他们具备融汇中西的知识结构、自觉的世界文学立场和开阔的多元文化视域，同时，他们拥有开创与建设的勇气和热情。在跨语言、跨民族、跨文化的汇通性比较与整合中，他们不仅将西方文化及其异质元素带入中国本土，而且"移植"于他们个人的文学活动和文学创作中去，书写出融汇本土民族性与外域世界性的互文性文本。

不同于纯粹在本土获取知识与学历的知识分子，这批留学归国的知识分子具有世界性文学价值的拣选眼光，也更了解中国本土文学的民族价值性。他们有着操用多国语言的能力和造诣，可以根据时代、社会和新文学的发展需求，选择并坚持不懈地把西洋与东洋彼时盛行的诸种文艺思潮和文学运动翻译介绍至中国本土。在文学创作的内容与形式、价值论与方法论等维度上，他们可以借鉴外域作家作品的元素，对中国古代文学进行恰切的革新和承续性的现代化构建，在那个特定的时代有效地打破且颠覆了传统文学的落后观念与封闭的文学格局，促成了中国现代的"真正文艺复兴"。需要提醒学界注意的是，这批留学归国的知识分子不仅在文学创作上有着社会介入性与试验性的丰硕成果，关键还在于，他们还有着非常厚重的学术功底，撰写了大量的理论文章与理论专著，以自觉的文学理论意识介入并推动着中国新文学运动的崛起与发展。而他们的理论建构与诗性书写不仅构成了那个时代独有的文化资源，影响着现代文学的整体走向和创作风貌，而且借此将中国文学推进至世界文学的洪流之中，并以自觉的世界性文学立场和超越民族的普世情怀而成为"世界文学的一枝一叶"。

在中国近现代文学史上，在19世纪末的维新运动前后，为适应社会改良与社会变革的要求，已经出现了"诗界革命""小说界革命"和"文界革命"。历史总是在一个特定的时段被脉动的总体思潮所推动着前行,晚清的裘廷梁等人也曾呼吁并提倡过白话文,事实上,在那个时段的历史底层已经开始涌动着文学革新的意味和尝试。他们要求改变并突破封闭落后的传统文学观念和文学表现形式,并为1917年文学革命的兴起与发展蓄势,提供动力和契机。但这一系列的文学变革和尝试还仅仅是一个序曲,并没有在思想观念的层面和语言表达的形式上真正有所突破与转变。

直到1917年前后"五四"新文化运动的开展和随后文学革命的出现,以陈独秀、胡适、钱玄同、刘半农、周作人、鲁迅等为代表的留学归国知识分子,高举文学革命的大旗,彻底反对封建伦理思想和文化专制主义,反对文言,提倡白话,反对旧文学,提倡新文学,在思想文化和意识形态领域掀起了前所未有的解放思潮与巨变。如果我们反思中外历史与文学史的发展脉络,就不难注意到,在历史更替时,文学总是被那个时代的知识分子作为批判与抵抗旧时代的利器,盛载并表达着在历史转型时期国家、民族与社会所赋予它的使命,文学在反讽的价值表达与隐喻的审美修辞中成为让知识分子思想澄明于天下的诗性书写。也正是如此,文学在"五四"前后获取了自身前所未有的伟岸和价值,文学在那个特定时代的神圣性全部凸显于此,文学史也成为那个特定时代历史的主要构成部分。

胡适和陈独秀及其《文学改良刍议》《文学革命论》等"战斗檄文",主张从语言、文体、形式等方面打破传统文言的束缚,建立适应现代社会发展的"活的文学",他们以坚定的文学革命立场和彻底不妥协的激进态度,揭开了规模空前的新文化运动的序幕。周作人倡导"人的文学""平民的文学",他直接将西方的人道主义吸收并引至中国,他的文学价值观不仅打破了传统文学一向推崇的"文以载道",而且从思想内容上为现代新文学的

第四章 "走进来":被"本土化"了的世界性

发展指明了具体的方向。鲁迅、郭沫若、郁达夫、闻一多、徐志摩、林语堂、冰心、巴金、田汉等现代作家及其深具本土元素与异域精神的诗歌、小说和戏剧创作,无疑是中国现代文学不可或缺的重要组成部分。我们甚至可以断言,一部中国现代文学史,无论是它的发生还是它的发展,都离不开20世纪初留欧美和留日知识分子这两个特殊的群体及其理论建构与诗性书写。

在《中国近代思想史上的胡适》一书中,余英时尊称胡适为"20世纪中国学术思想史上的一位中心人物"[①],同时,我们也认为胡适是"中国现代自由主义先驱"和"中国文艺复兴之父"。汤一介在其主编的《北大校长与中国文化》一书中也对胡适作出过比较中肯的评价:"他没有完成什么,却几乎开创了一切",事实上的确如此。

胡适曾深受美国学术文化的影响,终其一生都辗转徘徊于中西文学、中西哲学、中西政治、中西教育及相关中西学术构成的互文场域中。回国以后,他又以先驱者的姿态及先锋性倡导,在新文学的理论建构、具体的创作实践以及文学批评等诸多领域成为具有首创之功的开风气者,也推动着那个时代的文学挣脱一切封建落后的束缚,在新旧文化的交替与更迭中追寻现代性与个体情感的自由表达。在《文学改良刍议》《历史的文学观念论》《建设的文学革命论》《五十年来中国之文学》以及后来的《逼上梁山》《中国的文艺复兴运动》等文章中,留学欧美多年的胡适基于西方自由主义的立场,以先驱者的姿态积极倡导白话文学、活的文学与国语的文学,主张用白话和言文一致的"国语"取代陈腐落后、言文脱节的古文,确立现代的白话语言系统,以

---

① [美]余英时:《中国近代思想史上的胡适》,联经出版事业公司1984年版,第7页。

促成文学工具和文学内容两个层面的革新与解放,破坏并废除旧形式,倡导并建立新形式,进而借助新的语言形式和活的语言工具来表现新时代的情感与思想,传播新思想新观念。胡适坚定地践行"五四"文学革命和思想启蒙的功利性目的,他在《中国新文学大系建设理论集导言》中有如下表述:"我们的中心理论只有两个:一个是我们要建立一种'活的文学',一个是我们要建立一种'人的文学'。前一个理论是文字工具的革新,后一种是文学内容的革新。中国新文学运动的一切理论都可以包括在这两个中心思想的里面。"[1]实际上,胡适激进且反传统的思想在他的多篇文章中不断呈现出来。让我们再来细读胡适在《逼上梁山》一文中的言说:

> 一部中国文学史只是一部文字形式(工具)新陈代谢的历史,只是"活文学"随时起来替代了"死文学"的历史。文学的生命全靠能用一个时代的活的工具,来表现一个时代的情感与思想。工具僵化了,必须另换新的,活的,这就是"文学革命"。[2]

当下中国处在全球化推动的后工业高科技文明与资本操控的时代,文学在大众读图的时代逐渐被边缘化了,我们是否可以像"五四"那样,在创作与理论两个维度上呼唤文学再度成为担当历史使命感与社会责任感的神圣书写呢?

胡适的《文学改良刍议》在1917年刊发后,在沉寂已久的中国

---

[1] 胡适:《中国新文学大系·建设理论集导言》,蔡元培等:《中国新文学大系导论集》,上海良友复兴图书印刷公司1940年版,第30页。
[2] 胡适:《逼上梁山》,陈金淦编:《胡适研究资料》,北京十月文艺出版社1989年版,第134页。

第四章 "走进来":被"本土化"了的世界性

文坛上掀起了滔天巨浪,他从"一时代有一时代之文学"的历史进化论的观点出发,正式提出了"文学革命"的口号。胡适深受欧美意象主义和美国诗人、文学评论家庞德的影响,在诗学的理念上,还接受了庞德"不使用多余的词,不使用言之无物的修饰语、避免抽象、不要藻饰"等创作美学原则,并把庞德的美学原则带入自己的文学价值判断立场中,明确指明了文学革命的"八不主义":"须言之有物、不摹仿古人、须讲求文法、不作无病之呻吟、务去烂调套语、不用典、不讲对仗、不避俗字俗语。"①他从语言形式即从工具论的角度肯定白话文学的地位和价值,并以此作为其批判与摆脱旧文学、创建新文学的突破口。《文学改良刍议》是一篇在中国现代文学史上最早公开发表的倡导文学革命的文章,这篇文章发表后,迅速得到陈独秀、钱玄同、刘半农等人的呼应和声援,并由此引发了中国现代文坛上轰轰烈烈的"五四"白话文运动。

而在1918年发表的《建设的文学革命论》一文中,胡适在革新文字工具与解放文学表现内容的基础上,又明确提出了"国语的文学,文学的国语"这一文学革命的宗旨与立场,并从推动汉语变革的角度将"五四"文学革命引向具体和深入。"我的《建设的文学革命论》的唯一宗旨只有十个大字:'国语的文学,文学的国语'。我们所提倡的文学革命,只是要替中国创造一种国语的文学。有了国语的文学,方才可有文学的国语。有了文学的国语,我们的国语才可算得真正的国语。国语没有文学,便没有生命,便没有价值,便不能成立,便不能发达。这是我这一篇文字的大旨。"②正如郑振铎在《中国新文学大系·文学论争集导言》所评价的那样,《建设的文学革命论》是胡适及其声援者"讨论了

---

① 胡适:《文学改良刍议》,《新青年》1917年1月1日第2卷第5号。
② 胡适:《建设的文学革命论》,《新青年》1918年4月15日第4卷第4号。

两年的一篇总结论,也可以说是一篇文学革命的最堂皇的宣言"①。文章发表后引发了支持者和反对者执守各自立场的空前论争,并且论争最终达向前所未有的社会反响。也因此,现代白话文运动很快发展为一场声势浩大以至波及民族意识形态的运动,在全国蔓延开来,当时的教育部也于1920年1月正式颁布命令,要求国民学校低年级国文课教育统一运用语体文,即现代白话文。

胡适汇通中西的现代文学观念和文学理论主要在语言和形式方面为"五四"新文学开辟了道路,为中国文学的现代转型提供了必要的理论支撑及新的载体,这一切深深影响了那个时代知识分子及中国民众的思维方式和审美方式。再来让我们反思同期的另一位知识分子周作人。

周作人当时也先后撰写了一系列文章以表达自己的文学立场,如《人的文学》《平民的文学》《新文学的要求》等。不同于胡适的是,周作人有着自己评价社会与历史的视点,他更多地关注"人的问题",主张把人从传统封建观念的束缚和压制下解放出来,并深入挖掘人之为人的意义和存在价值。《人的文学》当时被胡适誉为"最平实伟大的宣言""当时关于改革文学内容的一篇最重要的宣言"②。在这篇文章中,周作人吸收并引入在西方

---

① 郑振铎:《中国新文学大系·文学论争集导言》,《中国新文学大系导论集》,上海良友复兴图书印刷公司1940年版,第53页。
② 胡适曾在《中国新文学大系·建设理论集导言》中谈道:"《新青年》(五卷六号)发表的周作人先生的《人的文学》。这是当时关于改革文学内容的一篇最重要的宣言","这是一篇最平实伟大的宣言(他的详细节目,至今还值得细读)。周先生把我们那个时代所要提倡的种种文学内容,都包括在一个中心观念里,这个观念他叫做'人的文学'。他要用这一个观念来排斥中国一切'非人的文学'(他列举了十大类)来提倡'人的文学'。他所谓'人的文学',说来极平常,只是那些主张'人情以内,人力以内'的'人的道德'的文学。"(胡适:《中国新文学大系·建设理论集导言》,《中国新文学大系导论集》,上海良友复兴图书印刷公司1940年版,第43—44页。)

19世纪欧洲文学发展中起过重大作用、后又被大和民族所接受并盛行于日本文坛的人道主义,即他所谓的"一种个人主义的人间本位主义"①,并结合中国五四新文学运动个性解放、除旧布新、思想启蒙的主要使命,彻底地反对传统的"色情、鬼神、神仙、妖怪、奴隶、强盗、才子佳人、下等谐谑、黑幕"等十大类旧文学或"非人的文学",倡导一种对"人生诸问题"进行的观察、研究与分析,主张人性自由发展的"人的文学"。他还分别从正面和侧面对"人的文学"进行了具体的要求和归纳:

> (一)是正面的,写这理想生活,或人间上达的可能性;(二)是侧面的,写人的平常生活,或非人的生活,都很可以供研究之用。这类著作,分量最多,也最重要。因为我们可以因此明白人生实在的情状,与理想生活比较出差异与改善的方法。②

在1919年年初,周作人又刊发了《平民的文学》一文,这篇文章明确了普遍、真挚的"平民文学"这一鲜明而独特的文学观念。他一反中国传统文学承袭的"文以载道""才子佳人""神仙鬼怪"等创作内容,强调文学要以人——特别是以"平民的生活"为中心,记录"世间普通男女的悲欢成败",达到反映并提高平民生活水平的目的。周作人提出:"平民文学应以普通的文体,写

---

① 周作人对西方"人道主义"进行了创造性的吸收和转化:"我所说的人道主义,并非世界所谓'悲天悯人'或'博施济众'的慈善主义,乃是一种个人主义的人间本位主义",它要求"从个人做起。要讲人道,爱人类,便须先使自己有人的资格,占得人的位置"(周作人:《人的文学》,杨扬编:《周作人批评文集》,珠海出版社1998年版,第32页)。

② 出处同上。

普遍的思想与事实。我们不必记英雄豪杰的事业,才子佳人的幸福,只应记载世间普通男女的悲欢成败。因为英雄豪杰才子佳人,是世上不常见的人;普通的男女是大多数,我们也便是其中的一人,所以其事更为普通,也更为切己。"①周作人接着论述道:"平民文学应以真挚的文体,记真挚的思想与事实。既不坐在上面,自命为才子佳人,又不立在下风,颂扬英雄豪杰。只自认是人类中的一个单体,混在人类中间,人类的事,便也是我的事。"②周作人在那个时代所倡导的平民文学,我们操用一个当下的同义术语转换,就是后现代文化时代的通俗文学,然而有所不同的是,周作人所倡导的平民文学是"人的文学",而当下所弥漫的通俗文学很大一部分则是在网络上流行的商业文学与媚俗文学,当然也有一部分被印刷成为纸介文本。周作人所倡导的"人的文学"或"平民文学",在其书写的叙事情结与人物塑造中充满着贴着地面行走的大众灵韵——"aura",而后现代文化语境下的通俗文学,其背后的资本操控使其失落了文学作为审美表达应该含有的这种灵韵。

再让我们的思路回到周作人的文学立场那里去。

周作人提出并重新阐释"人的文学"与"平民文学"等理论主张,在这一理论主张中所包含的理论指涉性是相当丰富的,其涉及文学是"人性的"而非"兽性的""神性的"等问题,也涉及文学是"人类的"更是"个人的"③等文学观念和文学本质的强调和倡导。周作人的立场不仅标志着新文学与旧文学的本质性区别,并且也与"五四"时期个性解放、个人自由和思想启蒙的时代大

---

① 周作人:《平民的文学》,《周作人批评文集》,珠海出版社1998年版,第39页。
② 同上。
③ 周作人:《新文学的要求》,《周作人批评文集》,珠海出版社1998年版,第43页。

潮相呼应。在某种程度上,我们可以说,周作人的理论建构也把新文学初始阶段,胡适、陈独秀等所提出的"五四"文学革命的内容具体化和现代化,并由此成为"五四"一代作家特别是"为人生派"创作的理论基础和文学宣言,对当时以及后来的文学运动和文学创作活动均产生了广泛而深远的影响。

不啻如此,胡适、周作人、田汉等人还在中国现代文学史上首次对新文学的文体如诗歌、散文、小说、戏剧的艺术特征和创作要求作出颇具现代性意义的界定和阐释,真正使得中国文学开始与世界接轨,并具备了现代性特质。对于小说而言,中国古典文学传统上历来将其鄙视为"稗官野史""末技""小道",不登大雅之堂,近代梁启超等人曾基于其开启民智、政治教化和社会改良的目的,创办《新小说》杂志、提倡"小说界革命",打破了千百年来轻视小说的传统偏见,并在《论小说与群治之关系》等文章中,将其性质和功能提高至"文学之最上乘"的美学地位,使其与治国安邦和政治变革形成了紧密的逻辑联系。梁启超在《论小说与群治的关系》一文指出:

> 欲新一国之民,不可不先新一国之小说。故欲新道德,必新小说,欲新宗教,必新小说;欲新政治,必新小说,欲新风俗,必新小说;欲新学艺,必新小说;乃至欲新人心,欲新人格,必新小说。[①]

1918年3月,胡适在北京大学国文研究所小说科作了关于"短篇小说"的演讲,这可以被认为是中国现代文学史上第一篇

[①] 梁启超:《论小说与群治的关系》,候宜杰选注:《梁启超文选》,百花文艺出版社2006年版,第80页。

关于小说的专论。他从文学进化发展的角度出发，不但充分肯定了小说这一文体在文学史上的正宗地位，而且从题材、内容、结构、方法等方面，对短篇小说作出了现代而又具体的界定和要求。那么，何为"短篇小说"？胡适认为短篇小说"是用最经济的文学手段，描写事实中最精彩的一段，或一方面，而能使人充分满意的文章"①。胡适引用战国楚大夫宋玉《登徒子好色赋》中的"增之一分则太长，减之一分则太短；着粉则太白，施朱则太赤"来形象地说明何为"经济"的手段，他还以法国作家都德（Daudet）和莫泊桑（Maupassant）两人所作的关于普法战争的小说如《最后一课》(*La dernière classe*)、《柏林之围》(*Le Siege de Berlin*)、《二渔夫》(*Deuxamis*)等为例，具体分析如何用"最经济"的手腕，去描写一件大事中最精彩的一段或一面②。

在发表于1918年4月的《建设的文学革命论》一文中，胡适也对小说的选材内容、剪裁布局、结构方式、描写手法等作出了具体的诠释。比如，他强调小说的材料决不能仅仅局限于传统、滞后与守旧的"官场、妓院与龌龊社会"这三个区域，尽管贫民社会如"工厂之男女工人，人力车夫，内地农家，各处大商贩及小店铺，一切痛哭情形"，都不是近代小说的描述对象，也不曾"在文学上占一个位置"，但胡适希望现代小说能够扩大题材和描述范围。他认为："今日新旧文明相接触，一切家庭惨变、婚姻痛苦、女子之位置、教育之不适宜……种种问题，都可供文学的材料。"③与此同时，他还强调创作小说时要"注意实地的观察和个人的经验"，并用"周密的理想作观察经验的补助"，"把观察经验

---

① 胡适：《论短篇小说》，《胡适论文学》，安徽教育出版社2006年版，第83页。
② 同上。
③ 胡适：《建设的文学革命论》，《胡适论文学》，安徽教育出版社2006年版，第23页。

的材料,一一的体会出来,一一的整理如式,一一的组织完全:从已知推想未知的,从经验过去的推想到不曾经验过的,从可观察的推想到不可观察的"①。接着,胡适明确指出小说结构的重要性,认为"有了材料,第二步须要讲究结构",并分别从"剪裁"和"布局"两个部分详细说明了"做什么"与"怎么做"②,在此基础上进一步提出四条具体的描写方法,即"写人、写境、写事、写情"。

那么现代小说该如何"写人、写境、写事、写情"呢?胡适引用《红楼梦》《老残游记》《金瓶梅》等中国古典名著来具体阐释小说撰写的方法:"写人要举动、口气、身分、才性……都要有个性的区别:件件都是林黛玉,决不是薛宝钗;件件都是武松,决不是李逵。写境要一喧,一静,一石,一山,一云,一鸟……也都要有个性的区别:《老残游记》的大明湖,决不是西湖,也决不是洞庭湖;《红楼梦》里的家庭,决不是《金瓶梅》里的家庭。写事要线索分明,头绪清楚,近情近理,亦正亦奇。写情要真,要精,要细腻委转,要淋漓尽致。——有时须用境写人,用情写人,用事写人;有时须用人写境,用事写境,用情写境……这里面的千变万化,一言难尽。"③此外,他还认为中国传统文学体裁单一,创作方法"实在不完备、不够作我们的模范",因而他呼吁"赶紧翻译西洋的文学名著,做我们的模范",并希望从西方文学中得到一些"完备""高明"的文学方法④。可以说,中国古代小说叙事书写的技巧与西方小说塑造人物形象的方法同时被胡适带入了自己的论述,以作为一种中西融汇的小说创作原则,并成为推动新文化运

---

① 胡适:《建设的文学革命论》,《胡适论文学》,安徽教育出版社2006年版,第24页。
② 同上。
③ 同上书,第25页。
④ 同上书,第26—27页。

动发展的一个重要元素。

对于诗歌而言,胡适分别在《谈新诗》和《谈谈"胡适之体"的诗》等文中谈到了新诗的具体做法以及作诗的"戒约"和意境的营造。从历史进化论出发,胡适认为从《诗三百》开始到近现代,诗的进化与发展均随着诗体变化而来,因而他将中国的新诗运动也视为一种"诗体大解放",并认为新诗形式的解放与内容的表现有着密切的关系,只有打破旧形式的束缚和枷锁,新思想、新内容和新精神才能更好地得以表达。胡适关于诗歌的主张在《谈新诗》一文中有着具体的论述:

> 形式上的束缚,使精神不能自由发展,使良好的内容不能充分表现。若想有一种新内容和新精神,不能不先打破那些束缚精神的枷锁镣铐。……因为有了这一层诗体的解放,所以丰富的材料,精密的观察,高深的理想,复杂的感情,方才能跑到诗里去。①

在这段表述中,胡适论述了诗歌的存在形式本体与表现精神的悖立问题,他把中国古体诗的形式指称为"束缚精神的枷锁镣铐",他认为只有解放"诗体",才能表达更为高深的思想与复杂的感情。

关于新诗的音节,胡适一改中国古体诗注重平仄和押韵的传统,反而强调"语气自然"和"用字和谐":"诗的音节全靠两个重要分子:一是语气的自然节奏,二是每句内部所用字的自然和谐,至于句末的韵脚,句中的平仄,都是不重要的事。语气自然,用字和谐,就是句末无韵脚也不要紧。"②的确,我们在赏读那个

---

① 胡适:《谈新诗》,《胡适论文学》,安徽教育出版社2006年版,第97页。
② 同上书,第105页。

时代的新诗时,时时可以体验到自由宣泄的情感在释放中对传统诗歌形式的突破和影响,也正是如此,新诗才得以成为新诗。

关于作诗的方法,在《谈新诗》一文中,胡适要求"具体",不用"抽象",他坦言:"诗须要用具体的做法,不可用抽象的说法。凡是好诗,都是具体的;越偏向具体的,越有诗意诗味。凡是好诗,都能使我们脑子里发生一种——或许多种——明显逼人的影像。这便是诗的具体性。"① 与此同时,在《谈谈"胡适之体"的诗》一文中,胡适还提出了作新诗的规律与"戒约",我们在这里列举三条:

> 第一,说话要明白清楚。……意旨不嫌深远,而言语必须明白清楚……凡是好诗没有不是清楚明白的。
> 第二,用材料要有剪裁。消极的说,这就是要删除一切浮词凑句;积极的说,这就是要抓住最扼要最精彩的材料,用最简练的字句表现出来。
> 第三,意境要平实。……在诗的各种意境中,我自己总觉得"平实""含蓄""淡远"的境界是最禁得起咀嚼欣赏的。②

胡适在《尝试集》中的新诗大都达到了他所规约和要求的"清顺达意""清楚明白""平实淡远",他的这种对新诗的现代审美特质和平实境界的追求也基本上贯穿他一生的诗歌创作、诗歌批评和诗歌鉴赏之中。

让我们把胡适暂且搁置在这里,再来分析一下周作人在论

---

① 胡适:《谈新诗》,《胡适论文学》,安徽教育出版社2006年版,第111页。
② 胡适:《谈谈"胡适之体"的诗》,中国现代文学馆编:《胡适文集》,华夏出版社2000年版,第215—218页。

述散文时对西方英美文学的引入和借鉴。

对于散文而言,周作人在借鉴西方英美文学中"essay"这一概念,并在融汇中国古文里的序、记、说以及宋明小品文的基础上,对中国现代散文体式、散文内容、散文语言、散文的审美品格等方面都作出了具体的阐发和系统的规约,并由此形成了现代中国最早也最为系统的散文理论和散文风格论。严格地讲,在文体的书写形式上,"散文"与中国传统文学中的韵文与骈文是完全不同的,而正是在周作人的倡导下,"散文"从此开始独立成为一个现代文类概念,成为一种新的文学体裁。需要进一步说明的是,现代散文在创作的书写形式上与中国古代散文还是有着明显的差异性,如果我们把中国古代文学史、中国近代文学史与中国现代文学组接于一个发展的逻辑链上来反思,或者从中国文学史的发展进程上来分析,可以发现,周作人所倡导的现代散文在书写的形式上恰恰是中国古代文体学上的缺类。

比较文学研究场域中有一个研究方向,即类型学研究,而类型学研究中又有一个重要的研究层面,就是参照中西文学史及双方诸种文类的生成与发展,在比较视域的互通、互比、互照与互识中,发现并阐释哪一种文类是对方文学史中所没有的,也因此被称之为"缺类"。例如,《伊利亚特》《奥德赛》这种长篇叙事的民族创世史诗,就是中国古代文学史上的缺类文体。我们在中西文类比较研究的学理背景下,不难发现,周作人把西方的文类"essay"及其书写与审美的诸种元素借用于汉语语境下,并在他们那个时代的汉语书写中,生成了现代散文,这种新文体的出现标志着一个崭新的文体时代的到来。因为无论是在西方文学史发展的历程上,还是在中国文学史发展的历程上,一个时代有着代表一个时代的文体,如汉赋是汉代的代表性文类,唐诗是唐代的代表性文类,宋词是宋代的代表性文类,元杂剧是元代的代表性文类,小说是明清时期的代表性文类。当然,汉赋、唐诗、宋词、元杂剧、明清小说是在中国古代文学传统的本土中自律性生成与发展的文体形式。而通过比较文学跨民族与跨文化的研究视域,我们恰恰可以准确地发现,周作人所倡导的现代散文是汇通中西两种文类的元素、在那个时代应运而生的新文类——中国现代散文。从文体学研究的理论上判断,一种文体的产生与一个民族文学在特定时段的内在审美精神及其出场形式有着紧密的逻辑维系性,并且在中西文学史从发生、发展走向成熟所经历的漫长历程中,不断出现的文类形式已成为固定于文学史上不可动摇的审美表达形式。对任何一个民族的文学来说,文类的审美形式都是有限的,尤其在文学史发展到后来的成熟期,很难再出现崭新的文类形式。从学理上判断,在文学史发展的成熟期,如果能够出现一种崭新的文类,这对于任何一个民族、国家与区域来说,都是一种不可忽视的文学现象。可以说,一个民族、国家与区域,在一个特定的历史时段呼唤与产生一种崭新且促使这个历史时段审美精神出场的崭新文体,这也证明了,这个特定的历史时段一定是这个民族、国家与区域发展的转捩点。在汉语语境下的新文学运动时期,历史选择了现代散文成为那个时代的新文体。

1921年6月8日,周作人的《美文》发表于《晨报副刊》,他正式从理论上赋予了中国现代散文独立的文体意义,并据守汇通中西的多元文化立场,对现代散文小品的本质和特点进行了详细的论述。

在《美文》这篇文章中,周作人首先把外国文学里所谓的"论文"分为两类:"一批评的,是学术性的。二记述的,是艺术性的,又称作美文,这里边又可以分出叙事与抒情,但也很多两者夹杂的。"①他以叙事、抒情的特点为标准,区分并界定了"学术性"和"艺术性"两类散文的不同性质,号召治新文学的人可以在"现代的国语文学"书写中尝试去作"美文"。在中国现代文学史的发展进程中,《美文》被认定为新文学散文理论与批评的发轫之作。"美文"这一概念的提出,也显示出周作人融汇东西方文学理论的努力和创造性。在上文我们曾指出,周作人倡导的"美文",首先来自西方欧美文学中"essay"这个概念,因为"这种美文似乎在英语国民里最为发达",而且周作人认为爱迭生、兰姆、霍桑、吉欣等英美作家也都是写作"美文的好手"②,他希望中国的新文学家们在"看了外国的模范"之后,可以"用自己的文句与思想",作一些可以表达自己个性和思想的"真实简明"的现代散文。与此同时,周作人也并没有完全割裂"美文"与中国传统的承继关系,他将中国古文里的"序、记与说"等,也归类至美文中,并在《〈中国新文学大系·散文一集〉导言》《〈陶庵梦忆〉序》《〈燕知草〉跋》等文章中,反复强调并说明现代散文承继中国传统与"古已有之"的文脉系谱,同时又受到一些西洋影响的现代特质。

> 我常常说现今的散文小品并非五四以后的新出产品,实在是"古已有之",不过现今重新发达起来罢了……现在的小品文与宋明诸人之作在文字上固然有点不同,但风致实是一致,或者又加上了一点西洋影响,使他有一种新气息而已。③

---

① 周作人:《美文》,《周作人批评文集》,珠海出版社1998年版,第98页。
② 同上。
③ 周作人:《〈中国新文学大系·散文一集〉导言》,《中国新文学大系导论集》,上海良友复兴图书印刷公司1940年版,第184页。

第四章 "走进来"：被"本土化"了的世界性

我们还是让具体的史料来言说周作人的表达与观点，在《苦雨斋序跋文·〈陶庵梦忆〉序》中，周作人坦言明清名士派的文章与现代散文的情趣"几乎一致"。

> 我常这样想，现代的散文在新文学中受外国的影响最少，这与其说是文学革命的还不如说是文艺复兴的产物，虽然在文学发达的程度上复兴与革命是同一样的进展。在理学与古文没有全盛的时候，抒情的散文也已得到相当的长发，不过在学士大夫眼中自然也不很看得起。我们读明清有些名士派的文章，觉得与现代文的情趣几乎一致，思想上固然难免有若干距离，但如明人所表示的对于礼法的反动则又很有现代的气息了。①

细读了周作人自己的表述与论述后，我们的确是感慨万分。我们是把中国现代文学史发展系谱上的留学群体及其所提倡的文学精神带入比较文学的空间，并给予展开性思考与深度性研究的。一部中国现代文学史的确深受西洋文化与东洋文化的影响，可以说，没有西洋和东洋文学艺术思潮的启蒙与影响，就没有既成的中国现代文学史的发生与发展。雷纳·韦勒克（René Wellek）是美国著名的比较文学研究者，在学理上，他曾把文学研究界分为文学创作、文学批评与文学理论三个层面。这批留学西洋和东洋的学者在学成与归返中国本土后，他们的文学思想和文学行为落实在文学创作、文学批评与文学理论这三个层面上，推动他们成为汇通中外文化与中外文学艺术的优秀比较

---

① 周作人：《苦雨斋序跋文·〈陶庵梦忆〉序》，止庵校订：《周作人自编文集》，河北教育出版社2002年版，第115页。

文学大师。我们在周作人的书写与表述中,随意择取一段表达,即可以让我们收获一位比较文学践行者所给出的地道的学理性陈述。如在《〈燕知草〉跋》一文中,周作人谈及新散文的源流与系谱的生成时也曾如是说:"中国新散文的源流,我看是公安派与英国小品文两者所合成。"①这的确是在比较文学学理上的深刻见解。

此外,周作人也能写一手别有韵味的现代抒情散文和小品文,并经常从事散文批评和散文理论的建构工作。在为俞平伯的散文集《燕知草》所作的跋文中,他坦言俞平伯的散文"最有文学意味",并将其视为中国现代新散文一派的代表。同时,他指出并强调散文创作进程中的"涩味""简单味""趣味""耐读"等审美特征。

> 我也看见有些纯粹口语体的文章,在受过新式中学教育的学生手里写得很是细腻流丽,觉得有造成新文体的可能,使小说戏剧有一种新发展,但是在论文——不,或者不如说小品文,不专说理叙事而以抒情分子为主的,有人称他为"絮语"过的那种散文上,我想必须有涩味与简单味,这才耐读。②

我们注意到,周作人在推动新散文成为那个历史时代的新文体时,他也特别强调了现代散文这一新文体的书写细节,并深化地讨论了现代散文在书写中所革新与创新的具体的审美表达技法,也就是说,周作人细化讨论了现代散文书写的审美方法论问

---

① 周作人:《〈燕知草〉跋》,《周作人批评文集》,珠海出版社1998年版,第239页。
② 同上。

题。在这里,我们需要指出的是,"现代散文""新散文""新文体"是三个同义术语。

在谈到散文的语言时,周作人讲究"文词"的变化和"适宜"的安排,并希望以"口语为基本",强调融汇"杂揉调和"欧化语与古文、方言等,他认为只有如此才能够创作出有知识、有趣味且"雅致"的"俗语文"。让我们来细细地品味周作人在《〈燕知草〉跋》中所给出的表述:"以口语为基本,再加上欧化语,古文,方言等分子,杂揉调和,适宜地或吝啬地安排起来,有知识与趣味的两重的统制,才可以造出有雅致的俗语文来。我说雅,这只是说自然,大方的风度,并不要禁忌什么字句,或者装出乡绅的架子。"①而在为自己的"性情之作"《雨天的书》所作的序言中,周作人还"极慕"平淡自然的散文创作意境,并力求一种闲适无用、镇静平和的人生态度和美学风格。"我近来作文极慕平淡自然的景地。但是看古代或外国文学才有此种作品,自己还梦想不到有能做的一天,因为这有气质境地与年龄的关系,不可勉强。像我这样褊急的脾气的人,生在中国这个时代,实在难望能够从容镇静地做出平和冲淡的文章来。"②周作人这种以个人为中心、言志抒情的"性情之作",即他所追寻的"本色之作"。周作人关于现代散文的言说,不仅在思想上和美学上对中国散文有着新的开拓,并且也成为一种具体评判散文的审美标准,同时也直接影响到了后来的废名、俞平伯、林语堂等一些自由主义作家,并对20世纪二三十年代的现代散文创作产生了不可忽视的重要影响。

---

① 周作人:《〈燕知草〉跋》,《周作人批评文集》,珠海出版社1998年版,第239页。
② 周作人:《苦雨斋序跋文·〈雨天的书〉序》,《周作人自编文集》,河北教育出版社2002年版,第26页。

关于中国现代文学史发展系谱上世界性和本土性的融汇与整合,作为那个时代脉动的比较文学现象,其必然是在文学创作、文学批评与文学理论的多元维度上呈现出来,也当然涉及让多种文学现象出场的文体形式。让我们从周作人关于新散文的推动与论述场域中暂且走出来,来透视新文学运动的另外一种主要的审美表现形式——戏剧。对于戏剧而言,中国留日学生李叔同、欧阳予倩、曾孝谷等于1907年2月在东京组织了中国第一个现代话剧团体"春柳社",并在日本东京排练、演出了法国小仲马的名作《茶花女》的第三幕。随后,他们又成功改编、上演了由林纾翻译的美国斯托夫人的小说《黑奴吁天录》。完整的五幕剧本、固定的对话、反复的排练,使《黑奴吁天录》成为中国第一个与传统旧戏完全不同且具备近现代意义的"文明新戏",其公演引起了极大的社会轰动效应,标志着中国现代戏剧文体的萌芽与诞生。

1917年,钱玄同、胡适、欧阳予倩等留学归国的现代知识分子以《新青年》杂志为主要阵地,发起一系列关于中国戏剧改革和戏剧建设的论争。他们对传统旧戏发动猛烈的攻击,认为传统旧戏"脚本恶劣","于文学上无丝毫之价值","于社会亦无移风易俗之能力"[①]。他们主张推翻并彻底废除脱离现代社会、观念陈腐与体式落后的旧戏,建设具有新观念、新精神、新方法和新形式的"西洋新剧",明确地把"西洋新剧"的舞台元素带入汉语语境下,在理论建构上为现代话剧体式的开展开辟了新的道路。同时,胡适、郭沫若、欧阳予倩、田汉、夏衍等人也非常注重翻译引进西方的戏剧资源,并以他们自己或写实或浪漫或讽刺

---

① 洪深:《〈中国新文学大系·戏剧集〉导言》,《中国新文学大系导论集》,上海良友复兴图书印刷公司1940年版,第278页。

第四章 "走进来":被"本土化"了的世界性

或幽默的戏剧创作实践,推动着中国现代戏剧文体逐渐趋向成熟。

1918年6月,胡适在《新青年》第4卷第6号上发表了著名的《易卜生主义》一文,他不仅推崇挪威戏剧家易卜生"写实主义"的文学观与人生观,呼吁国人"睁开眼睛"看清世间的真实现状①,并且胡适以《娜拉》《群鬼》《国民公敌》《海上夫人》等戏剧为例,控诉旧社会"陈腐"的习惯与"老朽"的思想,批判旧社会以"极不堪"的迷信摧折个人的个性,抨击旧社会压制个人自由独立精神的专制和罪恶②。

与此同时,胡适还参与了傅斯年、欧阳予倩等人发起的戏剧改良运动大讨论,并且发表了《文学进化观念与戏剧改良》一文。在这篇文章中,胡适从文学进化论的观念出发,把西方戏剧文体的发展进程与中国戏剧的进化进行了整体性观照和汇通性比较,指明了西洋戏剧"自由发展进化"的文体特点。同时,胡适也指出了中国戏剧因循守旧的落后现象,进一步讨论了中国戏剧在发展的进程中,不但只有"局部自由"③,而且始终未能摆脱旧戏乐曲以及脸谱、嗓子、台步、武把子等"遗形物"的压制束缚④,甚至认为中国戏剧从未获得过现代意义上的纯粹戏剧文体的审美表现形式。也正是在这种批判的姿态中,胡适强调与"别种文学相接触",应该"有意的吸收人的长处",以"比较的文学研究"等作为创作方法,希望中国戏剧在进化或者现代化的过程中,可

---

① 胡适:《易卜生主义》,《胡适文集》第2卷,北京大学出版社1998年版,第476页。原载于《新青年》1918年6月15日第4卷第6号。
② 同上书,第481页。
③ 胡适:《文学进化观念与戏剧改良》,夏晓虹选编:《胡适论文学》,安徽教育出版社2006年版,第31页。原载于《新青年》1918年10月15日第5卷第4号。
④ 同上书,第35页。

以参考借鉴西洋戏剧,并且采用西洋先进的新观念、新方法与新形式。胡适的这一立场在他的《文学进化观念与戏剧改良》一文明确地表现了出来:

> 现在中国戏剧有西洋戏剧可作直接比较参考的材料,若能有人虚心研究,取人之长,补我之短;扫除旧日的种种"遗形物",采用西洋最近百年来继续发达的新观念,新方法,新形式,如此方才可使中国戏剧有改良进步的希望。[①]

我们为什么把胡适的戏剧观带入比较文学的视域中给予透视与诠释,因为胡适在《文学进化观念与戏剧改良》一文中,大段地以自觉的比较文学研究观念讨论以西洋戏剧的新观念、新方法与新形式对中国戏剧的改良。从学理上判断,如果我们仅仅从现代文学的国别文学研究视角去单一地研究胡适的戏剧观,那完全无法透视到那个在中西文化双重沉淀下所铸成的立体胡适。

在推动历史发展与前行的文学运动中,文学思潮的崛起从来就不是由一位孤独的思想者来表演他的独角戏的,其必然存在着一个在思想上同频共振的群体。无独有偶,1918年,傅斯年在《新青年》第5卷第4号发表了《戏剧改良各面观》一文。在这篇文章中,他也宣誓了同样的立场,表达了希望以西洋剧本做中国剧本材料的戏剧改良观念。同时,傅斯年还指出中国剧本可以采用西洋的新形式和新精神,然而必须根据中国的社会情况加以改造和变化,不能重蹈传统旧戏陈腐守旧的覆辙,并在一定程度上使之与"中国人情"合拍。从傅斯年发表这篇文章到当

[①] 胡适:《文学进化观念与戏剧改良》,夏晓虹选编:《胡适论文学》,安徽教育出版社2006年版,第36页。

第四章 "走进来"：被"本土化"了的世界性

下,已经过去一百多年了,然而现在细读他的《戏剧改良各面观》,依然可以从中发现值得关注并给予我们启示的中西戏剧汇通的观念。"我起初想来,中国现在尚没独立的新文学发生,编制剧本,恐怕办不好,爽性把西洋剧本翻译出来,用到剧台上,文笔思想,都极妥当,岂不省事。后来转念道,西洋剧本是用西洋社会做材料;中国社会,却和西洋社会隔膜得紧。在中国剧台上排演直译的西洋戏剧,看的人不知所云,岂不糟了。这样说来,还要自己编制,但是不妨用西洋剧本做材料,采取它的精神,弄来和中国人情合拍了,就可应用了。换一句话说来,直译的剧本,不能适用,变化形式,存留精神的改造本,却是大好。至于做独立的编制,更要在选择材料上,格外谨慎。旧戏最没道理的地方,就是专拿那些极不堪的小说作来源;新戏要有新精神,所以这一点万不可再蹈覆辙。材料要在当今社会里取出;更要对于现在社会,有了内心的观察,透彻的见地,才可以用材料,不至于变成'无意识'。我希望将来的戏剧,是批评社会的戏剧,不是专形容社会的戏剧;是主观为意思,客观为文笔的戏剧,不是纯粹客观的戏剧。"[①]实际上,在从事比较文学研究时,我们可以把自己的研究视域有效地渗透于中国现代文学史上的各个历史时段中去。可以说,一部中国现代文学史是为当下比较文学研究提供中外文学汇通与整合的典范文学史。

再让我们来透视胡适的中西戏剧观。

胡适除了呼吁"赶紧多多的翻译西洋的文学名著做我们的模范",在《文学进化观念与戏剧改良》一文中,他也从思想观念和方法论的角度谈到了现代戏剧的文体特征与戏剧创作的具体方法。在与西方近百年的戏剧创作相比较时,他认为中国文学

[①] 傅斯年:《戏剧改良各面观》,《新青年》1918年10月15日第5卷第4号。

缺乏"悲剧观念",中国传统小说和戏剧总是"一个圆满的团圆",并指出这一"迷信"及"说谎"的观念和文学,其实正是中国人思想薄弱的"铁证"①;而这种"团圆的迷信"和"团圆快乐的文字",读完以后,"绝对不能叫人有深沉的感动,决不能引人到澈底的觉悟,决不能使人起根本上的思量反省"②。因此,胡适认为中国戏剧必须输入西方耐人寻思且引人反省的悲剧观念,这样才能够促人感动并发人猛省:"有这种悲剧的观念,故能发生各种思力深沉,意味深长,感人最烈,发人猛省的文学。这种观念乃是医治我们中国那种说谎作伪,思想浅薄的文学的绝妙圣药。"③

而在论述现代戏剧的创作方法时,胡适认为中国戏剧最不讲究时间、人力、设备与事实等"经济"的方法;他以希腊戏剧和西方近代的"独幕剧"所严谨遵守的"三一律"为戏剧创作的美学原则,以西洋的新戏注意剧本的经济方法为例④,希望"编戏"的人,多多研究世界的戏剧文学,并逐渐养成一种"文学经济"的观念,在时间、人力、设备、布景、事实等方面自觉地采用"经济"的技巧和方法⑤。

---

① 胡适:《文学进化观念与戏剧改良》,夏晓虹选编:《胡适论文学》,安徽教育出版社2006年版,第36—37页。原载于《新青年》1918年10月15日第5卷第4号。
② 同上书,第38页。
③ 同上。
④ "西洋的希腊戏剧遵守'三一律'最严;近世的'独幕剧'也严守这'三一律'。其余的'分幕剧'只遵守'一桩事实'的一条,于时间同地方两条便往往扩充范围,不能像希腊剧本那种严格的限制了。……但西洋的新戏虽不能严格遵守'三一律',却极注意剧本的经济方法:无五折以上的戏,无五幕以上的布景,无不能在台上演出的情节。"(胡适:《文学进化观念与戏剧改良》,夏晓虹选编:《胡适论文学》,安徽教育出版社2006年版,第40页。原载于《新青年》1918年10月15日第5卷第4号。)
⑤ "现在大多数编戏的人,依旧是用'从头至尾'的笨法,不知什么叫'剪裁',不知什么叫做'戏剧的经济'。补救这种笨伯的戏剧方法,别无他道,只有研究世界的戏剧文学,或者可以渐渐的养成一种文学经济的观念。这也是比较的文学研究的一种益处了。"(出处同上。)

第四章 "走进来"：被"本土化"了的世界性

以上我们分别从小说、诗歌、散文、戏剧等方面，系统探讨了留学归国的知识分子们曾经以敞开的心态去接受并认同异域先进的思想文化和文学思潮，详述了他们打破并颠覆中国传统文学观念和旧的文学格局中淤积已久的落后与封闭，我们在这个基础上，对中国新文学文体特征和作家作品力图进行还原于那个时代的透视与诠释。通过研究与思考，我们不难发现他们的理论建构和深入开拓，为中国新文学的发生与发展奠定了必要的创作基础与理论基础，他们借助西方的文学艺术思潮促成了中国的"文艺复兴"和中国古典文学的现代转型。

理论是推动文学思潮发生与前行的重要思想动力，倘若一种文学创作思潮发生后，其背后缺少理论家的支持与阐释，这种原创发生的文学思潮将可能在一个短暂的崛起中烟消云散，或者经过一阵呐喊与躁动后，一切复归沉寂。在中国现代文学史上，新文学运动发生与崛起的一个最为显著的特点就是，这批具有留学背景的中国现代知识分子，他们既是新文学的创作者，也是新文学的理论建构者，他们的这种双重身份在后来的中国文学发展史上是不可重复的，在中国当代文学发展史上也没有这样一批留学归国的知识分子，在文学创作与文学理论两个维度上成就了一个时代的整体文学现象。

所以我们不难发现，除了理论倡导和确定文体文类之外，这批具有留学背景的中国现代知识分子同时也身体力行，在中外文学观念的交融与整合中进行相关的文学创作实践活动，他们自觉地把西方文化及其异质元素带入汉语语境下，并且"移植"于他们个人的文学创作行为中去，书写出融汇本土民族性与外域世界性的现代审美文本，并为后来的作家提供了新诗、散文、小说、话剧等方面的创作范本。中国文学也因此在文化的逻辑上得以链接上"欧洲各国的小说系统"和"世界文学的洪流"，成为"世界文学的一枝一叶"。比如胡适率先给出了自己的"尝试",他不顾成败,既开风气又为先师,他不仅最早呼吁并创作白话新诗,还于1920年结集出版了中国新文学史上第一本新诗集——《尝试集》。他运用对话体书写了短篇小说《一个问题》,并在易卜生及其戏剧的影响下,又撰写出了中国话剧史上第一部完整的独幕剧本《终身大事》,这部独幕剧在中国话剧史上具有开创意义。

1918年5月,鲁迅在《新青年》第4卷第5号上发表了《狂人日记》,这部小说被认为是中国现代文学史上第一篇运用现代体式创作的白话小说,其具有典型的现代性内涵和丰富的现代精神,而且这部小说也"以表现的深切和格式的特别",成为中国现代小说的肇始之作。当然,这部小说也开辟了中国文学特别是小说发展历程上的一个崭新时代。在这里,我们不妨引用北京大学教授严家炎在《〈呐喊〉〈彷徨〉的历史地位》一文中对这部小说的定位:"中国现代小说在鲁迅手中开始,又在鲁迅手中成熟,这在历史上是一种并不多见的现象。"①

巴金在那个时代书写了一系列备受称道的小说,如《家》《春》《秋》《憩园》《寒夜》等。巴金的创作主题和艺术构思不仅受到了巴枯宁、克鲁泡特金、左拉、托尔斯泰、屠格涅夫、契诃夫等外国作家作品的影响,同时,这些小说的创作源泉也来自他"朝夕相见"的本民族封建大家族的生活,这原本就是巴金所异常熟悉的中国本土的传统生活语境。在这里,我们来细读一下巴金所书写的《答法国〈世界报〉记者问》这篇文章:"在所有的中国作家之中,我可能是最受西方文学影响的一个。"②"我可以说,我熟

---

① 严家炎:《〈呐喊〉〈彷徨〉的历史地位》,《世纪的足音》,作家出版社1996年版,第64页。
② 巴金:《答法国〈世界报〉记者问》,《巴金论创作》,上海文艺出版社1983年版,第684页。

悉我所描写的人物和生活,因为我在那样的家庭里度过了我最初的十九年的岁月,那些人都是我当时朝夕相见的,也是我所爱过和我所恨过的","闭起眼睛也能看到那些人物的笑貌、动作,知道他们的思想感情"①。巴金正是在他自觉的文学创作观念上体认到西方文化与中国传统对他的浸润,毋庸置疑,巴金在知识沉淀、思想构成与文学观念上就是将世界性与本土性融汇为一体的大师级作家,两者缺一,都不会形成中国现代文学史上的巴金。

1921年8月,郭沫若出版他的代表作《女神》。《女神》不仅以高昂的热情、奇特恢宏的想象、自由奔放的诗体,结束了"五四"初期新诗初创阶段的简单和稚嫩,并且在内容上、形式上与语言上都呈现出鲜明的现代意识和现代观念,成为中国新诗肇始的真正奠基之作。

闻一多和徐志摩曾分别在美国与欧洲留学,他们在英美诗歌的影响下,倡导"诗的格律",主张在新诗创作中以"理智节制情感",鼓吹诗的"三美",即"音乐美、绘画美、建筑美",并以自身的诗歌创作行动奠定了新格律诗派的理论基础。他们的新格律诗在一定程度上纠正了"五四"白话新诗过于松散、自由与随意的不足,使中国新诗创作进入一个相对"自觉"的时期。

冰心和宗白华在20世纪20年代初相继出版了《繁星》《春水》和《流云小诗》,并倡导清新自然、富有哲理的小诗,在中国新诗发展史上别具一格。李金发是把"法国象征诗人的手法"介绍至中国现代诗坛的"第一个人",他分别于1925年和1927年出版了象征主义诗集《微雨》和《食客与凶年》,并以伤感、颓废、奇特的意象和象征、暗示的手法标志着中国象征主义诗歌的形成。

在小说创作方面,除了鲁迅之外,同样留学日本的郁达夫及

---

① 巴金:《谈〈家〉》,《巴金全集》第20卷,人民文学出版社1993年版,第415—416页。

其他前期创作社的作家们如成仿吾、张资平、倪怡德、陶晶孙等,他们在小说创作的审美风格和叙事方法上吸收了日本大正时期盛行的文学思潮与私小说等,并同时在融汇中国本土诗学文化和抒情传统的基础上,开创了中国现代小说史上的"自我抒情"一派。

在散文领域,周作人在借鉴西方英美文学中"essay"的文体观念,并融汇中国古文里的序、记、说以及宋明小品文的基础上,提出"美文"这一现代散文概念,并正式从理论上赋予中国现代散文独立的文体意义。20世纪20年代,周作人书写了《北京的茶食》《故乡的野菜》《苦雨》《喝茶》《乌篷船》等一系列散文,周作人散文的审美风格平和冲淡、舒缓自如,既有英美"essay"的欧化自然风情,又不失宋明小品的风致韵味。

林语堂在中西文学观念的汇通性构成上是一位自觉的比较文学大师,他融合中西文化所构筑的风格气象是非常宏大的:"两脚踏中西文化,一心评宇宙文章。"他创办期刊《论语》和《人间世》,提倡性灵、幽默与闲适的小品文。在文学观念的构建和倡导上,林语堂有着自己的主张:"自抒胸臆,发挥己见","无拘无碍自由自在表现个性"。在某种程度上,林语堂与周作人言志抒情、自然无为的散文理念有着异曲同工之妙。

谢婉莹曾在美国波士顿的威尔斯利学院攻读英国文学,英美文学的格调与文化风情对她的熏染时时荡漾在她的文学书写中。她的"冰心体"美文也以其"温柔的风格、清丽的风致,微微的忧愁",引起许多青年竞相模仿创作,在当时的中国文坛上对读者有着"润物细无声"的潜在影响。

丰子恺和夏丏尊的散文小品也在那个时代有着重要的影响,如《白马湖之冬》《平屋杂文》《缘缘堂随笔》等,这些作品更多的是从禅宗和佛理的角度观察生活,书写的笔致平易朴实、萧疏淡远,带有哲理的意味和超然的色彩。田汉、郭沫若、欧阳予倩、

第四章 "走进来":被"本土化"了的世界性

洪深、夏衍等人的戏剧理论、翻译和创作,不仅引入了"西洋新剧"的新观念、新精神、新方法和新形式,并且促成了中国现代戏剧文体逐渐趋向成熟。

需要指出的是,对于这批具有留学背景的中国现代知识分子而言,他们早已在多年的异域留学生涯中接受并认同了西洋与东洋先进的思想、文化和文学思潮,这必然构成了他们融汇中西的知识结构和开阔的多元文化视域。他们拥有开创与建设的勇气和热情,不仅将先进的异质文化元素带入个人的诗性书写中,同时,也将其带入了中国本土文化,从美学观念、文体风格、文类形式与精神内容等各个层面对中国古典文学进行了彻底的革新和现代化的构建,使中国文学开始走进现代化和世界化的进程中。他们持有敞开的普世性文化立场及比较视域,他们的文学创作既深受外域文化影响,同时,也不失本土情怀与民族特色;他们拥有自觉的民族意识和本土立场,也具备宏大的世界文学意识;他们不仅希望汉语本土的民族文学和国民文学能够凭借自身的本土性元素进入"世界文艺的圈内",以融入世界文学的大格局之中,并且希望汉语本土的民族文学在与世界各民族文艺的汇通和比较之中,获得自身应有的地位和尊重。他们在这些方面都给出了明确的理论表达。

比如郁达夫曾经在《现代小说所经过的路程》[①]《五四文学运

[①] 在《现代小说所经过的路程》一文中,郁达夫曾经谈道:"一九一二年民族革命军兴,推翻了满清的帝制,中国的上下,才宽了一宽眼界。三五年后,于社会组织,社会风习,略变了一变式样之余,新的潮流,就从欧洲美国日本等处汹涌而来,于是在思想上一向抱着闭关自守的精神的中华民族,也不得不振作起来,转换方向。自此以后,中国的思想界便加入了世界的联盟,而成了受着世界潮流灌溉的一块园地,所以中国现代的真正文艺复兴,应该断自五四运动起始才对,正唯其如此,故而目下我们来论述小说,也应该明白了西欧小说的古今趋势,才能够说话,因为现代的中国小说,已经接上了欧洲各国的小说系统,而成了世界文学的一条枝干的缘故。"(郁达夫:《现代小说所经过的路程》,《郁达夫全集》第11卷,浙江大学出版社2007年版,第9页)

动之历史的意义》等文章中指明"五四"运动使中国开始与世界接轨,中国文学也因此得以在世界性的文学潮流中被纳入"欧洲各国的小说系统"和"世界文学的洪流",成为"世界文学的一枝一叶"。鲁迅在论及中国现代文学时,也希望现代文学与艺术、绘画与木刻一样,要强调民族性、本土性和地方色彩,并据此"打出世界上去",与世界先进的时代思潮合流,在世界文学之林中求取自身应有的地位和价值:"现在的文学也一样,有地方色彩的,倒容易成为世界的,即为别国所注意。打出世界上去,即于中国的活动有利。"①

闻一多在早年评论郭沫若《女神》的时代精神与地方色彩时,也早已持有了一种敞开的、跨文化、跨民族、跨语言及汇通中西的世界文学观念,他希望中国的新诗要做"中西艺术结婚后产生的宁馨儿",不但要"保存本地的色彩",同时又要"尽量的吸收外洋诗底长处"②。闻一多认为只有各民族文学充分发挥其民族特色和地方色彩,才能在语际的汇通中建设好的世界文学。闻一多的文章《〈女神〉之地方色彩》,其中有多处书写特别值得从事比较文学研究的学者给予细读和理解:"我总以为新诗径直是'新'的,不但新于中国固有的诗,而且新于西方固有的诗;换言之,他不要做纯粹的本地诗,但还要保存本地的色彩,他不要做纯粹的外洋诗,但又要尽量地呼吸外洋诗底长处;他要做中西艺术结婚后产生的宁馨儿。"③闻一多又接续论述道:"真要建设一个好的世界文学,只有各国文学充分发展其地

---

① 鲁迅:《致陈烟桥》(1934年4月19日),《鲁迅全集》第13卷(书信1934—1935),人民文学出版社2005年版,第81页。
② 闻一多:《〈女神〉之地方色彩》,《闻一多全集》第2卷,湖北人民出版社1993年版,第118页。
③ 同上。

方色彩,同时又贯以一种共同的时代精神,然后并而观之,各种色料虽互相差异,却又互相调和。"①闻一多的诗学思想在那个时代即呈现出相当的前沿性和国际性,我们在这里把闻一多的诗学思想置放在当下,即便是在当下这个全球化的时代再度给予阅读,其依然葆有这个时代比较文学研究所呼唤的前沿精神与普世精神。

闻一多从美国留学归国后,主要从事中国古代文学的教学与科研,实际上,他对世界文学的思考也应该引起当下学界的关注。闻一多认为新诗之"新"在于诗人把西洋之诗与民族之诗融汇在一起,是"中西艺术结婚后产生的宁馨儿"。这个"宁馨儿"是一种诗性话语所给出的表达,我们启用准确的比较文学理论话语给予界定,其就是当下比较文学在学科理论上所追寻的汇通中西文化所形成的第三种立场。为什么是第三种立场呢?让我们的讨论接续闻一多论述的诗学逻辑走下去,正如闻一多所期望的那样:首先,新诗的创作虽然接受了西洋之诗的异质审美元素影响,但又新于西洋之诗,其绝对不是对西洋之诗及精神与风格的原教旨主义的拷贝;其次,新诗的创作必然是在选择中保存了民族之诗的本土审美元素,因此又新于民族之诗,其一定不是眷顾在旧诗的格律传统中对古人的摹写。

的确,只有是民族的才是世界的!我们应该把这句表达在修辞上言说得再精确与透彻一些。只有是民族性的才能够是世界性的,然而容纳于世界性中的民族性是代表一个民族文化走向世界景观的正面元素,它是被选择与过滤后的民族性,也正是在这个意义的层面上,在闻一多的创作观念与审美风格中,新诗

---

① 闻一多:《〈女神〉之地方色彩》,《闻一多全集》第2卷,湖北人民出版社1993年版,第123页。

在诗歌气象的中西构成上属于第三种诗歌。而在本书所论述的"具有留学背景的中国现代知识分子"那里,他们同样拥有汇通东西方文化而形成的第三种立场,他们的诗性书写无疑是具有世界性与民族性的互文性文本。

第五章 "走出去":跨语际传播中的世界性与本土性

第一节 译入与译出:翻译的双向性行动与影响

1909年,鲁迅在为他与周作人合译的《域外小说集》所作的序言中曾经谈道:"《域外小说集》为书,词致朴讷,不足方近世名人译本。特收录至审慎,迻译亦期弗失文情。异域文术新宗,自此始入华土。使有士卓特,不为常俗所囿,必将犁然有当于心,按邦国时期,籀读其心声,以相度神思之所在。则此虽大涛之微沤与,而性解思惟,实寓于此。中国译界,亦由是无迟莫之感矣。"①而在1920年《域外小说集》再版重印时,鲁迅在新版序言中又重新申明周氏兄弟合作翻译介绍外国文学的初衷:"我们在日本留学时候,有一种茫漠的希望:以为文艺是可以转移性情,改造社会的。因为这意见,便自然而然的想到介绍外国新文学这一件事。但做这事业,一要学问,二要同志,三要工夫,四要资本,五要读者。第五样逆料不得,上四样在我们却几乎全无:于是又自然而然的只能小本经营,姑且尝试,这结果便是译印《域外小说集》。"②我

---

① 鲁迅:《〈域外小说集〉序言》,《鲁迅论创作》,上海文艺出版社1983年版,第375页。
② 同上书,第376页。

们从鲁迅的表述中可以见出他与周作人在那个时代翻译《域外小说集》时所选择的翻译策略,他们的翻译,其背后没有资本市场的操控,也就是说,他们没有遭遇现代出版商根据市场读者阅读的需求所给出的操控,并以此决定这部读本是否可以翻译。可见,鲁迅与周作人所合作的翻译只是为了在语言的转码中,把先进的源语文化思想带入中国本土的译入语文化。所以尽管《域外小说集》在日本和上海都只卖出了20册左右,但周氏兄弟引入"异域文术新宗",以文艺"转移性情,改造社会"的启蒙思想和翻译尝试,却是"五四"一代有识之士亟待学习西方、救亡图存的救国诉求。

思考到这里,我们应该去反思一下中国近现代翻译史的发展历程,在反思中,我们不难发现在"五四"新文化运动发生的前后时期,翻译已然成为那个时代推动中国在思想上启蒙的重要学术行动。可以说,在那个时代,翻译这一行为本身所潜含的启蒙意识形态性压倒了一般意义上翻译的商业性。也正是借助翻译,域外文学思潮及文化才得以大规模地跨越语际并照亮了当时还处于封闭状态的中国,那些有识之士才可能把外域异质文化语境下的先进思想转码为汉语,并以此去唤醒沉睡中的民众,睁开双眼,去看视正在发展的域外世界。需要说明的是,从事翻译研究,如果我们仅仅是从翻译的技术性上分析一部源语文本怎样被转码于译入语文本的语言技术性问题,那么这种关于纯然翻译技术的研究显然相对狭隘简单,而且也会低估翻译在世界文化的流通中所起到的历史性作用。可以说,翻译推动了操用不同语言的族群,在异质文化的相互接受与影响中走向了全球化的发展。

我们在此需要注意的是,从"五四"以来中国学界掀起的翻译大潮,在译者身份上获有一个极为鲜明的时代特征,即这个时代的译者在其文化身份上绝然不同于从明清至近代以来的那些西方译者,那些西方译者主要是指从西方远渡重洋来到中国本土进行传教的传教士,如利玛窦、汤若望等;而这个时代的译者是一批具有留学背景的中国现代知识分子,如胡适、徐志摩、梁实秋、闻一多、林语堂、鲁迅、郭沫若、郁达夫、成仿吾等,他们依凭自己强大的语言能力,在翻译中把外域的先进思想与文化转码为汉语,为推动中国近现代历史和文化的转型起到了中流砥柱的作用。

在19世纪末20世纪初,他们从中国本土留学海外,他们既谙熟中国古典文学及传统文化,又深受西方先进异质文明的渗透与洗礼,有着长期留学欧美或日本的学术背景与开阔的多元文化视野。留学西洋与东洋,让他们持有敞开的多元文化视域,这主要是得益于他们在留学目的国的学习及运用外语的能力。他们可以根据时代、社会和中国新文学的发展需要,拣选并翻译在西洋和东洋彼时彼地作为主流思潮流行的诸种文学、艺术、哲学甚至科技作品,并且能够吸收并运用外国先进、现代、多样的文学体式和文学创作手法,在语际的融汇中将其带入他们个人的文学活动和文学创作中去,书写出既深受外域文化影响又深具本土性和民族特色的互文性文本。同时,他们也从观念、文体、内容、形式等各个层面对中国古典文学进行了彻底的和全方位的解构性调整,打破并颠覆了传统文学观念和旧的文学格局中淤积已久的封闭观念,创造性地书写出力图与世界文学接轨的现代汉语的文学审美形式,以促成中国近现代历史转型期的"真正文艺复兴"。

对于外国文艺思潮和西方先进的异质文明,鲁迅也曾在《拿来主义》一文中坦言一定要"占有"和"挑选":"首先是不管三七二十一,'拿来'!""运用脑髓,放出眼光,自己来拿!"①他甚至强调没有拿来,人不能成为新人,文艺也不能成为新文艺:"总之,我们要拿来。我们要或使用,或存放,或毁灭。那么,主人是新主人,宅子也就会成为新宅子。然而首先要这人沉着,勇猛,有辨别,不自私。没有拿来的,人不能自成为新人,没有拿来的,文艺不能自成为新文艺。"②"拿来"是一个朴素的口语表达,而鲁迅所倡导的"拿来"之本质,即是在翻译中所兑现的促成西方先进文化对中国的启蒙性影响。

王宁在《世界文学与翻译》一文中谈到全球化语境下的中国文学翻译时,也曾肯定胡适和郭沫若等"五四"作家的文学翻译活动,认为他们的翻译行为解构了中国传统的文学话语,促使中国现代文学更加接近世界主流。

> 另一些"五四"作家,如胡适和郭沫若等,也通过翻译大量西方文学作品强有力地解构了传统的中国文学话语。经过这种大面积的翻译,中国现代文学更为接近世界文学的主流,同时,也出现了一种中国现代文学经典:它既不同于中国古典文学,也迥异于现代西方文学,因而它同时可以与这二者进行对话。……正是通过这种大面积的文化翻译,一种新的文学才得以诞生并有助于建构一种新的超民族主义。③

然而无论是鲁迅所倡导的对于外国文艺思潮和西方先进的异质

---

① 鲁迅:《拿来主义》,《鲁迅论创作》,上海文艺出版社1983年版,第667页。
② 同上书,第668页。
③ 王宁:《"世界文学"与翻译》,《文艺研究》2009年第3期。

第五章 "走出去":跨语际传播中的世界性与本土性

文明的"占有"和"挑选",还是王宁对胡适和郭沫若等人文学翻译活动的肯定,及其对翻译在解构传统话语、建构新文学方面所扮演的重要角色的认同,我们都可以看出,对于中国现代文学史上这批具有留学背景的中国现代知识分子而言,他们游走在西方与东方、传统与现代、本土与异域之间,在他们个人的文学创作中必然呈现出他们留学目的国的异质文化元素,在审美与表现的层面上具备了普遍的"世界性"意义。与此同时,他们也通过翻译把西方或者经由日本中介引入的西方先进的异质文明带入中国汉语文化本土,从而引发了中国文坛彻底而全面的转型,这种转型促使中国文学告别了古典走向现代,并以汇通的眼光开始整合东西方两种异质文化的世界性和民族性,最终使中国文学以超民族的普世情怀成为"世界文学的一枝一叶"。

谈到世界文学,美国学者大卫·达姆罗什曾基于"世界、文本、读者"等层面,对全球化时代的"世界文学"给出了一个具有颠覆与解构意义的阐释和界定。

在《什么是世界文学?》一书的"结论:世界与时间之无涯"这一章节中,达姆罗什认为当下的"世界文学"不再是传统意义上的世界文学名著,也不再是被过去的世界文学史所"固定的"那些经典文本,他提出世界文学应该是"不同民族文学间的椭圆形折射(elliptical refraction)",是"在翻译中获益"的国际性书写,是一种处在不断变化中的流通模式和"阅读模式"(a mode of reading)。达姆罗什关于世界文学所给出的崭新定义,不仅消解了以往世界文学观念中根深蒂固的欧洲中心主义或西方中心主义,并且宣告了在全球化语境下,一种全新的由作品翻译与当下性阅读共同构建的多元开放的世界文学观念的形成。从学理的本质上来看,达姆罗什关于世界文学的崭新定义,也为我们重新发现和理解留学归国作家及其世界性和本土性,提供了崭新的研究视域。

翻译对于源语文化与译入语文化来说，是一种双项的交流行为，在语言身份上，源语可以转指为译入语，译入语也可以转指为源语。鲁迅、郭沫若、郁达夫等不仅翻译了大量的西方、日本文学作品及其他人文读本，而他们在汉语本土书写的文学作品也被翻译为多种外语，走向世界并产生影响。因此，我们所讨论的世界性与本土性，其绝然不是固定不变的人文地理观念，即所谓西洋与东洋就是世界性的，而封闭于中国大陆的就是本土性的；鲁迅、郭沫若、郁达夫、老舍等人的作品也先后被西方译者与汉学家翻译为日语、俄语、英语、德语、法语、意大利等，从中国本土走向世界，在国际文坛上产生了一定的影响。在这一层面上，中国本土文学及其民族性实际上也汇入世界文学之中，并参与了文学世界性的生成。

在跨语言、跨文化、跨民族的传播与旅行之中，中国作家及其作品的文学生命在异域得以扩展和延伸，同时满足了不同国别、不同语言的外域读者对东方异质文明的审美想象与期待视野。因此，我们认为大卫·达姆罗什所定义的世界文学应该是一个具有包容性与敞开视域的普遍性术语，任何一个国家、民族与区域的文学都可以在平等的语言转码之间进行翻译或转换，翻译不再被单向度地理解为是西方发达的宗主国的文学工具，即他们借助于翻译对弱势的国家、民族与区域进行文化性殖民侵略。

我们认为，这种经由西方译者或汉学家拣选与翻译的中国文学读本，应该被称为走出中国本土的世界性文学。需要指出的是，老舍、林语堂等中国现代作家为了把自己的作品转码为英语等语言以在海外产生影响，他们也对自己的文学作品进行了自译——"self-translation"，如老舍在美期间曾自译或与人合译自己的小说《四世同堂》《鼓书艺人》《牛天赐传》等小说作品。我们从其自译的行为可以看出，中国现代作家在走向国际以获取世界性立场的文学姿态上是自觉的，并且也可以见出，老舍并不满意西方译者伊文·金等基于其本土文化立场对其作品进行的过度改写和重构，也不满西方译者在归化性翻译中对其小说作品所注入的资本与政治性元素。

第二节 通过翻译走向世界：多元的椭圆折射

作为20世纪中国最伟大的思想家与文学家，鲁迅的文学创作早在20世纪20年代起，就已经被翻译成日语、俄语、英语、德语、法语、意大利语等多国语言文字，并在跨文化与跨民族的沟通和交流中走向世界，被不同国别的读者和研究者们所了解。

在世界范围内，日本应该是较早开始翻译鲁迅作品，同时也是鲁迅作品翻译最多且最为全面的国家。井上红梅是第一位发现并肯定鲁迅及其小说创作价值的日本翻译家，他于1926年开始积极着手翻译《阿Q正传》《药》《风波》《在酒楼上》等。《呐喊》和《彷徨》全部译出之后，加上他编写的《鲁迅年谱》，1932年10月，定名为《鲁迅全集》的日语读本由日本东京改造社出版发行，在日本引起了一定的反响，促进了鲁迅作品在日本的广泛传播。随后的长江阳、松浦珪三、山上正义均在20世纪30年代初翻译了鲁迅的名作《阿Q正传》，其中山上正义的翻译还得到了鲁迅本人的支持和校阅，鲁迅甚至亲自为他的译本添加了多条注释，以便日本读者在阅读时能够更好地理解小说的时代背景和创作意图。

此外，1936年，与鲁迅有过密切交往、亲身聆听过鲁迅教诲的日本汉学家增田涉与著名作家佐藤春夫，合作翻译了包括鲁迅小说、散文和演讲在内的《鲁迅选集》一书,加上增田涉同年译完并由鲁迅撰写"序言"的《中国小说史略》,均被收入当时在日本颇有代表性和影响力的丛书"岩波文库",并由岩波书店出版发行。在鲁迅逝世以后,日本东京改造社收集整理鲁迅所有的小说、散文、散文诗,以及部分杂文、书信和日记,并于1937年隆重推出了比较完备的7卷本的《大鲁迅全集》。虽然抗日战争期间日本文坛对鲁迅作品的翻译工作基本停滞,但战后日本翻译家和出版界再次出现了翻译和出版鲁迅作品的热潮,比如1953年青木书店出版了5卷本的《鲁迅选集》,1956年增田涉、松枝茂夫、竹内好三人合编了12卷本的《鲁迅选集》,1984年日本还翻译并出版了中国新版的16卷本的《鲁迅全集》等,一些世界文学大系和全集中也出现了"鲁迅卷"和"鲁迅集"。鲁迅著作在日本的翻译和出版,无疑大大提高了鲁迅在日本的知名度和影响力,并直接促成了日本文坛和学界持久不衰的翻译和研究鲁迅的热潮。

除了日本,苏联也在20世纪20年代中期就有译者王希礼(瓦西里耶夫)、科金等翻译了《阿Q正传》《幸福的家庭》《风波》《孔乙己》《头发的故事》《社戏》等鲁迅的小说作品。苏联科学院、莫斯科国家文学出版社也随之出版了《鲁迅选集》《鲁迅小说集》《阿Q正传及其他》等多种小说集、译文集和研究论文集。

在法国,1926年中国留法学生敬隐渔将《阿Q正传》翻译成为法文,并分为两期分别刊登在巴黎里埃德尔书局出版的5月号和6月号的《欧罗巴》(*Europe*)杂志上。这部法语译入的《阿Q正传》一经发表就得到了法国著名作家罗曼·罗兰的推荐和评价,并拉开了法国翻译和传播中国作家鲁迅作品的序幕。1929年里埃德书局出版发行了敬隐渔翻译的《中国当代短篇小说家作品选》,其中收录了鲁迅的三篇小说作品《孔乙己》《故乡》

《阿Q正传》,鲁迅的大部分作品如小说集《呐喊》《彷徨》、散文集《朝花夕拾》、散文诗《野草》、杂文集《坟》《华盖集》,以及《故事新编》《中国小说史略》《鲁迅文集》《鲁迅作品选集》等多种著作也都被译成了法文,法国的剧团还曾于1975年将根据鲁迅小说《阿Q正传》改编的话剧《阿Q》搬上了巴黎的舞台。

在德国,波恩大学汉学系教授、汉学家、翻译家顾彬(Wolfgang Kubin)在认真研究以前的译本并参考中文版和日文版的基础上,主持编译了6卷本德文版的《鲁迅选集》(*LuXun: Werke in sechs Bänden*),并于1994年在瑞士联合出版社(Zürich：Unionsverlag)出版,这是德语世界首次大规模地依据中文原著来翻译鲁迅的著作,这一翻译行为使得鲁迅在德语文化圈拥有更为深度的传播与影响。而在顾彬主编的《二十世纪中国文学史》(*Die Chinesische Literatur im 20. Jahrhundert*)一书中,鲁迅及其小说创作研究也是中国现代文学研究的重点。

在英语世界,美籍华人梁社乾最早将《阿Q正传》翻译成英文,并于1926年由上海商务印书馆出版,英国译者E.米尔斯翻译的《阿Q正传及其他当代中国短篇小说》一书,包含了《阿Q正传》《孔乙己》《故乡》《离婚》这四篇小说,并于1931年由戴尔书局出版。20世纪30年代中期,伊罗生(Harod R. Isaacs)翻译的《风波》(1935)发表于美国纽约的《故事杂志》9月号上,斯诺和姚克合作翻译了《一件小事》(1936,纽约《亚洲》杂志2月号),并编辑出版了《活的中国——现代中国短篇小说选》一书(1936,伦敦哈拉普书局)。1941年,华裔学者王际真翻译的《阿Q及其他——鲁迅小说选》(*Ah Q and Others: Selected Stories of Lusin*)由纽约哥伦比亚大学出版社出版,书中收入11篇鲁迅的小说:《阿Q正传》《在酒楼上》《离婚》《头发的故事》《狂人日记》《故乡》《肥皂》《祝福》《伤逝》《孤独者》《风波》,该书被称为英语世界最早的鲁迅小说专集。1944年,王际真的《当代中国小说选》(*Contemporary Chinese Stories*)依然由哥伦比亚大学出版社出版发行,除了鲁迅的《端午节》《示众》,他还在此书中翻译了老舍、巴金等中国现代作家的小说作品。

20世纪50—90年代,杨宪益与戴乃迭夫妇对鲁迅作品的英译突破了以往英语世界注重单篇或个别小说的翻译倾向,他们完整地翻译了《阿Q正传》(1953)、《故事新编》(1961)、《野草》(1974)、《朝花夕拾》(1976)、《呐喊》(1981)、《彷徨》(1981),而且英译了4卷本的《鲁迅选集》(1956—1961)、《鲁迅小说全集》(1981)、《中国小说史略》(1973),编译了《无声的中国——鲁迅作品选》(1973)等,他们的翻译工作和完整的译本也为鲁迅作品在英语世界的传播和研究,提供了重要的研究资料和有力保障。

毫无疑问,在中国现代文学海外翻译与传播的进程中,鲁迅及其文学创作是最早被翻译、被接受和被研究的,其作品的翻译无论是在数量上还是在作品译文的印刷量上都是最多的,不同语言的译本在跨文化与跨民族的语际流通中产生过广泛的影响,这种影响甚至触及海外一些作家的文学创作。

除了鲁迅,巴金、老舍、郭沫若、艾青、郁达夫、徐志摩等中国现代作家及其文学创作,也曾被国外的汉学家、华裔学者和留学生们翻译与推广到国外,在一定程度上满足了他者对东方异质文明的审美想象和期待视野,他们的文学创作也成为大卫·达姆罗什所定义的、具备"世界性"意义的文本。达姆罗什认为世界文学是一种动态的、处于不断变化中的流通模式和阅读模式,是在翻译中获益的国际性书写,也是不同的民族文学与国别文学在多元敞开的全球化语境中而进行的"椭圆折射"(elliptical refraction),翻译则赋予了国族文学跨越时空与世界各国文学进行对话交流的途径和可能性。

第五章 "走出去":跨语际传播中的世界性与本土性

1947年法国传教士明兴礼(Jean Monseterleet)将巴金的小说《雾》翻译成为法文,附在其博士论文《中国当代文学:见证时代的作家》的后面,并顺利通过了巴黎大学的答辩。明兴礼对《雾》的翻译被认为是巴金小说最早的外译。20世纪五六十年代,苏联已经翻译出版了俄文版的《巴金短篇小说集》《巴金文集》《巴金选集》《家》等。到了20世纪70年代,英译本的《家》《寒夜》等也都在美国问世。而巴金曾于1927年1月至1928年12月赴法国巴黎留学,他在法国开始了文学创作生涯,并完成了他的第一部小说《灭亡》。旅法的经历不仅使他得以大量阅读、吸收西方哲学和巴枯宁、克鲁泡特金的思想,他本人又深受左拉、托尔斯泰、屠格涅夫、契诃夫等西方现代作家作品的影响。在法国的留学拉近了他与法国学者和读者之间的情感距离,从另外一个角度来看,这也推动了法国学者对巴金作品的翻译和接受,由此巴金也成为法译本作品最多的中国现代作家。

除了明兴礼最早对《雾》的法译,20世纪70年代末至80年代初,巴金的小说《家》《雾》《春》《海的梦》《春天里的秋天》《憩园》《寒夜》《复仇》《长生塔》以及短篇小说集《罗伯斯庇尔的秘密及其他短篇小说》等先后被译为法文,在法国以及欧洲的汉学界引起了较大的反响。随后意大利、德国、西班牙、瑞典、挪威等国都紧跟法国,开始翻译或依据法译本转译巴金的小说作品,比如《家》的法译本曾被转译成为南斯拉夫语、荷兰语、西班牙和葡萄牙语四种文字的译本,巴金及其主要的长篇小说与中短篇小说也因此得以借助各国译者的翻译和推广,被传播到了世界各地,使巴金成为具有世界声望和世界性意义的作家。我们在这里简要地追溯中国现代作家及其作品从本土汉语转码为其他多种国家译入语的翻译历程,不仅可以展示他们的作品是如何被西洋与东洋所接受的,同时可以借此了解他们的作品如何在跨语际传播中从汉语本土走向世界。

对于老舍来说,早在20世纪40年代初,其小说作品就已经被域外学者关注并翻译到了国外。1940年,日本兴亚书局出版日文译本《小坡的生日》,随后《赵子曰》《牛天赐传》《骆驼祥子》等都被陆续译成日文出版。1944年美籍华裔学者王际真翻译的《当代中国小说集》在美国哥伦比亚出版社出版,其中也收录了老舍的5部短篇小说的英文译本①。1945年美国译者伊文·金(Evan King)翻译《骆驼祥子》,并以 *Rickshaw Boy*(洋车夫)为书名在纽约出版发行。此译本一经问世便迅速引起了轰动,不仅得到美国著名的"每月一书读书俱乐部"(Book-of-the-Month Club)重点推荐和大力宣传,而且在短短时间内销量累计超过了百万,奇迹般地成为美国当年图书市场上引人注目的畅销书,随后多次再版。

《骆驼祥子》在美国引起的轰动和热销进一步促使美国译者和出版商加紧对老舍其他作品如《离婚》《四世同堂》《鼓书艺人》《牛天赐传》的翻译,老舍小说的英译随后也引发了欧美其他国家的关注和翻译的热潮,其多部作品陆续被译为法语、德语、瑞典语、意大利语、日语、捷克语、波兰语、俄语、朝鲜语等多种语言文字。正是在翻译推动下,中国现代作家老舍声名鹊起,蜚声中外文坛。达姆罗什认为世界文学是受益于翻译的书写,这不是没有道理的。

在书写中国现代文学经由翻译走出本土走向世界时,我们特别注意到一个重要的转译现象:巴金的小说被翻译为法文读本后,其周边国家的译者根据法译本,又把巴金的小说转译为南

---

① 《黑白李》(*Black Li and White Li*)、《眼镜》(*The Glasses*)、《善人》(*The Philanthropist*)、《柳家大院》(*Liu's Court*)、《抱孙》(*Grandma Takes Charge*)。

第五章 "走出去":跨语际传播中的世界性与本土性

斯拉夫语、荷兰语、西班牙和葡萄牙语四种文字;1945年美国译者伊文·金翻译了老舍的《骆驼祥子》,尽管伊文·金归化式的"美国本土化"(American localization)改写和重构,严重背离了老舍原著的创作主旨和主题精神,但 *Rickshaw Boy* 红极一时,法语、德语、瑞典语、意大利语、捷克语译本均由金译本直接转译。从语言学与符号学的逻辑层面来分析,严格地讲,语言在印欧语系与汉藏语系之间的转码是不可通约(incommensurability)的,因为拼音文字的书写与汉字的书写在意义出场的文化观念上完全不同,有着不可通约的差异性。

汉字是直接使意义出场的表意性符号,而拼音文字是记录声音的非表意性符号。从这个学理层面的意义上讲,翻译是不可能的,但又是必需的。因此,在拼音文字与汉字的转码过程中,不仅因为双方的文化观念有着差异性和不可通约性,译者在翻译的行为中也必然充斥着误读(misreading)、过度性诠释(over-interpretation)、创造性翻译(creative translation)等衍生性元素,甚至由于双方文化观念的不同,还存在着语言的不可译性。

问题在于,巴金的小说被翻译为法文读本后,再从法文读本转译为南斯拉夫语、荷兰语、西班牙和葡萄牙语四种文字,老舍的《骆驼祥子》被翻译成为英文读本后,又从英文转译成为法语、德语、瑞典语、意大利语、捷克语等多国语言文字。这种二手译入语的读本,较之于源语读本一定充满着更多的误读、过度性诠释与创造性翻译等元素。那么,巴金和老舍的文学作品在翻译与转译——二手翻译的转码旅行中,又会成为负载怎样泛化意义的读本呢?与此同时,这种二手翻译的文学作品在误读、过度性诠释与创造性翻译的过程中,也难免进一步被译入语文化颠覆性与解构性地本土化了。

在翻译研究的学理上,我们至少可以划分两种翻译的可能性,即一次翻译与二次翻译,所谓的二次翻译也就是我们上述所讨论的转译与二手翻译。当然,在新文学运动时期,二次翻译的现象、二手翻译与转译的现象是相当普遍的,那批留学日本的知识分子也曾大量地从日译读本中二次翻译西方的文学作品及其文学理论读本。可以说,这种二次翻译、二手翻译与转译的现象特别值得从事中国现代文学、比较文学与翻译研究的学者投入时间和精力给予关注与研究。

在这里,至少有一点是我们应该强调的,在"五四"新文学运动时期,日本对西方的接受远远地走在了中国的前面,日本知识分子大量地把负载西方先进思想的读本翻译为日语,以推动其民族发展。而当时还处在封闭落伍状态中的中国急需接受西方先进思想的启蒙,在这种情况下,留学日本的介入性公共知识分子抢先从日语读本转译西方的先进思想,也折射出那个时代的历史必然性。也就是说,启蒙与救亡图存的民族性焦虑压倒了学术性,那个时代的知识分子未必不知道二次翻译、二手翻译与转译的弊病所在。

再让我们来解析郭沫若的作品在翻译中跨越语际从本土走向世界的踪迹。

在20世纪50年代,郭沫若的文学作品曾与鲁迅、巴金、艾青等作品一起被苏联学者积极翻译与出版。1936年,埃德加·斯诺编译并由伦敦哈拉普书局出版了《活的中国——现代中国短篇小说选》一书,在这部旨在向西方读者介绍现代中国作家及其作品的短篇小说选集中,郭沫若及其短篇小说《十字架》与鲁迅、巴金、林语堂、郁达夫等中国现代作家一起,被选译并介绍到了西方。1946年,华裔学者、哥伦比亚大学中国文学教授王际真将郭沫若的短篇小说《月光下》(*The Moon Shines Down*)译成英文

第五章 "走出去":跨语际传播中的世界性与本土性

并刊登在《中国杂志》上,杨宪益与戴乃迭夫妇也曾于1953年用英文合译了郭沫若的历史剧《屈原》,随后《屈原》被翻译为法语、日语、德语、意大利语等多国语言。

郭沫若《女神》中的诗歌如《凤凰涅槃》《笔立山头展望》《地震》《立在地球边上放号》《太阳礼赞》也都被西方学者关注和翻译,并被编入《中国现代诗选》①、《〈女神〉诗选》②、《二十世纪中国诗歌选集》③等诗集中。这些翻译行为进一步推动了郭沫若及其作品在西方英语世界的流动和传播。此外,郭沫若曾于20世纪初赴日留学多年,在日本度过了自己的青春时代,并在日本接受了西方文化的冲击和影响。日本学界早在20世纪20年代就开始了对郭沫若作品的关注和翻译,郭沫若的自传、诗歌、小说、散文、剧本以及中国古代史和古文字研究等学术研究,几乎全部都被译成日文公开出版发行。在一定程度上,我们可以说,郭沫若作品在日本的翻译数量及其系统性是最为完善的,并且日本学者对郭沫若的文学及学术成就的研究,也远远超过了英语世界学者对他的关注。

以上通过追溯鲁迅、郭沫若、巴金、老舍等中国现代知识分子及其文学作品走出国门在海外翻译与传播的历史,我们可以发现,中国现代作家及其作品几乎一直都在被动地"走出去"。尽管从20世纪20年代起,他们的作品就已经被翻译成日语、俄语、英语、德语、法语、意大利语等多国语言文字,并在跨文化与

---

① Harold Acton and Chen Shih-hsiang, *Modern Chinese Poetry*, London: Duckworth, 1936.
② Guo Mo-jo, *Selected Poems from the Goddesses*, translated by John Lester and A. C. Barnes, Foreign Languages Press Peking, 1958.
③ *Twentieth Century Chinese Poetry: An Anthology*, translated and edited by Kai-yu Hsu, New York: Doubleday, 1963.

跨民族的沟通和交流中走向了世界，在一定意义上还成为大卫·达姆罗什所界定的、具备"世界性"意义的文本，但他们始终处于一种被译入语出版商及译者所操控的、他者的意识形态语境下，外域的出版商及译者对他们的文学作品在翻译时所给予的审视与拣选无疑是不对等的。这批留学外域的中国现代知识分子，他们对西洋和东洋文学作品及相关人文思想读本的翻译与引进，是为了启蒙与救亡，而外域出版商及译者对他们的文学作品的拣选与翻译，主要还是为了满足本国阅读市场的读者对中国文学及文化的审美期待，及其对东方落后旧日文明的猎奇心理。所以他们的文学作品在走向外域的翻译过程中，外域译者为了贴近和迎合本土读者的文化心理与阅读需求，难免会对他们的文学作品进行删减、介入性重构，甚至是暴力改写，如老舍的《骆驼祥子》被译为 Rickshaw Boy 就是典型的一例。所以我们认为，如果说老舍的《骆驼祥子》因翻译成为 Rickshaw Boy 而获取了被跨语际读者阅读的世界性，那么这种世界性也是被外域译入语国家强制本土化了的世界性。当然，我们不可否认，外域译者在拣选中国文学作品给予翻译时，其中也含有国际政治立场与文化策略的问题，因此我们在讨论这批具有留学背景的知识分子及其文学作品因翻译而走向世界时，还有几个层面的问题也是值得思考和关注的。

第一，译入语国家的意识形态、文化场域、诗学及其与中国的亲疏关系影响或决定着他们的翻译动机和翻译对象。比如伊罗生、斯诺、史沫特莱等一直结交于鲁迅，所以他们更推崇并翻译鲁迅的作品[1]，因此，他们对鲁迅作品的翻译，不仅仅只是欣赏

---

[1] 20 世纪 30 年代中期伊罗生(Harold R. Isaacs)翻译的《风波》(1935)发表于美国纽约的《故事杂志》9 月号上，斯诺和姚克合作翻译了《一件小事》(1936，纽约《亚洲》杂志 2 月号)，并编辑出版了《活的中国：现代中国短篇小说选》一书(1936，伦敦乔治·G.哈拉普公司)。

和肯定鲁迅及其作品的社会意义及审美价值,同时也带有明显的左翼倾向和政治色彩。而在20世纪50年代,中苏关系处于"蜜月期"时,苏联翻译和推广中国文学特别是左翼文学、无产阶级文学的热情高涨,鲁迅、郭沫若、茅盾、老舍、巴金等中国著名现代作家的名作几乎都实现了推向苏联的翻译。《鲁迅选集》(4卷本,1954—1955)、《老舍选集》(2卷本,1957)、《茅盾选集》(3卷本,1956)与《巴金文集》(2卷本,1959)都先后被编译出版,同时在苏联人文社会科学研究领域出现了以中国现代文学为研究对象的学者和批评家。而到了20世纪50年代末至60年代初,中苏关系恶化,两国的文化和文学交流处于冰冻期,苏联对中国现当代作家作品的翻译和出版工作也受到了很大的制约与阻碍。

第二,中国作家作品经由译者的翻译而走出本土,其中译者个人的兴趣爱好拣选的动机也起着很大的作用。比如因《沉沦》而驰名中外的郁达夫,其作品在20世纪20年代被日本翻译推广时,翻译时间最早、翻译次数最多的反而不是他的代表作《沉沦》,而是在中国国内并不受关注的《过去》和《春风沉醉的晚上》。究其原因,一方面与郁达夫在《沉沦》中对日本的控诉有一定的关系,另一方面更为重要的是《春风沉醉的晚上》和《过去》更符合日本的文学审美观念,译者大内隆雄、小田岳夫、冈崎俊夫人对这两篇作品更加推崇和喜爱。而美籍华裔学者王际真、杨宪益与戴乃迭夫妇、德国汉学家顾彬、美国翻译家葛浩文等,他们个人对中西方文化造诣颇深,并具有极高的英汉双语能力,他们的翻译在一定程度上摆脱了官方的制约和偏见,也更多地带有个人喜好和习惯。

第三,在"走出去"的文化行动过程中,具有留学背景的中国现代作家显然获有一定的"优势"。他们的文学创作在中外文化的汇通与融合中本然地就含有世界性的意义,多年的海外留学经历很容易在感情上拉近他们与译入语国族读者和研究者们的距离，所以他们必然容易成为被外域译者及出版商所拣选与翻译的作家。此外，作为国际性的作家，鲁迅、郭沫若、老舍、巴金、郁达夫、徐志摩等在国外也结交了很多异国朋友，他们与不少外国作家、汉学家、文艺界人士、新闻界人士等都有着广泛的接触和联系，积累了一定的人脉和文化资源。其中，有些作家如林语堂甚至本身就用英语写作。

1938年8月至1939年8月间，林语堂旅居巴黎，他在此期间操用地道的英语及其美文性修辞书写了他的长篇小说 *Moment in Peking*。这部长篇小说的书写策略在林语堂一开始落笔之际，即定位在是为了满足西方英语读者的阅读而书写的，所以 *Moment in Peking* 出版后，在西方英语世界产生了极大的影响。然后这部在世界文坛用英语全景式地讲述20世纪初中国本土故事的读本，再由林语堂本人自己回译为汉语小说《京华烟云》。可以说，世界性与本土性在汇通中最为恰切的整合，在林语堂的英语小说 *Moment in Peking* 与汉语自译小说《京华烟云》中得到了最为圆融的兑现。应该指出的是，关于林语堂小说的自译现象特别值得中国现代文学、比较文学与翻译研究注意。林语堂关于《京华烟云》的自译，不同于张爱玲小说《金锁记》的自译——张爱玲的《金锁记》先是操用汉语书写的读本，然后由张爱玲本人再度转码为英语——由于源语创作的立场不一样，林语堂与张爱玲译入语的翻译策略也不一样。

值得注意的是，无论是过去还是现在，在中国文学走向世界的进程中，即使有某些作家"主动"翻译自己的作品，或"主动"走向西方，但结果往往不尽如人意。而那些经由西方译者基于其本土文化立场而创造性改写与重构的译入语文本，反而更受目的语国家市场和读者的青睐。比如美国译者伊文·金在翻译老舍的名作《骆驼祥子》《离婚》时，擅自对原作进行大幅的改写以及过度诠释（over-interpretation），并肆意删改甚至彻底颠覆原著的情节和结局。对此老舍相当不满，甚至公开与之对簿公堂，但伊文·金的译本 *Rickshaw Boy* 却奇迹般地成为美国图书市场上引人注目的畅销书。

《骆驼祥子》的法语、德语、瑞典语、意大利语、捷克语译本也均由金译本直接转译，*Rickshaw Boy* 红极一时，销量和受欢迎程度也远远超过郭镜秋翻译的 *The Quest for Love of Lao Lee*（《离婚》），郭镜秋"更加忠实于原著"的译本并不受读者青睐，甚至仅仅"在道义上取得了胜利"①。可见，美国本土的读者对译入语小说的语言要求是非常本土化的，他们更多的是接受归化翻译（domesticating translation）的译入语小说，而不接受异化翻译（foreignizing translation）的译入语小说。老舍在美期间与人合译的自己的小说《四世同堂》《鼓书艺人》《牛天赐传》等作品，出版后也大都市场反应冷淡，销量并不乐观。导致这种现象的主要原因就是老舍在与他人合译自己的小说时，为了保持中国文化传统及其修辞在译入语小说中的呈现，在翻译的策略上，他们坚持操用异化翻译的策略，但这种充满翻译腔的译入语小说，在美国读者那里没并有获得广泛的阅读市场。此外，中国作家莫言于2012年10月11日获得了诺贝尔文学奖，其背后的西方知名译者葛浩文、陈安娜在翻译的过程中，也曾不遗余力地对莫言的小说作品进行了大刀阔斧的改写与创造性重构，这种翻译的策略迎合了西方本土读者的文化心理与审美需求，并成功地建构了一个西方他者语境中的莫言。

而在当下的全球化时代，随着中国经济的发展和国际地位

---

① 舒悦：《评老舍小说〈离婚〉的伊文·金译本》，《中国翻译》1986年第5期。

的显著提升,中国文化也正在加快推进并融入世界大潮的步伐。中国文化走出去,更多优秀的中国现当代作家作品也被翻译出去,在更宽广的世界版图上被更多不同国别、不同民族的读者和研究者们所接受,也会逐渐成为一种常态。20世纪50年代创刊的《中国文学》杂志①和80年代中国文学出版社推出的"熊猫丛书",尽管并没有在域外取得预期的接受效果,但作为官方主动组织的翻译活动,这些翻译工作作出了开拓性的努力,并拉开了中国文学对外传播的尝试和序幕,在翻译策略上也体现了国家机构对源语文化和中国文学传统的重视。而在今后中国文学的经典作品借助于翻译走向世界时,一方面我们要扩大并推介更多的优秀作家作品,我们的翻译不能仅仅止于鲁迅、郭沫若、巴金、老舍、茅盾等;另一方面,在翻译时还应该注重时代感、现代性和译入语国家的市场内部需求,挖掘海外读者群体对中国文学的兴趣点所在,而不是把翻译的选择点仅仅置放在本土语境下我们的理解,把我们自己认为好的作品推介出去。如刘慈欣的原创科幻小说《三体》(*The Three-Body Problem*)和郝景芳的《北京折叠》(*Folding Beijing*),在经由美籍华裔译者刘宇昆的翻译和推荐走出国门后,不仅得到了译入语国家读者群体的接受和认可,而且分别于2015年和2016年斩获了由世界科幻协会颁发的堪称科幻艺术界诺贝尔奖的"雨果奖"。这两部作品在跨语际的沟通和交流中将中国科幻小说推至世界的高度。

需要指出的是,在推动中国文学走向世界的翻译策略中,我们也应该突破西方长久以来的文化霸权、种族偏见与后殖民主义倾

---

① 《中国文学》杂志于1951年创刊,2001年停刊,有英文版、法文版和中文版,主要翻译介绍中国著名的作家、艺术家及其作品,从事中国文学的对外传播工作,是国外学者了解和研究汉学和中国文学的重要窗口。

向,消除东西方文化价值观念的冲突和意识形态的矛盾,更多地尊重中国文学作品的原创性与民族性,不能仅仅为了迎合目的国读者的文化心理需求和出版的商业利益,而在翻译中过度改写原作。

第三节 视域融合:作为一种研究范式的世界性与本土性

如前所述,对于具有留学背景的中国现代作家鲁迅、郭沫若、郁达夫、巴金、老舍、艾青来说,他们的文学创作完成以后,不仅在中国文坛独具一格,征服了中国汉语本土的众多阅读者,而且通过译者的拣选、翻译和推荐走出本土走向世界,被不同国别、不同语言的目标语读者群体所接受和欣赏,成为具备"世界性"意义的文本。而从概念的本质上来评判,"世界性"原本就是一种跨文化、跨民族、跨语言的研究视域,我们也可以将这种视域作为一种方法论和研究范式对具有留学背景的中国现代作家进行整体性观照与把握。译者提供了不同语言的译本,译入语国的汉学家、学者、批评家们则借助这些译本和资料对鲁迅、郭沫若、老舍、巴金等中国作家及其文学创作,进行跨国别与跨民族的文化批评和比较研究。不同于传统中外文学关系研究的影响/被影响、传播/接受的二元对立模式,西方本土学者、华裔学者和欧美学者基于他者的眼光及其本身的异质文化立场,将其对中国作家的关注和研究置放在更为开阔的国际性学术平台之上,在平等和开放的全球化语境下给予重新看视与双向汇通整合,以推动其在异域更为广泛地传播和旅行,进而引起西方大众读者的关注和兴趣。这种在西方本土形成的中国作家之"文本热"或"作家热",反过来也会促使更多的西方译者投入进去,他们会拣选更多的中国作家作品进行翻译,甚至某一作品也极有可能被翻译成为多个不同的版本。也就是说,西方的译者、大众读者、学者、批评家们共同构建完成了一个汇通性知识场域,也正是在这一场域中,中国作家及其作品的文学生命在异域得以扩展和延伸。

与此同时,在中国现代作家及其文学创作被译者基于不同的文化立场所拣选、所翻译时,各国的汉学家和批评家们已经同步开始了对他们的关注和研究。当然,这些与中国本土的评价体系有着极大的文化差异性的研究范式和研究视域,也为中国作家在英语、日语、法语、德语、意大利语世界的声名远播起到了推广和催化的功效。在日本,汉学家和学者们对鲁迅、郭沫若、郁达夫、巴金、老舍、茅盾等作家和相关社团的研究几乎与翻译是同时起步的。早年的译者井上红梅、长江阳、松浦珪三、山上正义等,他们在其翻译鲁迅的小说或编选鲁迅的作品集时,已经充分肯定了鲁迅对中国文坛所作出的功绩及其在中国现代文学界的"泰斗"地位,并对以《阿Q正传》为代表的鲁迅小说及其美学价值进行了初步的分析和探讨。

1934年,出身于东京帝国大学的青年竹内好、武田泰淳、冈崎俊夫筹备成立了中国文学研究会,增田涉、小田岳夫、松枝茂夫、实藤惠秀、小野忍、千田九一等都随后加入,成为该会的重要成员。这一社团明确宣称以中国现代文学为其研究对象,以促进日、中两国的文化交流为其主要目的,这在20世纪日本的中国现代文学研究甚至整个日本的中国研究界都具有里程碑意义。他们于1935年2月28日策划出版了由郭沫若题名的会刊《中国文学月报》(后改名为《中国文学》),每月1号出版。尽管中国文学研究会自1934年3月创立到1943年3月自动宣布解散,仅仅存续了九年,但他们对中国现代文学的关注,对鲁迅、郁达夫、郭沫若等诸多中国现代文学作家作品的翻译和研究,及其对各种中国现代文学选集的编辑和翻译,开创了日本中国现代

第五章 "走出去":跨语际传播中的世界性与本土性

文学研究的先河,也奠定了日本现代中国文学研究的基础。

比如增田涉与鲁迅交往密切,他曾多次聆听鲁迅的指导和教诲,除了翻译鲁迅的小说、散文、文论等著作,还撰写了《鲁迅传》《鲁迅的印象》《我的恩师鲁迅先生》等专著,多角度、多方面地对鲁迅进行阐释和深入研究。竹内好、增田涉、冈崎俊夫等人也曾大力推介郁达夫及其小说作品。竹内好以《郁达夫研究》作为他在东京帝国大学的毕业论文,对郁达夫的生平进行了具体的考证,并在此基础上深入分析了郁达夫小说中的非理性倾向和感性思维,研究了郁达夫与西方世纪末思潮和日本现代文学的诸种关系。竹内好也被认为是日本最早的郁达夫研究专家。

此外,竹内好关于鲁迅的研究既熔铸了他个人的生命体验,又据守他作为日本学者的立场对鲁迅的思想、政治、生存与死亡等方面进行了极富哲学意味和个人风格的解读。"竹内鲁迅"与他1944年出版的、被誉为日本鲁迅研究里程碑式的专著《鲁迅》一起,自20世纪40年代起便在日本享有盛誉,对日本乃至整个东亚后来的鲁迅传播和研究都产生了旷日持久的影响。后来的伊藤虎丸则以"日本视角"解读鲁迅作品、探索鲁迅的思想和精神,对"竹内鲁迅"既继承又有所突破,很大程度上也是对中国鲁迅研究界的参照和互补。

作为日本战后著名的鲁迅研究专家与"日本一代有良知的学者"[①],伊藤虎丸在他的《鲁迅与终末论》《创造社研究》《鲁迅与日本人》《鲁迅、创造社与日本文学——中日近现代比较文学初探》《创造社资料》等论著中,承袭了竹内好"把鲁迅置于跟我们

---

① 孙玉石:《思考历史:日本一代有良知学者的灵魂》,《鲁迅研究月刊》1994年第9期。此文也是孙玉石先生为伊藤虎丸的《鲁迅、创造社与日本文学——中日近现代比较文学初探》一书所作的序言。

日本近代文学具有同时代性的位置来考察"的研究视域。他将鲁迅、郭沫若和郁达夫等前期创造社的作家们与以冯乃超、李初梨为首的后期创造社成员们，分别与明治青年（政治青年）、明治-大正青年（文学青年）、大正-昭和青年（思想青年）这三类知识青年"同时代"地对应起来，充分考察中国留日作家们在其所对应的日本特定的文化语境中，各自所呈现出来的本质性异同与文化根源，同时探讨他们与日本文学、西方文化以及中国本土文化的精神联系。比如，他认为鲁迅于明治三十五年（1902年）春东渡留学日本，恰逢日本"尼采热"高涨之时，鲁迅难免不受影响，并且对尼采"深深倾倒"。伊藤虎丸运用比较文学的视角和跨文化的方法论，追溯并探寻尼采在日本具体的传播进程与传播形态，深入考察鲁迅对尼采的理解、接受与创造性转化，从而得出鲁迅的尼采观与同时期日本文学的尼采观之间"在本质意义的深刻的程度上，有着明显的差别"[①]这一结论。他认为鲁迅对尼采及其"个人主义"的理解和认识，远非日本文坛所倡导的"个人主义＝本能主义"，鲁迅对于西方"近代"的理解，比日本文学更准确地"把握了其本质"[②]鲁迅对于尼采精神和欧洲异质文明的接受和吸收，也并不意味着其民族精神文化的"转向"[③]，而是民族精神的"回心"和"归复"，或者以"西欧的冲击"为契机，达到"国粹的复兴"[④]。

在此基础上，伊藤虎丸进一步强调鲁迅在"个人主体性的自

---

① ［日］伊藤虎丸：《鲁迅早期的尼采观与明治文学》，《鲁迅、创造社与日本文学——中日近现代比较文学初探》，孙猛、徐江、李冬木译，北京大学出版社2005年版，第57—58页。
② 同上书，第48页。
③ 同上书，第58页。
④ 同上书，第59页。

觉"与"文化自立的欲求"这一"双重契机"的追求与探索中,其"个人主义"(即西化主义)和"民族主义",在同一个主体性思想上是"彼此连结着"的特质①。在《创造社与日本文学》一文中,伊藤虎丸同样把创造社及其作家们置放在日本大正文坛的特殊背景下进行同时代性考察,深入挖掘他们的文学观、艺术观、社会观以及"自我意识",及其与日本近代文学史上"大正时代"的作家们所结成的"很深的近亲关系"②。在一种横向的思考与透视中,伊藤虎丸还就以郭沫若、郁达夫、成仿吾、李初梨、冯乃超等为代表的大正青年、昭和青年,与明治青年代表鲁迅之间的对立与论争,进行了比较研究,以分析他们所接受的不同的文艺思潮和西方理论,同时也探讨具有留学背景的中国作家群体与日本文学之间的密切联系和诸种差异,揭示了他们跨民族、跨文化的文学创作对于中国现代文学的特殊意义。

此外,伊藤虎丸对鲁迅的《狂人日记》、郁达夫的小说《沉沦》、郭沫若的历史小说、郁达夫与佐藤春夫的关系等都作出过独到的理解和阐释,他的研究既承继了前人,又运用了跨文化、跨语言、跨民族的比较视域和方法论建构自己的研究体系,不仅呈现出他在学术研究方法论及创新意识方面的突破,而且推动了日本中国现代文学研究的创新和发展。

在欧洲,从20世纪40年代起,一批在华的传教士已经开始了他们对中国现代文学的关注和研究。法国传教士明兴礼曾旅居中国十四年,是当时法国第一位集巴金作品翻译、评论和研究于一体的学者和先驱。他对巴金小说《雾》的翻译被认为是巴金

---

① [日]伊藤虎丸:《鲁迅早期的尼采观与明治文学》,《鲁迅、创造社与日本文学——中日近现代比较文学初探》,孙猛、徐江、李冬木译,北京大学出版社2005年版,第58页。
② 同上书,第144页。

小说最早的外译，他的博士论文《中国当代文学：见证时代的作家》，分别对鲁迅、茅盾、巴金、老舍、曹禺、冰心、郭沫若、徐志摩、闻一多等中国现代作家进行了专题研究。明兴礼的研究被认为是法国第一篇从比较文化的视角研究中国现代文学和现代作家作品的博士学位论文。以此为基础，明兴礼分别撰写并出版了《巴金的生活和著作》①（*La Vie et l'oevres de Pakin*）和《中国当代文学巅峰》②（*Sommets de la Littérature Chinoise Contemporaine*）两部专著。

在这两部专著中，他不仅以跨文化与跨语言的比较视域，开创了国外以专著和个案的形式深入研究巴金的先河，并且他以自己所熟悉的西方文学为参照体系，将鲁迅、茅盾、巴金、老舍、郭沫若、徐志摩、闻一多等中国现代作家，置放在世界文学的宏大背景之下，与中国同时代的作家以及欧洲著名作家进行跨文化、跨民族、跨语言的汇通性研究。在研究视域、研究范式和研究成果方面，明兴礼的研究具有突破性和拓展性，在整个西方巴金研究领域中具有标杆性的意义③。

---

① 王继文根据明兴礼的博士学位论文，节选并翻译了《巴金的生活和著作》一书，1950年该书由上海文风出版社出版。
② 1953年《中国当代文学巅峰》在巴黎出版，后来香港的耶稣会士朱煜仁（Le P. Michel Chu）选取该书的一部分翻译成为中文，并以《新文学简史》（*Highlights of Contemporary Chinese Literature*）为名，由香港天主教真理出版社于1953年出版，1957年3月该书由香港新生出版社再版。
③ 明兴礼既谙熟西方文学，又长期客居中国，熟悉中国现代文学，他不是孤立地研究和评论某一个作家，而是将其置放在与其他中西方相关作家的比较视野中，进行汇通性研究。比如他曾在《巴金的生活和著作》中将巴金的《激流》和曹雪芹的《红楼梦》进行比较研究，也曾指明巴金文笔没有鲁迅的"劲峭有力"，没有茅盾的"雕琢工夫"，也比不上老舍的"逼真"，他的长处是"清新"。还曾在《新文学简史》中指出冰心与汤姆孙（Francis Thompson）都喜欢儿童的微笑，但汤姆孙更能发现儿童心灵深处的奥秘；郭沫若的文章，"热情奔放，体裁变化"，与法国文学家维克多·雨果的作品很像，但是"郭氏还及不到维氏的天才和力量"等。

第五章 "走出去":跨语际传播中的世界性与本土性

此外,法国当代著名汉学家、巴黎第七大学远东文学系教授保罗·巴迪(Paul Bady)对老舍及其文学创作的研究也非常具有代表性。他曾以老舍作为博士论文的研究对象,翻译过老舍的《正红旗下》《离婚》《我这一辈子》《老牛破车》等作品的法译本。他在任职法国驻华使馆文化专员期间,曾辗转多地搜集老舍研究资料,发表了一系列关于老舍研究的论文,如《论〈骆驼祥子〉》《论老舍的短篇小说》《老舍与短篇小说一书》等,这些论文曾在欧洲以及世界汉学界产生了很大影响。不同于中国本土学者的现代文学研究,保罗·巴迪以他者的视域立足于欧洲本土学界的文学研究场域,在方法论上注重从文化的层面研究老舍作品的特质,以剖析老舍的创作心理,他的学理观念与研究视域对中国本土的老舍研究具有启迪性意义。

保罗·巴迪撰写的专著《小说家老舍》,曾被作为法国大学的参考教材。可以说,保罗·巴迪在撰写这部专著之始,就把读者定位在法国本土,由于读者定位的不同,保罗·巴迪的《小说家老舍》在批评的价值取向和研究观念上与中国本土关于老舍研究的专著及文章有着迥然不同的差异性。而这类西方汉学家操用自己本土拼音语言为本土读者书写的读本,翻译成为汉语译入语读本后,恰恰可以给予中国本土从事现代文学研究的学者研究方法论与研究观念上的巨大启示。此外,保罗·巴迪还牵头成立了"欧洲老舍爱好者协会",与日本的"老舍研究会"遥相呼应,在全世界范围内掀起了关于老舍研究的热潮。他还组织翻译了一大批老舍的著作,并陆续在法国出版。毫无疑问,保罗·巴迪对老舍及其作品在法语世界的传播和交流起了重大的推动作用。

还有一位留学德国的中国女性学者也特别值得我们关注。1939年,王澄如(Wang Chêng-ju)从中国贵州赴德国波恩大学留学，在波恩大学完成了她的博士学位论文《鲁迅的生平与著作：对中国革命的贡献》(*Lu Hsün, sein Leben und sein Werk: Ein Beitrag zur chinesischen Revolution*)。从当下的学术视角来评判，这部关于鲁迅研究的博士论文水平较为一般，甚至在文献的操用与论点的提出方面还有着这样那样的错误以及可商榷之处，然而其难能可贵之处在于，它是德语世界乃至国际学界的第一篇关于鲁迅研究的博士论文。尽管这部博士论文在当时及后来的国际汉学界没有产生任何影响，但是我们从鲁迅国际研究史的角度来看，这部博士论文开启了德语国家研究中国现代作家作品的先河。

而当代德国最活跃的汉学家当数波恩大学汉学系教授顾彬。在顾彬主编的《二十世纪中国文学史》的中文版序中，他曾表明自己对中国文学研究所投入的热爱："四十年来，我将自己的爱都倾注到了中国文学之中。"[①]他从多元开放的世界文学视野肯定中国文学传统的世界性意义："从《诗经》到鲁迅，中国文学传统无疑属于世界文学，是世界文化遗产坚实的组成部分。"[②]多年来，顾彬一直在研究鲁迅，他不仅将鲁迅的大部分重要著作翻译成了德文，而且主持编译并出版了六卷本德文版的《鲁迅选集》(*LuXun: Werke in sechs Bänden*)，把鲁迅及其文学创作客观、全面、系统地介绍给了西方读者。

在《二十世纪中国文学史》一书中，顾彬从"世界文学"的宏观视域和伽达默尔及其诠释学意义上的"视域融合"这一独特视角，反思并重新读解中国文学。他跳出了中国学界在多年的研

[①] ［德］顾彬：《二十世纪中国文学史》，范劲等译，华东师大出版社2008年版，第1页。

[②] 同上。

第五章 "走出去":跨语际传播中的世界性与本土性

究中已然封闭的现代文学历史语境,超越了多年来中国现代文学研究领域那些原教旨主义者所人为设定的中西文化不可通约的壁垒,运用比较文学的研究视域和研究方法,以一位德国汉学家所持有的他者视域,把鲁迅、郭沫若、郁达夫置放在一个全球化的学术研究平台给予思考与诠释。顾彬的思考在崭新的价值评判逻辑上涉及鲁迅"救赎的文学"、郭沫若"自我救赎的文学"、郁达夫"文学和自怜的激情"等。可以说,顾彬从比较文学研究的视域对中国现代文学的研究,为汉语学界本土从事中国现代文学研究的学者提供了研究视域与价值评判的启示。

顾彬对中国现代文学研究所涉入的领域是宏大的,他的汉语言说与书写在国际汉学界都是走在前列的。顾彬有着较好的语言能力及深厚的汉学学养,可以把自己的思考带入具体的专题研究并深入进去,因此他据守于一位西方汉学家的他者立场,并在自身的中西文化学养与沉淀中,作出了一系列汇通性的研究成果,如他对老舍、巴金、茅盾、冰心小说的研究,对鲁迅的杂文、林语堂的散文的研究,对徐志摩、闻一多诗歌的研究,对田汉、洪深戏剧的研究等。关于上述作家作品的研究与审美的价值评判,是从顾彬作为一位德国汉学家的思考中沉淀出来的,客观地讲,顾彬的思考与诠释拓构了一方具有世界性的中国现代文学研究的国际平台,他的研究视域与批评立场对中国本土的现代文学研究者应该是有所启示的。

值得一提的是,捷克在欧洲也是西方汉学研究的重镇,以普实克(Jaroslav Prusek)和高利克(Marián Gálik)为代表的布拉格汉学学派在欧美的中国现代文学研究界赫赫有名、影响深远。普实克曾在中西两种历史文化与现实的比较研究中,从世界性和本土性的双重观照维度把握并阐明了中国现代文学的抒情本质和文化渊源,他所撰写的三篇文章——《中国现代文学的主观主义和个人主义》《〈中国现代文学研究〉引言》《中国文学中的现实艺术》特别值得中国本土从事现代文学研究的学者给予细读，并从其中获取启示。在普实克看来，中国现代作家鲁迅、郭沫若、郁达夫、巴金及其文学创作中的抒情性与主观性，不仅深受注重自我情感抒发的西方浪漫主义诗学传统的显著影响，而且这种浪漫主义诗学传统在学缘的逻辑上可以追溯到古希腊神话和罗马史诗的源头上去；同时，他们文学创作中的抒情性和主观性也是中国古典文学抒情传统与感时忧国情怀的现代在场。

　　普实克在他的研究中细致分析中国现代文学中的个人主义、主观主义与抒情传统，在《二十世纪初中国小说中叙事者作用的变化》《茅盾和郁达夫》等文章中，他追溯了中国传统小说特别是晚清小说的叙事角度和叙事特点对茅盾与郁达夫等人文学创作的承续性影响。同时，他又肯定西方文学思潮的引入和现代小说写作方法和技巧的运用，对中国现代作家作品"史诗"品格和"史诗"精神的深刻影响。比如，他指出茅盾曾得益于欧洲现实主义和自然主义理论的影响，但茅盾小说的自然主义倾向与左拉的自然主义又有着明显的区别。当然，普实克一再强调的抒情特质与"史诗"品格原本就是中国现代文学的主要表现形态。作为一位具有国际影响力的汉学家，普实克对中国现代文学研究的视域全然不同于中国本土的现代文学研究者，他把中国现代文学投影到世界文学的宏观背景上给予理解与阐释。普实克关于中国现代文学的研究也代表了他所处的那个时代，捷克与欧洲汉学界对中国现代文学研究的最高水平。

　　高利克是布拉格汉学学派的另一位重要的汉学家，他著有《中国现代文学批评史（1917—1930）》《中西文学关系的里程碑》《茅盾与现代中国文学批评》等专著。20世纪50年代，高利克在北京大学读书时，曾与茅盾、老舍等有着密切的联系和交集，并结下了深厚的友谊。在高利克的研究中,他特意选取鲁迅、茅盾、巴金、曹禺、郭沫若等中国现代文学领域重要的作家及其作品,详细地分析了在各国文学交流碰撞的动态关系中,外国文学作品对中国作家们在诸种层面上的影响,并且着力研究了这些作家们复杂的接受与再创造的过程。同时,高利克还以世界文学为背景,深入探讨了中国文学的现代转型与世界各国文学之间相互影响和相互接受的文化关系。

事实上,我们可以从中国现代文学生成与发展的地图上,显而易见地看到西洋与东洋文化思潮对其深入骨髓的影响,而那个时代从西洋与东洋留学返归本土的知识分子对外域文化的引入,推动了中国现代文学的生成与发展,在学术的品质上,其必然是比较文学研究的对象。也就是说,如果仅从国别文学的孤立视角,把中国现代文学作为一种曾经深度介入历史和时代的意识形态与文化现象来研究,这无疑是远远不够的。

在美国汉学界与比较文学界,夏志清、李欧梵、王德威等北美华人汉学家为中国现代文学研究提供了一个崭新的他者视域。他们关于中国现代文学的研究立场立足于英美文学批评的主流思潮,同时也秉持一种纯文学研究的立场,坚持以"文学性"、审美的现代性和日常生活叙事等理论话语来理解与阐释中国现代文学。可以说,他们的这种研究姿态与中国本土学者曾把"五四"和左翼文学置放在革命话语和宏大叙事中思考是悖立的,具有反拨性与消解性。当然,也只有把中国现代文学带入国际汉学与比较文学研究的平台上,关于中国现代文学的研究才会在价值评判与审美方法等方面多元化起来。

夏志清、李欧梵、王德威基于西方异质文化立场和比较视域,对中国现代文学所给予的独到而深入的考察,不仅在美国的中国现代文学研究领域具有开创性意义,而且也引起了中国大陆学界的广泛关注和讨论。比如夏志清在其《中国现代小说史》一书中，基于李维斯（F. R. Leavis）"大传统"的文学史观以及英美新批评学派的内部研究和文本细读，对鲁迅、郭沫若、郁达夫、冰心、老舍、巴金等知名作家及其作品给出了新的审视与新的评判。夏志清承认鲁迅是中国"最早用西式新体写小说的人，也被公认为最伟大的现代中国作家"①，并把鲁迅的小说《祝福》《肥皂》《离婚》《在酒楼上》视为中国现代同期小说中"研究中国社会最深刻的作品"②。但是，夏志清同时对鲁迅的文学史地位大加贬抑，指出鲁迅"为其时代所摆布"，认为鲁迅甚至不能"算是他那个时代的导师和讽刺家"③。夏志清还批评了鲁迅的"温情主义"，认为鲁迅不够资格像西方的贺瑞斯（Horace）、班·强生（Ben Jonson）及赫胥黎（Aldous Huxley）一样，可以跻身世界著名讽刺家的行列，因为后者对"老幼贫富一视同仁"，对"所有的罪恶均予攻击"④。

同样，在《中国现代小说史》一书中，夏志清还批评了郁达夫小说"颓废""感伤""不重艺术"等倾向，批判性地指出巴金小说《家》与《春》中的一系列书写是"一连串的哀伤事件"，"耽溺于温情式的表兄妹恋爱，以及不成熟的革命行动"⑤。夏志清甚至对老舍的《四世同堂》也给出了一位北美华裔汉学家在他的立场上所给出的评价："一本大大失败之作""狭隘的爱国主义""小说读来毫无真实感"等⑥。可以说，这是夏志清站在异域美国的文学

---

① 夏志清：《中国现代小说史》，香港中文大学出版社2001年版，第27页。
② 同上书，第35页。
③ 同上书，第46页。
④ 同上。
⑤ 同上书，第216页。
⑥ 同上书，第316页。

第五章 "走出去"：跨语际传播中的世界性与本土性

批评与价值立场上对老舍所给出的一种极为严厉的批判。不管夏志清是否出于其政治目的，还是仅从他者视域的纯粹文学批评角度对中国现代知名作家给予贬斥和批判，均可以见出，中国现代文学研究一旦介入或进入国际汉学与比较文学的研究视域，我们就必须接受与承认文学研究及其审美价值评判的多元性和合法性。

正因为夏志清的研究立场不同于中国本土的现代文学研究者，他也对当时被埋没于中国本土学界的沈从文、张爱玲、钱锺书等作家给予了发掘和推崇，对20世纪四五十年代中国大陆意识形态化的文学史叙述模式和话语方式，在一定程度上给予了话语的颠覆和重构。李欧梵和王德威是夏志清的博士，他们在研究立场上基本承继了夏志清所开创的文学史观和注重"文学性"的价值评判理念，倾向于从文本本身和文学作品的审美特质，来评判文学作品存在的意义和价值。他们运用其所熟悉的西方现代文论和比较文学的方法论，有意地作为"他者"来重新评估中国现代作家及其作品在世界文学史上的地位，并力图建构起一种全新的、颠覆与批判传统的文学批评话语和中国现代文学史的叙述模式。

在以上的论述中，我们详细探讨了鲁迅、郭沫若、郁达夫、巴金、老舍、艾青等中国知名作家或诗人及其文学创作的跨语际传播与旅行，他们被北美、欧洲、日本、韩国等域外译者和批评家们广泛关注和译介推广，并通过译者的翻译和汉学家、比较文学研究者的批评和推介走向世界，被不同国别、不同语言的目标语读者群体所接受和欣赏，成为具备"世界性"意义的文本。西方本土的汉学家与比较文学研究者据守西方他者的立场，并利用他们谙熟中西文化特别是西方现代理论的学术背景，把盛行于欧美学界的现代性、主体性、审美性、本体论、民族国家、公共空间、视域融合等概念和理论引入中国现代文学研究的领域,并把中国作家及其文学创作置放在世界文学的平台上,以他们自己所熟悉的西方文学作为参照体系,操用跨语言、跨民族、跨文化的比较视域和比较文学的方法论,对其进行了汇通中西的思考和诠释。

我们承认,域外译者、批评家和学者们的努力,及其操用异质文化视域对中国现代文学所进行的重新审视与重新解读,不仅在研究视域、研究范式和研究方法论方面都有崭新的突破和拓展,也对推动中国现代文学及其研究在世界文学平台上的传播和交流起到了重要的影响性作用。同时,他们也为中国本土学界提供了更为多元的文学批评视域和方法论,当然,他们更以异质文化中的文学批评话语和言说方式,拓展了中国本土现代文学研究领域中的修辞张力。

但是我们需要注意的是,无论是西方本土的学者,还是华裔学者,由于语言、文化身份、视域、立场及文学理论批评的价值评判体系不同,他们与中国本土学者的研究在价值评判上有着极大的文化差异性。作为他者的研究,他们驻守在西方主流文学批评的话语系统中,操用地道的英语把中国现代作家及其作品在研究中推介到世界文学研究的平台,他们必然不可遏制地要在自己的研究中注入与中国本土完全不同的文化立场和价值理念。在某种程度上可以说,他们对鲁迅、巴金、老舍、郭沫若等中国现代文学作家的研究与阐释,充满了西方文化观念及其审美价值取向下的张力性判断。而中国现代作家及其作品在外域汉学家与比较文学研究者的研究和推介下走向了世界文学的研究平台时,其不可避免地被遮蔽在西方中心主义所给定的"世界性"的理解与阐释中,并在相当程度上裹挟着西方中心主义制造的偏见。

第五章 "走出去"：跨语际传播中的世界性与本土性

而某些大陆中国学者在从事中国现代文学时，往往习惯于把自己的研究视域从汉语本土投向西方，在文学批评理论及话语的表达观念上择取西方，把中国现代文学在自己的研究中作为西方文学理论体系的注脚。或许他们认为也只有在这样一种方法论的逻辑上，才能使自己的中国现当代文学研究与国际学界接轨，从而使自己的研究被贴上"当代性"与"世界性"的标签，而一些中国当代文学研究更是如此。这当然是一种文化不自信的学术心态，也更透露出某些学者所持有的一种文化自我否定的学术偏见。凭心而论，这种现象的发生与形成，是整个世界历史行至当代为中国学界所铺设的一种无奈。关于这一现象的讨论曾在中国本土学界产生过众声喧哗的热议，客观地讲，问题所沉淀的历史性焦虑并非如此简单。关键在于，从 20 世纪 90 年代以来，中国本土学界就"失语症"的讨论并没有揭示出这一现象产生的本质性问题。从另外一个逻辑维度来看，相当一部分的西方文学理论似乎也从来没有准确且体系性地翻译到中国本土汉语学界，甚至可以说，西方文学理论从印欧语系下往汉语的转码，每一次转码都是对西方文学理论在某种程度上的颠覆与重构，其中充满着误读、误解、错译、过度诠释与创作性翻译。

与此同时，汉语语境下的中国学者在操用作为汉语译入语的西方文学理论，分析与研究中国现代文学作家作品时，他们在无意间把中国现代文学的本土元素带入汉语译入语的西方理论思想中，对作为汉语译入的西方理论给予学理意义上的重新丰富与解构性改写，甚至是在解构性的意义重组中，推动中国现代文学的元素与作为汉语译入的西方文学理论重组，以生成一种可以为当下中国汉语学界所使用的崭新的批评术语及学术思想。西方文艺理论被译入汉语学界后，在中国本土学者的使用中失语了，由此生成了由中国现代文学本土性元素与西方文学理论世界性元素重构的第三种批评价值观与文学研究立场。在某种意义上,中国当代文学研究也存在着这种研究模式。

总纳而言,无论是中国学界,还是国际学界,当下已然处在一种不可遏制的全球化时代态势下。在文学研究的场域中,世界性与本土性的对话和融合是必然的趋势,而中国现代文学史生成与发展的文化逻辑系谱,从"五四"及新文学运动以来,便以其世界性与本土性的对话和融合,介入中国现代历史的进程与整体性构成;当代中国本土学界与国际学界,更是进一步推动了中国现代文学研究在世界性与本土性的两极对话中走向了不可规避的汇通和融合。

第六章　个案研究：中外比较视域中的世界性与本土性

第一节　郭沫若：东西方文学观念的"混杂"与再创造

1928年2月18日，郭沫若在日记中谈到自己拟作《我的著作生活的回顾》，并从传统积淀与西方影响的双重观照与整合下拟好了"回顾"的内容和提纲：

一、诗的修养时代：唐诗——王维、孟浩然、柳宗元、李白、杜甫、韩退之（不喜欢）、白居易。《水浒传》、《西游记》、《石头记》、《三国演义》都不曾读完，读完且至两遍的只一部《儒林外史》。喜欢《西厢》。喜欢林纾译的小说。二、诗的觉醒期：太戈儿、海涅。三、诗的爆发：惠特曼、雪莱。四、向戏剧的发展：歌德、瓦格纳。五、向小说的发展：福楼伯尔、屠格涅甫、斐理普、柔尔·鲁纳尔。六、思想的转换。①

---

① 郭沫若：《〈我的著作生活的回顾〉提纲》，《郭沫若论创作》，上海文艺出版社1983年版，第160页。

而在其为追记创造社成立与发展的经过所作的自传性回忆录《创造十年》一文中,郭沫若不仅借此回忆了自身以创造社为中心的十年生活,而且将其"作诗的经过"明确地归纳成为"三段":"我的短短的做诗的经过,本有三四段的变化。第一段是太戈尔式,第一段时期在'五四'以前,做的诗是崇尚清淡、简短,所留下的成绩极少。第二段是惠特曼式,这一段时期正在'五四'的高潮中,做的诗是崇尚豪放、粗暴,要算是我最可纪念的一段时期。第三段便是歌德式了,不知怎的把第二期的情热失掉了,而成为韵文的游戏者。我开始做诗剧便是受了歌德的影响。"①

郭沫若五岁发蒙,自幼熟读四书五经、唐诗宋词,经受过科举时代余波的"淘荡"②,并且还作过"赋得体"的试帖诗③,他不仅深受中国传统文化的浸染,有着深厚的旧学积淀,而且从1914年起赴日留学的十年间,西方先进的现代工业文明、文学思潮以及相关的作家作品,也在创作动机、结构方式、审美特质等诸种层面上促成并影响着他的诗歌创作。

早在1913年,郭沫若在成都高等学校的英文读本中,发现了美国诗人朗-费洛(Long-fellow)的《箭与歌》(Arrow and Song)那首两节的短诗,并感觉到"异常的清新",好像第一次才和"诗"见了面的一样。这不仅促成了郭沫若早年诗歌意识的"觉醒"④,而且使他悟到了诗歌的"真实的精神",并借此在中国传统诗歌总集《诗经》尤其《国风》中,感受到了以前从未有过的、

---

① 郭沫若:《创造十年》,《郭沫若全集》(文学编)第12卷,人民文学出版社1992年版,第76—77页。
② 郭沫若:《我的作诗的经过》,《郭沫若论创作》,上海文艺出版社1983年版,第199页。
③ 同上。
④ 郭沫若:《我怎样开始了文艺生活》,《郭沫若论创作》,上海文艺出版社1983年版,第200页。

第六章 个案研究：中外比较视域中的世界性与本土性

同样的"清新"和"美妙"[1]。

1914年，如同"五四"时期远赴海外留学的众多中国现代知识分子一样，郭沫若响应"富国强兵、实业救国"的时代潮流和号召赴日留学，并决心摒弃文学，专心致志于医学。但赴日留学后他在日本高等学校为学习德语、英文、拉丁文而熟读了欧美文学作品，又"挑拨煽动"了其曾经决心抛弃的"文艺倾向"[2]，并且他还将已经"烂熟于心"的四书五经等旧文艺与西方现代新文艺深深地结合在了一起。与此同时，日本文坛当时正在流行"泰戈尔热"及其《新月集》、《园丁集》、《吉檀迦利》、《爱人的赠品》、译诗《伽吡尔百吟》(One Hundred Poems of Kabir)、戏剧《暗室王》等清新明朗的诗作和剧作，这些作品使郭沫若眼界大开，痴迷于其中，而且如饥似渴地阅读。在《我的作诗的经过》一文中，郭沫若是这样回忆自己的："那清新和平易径直使我吃惊，使我一跃便年轻了二十年!"在这篇文章中他还这样描述自己的感觉："在他的诗里面我感受着诗美以上的欢悦。"[3]他不仅从此与泰戈尔的诗歌结下了不解之缘，而且如同探得了"生命的泉水"一样，每天下课后，专门跑到一间很幽暗的阅书室去，或者"面壁捧书而默涌"，或者"流着感谢的眼泪而暗记"，全身荡漾着一种"恬静的悲调"，并享受着"涅槃"般的快乐[4]。

与中国传统崇尚格律注重雕琢的旧体诗截然不同，泰戈尔的诗风清新隽永、平和恬淡，没有韵脚，是一种明白如话的"另

---

[1] 郭沫若：《我怎样开始了文艺生活》，《郭沫若论创作》，上海文艺出版社1983年版，第200页。
[2] 同上书，第150—151页。
[3] 同上书，第201页。
[4] 郭沫若：《太戈尔来华的我见》，《郭沫若全集》(文学编)第15卷，人民文学出版社1992年版，第270页。

类"诗歌创作方式。泰戈尔的诗风引发了郭沫若极大的兴趣和好奇,并使他对诗歌有了全新的认识和理解。与此同时,泰戈尔在他的诗歌创作中充满了对自然的描绘、对母爱的歌咏、对儿童世界的赞美,当然其中也充满着普遍存在的泛神论思想(pantheism)和宗教意识。总而言之,泰戈尔的诗风及其审美意象,对当时寄居异乡、失意悲苦、精神苦闷的郭沫若,无疑是一种极大的精神慰藉。他最早的诗歌创作如《新月与白云》《死的诱惑》《别离》《维奴司》等,也正是在泰戈尔诗歌的启示和影响下写出来的,一如他在《我的作诗的经过》一文中所坦陈的那样:"那些诗是我最早期的诗,那儿和旧式的格调还没有十分脱离,但在过细研究过泰戈尔的人,他可以知道那儿所表示着的泰戈尔的影响是怎样的深刻。"①

1919年,在升入日本福冈九州大学医学部的第二年,郭沫若第一次接触到了美国诗人惠特曼及其诗歌创作。如果说印度诗人泰戈尔及其英文诗、德国诗人海涅、英国诗人雪莱等曾使他"陶醉"与"着迷",那么惠特曼则使他在诗的感兴上"发狂"②。他认为惠特曼的诗在创作的审美风格上自由、豪放与粗犷,惠特曼的诗风可以"把一切的旧套摆脱干净",这种诗风与"五四"时代狂飙突进的精神"十分合拍"。郭沫若不仅"彻底地"被惠特曼"雄挥的豪放的宏朗的调子"所"动荡"③,他"开了闸"的作诗欲望也受到了一阵"暴风般的煽动",甚至"个人的郁积,民族的郁积",都在这时找到了具体的"喷火口"和"喷火的方式"④。

---

① 郭沫若:《我的作诗的经过》,《郭沫若论创作》,上海文艺出版社1983年版,第202页。
② 郭沫若:《序我的诗》,《郭沫若论创作》,上海文艺出版社1983年版,第213页。
③ 郭沫若:《我的作诗的经过》,《郭沫若论创作》,上海文艺出版社1983年版,第204页。
④ 郭沫若:《创造十年》,《郭沫若全集》(文学编)第12卷,人民文学出版社1992年版,第67页。

第六章　个案研究：中外比较视域中的世界性与本土性

在《创造十年》《我的作诗的经过》《序我的诗》等文中，郭沫若都曾明确地谈到他与惠特曼的接近及其对惠特曼的推崇："在大学二年，正当我开始向《学灯》投稿的时候，我无心地买了一本有岛武郎的《叛逆者》，所介绍的三位艺术家，是法国的雕刻家罗丹（Rodin）、画家米勒（Millet）、美国的诗人惠特曼（Whitman）。因此又使我和惠特曼的《草叶集》接近了。他那豪放的自由诗使我开了闸的作诗欲又受了一阵暴风般的煽动。我的《凤凰涅槃》《晨安》《地球，我的母亲！》《匪徒颂》等，便是在他的影响之下做成的。"[①]在《序我的诗》中郭沫若还继续谈道："当我接近惠特曼的《草叶集》的时候，正是'五四'运动的那一年，个人的郁积，民族的郁积，在这时找到了喷火口，也找到了喷火的方式，我在那时差不多是狂了。"[②]

在一定程度上，可以说惠特曼及其《草叶集》为郭沫若提供了崭新的诗歌创作范本，也为郭沫若铸造了"火山爆发式的"自由抒发个人郁结与诗情的方式，因此郭沫若在惠特曼的影响下获取了可以冲破一切束缚的自由理念，在诗歌抒写的情致上也必然表现为一种雄浑、粗犷与豪放的诗学风格。惠特曼对民主、自由与科学的崇尚和追求，对郭沫若及其《女神》这首诗作的创作产生了极其深远的影响[③]。在"五四"风云激荡的时代，郭沫若也逐渐从"泰戈尔式"的清新冲淡走向了"惠特曼式"的自由豪放。

---

① 郭沫若：《创造十年》，《郭沫若全集》（文学编）第12卷，人民文学出版社1992年版，第67页。
② 郭沫若：《序我的诗》，《郭沫若论创作》，上海文艺出版社1983年版，第213页。
③ 郭沫若在《序我的诗》中也曾明确谈到他在惠特曼的影响下诗兴"猛袭"的情景："民七民八之交，将近三四个月的期间差不多每天都有诗兴猛袭，我抓着也就把它们写在纸上。当时宗白华在主编上海《时事新报》的《学灯》。他每篇都替我发表，给了我以很大的鼓励，因而我最初的一本诗集《女神》的集成。"（出处同上。）

《女神》是一首曾经备受推崇并颇具"男性的粗暴"的诗歌,正是在这首诗歌中,郭沫若强调个人的自我表现、个性解放和理想追求,把歌颂反抗、叛逆、破坏和创造精神作为其诗歌写作的内在精神,从而刻画了一个伟大的、可以征服一切的"开辟鸿荒"的"大我"这一抒情主人公形象。再如《天狗》中解放与觉醒后的"自我",不仅有吞并"日""月"甚至"全宇宙"的雄浑气势,具有"全宇宙底Energy底总量"的非凡力量和彻底的勇猛精神,而且可以"飞奔""狂叫",如"烈火"般地燃烧,如"大海"一样地狂叫,如"电气"一样地飞跑。在《我是个偶像崇拜者》这首诗歌中,"我"不仅崇拜太阳、山岳、海洋……更重要的是"我崇拜偶像破坏者,崇拜我"。《梅花树下的醉歌》中诗人不仅赞美梅花特有的"清淡的天香"与"窈窕的好花",而且要"毁破"掉"一切的偶像",肯定并赞美自我表现和本真的"自己":"我赞美我自己!我赞美着自我表现的全宇宙的本体!"

在这里,让我们再来阅读郭沫若的长诗《凤凰涅槃》,郭沫若曾经坦陈《凤凰涅槃》"象征中国的再生,同时也是我自己的再生"①。在这首诗作中,诗人不仅对"阴晦"与"污浊"的旧世界给予了强烈的诅咒,并且把旧社会控诉为"屠场""囚牢""坟墓"。郭沫若对一切阻碍新生和解放的落后、黑暗、腐朽势力都极端地痛恨,并力图彻底摧毁和埋葬。《凤凰涅槃》以满腔的爱国热忱和澎湃的激情宣告了民族在"死灰中更生",诗意地期待着一个"新鲜""净朗""华美""芬芳""和谐""欢乐""生动""自由"的新生代的产生和到来。全诗基调雄浑悲壮,境界雄阔,气势飞动,颇具"五四"时期典型的彻底反抗精神和鲜明的浪漫主义特点。《凤凰涅槃》是郭沫若以诗歌的审美形式,来呼唤中国这个古老

---

① 郭沫若:《我的作诗的经过》,《郭沫若论创作》,上海文艺出版社1983年版,第205页。

第六章　个案研究：中外比较视域中的世界性与本土性

民族在"死灰中更生"，在审美的本质上，郭沫若更期待着一个崭新的中国能够以其伟岸的形象矗立于世界，这无疑是那个时代中国诗人们的理想和期待——站在中国本土，却把中国的未来形象诗意地投射在世界的宏大背景上。理解了这一点，也就理解了郭沫若以下几首诗歌的宏大意象。

在《立在地球边上放号》《太阳礼赞》《浴海》《地球，我的母亲》《炉中煤》等诗中，郭沫若或颂扬"不断毁坏，不断创造，不断努力"的"力"，或礼赞光芒万丈、即将从东方升起、照亮黑暗甚至"熔化全宇宙"的"新生的太阳"，或将地球比作辛勤劳作的母亲，并表明其将以实际行动来报答地球母亲深恩的孝道和决心，或赞扬山川海洋、日月星辰、风云雷电等大自然的雄奇伟大与劳动人民的勤劳淳朴善良，或深情地抒发其思念、眷恋祖国的情绪与爱国热忱……可以说，《女神》与郭沫若早年的诗歌创作不仅蕴含着惠特曼所确立的、冲破一切束缚的自由主义诗歌理念与浪漫奔放的抒情风格，在宏大的审美意象的营造上他也深受惠特曼诗歌的影响，体现了"五四"时期个人觉醒与个性解放的鲜明要求，并呈现出除旧立新与狂飙突进的时代精神。《女神》这首诗作曾鼓舞了"五四"时期的一代青年人，鼓舞他们反抗黑暗现实，追求民主自由。《女神》也在诗歌的吟唱中憧憬着新的光明与新的理想社会："把他们的心弦拨动，把他们的智光点燃"[①]（《女神·序诗》），"唱起歌来欢迎新造的太阳"[②]（《女神之再生》）。

关于郭沫若在诗歌创作的内在精神及审美意象上深受美国诗人惠特曼的影响这一点，朱自清也曾有过相关论述。在《中国

[①] 郭沫若：《女神·序诗》，《郭沫若全集》（文学编）第1卷，人民文学出版社1992年版，第3页。

[②] 郭沫若：《女神之再生》，《郭沫若全集》（文学编）第1卷，人民文学出版社1992年版，第13页。

新文学大系·诗集导言》中,朱自清就论及郭沫若的诗歌创作,也谈到了郭沫若深受外国影响下的浪漫感伤特质和"动的""反抗"的精神。"他的诗有两样新东西,都是我们传统里没有的:——不但诗里没有——泛神论,与二十世纪的动的和反抗的精神。……看自然作神,作朋友,郭氏诗是第一回,至于动的和反抗的精神,在静的忍耐的文明里,不用说,更是没有过的。不过这些也都是外国影响。——有人说浪漫主义与感伤主义是创造社的特色,郭氏的诗正是一个代表。"①而在1923年6月3日,闻一多在《创造周报》上发表了《〈女神〉之时代精神》一文,也指明并肯定了郭沫若及其《女神》所表现出来的"自由"及"反抗"精神,与中国往古之诗人、传统旧诗词完全不同,其有着近代文明的特质;闻一多还指出郭沫若以"海涛底音调""雷霆的声响""激越的精神","全盘"唱出了"五四"后中国青年"叫不出的苦""喊不尽的哀"②。的确,《女神》堪称"时代底一个肖子":"若讲新诗,郭沫若君的诗才配称新呢,不独艺术上他的作品与旧诗词相去最远,最要紧的是他的精神完全是时代的精神——二十世纪底时代的精神。有人讲文艺作品是时代底产儿。《女神》真不愧为时代底一个肖子。"③闻一多同时认为:"二十世纪是个反抗的世纪。'自由'底伸张给了我们一个对待权威的利器,因此革命流血成了现代文明底一个特色了。《女神》中这种精神更了如指掌。"④闻一多还指出:"现代的青年是血与泪的青年,忏悔与兴奋的青年。

---

① 朱自清:《中国新文学大系·诗集》导言,蔡元培等:《中国新文学大系导论集》,上海书店1982年影印版,第230页。
② 闻一多:《〈女神〉之时代精神》,《闻一多全集》第2卷,湖北人民出版社1993年版,第115页。
③ 同上书,第110页。
④ 同上书,第111页。

第六章 个案研究：中外比较视域中的世界性与本土性

《女神》是血与泪的诗，忏悔与兴奋的诗。"①朱自清与闻一多是与郭沫若同时代的知识分子，他们在那个时代对郭沫若的评价已成为现代学者了解与定位郭沫若的重要文献依据，否则在当下的后现代工业文化时期，在拼贴与互联网交集的密集信息语境下，我们完全无法再度走进郭沫若诗歌的意象中，也无法全面理解那个时代诗人及其文学创作。

同年（1923 年）的 6 月 10 日，闻一多在《创造周报》上又发表《〈女神〉之地方色彩》一文，他一方面肯定《女神》极富近代精神和西方文化特点，同时指明《女神》在形式上和精神上的过于"欧化"，《女神》的审美意象与中国文化之间存在着隔膜的缺憾。在此基础上，闻一多还提出了他对中国现代新诗的看法和意见："我总以为新诗径直是'新'的，不但新于中国固有的诗，而且新于西方固有的诗；换言之，他不要做纯粹的本地诗，但还要保存本地的色彩，他不要做纯粹的外洋诗，但又尽量的呼吸外洋诗的长处；他要做中西艺术结婚后产生的宁馨儿"。②"真要建设一个好的世界文学，只有各国文学充分发展其地方色彩，同时又贯以一种共同的时代精神，然后并而观之，各种色料虽互相差异，却又互相调和。"③很显然，闻一多在此所倡导的"中西艺术结婚后产生的宁馨儿"，所倡导的时代精神与地方色彩并举的文学理念，正是一种敞开的、跨文化、跨民族、跨语言、汇通中西的世界文学观念。那么对于郭沫若来说，留日数十年，身处盲从欧化的东洋，读着英文、德文、法文的西洋书，吸收着西方近现代文明和

---

① 闻一多：《〈女神〉之时代精神》，《闻一多全集》第 2 卷，湖北人民出版社 1993 年版，第 115—116 页。
② 闻一多：《〈女神〉之地方色彩》，《闻一多全集》第 2 卷，湖北人民出版社 1993 年版，第 118 页。
③ 同上书，第 123 页。

思潮,他的文学观念和诗歌创作是否完全西化而不存在任何中国本土"地方色彩"呢?让我们来具体地分析探讨一下。

从郭沫若的书写活动及其诗歌中的修辞元素与审美意象中,我们不难看出:在诗学理念、创作动机、审美特质、抒情风格等方面,泰戈尔的清新恬淡、海涅及其诗歌中"丰富的人间性"、惠特曼的自由豪放、歌德的自然深远等外国作家和西方近现代先进的文艺思潮,都曾促成并影响着郭沫若的文学创作,特别是他书写《女神》时期的诗歌创作。但通过研究我们发现,作为一位自幼熟读四书五经、谙熟唐诗宋词、深受中国传统文化陶冶和濡染的诗人和作家,他少年时分便喜欢读《庄子》,喜欢庄子"汪洋恣肆,仪态万千"的文辞,并对老庄"恬淡无为而无不为"的思想倾心不已。他极力称赞孔子及其"高唱精神之独立自主与人格之自律"①的人生哲学,将孔子视为与西方的康德、歌德同样伟大的"天才"和"巨人":"我们所见的孔子,是兼有康德与歌德那样的伟大的天才,圆满的人格,永远有生命的巨人。他把自己的个性发展到了极度——在深度如在广度。"②他也曾深深迷恋王阳明"在理想的光中与险恶的环境搏斗""像太空一样博大"的精神,赞美他"努力净化自己的精神,扩大自己的精神,努力征服'心中贼'以体现天地万物一体之仁的气魄"③。他欣赏名正则、字灵均的屈原,屈原景仰"尧、舜、禹、汤、文王、箕子、比干",持身极端、推重修洁,对于君国则"以忠贞自许"④,因此郭沫若在诗文

---

① 郭沫若:《中国文化之传统精神》,《郭沫若全集》(历史编)第3卷,人民文学出版社1984年版,第260页。
② 同上书,第259页。
③ 郭沫若:《王阳明礼赞》,《郭沫若全集》(历史编)第3卷,人民文学出版社1984年版,第289页。
④ 郭沫若:《屈原研究》,《郭沫若全集》(历史编)第4卷,人民文学出版社1984年版,第56页。

第六章　个案研究：中外比较视域中的世界性与本土性

和剧作中还曾"自比过屈原"①。

由此可见，郭沫若在出国留学期间，接受了西方先进文化思想的影响和熏陶，并感应着"五四"之"狂飙突进"的时代潮流，从而拥有了觉醒的自我意识、强烈的反叛精神和全新的创作理念。在某种程度上，他可以据守他者立场和比较视域，并以全新的世界性眼光汇通东西，兼收并蓄，但在深层的文化意蕴与精神哲学层面，中国本土的民族文化传统及其价值评判体系，早已潜移默化并沉淀于他的骨髓和灵魂深处。虽然郭沫若是一位深受西洋与东洋先进文化渗透的知识分子，然而他无法完全与中国传统文化决裂，更无法割断他与传统或深或浅、或隐或现的承继和认同。他的诗歌在创作观念及知识构成上是敞开的，他的诗歌是融汇中西并深具时代精神和汉语本土色彩的互文性文本。比如他曾谈到他正是因为喜欢泰戈尔、歌德，才逐渐接近并吸收了西欧16、17世纪的泛神论（Pantheism）哲学思想，并由此认识了印度古诗人咖毕尔（Kabir）与荷兰哲人斯宾诺莎（Spinoza），同时，郭沫若又重新发现并体味到了他少年时分便喜欢的《庄子》及其所包含的泛神论思想②。他也

---

① 在《创造十年》中郭沫若曾经谈道："我虽然不曾自比过歌德，但我委实自比过屈原。就在那一年所做的《湘累》，实际上就是'夫子自道'。那里面的屈原所说的话，完全是自己的实感。"（郭沫若：《创造十年》，《郭沫若全集》（文学编）第12卷，人民文学出版社1992年版，第79页。）
② "因为喜欢太戈尔，又因为喜欢歌德，便和哲学上的泛神论（Pantheism）的思想接近了。——或者可以说我本来是有些泛神论的倾向，所以才特别喜欢有那些倾向的诗人的。我由太戈尔的诗认识了印度古诗人咖毕尔（Kabir），接近了印度古代的《乌邦尼塞德》（《Upanisad》）的思想。我由歌德又认识了斯宾诺莎（Spinoza），关于斯宾诺莎的著书，如象他的《伦理学》、《论神学与政治》、《理智之世界改造》等，我直接间接地读了不少。和国外的泛神论思想一接近，便又把少年时分所喜欢的《庄子》再发现了。我在中学的时候便喜欢读《庄子》，但只喜欢文章的汪洋恣肆，那里面所包含的思想，是很茫昧的。待到一和国外的思想参证起来，便真是到了'一旦豁然而贯通'的程度。"（出处同上书，第66—67页。）

曾在《三个泛神论者》一诗中表明了他对庄子、斯宾诺莎、咖毕尔的推崇和热爱："我爱我国的庄子/因为我爱他的 Pantheism/因为我爱他是靠打草鞋吃饭的人/我爱荷兰的 Spinoza/因为我爱他的 Pantheism/因为我爱他是靠磨镜片吃饭的人/我爱印度的 Kabir/因为我爱他的 Pantheism/因为我爱他是靠编渔网吃饭的人。"①

早在1920年，郭沫若在他跟宗白华、田汉的通信集《三叶集》中，曾不止一次地论述并强调过他对诗歌抒情本质的主张和认识："诗的本职专在抒情"②，在于"自我表现"，"诗不是'做'出来的，只是'写'出来的"③，"我想我们的诗只要是我们心中的诗境诗意底纯真的表现，命泉中流出来的 Strain，心琴上弹出来的 Melody，生底颤动，灵底喊叫；那便是真诗，好诗，便是我们人类底欢乐底源泉，陶醉底美酿，慰安底天国"④。与此同时，在作诗的过程中他崇尚感情的"自然流露"⑤，不容许写诗的人有"一毫的造作""一刹那的犹豫"⑥。

而在中国古代文学观念漫长的发展进程中，抒情原本就是中国本土诗学文化传统中的重要审美原则与创作理念。先秦时期荀子曾在《荀子·正名》篇中把"情"界定为人性的本质，在原始的审美心理上，把"情"作为一个"概念"本质主义（essentialism）

---

① 郭沫若：《三个泛神论者》，《郭沫若全集》（文学编）第1卷，人民文学出版社1992年版，第73页。
② 郭沫若：《致宗白华》，《郭沫若全集》（文学编）第15卷，人民文学出版社1992年版，第47页。原载于《时事日报·学灯》1920年2月24日。
③ 同上书，第14页。
④ 同上书，第13页。原载于《时事新报·学灯》1920年2月1日。
⑤ "只是我自己对于诗的直感，总觉得以'自然流露'的为上乘。……他是说诗的创造贵在自然流露。诗的生成，如象自然物的生存一般，不当参以丝毫的矫揉造作。"（同上书，第47页。原载于《时事日报·学灯》1920年2月24日。）
⑥ 同上书，第15页。原载于《时事新报·学灯》1920年2月1日。

化:"性者,天之就也;情者,性之质也;欲者,情之应也。以所欲为可得而求之,情之所必不免也。"①汉代《毛诗序》在承继先秦"诗言志"的基础上,进一步强调并凸显了诗歌"吟咏情性"的抒情特质:"诗者,志之所之也。在心为志,发言为诗。情动于中而形于言。言之不足,故嗟叹之;嗟叹之不足,故永歌之;永歌之不足,不知手之舞之,足之蹈之也。"②西晋文学家陆机在《文赋》中提出"诗缘情而绮靡,赋体物而浏亮"的诗学思想③,并主张诗人在创作的审美心态中必须摆脱儒教礼义的束缚。南朝的文学批评家钟嵘则在《诗品·总论》中阐明了诗歌创作"感物起情"的美学原则,并且把"感物起情"诠释为创作主体的唯一性情感体验方式:"气之动物,物之感人,故摇荡性情,形诸舞咏"④,"凡斯种种,感荡心灵,非陈诗何以展其义?非长歌何以骋其情?故曰:'诗可以群,可以怨。'"⑤中唐白居易在《与元九书》中执著地把"情"认同为诗的根本,即本体:"感人心者,莫先乎情,莫始乎言,莫切乎声,莫深乎义。诗者:根情,苗言,华声,实义。"⑥其后明代的"公安三袁"标举"独抒性灵,不拘格套",清代诗坛性灵派主将袁枚强调"诗写性情,惟吾所适"⑦,无不揭示并推崇"性情""性灵"的重要作用,呼吁主体在诗歌创作过程中自由体验并尽情宣泄一己的真挚情感。

---

① (战国)荀况:《荀子·正名》,《诸子集成》第2集,上海书店1991版,第284页。
② 《毛诗正义·诗大序》,《十三经注疏》下册,中华书局1980年版影印世界书局阮元校刻本,第269页。
③ (西晋)陆机撰,张少康集释:《文赋集释》,人民文学出版社2002年版,第99页。
④ (南朝梁)钟嵘著,陈延傑注:《诗品注》,人民文学出版社1998年版,第1页。
⑤ 同上书,第3页。
⑥ (唐)白居易:《与元九书》,《白居易集》第3册,顾学颉校点,中华书局1979年出版,第960页。
⑦ (清)袁枚:《随园诗话》第1卷,顾学颉校点,人民文学出版社1960年版,第3页。

从本土文化的承继性维度来分析,在诗学主张与诗歌创作的审美意象两个层面上,郭沫若对诗歌自我表现与感情自然流露给予强调和推崇,所以他的诗作中无疑蕴含着中国本土诗学理论中源远流长的抒情传统及其所主张的精神内涵。尽管《女神》宣称反抗、叛逆、除旧立新,突破了中国古典诗歌自齐梁形成并固定已久的旧格律、旧诗词的压制和束缚,开创了自由奔放、史无前例的诗体解放及新诗风,但《女神》高昂的热情、不拘一格的想象和夸张、火山爆发式的宣泄与抒情方式,与《诗经》《楚辞》《庄子》和唐诗宋词等都有着直接或间接的意象性维系。更重要的是,中国本土诗学的抒情传统也是《女神》及其精神内核的重要来源,《女神》也在诗意的书写中尽情且自由地宣泄了诗人自然流露的真挚情感。

此外,1921年8月由泰东图书局作为"创造社丛书"出版的《女神》,收入了郭沫若从1919年到1921年之间的主要诗作56篇,连同序诗共57篇。在这些诗篇中的确存在着被闻一多所批评的不足和"缺憾",比如语言形式上过于欧化,西洋的事物名词与典故引入过多,很多英文字词没有必要使用等①。然而郭沫若作为"五四"时期的诗人,在那个"狂飙突进"的时代,他必然以源自生命本我的激情,以偏激的姿态对当时的黑暗与蒙昧投射出批判的诗性话语;作为留学日本的中国知识分子,他必然也会让自己的视域借道于东洋投向西洋,再度返回中国本土,以诗歌书

---

① 在《女神之地方色彩》中,闻一多曾经谈道:"《女神》不独形式十分欧化,而且精神也十分欧化的了",《女神》中所用的典故,西方的比中国的多多了,例如 Apollo, Venus, Cupid, Bacchus, Prometheus, Hygeia,……是属于神话的;其余属于历史的更不胜枚举了。《女神》中底西洋的事物名词处处都是,数都不知从哪里数起","《女神》中还有一个最明显的缺憾那便是诗中夹用可以不用的西洋文字了,……我以为很多的英文字实没有用原文底必要"(闻一多:《〈女神〉之地方色彩》,《闻一多全集》第2卷,湖北人民出版社1993年版,第118—120页)。

第六章 个案研究：中外比较视域中的世界性与本土性

写中国本土的那个时代。因此，在郭沫若的诗歌中嵌饰着大量的西方文化元素与拼音修辞，这是完全可以理解的，这也正是那个时代公共知识分子思想与诗性书写的跨文化印记。我们对郭沫若及其诗歌进行研究，必须要历史地、客观地分析郭沫若，不能把郭沫若从那个时代的语境下孤立地提取出来，隔膜地置放于当下后现代主义文化的拼贴时代，去误读，或去调侃。应该说，每一位诗人都必然隶属于他所生存与创作的那个历史时代，关键在于，批评者与研究者也应该能够从自身所生存的当下语境，了解或"归返"至作者所生存的历史文化背景，这样才能够历史地批评与实事求是地研究每一位诗人，才可以避免因历史被人为阻断而误读那个时代的诗人。郭沫若就是他所生存的那个时代的郭沫若，即黑格尔美学言指的"这个"。

再让我们的研究思路返回深受中国传统文化颐养的郭沫若。通过研究我们发现，《女神》中的诗作同样也涉及众多的中国神话传说、民俗典故、历史人物等元素，在题材的选用、意象的构建、诗境的生成与表现层面上，郭沫若也相当广泛地吸收并借鉴了中华民族的文化历史传统和本土民间资源。或者说，郭沫若将其在多年留日期间所接受的西方现代先进的文化价值理念，与其深受儒道文化影响的知识系统有机地交融并结合起来。严格地分析，儒道两脉文化思想有着明显迥异于西方文化的精神气质，郭沫若在他的诗文创作中出于一种知识学养的沉淀，也把中国传统文化的本土元素书写于他的诗文创作中，所以在郭沫若诗文创作如此西化的修辞风格中，也时时闪烁着中国传统文化的审美精神。世界性与本土性通过东西方两种文化的交集与融汇表现出来，并让郭沫若的诗文书写成为比较文学研究所剖解的典范间性文本。

"五四"是中国风云际会的文化转型时期，也是一个西洋文化、东洋文化与中国本土文化激烈碰撞和交融的时代,无论是激进的知识分子还是保守的知识分子,他们都必然以言说与书写来表达自己的思想立场,以守护自己生存的原则与信仰。这个时代的郭沫若在中国传统文化与外来先进文化两者之间反思着、审慎着、取舍着,也正是如此,郭沫若在他的文学创作和批评中构筑了一个融含世界性之时代精神与本土性之文化传统的互文空间。

以下让我们再以英美新批评的细读原则来分析郭沫若的相关作品。

郭沫若的诗剧《女神之再生》最初发表于1921年2月25日出版的上海《民铎》杂志第2卷第5号,在此剧结束后的附白中,郭沫若详细地说明并列举了他的取材与构思来自中国古典文献典籍中的神话传说,如《列子·汤问篇》《说文》《山海经·西次三经》《楚辞·九歌》等。让我们辑录郭沫若在《女神之再生》一文中的言说和材料来佐证这一点:"天地亦物也,物有不足,故昔者女娲氏炼五色石以补缺,断鳌之足以立四极。其后共工氏与颛顼争为帝,怒而触不周之山。折天柱,绝地维。故天倾西北,日月星辰就焉;地不满东南,故百川水潦归焉。"[①]郭沫若书写的这段表达在文献上典出于《列子·汤问篇》。郭沫若还写道:"女娲氏古之神圣女,化万物者也。——始制笙簧。"[②]这段表达在文献上典出于东汉古文经学家许慎的《说文解字》。传说共工与颛顼争帝,天崩地裂,女娲力挽狂澜,"炼五色石以补苍天,断鳌足以立四极",拯救苍生于危难之中。郭沫若吸收并借鉴中国上古这两则古老的神话传说,并根据"据今推古""借古鉴今""失事求

---

① 郭沫若:《女神之再生》,《郭沫若全集》(文学编)第1卷,人民文学出版社1992年版,第14页。原载于《民铎》1921年2月25日第2卷第5号。
② 同上。

似"等历史戏剧观和"旧瓶盛新酒"的创作模式,借神话意象来宣泄时代激情,探寻民族命运,借历史喻指当时中国的南北战争与军阀混战,借"女神之再生"隐喻一个崭新的中国的出现①。

与此同时,他还通过奇特的艺术想象与不拘一格的象征和夸张,赋予中国古老的神话传说以全新的时代精神和社会内涵,并借女神之口号召大家奋起反抗,推翻这个"乌烟瘴气的黑暗世界",以创造新的太阳、新的光明与新的中国。《凤凰涅槃》是中国新诗史上第一首杰出的浪漫主义抒情长诗,郭沫若认为这首诗歌在审美意境上"象征中国的再生,同时也是我自己的再生"②。在《凤凰涅槃》中,郭沫若多元化地吸取了中外文化的养分,并在诗歌的整体性结构上进行了中外诗性元素的融汇和再创造。"菲尼克司"(Phoenix)是古代天方国的神鸟,满五百岁后"集香木自焚,复从死灰中更生",郭沫若正是从这个故事中获取创作的构思和灵感。同时,郭沫若也借鉴并采用了中国古典文献典籍中记忆的凤凰形象,《庄子》《山海经》《演孔图》《广雅》都曾记录有关凤凰的诸种描述和论断。比如,中国所谓的凤凰是雌雄双鸟,并且对凤凰的性别及生理特性也给出了详细的描述:"雄为凤,雌为凰""凤凰火精,生丹穴"及"雄鸣叫曰即即,雌鸣曰足足"等③,这些描述都被郭沫若书写于自己的诗歌《凤凰涅槃》中。应该说,郭沫若在《凤凰涅槃》一诗中所塑造的凤凰形象,是融汇中外关于凤凰记载的不同文化元素而重铸的一个崭新形

---

① 在《创造十年》中郭沫若明确地说明了诗剧《女神之再生》的象征意义:"《女神之再生》是在象征着当时中国的南北战争。共工是象征南方,颛顼是象征北方,想在这两者之外建设一个第三中国——美的中国。"(郭沫若:《创造十年》,《郭沫若全集》(文学编)第12卷,人民文学出版社1992年版,第79—80页。)
② 郭沫若:《我的作诗的经过》,《郭沫若论创作》,上海文艺出版社1983年版,第205页。
③ 郭沫若:《凤凰涅槃》,《郭沫若全集》(文学编)第1卷,人民文学出版社1992年版,第34页。原载于《时事新报·学灯》1920年1月30日、31日。

象,是古今中外神话传说中关于凤凰描述的汇通和融合。

> 我们飞向西方,西方同是一座屠场。/我们飞向东方,东方同是一座囚牢。/我们飞向南方,南方同是一座坟墓。/我们飞向北方,北方同是一座地狱。/我们生在这样个世界当中,只好学着海洋哀哭。①

在中国传统的审美观念中,凤凰是一对神鸟,在历史的隐喻中象征着吉祥、纯洁、高尚、美丽;天方国是阿拉伯半岛一带伊斯兰教的发源地,在天方国的古老神话中,"菲尼克司"——也是一只神鸟,学界把"Phoenix"翻译为汉语译入时所择用的转码符号就是"凤凰"。古老中国的凤凰与古老天方国的凤凰同时融汇于郭沫若的诗性审美意象中,推动着他以奔放丰富的想象与浪漫奇特的夸张书写了《凤凰涅槃》这首长诗,也因此《凤凰涅槃》成为一首汇通东西方文化并隐喻民族新生的时代颂歌。

如前所述,在为追忆与纪念创造社而作的《创造十年》一文中,郭沫若曾将其作诗的经过总结为三段:第一段为泰戈尔式的清淡、简短;第二段变化为惠特曼式的豪放、粗暴;第三段则受到歌德影响而开始作诗剧,"我开始做诗剧便是受了歌德的影响。在翻译了《浮士德》第一部之后,不久我便做了一部《棠棣之花》。……《女神之再生》和《湘累》以及后来的《孤竹君之二子》,都是在那个影响之下写成的"②。不可否认,郭沫若是在歌德及其文学创作的接受和影响下开始了诗剧的构思和创作,但需要注意的是,《棠棣

---

① 郭沫若:《凤凰涅槃》,《郭沫若全集》(文学编)第1卷,人民文学出版社1992年版,第38页。原载于《时事新报·学灯》1920年1月30日、31日。
② 郭沫若:《创造十年》,《郭沫若全集》(文学编)第12卷,人民文学出版社1992年版,第77页。

之花》《女神之再生》《湘累》《孤竹君之二子》的题材与主题,恰恰来源于甚至直接取材于中国古代的神话传说与战国时期的相关历史事件,颛顼、共工、女娲、屈原、聂嫈、聂政、楚怀王、郑袖、娥皇、女英、老子、庄子、叔齐、伯夷、苏武等中国古代传说与历史中的人物,凤凰、天狗、湘累、龙、鲛人、不周山等中国古代神话和传说中的诗歌意象,均被郭沫若在"据今推古""借古鉴今""失事求似"的诗剧与史剧创作观念下,重新构建、重新设计、重新塑造与重新诠释。根据当时特定的时代语境和民族解放的需求,郭沫若不仅在古老的神话传说中增添了新的、能够凸显时代精神与民族特色的内容,并且赋予这些神话和历史中的英雄人物、仁人志士全新的价值评判和追求个性解放、民族解放、反抗黑暗等现代性内涵。

此外,在《谈诗歌问题》一文中,郭沫若承认中国新诗"最初受到外来的影响很大,这也是事实"[①],但他同时强调新诗在接受外来影响的同时,其实也并未抛弃中国诗歌传统。在《谈诗歌问题》一文中,郭沫若还有如下陈述:"但能说新诗完全背弃了中国的传统吗?不能这样说。……有不少好诗还是保存了旧诗的传统的,当然没有旧诗的格律那么严。因为诗歌是语言的艺术,新诗同样是用中国语言写的。既用中国的语言写诗,就必然要遵循着中国语法的规律,不然就不仅不是中国诗,简直会连中国话都不是了。"[②]前面我们曾探讨过郭沫若及其《女神》深受泰戈尔、海涅、雪莱、惠特曼等外国诗人的启发和影响,尤其是美国诗人惠特曼及其自由豪放、"把一切的旧套摆脱干净"的诗风,极大地煽动了郭沫若作诗的欲望,也极大地激发了他寻找宣泄个人的郁积及民族的郁积的方式。但与此同时,《女神》中自由、粗犷的

---

① 郭沫若:《谈诗歌问题》,《郭沫若论创作》,上海文艺出版社1983年版,第289页。
② 同上书,第290页。

抒情诗同样也吸收和继承了中国古典诗词的严谨、含蓄、有韵味等诗学传统和审美特质。《女神》中丰富的想象、瑰丽的色彩、雄奇的夸张、奔放的热情、汪洋恣肆的语言等浪漫风格与抒情特色,也与中国本土文化语境中老庄与屈原开创的积极浪漫主义诗学传统一脉相承。比如,长诗《凤凰涅槃》的句式灵活多变、意象连绵、意蕴递进,自由中有严谨,严谨又有自由,悲欢相和,刚柔相济,并大量运用对偶、排比等句式,重复并反复咏唱,节奏铿锵分明、张弛有度,音节多变又响亮整齐,宣泄感情热烈自然又淋漓尽致。虽然《凤凰涅槃》不是句句押韵,然而这首诗作有余韵、有含蓄,蕴含着丰富的音乐感与抒情性。我们特别注意到一位中国古代文学研究者对这首诗歌的评价,周裕锴在《凤凰涅槃:一个"夺胎换骨"的现代隐喻》一文中是这样陈述的:"作为'二十世纪底时代的肖子',《女神》在实践对外国文学的'拿来主义'的同时,并没有遵循对中国古代文学实行'弃去主义'的革命主张。歌德与李白共存,惠特曼与屈原同在,泰戈尔与王维并驾,斯宾诺莎与庄子齐驱,天方神话与华夏传说联袂,印度奥义与汉译佛经杂糅,构成了这部诗集五色缤纷、气象万千的壮丽景观。"[①]一位中国古代文学研究者也充分地注意到,郭沫若的诗歌创作在世界性与本土性的融汇中生成了崭新的审美文本和审美理念,并且铸造了那个时代的诗人诗学气象。

由此我们认为,对于郭沫若来说,一方面,他留日多年,又精通日文、英文与德文等多国语言,他曾置身于自由开放与兼收并蓄的日本大正多元文化时代,又从西方的名家名作那里找到了创作的欲望与冲动;另一方面,郭沫若自幼就浸润在由古典诗词与四书五经组成的中国传统文化氛围中,中国本土的民族文化

---

① 周裕锴:《凤凰涅槃:一个"夺胎换骨"的现代隐喻》,《东方丛刊》2005年第3辑。

传统及其价值评判体系,早已潜移默化地沉淀于他的骨髓和灵魂深处,他本身堪称中国传统文化之本土精神与外域异质文化之世界精神的"有机整合体"。他的诗歌创作是敞开的,拥有多元文化的世界主义精神,他的诗歌在形式与内容的建构上是融汇中西并深具世界性和本土性的互文性文本。东洋与西洋的异质文学艺术思潮被郭沫若所接受后,在他个人的知识结构中被重新咀嚼与消化,这种咀嚼与消化使得外域的异质文学艺术思潮与中国传统文化混杂(hybridity)为一体,在合理的转化中再造郭沫若及其诗歌。从本质上看视,这也是中国本土文化在那个特定时代涅槃重生的现代性。"hybridity"这个术语是美国后殖民批评者霍米·巴巴(Homi K. Bhabha)所提出的,其原本是在生物学意义上所使用的一个重要术语,而这个术语在人文学科中的使用,使我们进一步了解了两种文化在交集中融汇成为第三种文化的必然性与合法性,因此我们完全可以把这个术语借用过来,以讨论新文学运动时期中外文化的汇通与杂混,以及在杂混中所生成的崭新的知识体系与相关的文学创作、文学理论和文学现象。

第二节 郁达夫:传统文化的情结与跨越民族的书写

一、郁达夫的本土立场与民族认同

1927年8月,在为《达夫全集》第五卷《过去集》[①]所作的序

[①] 郁达夫于1927年8月31日作《五六年来创作生活的回顾》一文,作为《过去集》一书的序言。《过去集》,《达夫全集》第5卷,上海开明书店1927年版。

文中，郁达夫回顾了自己近五六年以来的创作生涯，并明确地谈到自己的文学创作与西洋文学最初的相遇、接触及广泛地涉猎："这一年的九月里去国，到日本之后，拼命的用功补习，于半年之中，把中学校的课程全部修完。翌年三月，是我十八岁的春天，考入了东京第一高等学校的预科。这一年的功课虽则很紧，但我在课余之暇，也居然读了两本俄国杜儿葛纳夫的英译小说，一本是《初恋》，一本是《春潮》。"①在这段文字中郁达夫提到虽然他是在日本读预科，并且功课非常紧张，但他开始阅读俄国的英译本小说，也正是从这里起步，他开始进一步更为广泛地接触西洋文学了。"和西洋文学的接触开始了，以后就急转直下，从杜儿葛纳夫到托尔斯泰，从托尔斯泰到陀思妥耶夫斯基、高尔基、契诃夫。更从俄国作家，转到德国各作家的作品上去，后来甚至于弄得把学校的功课丢开，专在旅馆里读当时流行的所谓软文学作品。"②后来，郁达夫还曾自述他对西洋文学的迷恋达到了"神经病"的境地。

> 在高等学校里住了四年，共计所读的俄、德、英、日、法的小说，总有一千部内外，后来进了东京的帝大，这读小说之癖，也终于改不过来，就是现在，于吃饭做事之外，坐下来读的，也以小说为最多。这是我和西洋小说发生关系以来的大概情形，在高等学校的神经病时代，说不定也因为读俄国小说过多，致受了一点坏的影响。③

---

① 郁达夫：《五六年来创作生活的回顾——〈过去集〉代序》，《郁达夫文集》第 7 卷，花城出版社 1983 年版，第 178 页。原载于《文学周报》1927 年 9 月第 5 卷第 10 期。
② 同上。
③ 同上。

第六章 个案研究：中外比较视域中的世界性与本土性

非常有趣的是，郁达夫把自己对西洋小说的迷恋，特别是对俄国小说的多方位阅读戏谑地称为"致受了一点坏的影响"。

郁达夫在日本留学的那十年，正值大正时期日本文坛的鼎盛期，可谓流派纷呈，众声喧哗。在那个时期，曾在欧洲盛行的各种主义及思潮悉数被日本吸收与引进，如自然主义（naturalism）、浪漫主义（romanticism）、写实主义（realism）、唯美主义（aestheticism）、现代主义（modernism）等。准确地讲，在19世纪末20世纪初的短短十几年间，这些主义与思潮在日本文学艺术界轮番"上演"并争相竞妍，其自然推动了日本文学创作的蓬勃发展。从一位文学家的资质与才情来评价，郁达夫本来就天赋极高且生性敏锐，他不仅旧学功底深厚，并且精通日文、英文、德文等多国语言；再加上郁达夫恰恰又置身于自由开放与兼收并蓄的大正多元文化时代，他不可避免地沉迷于阅读文坛流行的日本本土作家创作的文学作品。当然，他也涉猎了从欧美各国翻译至日本的诸多名家名作。关于这一点，正如郭沫若在《论郁达夫》一文中所回忆到的那样：

> 达夫很聪明，他的英文、德文都很好，中国文学的根底也很深，在预备班时代他已经会做一手很好的旧诗。我们感觉着他是一位才士。他也喜欢读欧美的文学书，特别是小说，在我们的朋友中没有谁比他更读得丰富的。[①]

郭沫若曾与郁达夫同期留学日本，他是最为了解郁达夫的朋友，所以郭沫若对郁达夫文学创作之国际文化背景的陈述是有一定

---

① 郭沫若：《论郁达夫》，王自立、陈子善主编：《郁达夫研究资料》上册，花城出版社1985年版，第92页。

道理的。

然而长期以来,国内外学界及众多的研究者们往往据此将郁达夫的文学创作与东洋日本文学、西洋西方文学紧密地结合起来,致力于多方面发掘并细致地"求证"他的文学创作与东洋文学、西洋文学的影响关系。前者涉及郁达夫与谷崎润一郎、佐藤春夫、田山花袋、葛西善藏等相关日本作家的诸种影响和渊源关系;后者涉及郁达夫与王尔德、卢梭、屠格涅夫、契诃夫等西方文学大师的诸种影响和渊源关系。对郁达夫与这两种文学关系的发掘和求证,曾成为现代文学研究界与比较文学研究界众多学者所执著的思考点。

不可否认,郁达夫从十七岁到二十六岁的那个成长时代,也是他正处于自身感情最丰富、最浪漫与最多愁善感的"抒情年代"[1]。郁达夫曾不加节制地阅读和欣赏充溢着西方民主、自由与个性解放等思潮的文学作品。这种阅读不仅促成了他对"自我"的发现和"自我"意识的进一步觉醒,也催生了他走上文坛进行文学创作的自觉和热情。通过研究我们发现:在文学创作风格、文学创作审美心理、文学创作技法与文学创作形式四种维度上,郁达夫曾经深受日本和西方相关作家及其小说创作的启发与影响,如小说故事情节的散漫设置、人物心理的细致刻画、内心独

---

[1] 在回顾《沉沦》一书的创作缘由时,郁达夫曾经谈道:"人生从十八九到二十余,总是要经过一个浪漫的抒情时代的,当这时候,就是不会说话的哑鸟,尚且要放开喉咙来歌唱,何况乎感情丰富的人类呢?我的这抒情时代,是在那荒淫惨酷,军阀专权的岛国里过的。眼看到的故国的陆沉,身受到的导乡的屈辱,与夫所感所思,所经所历的一切,剔括起来没有一点不是失望,没有一处不是忧伤,同初丧了夫主的少妇一般,毫无气力,毫无勇毅,哀哀切切,悲鸣出来的,就是那一卷当时很惹起了许多非难的《沉沦》。"(郁达夫:《忏余独白——〈忏余集〉代序》,《郁达夫文集》第7卷,花城出版社1983年版,第250页。原载于《北斗》月刊1931年12月20日第1卷第4期。)

白式或日记式的自叙传体例、尊重一己体验的自我暴露与分析、性苦闷的压抑与宣泄、"零余者"的塑造与叙写等。这些特色均构成郁达夫文学创作的美学原则。然而,我们也不能忘记,郁达夫在赴日留学之前的十多年间,毕竟经历了中国传统文化三跪九叩拜师与破蒙的习俗,全然接受过从《三字经》开始的中国正统文化的启蒙和教育,不但熟读四书五经,遍阅《史记》《汉书》《资治通鉴》等历代文化典籍,而且能够吟写古体诗,还曾"九岁题诗四座惊"。

可以说,中国本土的民族文化传统及其价值评判体系的深层积淀,作为一种"集体无意识"(collective unconsciousness)早已潜移默化并沉淀于他的骨髓和灵魂深处,这不仅促成了他文学创作中独特的中国文化的审美情趣与不可遏制的母本文化情怀,并且也成为他一生在文学创作中自觉追求且无法规避的本土立场(national standpoint)与民族认同(national identity)。因此,我们不能过度诠释甚至夸大日本文化元素与西方文化元素对郁达夫及其创作活动的"影响/被影响"关系,也没有必要人为地将郁达夫文学创作中的抒情特质与审美理想全部追溯至东洋和西方异质文化(heterogeneous culture)的传统中去,反而忽视和弱化了其小说中根深蒂固的本土意识与民族特色。

二、主情主义、殉情主义、抒情特质与感伤诗学

作为中国"五四"新文学运动以来的第一部小说集,1921年10月郁达夫的《沉沦》(其中收录《沉沦》《南迁》《银灰色的死》)一经出版即以"惊人的取材与大胆的描写"[①]震惊文坛,在那个时代曾风行一时。在这部小说集的书写中,郁达夫以个人的体验与

[①] 成仿吾:《〈沉沦〉的评论》,王自立、陈子善主编:《郁达夫研究资料》上册,花城出版社1985年版,第309页。

意志呈现了强烈的主观抒情色彩,并赤裸裸地对自我进行了病态的心理描写和暴露,当然,更铺染着他个人忧郁感伤的抒情色调。郁达夫不仅拓展了传统小说的表现内容与书写范式,而且开创了中国现代文坛"自叙传"抒情小说的流脉。实质上,关于郁达夫小说的创作风格及其书写的人格魅力,郭沫若在他的《论郁达夫》一文中曾有过准确的表达:

>他的清新的笔调,在中国的枯槁的社会里面好像吹来了一股春风,立刻吹醒了当时的无数青年的心。他那大胆的自我暴露,对于深藏在千年万年的背甲里面的士大夫的虚伪,完全是一种暴风雨式的闪击,把一些假道学、假才子们震惊得至于狂怒了。为什么?就因为有这样露骨的直率,使他们感受着假的困难。①

不宁如此,郁达夫在文学创作的理论方面,也同时有着自己的逻辑立场,他在创作中自觉地注重作者的创作个性②,并且推崇坦

---

① 郭沫若:《论郁达夫》,王自立、陈子善主编:《郁达夫研究资料》上册,花城出版社1985年版,第93页。
② "至于我的对于创作的态度,说出来,或者人家要笑我,我觉得'文学作品,都是作家的自叙传'这一句话,是千真万确的。客观的态度,客观的描写,无论你客观到怎么样一个地步,若真的纯客观的态度,纯客观的描写是可能的话,那艺术家的才气可以不要,艺术家存在的理由,也就消灭了。……所以我说,作家的个性,是无论如何,总须在他的作品里头保留着的。作家既有了这一种强的个性,他只要能够修养,就可以成为一个有力的作家。修养是什么呢?就是他一己的体验。""所以我对于创作,抱的是这一种态度,起初就是这样,现在还是这样,将来大约也是不会变的。我觉得作者的生活,应该和作者的艺术紧抱在一块,作品里的Individuality是决不能丧失的。"(郁达夫:《五六年来创作生活的回顾——〈过去集〉代序》,《郁达夫文集》第7卷,花城出版社1983年版,第180—181页。原载于《文学周报》1927年9月第5卷第10期。)

诚的自我表现。我们在阅读郁达夫关于文学创作的理论文本时,还注意到他在《小说论》《诗论》《戏剧论》等文论中反复强调创作中的主观体验。郁达夫认为情感的直接抒发、情绪的倾泻性流露与自然性流动,在文学创作活动中有着相当的重要性和必要性。在《五六年来创作生活的回顾——〈过去集〉代序》中,他宣称"文学作品,都是作家的自叙传"①。在《诗论》一文中,郁达夫明确指出:"诗是有感于中而发于外的,所以无论如何,总离不了人的情感的脉动,所以诗的旋律韵调,并不是从外面发生的机械的规则,而是内部的真情直接的流露。"②在这篇文章中,郁达夫还进一步强调诗歌与小说创作过程中投入"感情"的重要性:"诗的内容,是热烈丰富的感情。"③"小说的表现,重在感情,所用的都是具体的描写,所以小说里边,最忌抽象的空论,因为读者的理智一动,最容易使感情消减。"④可见,在小说创作实践与文学理论建构两个层面上,郁达夫都把情感视为弥补小说空洞叙事的重要情愫。

在《介绍一个文学的公式》一文中,他甚至总结了一个"世界上的文学总逃不了的"公式——"F + f"。关于这个公式,郁达夫有着自己的陈述:"F 是焦点的印象,就是认识的要素。f 是情绪的要素。"⑤郁达夫还在文中引用了李清照处处"说愁道恨"的秋

---

① 郁达夫:《五六年来创作生活的回顾——〈过去集〉代序》,《郁达夫文集》第 7 卷,花城出版社 1983 年版,第 180 页。
② 郁达夫:《诗论》,《郁达夫全集》第 5 卷,时代文艺出版社 2000 年版,第 1820 页。原载于《晨报副镌·艺林旬刊》1925 年 5 月 20 日、30 日。
③ 同上书,第 1823 页。
④ 郁达夫:《小说论》,《郁达夫全集》第 5 卷,时代文艺出版社 2000 年版,第 1780 页。原载于《小说论》,上海光华书局 1926 年 1 月版本。
⑤ 郁达夫:《介绍一个文学的公式》,《郁达夫全集》第 5 卷,时代文艺出版社 2000 年版,第 1741 页。原载于《晨报副镌·艺林旬刊》1925 年 9 月 10 日第 15 号。

情词,以此诠释"情绪"要素在文学创作中的意义和价值:尽管《声声慢》"完全以情绪为主的,并没有中心的观念","一般人都说这一种文学,是言之无物,是无病的呻吟",但他却肯定这种文学"确有永久的价值"[①]。从《沉沦》《银灰色的死》《南迁》到《茫茫夜》《秋柳》《空虚》《孤独》《茑萝行》等,郁达夫独具特色的自叙传小说创作展示出了他个人生活遭际的种种失意挫败和寂寞孤独,如"于质夫""他""文朴""伊人""黄仲则"等都是郁达夫小说的抒情主人公,这些抒情主人公的内心世界有着情感潮水般的起伏波动,他们退缩至自己的心理隐私处苦闷挣扎。郁达夫在书写这些抒情主人公时,投入了自己自由倾泻而从不加以节制的主观抒情,而对这些抒情主人公心理、情绪的细腻状写则成为郁达夫自叙传小说创作的主调与自觉的审美追求。在这里,我们不妨来反思一下郁达夫在他的《忏余独白》中回忆《沉沦》的创作缘由及其总结:

> 在感情上是一点儿也没有勉强的影子映着的;我只觉得不得不写,又觉得只能照那么地写,什么技巧不技巧,词句不词句,都一概不管,正如人感到了痛苦的时候,不得不叫一声一样,又那能顾得这叫出来的一声,是低音还是高音?或者和那些在旁吹打着的乐器之音和洽不和洽呢?[②]

从郁达夫的自述中,我们可以了解到:当他在创作过程中激情涌现时,来自他本然心理的情感或情绪必然会成为一种审美激情的无意识,并推动着他在创作中自由地书写,在那个时刻,关于

---

① 郁达夫:《介绍一个文学的公式》,《郁达夫全集》第5卷,时代文艺出版社2000年版,第1742页。原载于《晨报副镌·艺林旬刊》1925年9月10日第15号。
② 郁达夫:《忏余独白——〈忏余集〉代序》,《郁达夫文集》第7卷,花城出版社1983年版,第250页。原载于《北斗》月刊1931年12月20日第1卷第4期。

第六章　个案研究：中外比较视域中的世界性与本土性

创作的一切规范和技巧似乎被他全然忘却与抛弃了，"情"升华为其创作激情燃烧时所皈依的本体。

而在中国古代文学观念漫长的发展进程中，主情倾向和抒情传统原本就是中国本土诗学文化传统中的重要审美原则与创作观念。荀子是先秦时期的思者，在《正名》篇中，他曾经把"情"界定为人性的本质，在原始的审美心理上，把"情"作为一个"概念"本质主义（essentialism）化了："性者，天之就也；情者，性之质也；欲者，情之应也。以所欲为可得而求之，情之所必不免也。"①不啻如此，时值汉代，《毛诗序》也在承继先秦"诗言志"的基础上，进一步强调并凸显了诗歌"吟咏情性"的抒情特质："诗者，志之所之也。在心为志，发言为诗。情动于中而形于言。言之不足，故嗟叹之；嗟叹之不足，故永歌之；永歌之不足，不知手之舞之、足之蹈之也。"②我们还可以把这种主情论的中国传统美学原则再度追问下去。陆机是名冠西晋的文学家，他曾在《文赋》中提出"诗缘情而绮靡，赋体物而浏亮"③的诗学思想，并主张诗人在创作的审美心态中必须摆脱儒教礼义的束缚。在陆机的诗学思想中，他把"情"推至表现的极限处。南朝的文学批评家钟嵘更是如此，他曾在《诗品·总论》中阐明了诗歌创作"感物起情"的美学原则，并且把"感物起情"诠释为创作主体唯一的情感体验方式。理解了钟嵘主情论的美学原则，我们不就不难理解他为什么把"陶性灵，发幽思"渲染为创作过程中的一脉感染情绪的力量："气之动物，物之感人，故摇荡性情，形诸舞咏。"④"凡

---

① （战国）荀况：《荀子·正名》，《诸子集成》第2集，上海书店1991版，第284页。
② 《毛诗正义·诗大序》，《十三经注疏》下册，中华书局1980年版影印世界书局阮元校刻本，第269页。
③ （西晋）陆机撰，张少康集释：《文赋集释》，人民文学出版社2002年版，第99页。
④ （南朝梁）钟嵘著，陈延傑注：《诗品注》，人民文学出版社1998年版，第1页。

斯种种,感荡心灵,非陈诗何以展其义？非长歌何以骋其情？故曰：'诗可以群,可以怨。'"①白居易是中唐新乐府运动的首席代表,尽管他是一位现实主义诗人,然而在《与元九书》中,他还是执著地把"情"认同为诗的根本——本体："感人心者,莫先乎情,莫始乎言,莫切乎声,莫深乎义。诗者：根情,苗言,华声,实义。"②其后的明代公安三袁主张"独抒性灵,不拘格套",清代诗坛性灵派主将袁枚强调"诗写性情,惟吾所适。"③上述代表人物及其美学话语无不揭示且推崇"性情"与"性灵"的重要作用。操用现代文学理论的话语来转述,即他们呼吁生命主体在诗歌及文学创作过程中达向自由独立的审美体验,并且在诗意的书写中尽情宣泄自己的真挚情感。

让我们从中国古代文学传统的主情论美学背景下再度透视现代文学家郁达夫。在自叙传小说创作中,郁达夫主观抒情的审美特质是不可遏制的,这种审美特质是从他生命本体中溢出的一脉才华与情感,甚至这种才华与情感沉溺于不加节制的渲染中。从那个时代文学创作的世界主义大背景来看,我们认同郁达夫在一定程度上受到了来自日本私小说与欧洲的浪漫主义、自然主义等文艺思潮的影响；但是,郁达夫应该是首先受到了中国本土诗学文化传统的影响,毫无疑问,中国古代文学传统中积淀的主情论美学观念颐养着郁达夫及其深层的审美心理结构。在一定程度上,可以说,郁达夫是在毫不隐讳的直抒胸臆中写作,他是在奔腾流泻的感情洪流中用书写来歌唱,他在散漫自由中对艺术的追求,折射出他对母国传统文学审美观念自觉或

---

① （南朝梁）钟嵘著,陈延杰注：《诗品注》,人民文学出版社1998年版,第3页。
② （唐）白居易：《与元九书》,《白居易集》第3册,顾学颉校点,中华书局1979年版,第960页。
③ （清）袁枚：《随园诗话》第1卷,顾学颉校点,人民文学出版社1960年版,第3页。

第六章 个案研究：中外比较视域中的世界性与本土性

不自觉的认同与传承。

与此同时，郁达夫的小说作品有着浓重的感伤色彩，并且悲剧情结突出，他的"主情"更多地呈现出一种沉郁的"殉情"或忧郁哀怨的"感伤"。在《文学概说》一文中，他将"感伤主义"称为"殉情主义"，并对其内涵与特质作出详细的界定与分析。

> 主情的倾向，就在此时十分的增长，文学上所说的殉情主义 sentimentalism，也大抵于此时发生的。所以我们可以这样的说：以过去为主的生活环境所要求的文学表现，是殉情主义。①

在我们细读郁达夫的作品及其关于文学的论述之后不难发现，郁达夫沉淀在他的文学书写中的殉情主义是有所倾向的，其大抵是"缺少猛进的豪气与实行的毅力"，只是一味地陶醉于对过去的回忆。我们细细地品味郁达夫的作品及其关于文学的论述，会触摸到一种更为复杂的厌厌病态的审美情致：这样一种感情上的沉溺，又并非是情深一往的，其时而如万马奔驰，狂飙突起，时而又只是静止的、悠扬的与伤感的。所以殉情主义作品总是带有沉郁的悲哀，拖曳着哀叹的声调，还时时呈现出对于旧事的留恋与宿命的嗟怨。尤其是在国破家亡及陷于绝境的时候，这一种审美倾向的作品产生得最多②。

---

① 郁达夫：《文学概说》，《郁达夫全集》第5卷，时代文艺出版社2000年版，第1952页。上海商务印书馆1927年8月初版。
② 在《文学概说》中，郁达夫曾经谈到文学上的"殉情主义"及其典型特征："文学上的这一种殉情主义所有的倾向，大抵是缺少猛进的豪气与实行的毅力，只是陶醉于过去的回忆之中。而这一种感情上的沉溺，又并非是情深一往，如万马的奔驰，狂飙的突起，只是静止的、悠扬的、舒徐的。所以殉情主义的作品，总带有沉郁的悲哀，咏叹的声调，旧事的留恋，与宿命的嗟怨。尤其是国破家亡，陷于绝境的时候，这一种倾向的作品，产生得最多。"（同上。）

郁达夫是一位在理论上自觉的文学批评家，他也曾在自己的书写中反思中国文学传统，在中国本土的传统审美精神中给予追问与思考，所以在他的书写中体现出类似如下的思想："中国的文学里头，以殉情主义的文学为最多，像古代词臣的黍离麦秀之歌，三闾大夫的香草美人之作，无非是追怀往事，哀感今朝。至若杜工部的诗多愁苦，庾兰成的赋主悲哀，更是柔情一脉，伤人心脾，举起例来，怕真要汗牛充栋。"①

郁达夫认为在中国文学传统的语境中，"殉情主义"即感伤主义的文学最多，同时他又回到西方文学传统的语境中，去追问在西方文学思潮中弥漫着的浪漫主义感伤之情。比如，他认为"莎士比亚的剧本，英国十八世纪的小说，浪漫运动中的各诗人的作品"等，也没有哪一篇能"完全脱离感伤之域"，"感伤主义"就是"文学的酵素"②。从郁达夫关于中国文学传统与西方文学传统的论述，我们就可以看到，在他的知识结构与审美视域的价值取向中，他既是一位文学创作与文学评论的本土主义者，又是一位文学创作与文学评论的世界主义者。毫无疑问，本土性和世界性在两个维度上共同构铸了郁达夫文学创作的精神世界与审美气象。

也正是如此，郁达夫在他一生的文学创作过程中，特别偏爱"悲剧"，并且在他的文学书写中充满了"忧愤"的情愫，在他关于文学的论述与书写中，时时呈现出围绕着"悲"这个汉字所给出的碎片式表述。他强调"悲哀之词易工"，"悲剧比喜剧偏爱价值

---

① 郁达夫：《文学概说》，《郁达夫全集》第 5 卷，时代文艺出版社 2000 年版，第 1953 页。上海商务印书馆 1927 年 8 月初版。
② 郁达夫：《序孙译〈出家及其弟子〉》，《郁达夫全集》第 5 卷，时代文艺出版社 2000 年版，第 1999 页。原载于《出家及其弟子》，上海创造社出版部 1927 年 10 月初版。

第六章 个案研究：中外比较视域中的世界性与本土性

大","悲哀的感染，比快乐更来得速而且切"①。然而郁达夫并没有把"悲怀伤感"视为作家个人的私情，而是把"悲怀伤感"诠释为艺术作品的内在功用。

> 悲怀伤感，决不是一个人的固有私情。照托尔斯泰的艺术论看来，则感情的渲染传流，却是艺术作品的主要功用之一。②

其实，我们从郁达夫的论述中不难看出，作为那个时代具有留学背景的作家与学者，他必然会把自己的视域从那个时代封闭的中国本土投射出去，去接受域外文学的影响。俄罗斯大文豪托尔斯泰及其关于艺术的论述，也曾成为支撑郁达夫讨论文学艺术的重要理论点，而在世界文学的大家族中，俄罗斯文学在国际文学研究的平台上有着举足轻重的影响。

让我们回过头再来阅读郁达夫前期的小说作品。

在郁达夫前期的小说作品如《沉沦》《南迁》《银灰色的死》《茫茫夜》《茑萝行》中，他所塑造的抒情主人公们往往秉有一种压抑、沉沦、哀伤、愤怒、忏悔甚至堕落的心绪。在自伤自悼与自哀自怜中，他们倾诉着自己多年留学日本所遭遇的歧视和屈辱，在"絮叨"的话语中抱怨着自己生不逢时、怀才不遇与报国无门，从心理的深层结构中外溢出一种愤恨的情绪。而他们从日本归返母国的本土后，更是在贫病交加的熬煎与困境中，无尽地控诉其回国后遭遇的种种失意和无奈。无论是在海外的日本，还是

---

① 郁达夫：《文艺鉴赏上之偏爱价值》，《郁达夫全集》第5卷，时代文艺出版社2000年版，第1719页。原载于《创造周报》1923年8月12日第14号。
② 郁达夫：《〈达夫自选集〉序》，《郁达夫文集》第7卷，花城出版社1983年版，第255页。原载于《达夫自选集》，上海天马书店1933年3月初版。

在本土的中国，郁达夫前期小说创作中的抒情主人公们都无法摆脱经济上的困窘与情绪上的激愤和彷徨。

再让我们来分析一下郁达夫后期创作的文学作品。

操用郁达夫对自己的作品所给出的评价来说，他在后期创作的多部作品"多少也带一点社会主义的色彩"[①]，如《春风沉醉的晚上》《薄奠》《微雪的早晨》等。我们注意到，郁达夫的文学创作在其后期的书写阶段，开始逐渐从"小我"的自怜自叹转向对底层劳动人民悲惨生活的忧愤。在那个动荡的时代，郁达夫的小说书写不再是对风花雪月的温馨回忆，而是直指社会底层，讲述那些辛劳且困苦的小人物的故事。在这个时期，郁达夫小说的主人公与叙事情节转为对女工、车夫、女伶甚至妓女的描述，公开表达了他对底层劳动人民的同情，并以一位知识分子的良心为他（她）们的悲剧性命运鸣不平。

可以说，郁达夫从早年文学书写中的"小我"，开始转向"大我"。如果说，这个"小我"是郁达夫在前期文学创作中作为个人表达的心绪及审美情愫，是一种私人话语，那么，这个"大我"则是他走出知识分子的自我吟唱与个人抒情，把社会民众作为自己考察与同情的对象。也正是在这样一个从"小我"向"大我"转型的历程上，郁达夫在某种程度上开始成为一位具有社会责任感与历史使命感的公共知识分子。

当然，在郁达夫的文学创作中，书写他个人宣泄的心绪构成了其区别于他者的文学创作风格。这一点是不可否认的，否则郁达夫就不成为郁达夫了。在这里，我们应该对郁达夫文学书写中个人心绪的宣泄，寻求一种合法化的文化与历史来源。从

[①] 郁达夫：《〈达夫自选集〉序》，《郁达夫文集》第7卷，花城出版社1983年版，第256页。原载于《达夫自选集》，上海天马书店1933年3月初版。

郁达夫本然的生命气质上来判断,作为一位才华横溢的作家,郁达夫这种无所顾忌的宣泄、激愤的控诉和"感伤"的审美情愫,与他天生敏感多疑、忧郁感伤的性情有着密切的逻辑关系。无疑,这是他作为一代文学大家所持有的天生秉赋。当下学界对郁达夫投诸文学书写中的性情都是了然无误的。郁达夫是一位愤世嫉俗的公共知识分子,但是,他在内心世界的私语处,又是敏感且多疑的;他在指出社会阴暗的慷慨激昂中又往往不堪重负、自卑消极,甚至自戕自虐的精神气质,是他一生不可抹去的神经特质,但也正是这种个人内在的或天生的心理气质成就了郁达夫。

然而,我们也应该从获得性的视角去追问郁达夫文学创作的审美特质。从文化本土性的承继性维度来分析,郁达夫的文学书写同时也蕴含着中国本土传统诗学理论所主张的精神内涵,如"诗可以怨""发愤著书""不平则鸣"等。在这里,让我们对中国古代诗学传统作一次逻辑上的反思,并以此印证郁达夫在文学书写中对本土中国古代诗学传统的承继。

早在先秦时期,孔子就曾在《论语·阳货》中阐明了诗歌"兴观群怨"的教化作用与社会功能。

> 小子何莫学夫《诗》?《诗》可以兴,可以观,可以群,可以怨。迩之事父,远之事君,多识于鸟兽草木之名。[①]

那么何为"怨"呢?"怨"在中国古代诗学传统中又秉有怎样的美学精神呢?我们在这里不妨追问一下历代学者关于"怨"的诠释及其生成的诗学思想。三国曹魏的何晏在《论语集解》中援引孔

[①]《论语注疏》,《十三经注疏》下册,中华书局1980年版影印世界书局阮元校刻本,第2525页。

安国注,依旧将"怨"注释为"怨刺上政"①;北宋邢昺在《论语正义》中将其注疏为"有君政不善则风刺之"②;明末清初学者黄宗羲在其《南雷文定》四集卷一《汪扶晨诗序》中提出,"怨亦不必专指上政。后世哀伤、挽歌、遣摘、讽喻皆是也"③。历代各家各派的注疏及相关见解,从理论上阐明了诗歌的功能,指出诗歌应该从国家与集体的层面以讽谏上政、担当家国,当然,诗歌也可以在此层面上沉落于生命个体,成为审美主体释放一己私情与怨愤牢骚的诗意空间。在中国古代文学传统中,我们可以找到太多的书写案例。

楚大夫屈原在《九章·惜诵》中曾如此吟咏:"惜诵以至愍兮,发愤以抒情。所作忠而言之兮,指苍天以为正。"④在这里,让我们来阅读东汉文学家王逸在章句中对此句的诠释:"惜,贪也。诵,论也。致,至也。愍,病也。言己贪忠信之道,可以安君。论之于心,诵之于口,至于身以疲病,犹发愤懑,作此辞赋,陈列利害,泄己情思,以讽谏君也。抒,一作舒。"⑤中国古代文学及文学批评发展到宋代,洪兴祖在《楚辞补注》中还是承继了"泄己情思"这样一种美学原则:"《补》曰:杼,溇水槽也,音署。杜预云:申杼旧意。然《文选》云:抒情素。又曰:抒下情而通讽谕。其字并从手,上与、丈吕二切。"⑥并且洪兴祖在历史的还原逻辑上

---

① 《论语注疏》,《十三经注疏》下册,中华书局 1980 年版影印世界书局阮元校刻本,第 2525 页。
② 同上。
③ (清)黄宗羲:《南雷文定四集》,《清代诗文集汇编·续修集部》,上海古籍出版 2010 年版,第 275 页。
④ (战国)屈原著,(东汉)王逸章句,(宋)洪兴祖补注:《楚辞补注》,中华书局 1983 年版,第 121 页。
⑤ 同上。
⑥ 同上。

还把"泄己情思"的美学原则追问到杜预和萧统,以打通这一美学原则在中国古代文学发展历程上的承继逻辑。屈原怀才不遇,聊作词赋,他在诗歌咏唱中哀惜进谏以表达忧伤、发泄愤懑、抒发哀情,将满腔的忧愤、忠君爱国的担当与政治理想幻灭的哀愁,以"发愤抒情"的方式呈现出来,从而将"诗可以怨"的个体抒情功能从一个民族的审美精神落实到个人的具体践行上。我们从屈原的《九章·惜诵》及王逸、洪兴祖的注释与杜预、萧统的释义中,一路可以透视到后来者郁达夫的生存境遇及其忧愤心绪。

在《史记·太史公自序》中,司马迁强调"发愤著书"时曾谈道:"《诗》三百篇,大抵贤圣发愤之所为作也。此人皆意有所郁结,不得通其道也,故述往事,思来者。"[①]在《送孟东野序》一文中,韩愈提出"不平则鸣",并将其诠释为文学书写的一种心理机制:"大凡物不得其平则鸣:草木之无声,风挠之鸣。水之无声,风荡之鸣。其跃也,或激之;其趋也,或梗之;其沸也,或炙之。金石之无声,或击之鸣。人之于言也亦然,有不得已者而后言。其歌也有思,其哭也有怀,凡出乎口而为声者,其皆有弗平者乎!"[②]欧阳修是北宋时期的大文豪,他在《梅圣俞诗集序》一文中指出诗人的吟唱与书写只有"穷而后工":"予闻世谓诗人少达而多穷。夫岂然哉?盖世所传诗者,多出于古穷人之辞也。凡士之蕴其所有,而不得施于世者,多喜自放于山巅水涯之外,见虫鱼草木、风云鸟兽之状类,往往探其奇怪;内有忧思感愤之郁积,其兴于怨刺,以道羁臣寡妇之所叹,而写人情之难言;盖愈穷则

---

① (西汉)司马迁:《史记》,中华书局1959年版,第3300页。
② (唐)韩愈:《送孟东野序》,茅坤编:《唐宋八大家文钞》,上海古籍出版社1993年版,第85页。

愈工。然则非诗之能穷人,殆穷者而后工也。"[1]其实,反观郁达夫一生的生存境遇及其文学创作的历程,我们不难发现,很多时候,诗人只有在跌落于仕途坎坷与穷愁潦倒的窘迫时,诗文或小说才能写到"绝佳"的境界而触动人心。这里的"绝佳"是明代学者茅坤在编选《唐宋八大家文钞》时,对欧阳修在《梅圣俞诗集序》中所谈到的"穷而后工"之诗文创作美学思想的评点之语。

司马迁、韩愈、欧阳修都曾执著于个体或一己的忧愁、苦闷、不平与怨愤,并且把这种个人际遇与社会生活经历,提升到具有普遍性意义的"发愤著书""不平则鸣""穷而后工"的境界上来,进而总纳与升华为推动中国古代文学创作的一种美学精神;而正是这种美学精神,可以让生命在文学书写活动中舒展忧思与宣泄郁结,从而达向抒写情志与消解痛苦的审美境界。

在中国古代文学传统中,这种宣泄郁结和抒写情志的审美精神早已铸成为一种文化心理惯性与集体无意识,沉淀在中国本土的审美文化传统之中,这种文化心理惯性与集体无意识必然潜移默化地对后来之文人及其创作有着不可或缺的影响。与此同时,郁达夫还有着中国传统文人的生性孤傲及敏感,他拥有过人的才情,却又生不逢时、怀才不遇。郁达夫的精神气质与生存境遇必然构成了其在孤独寂寞中抒写忧郁的心理潜意识,我们只要细读他的论著与文章,就不难发现他在独白、日记与创作生活的回顾中,深刻地记忆并印证着他"发愤著书""不平则鸣""穷而后工"的心路历程。一言以蔽之,"借小说之酒杯,浇胸中之块垒",就是郁达夫在文学创作中所给出的人生选择,这也是他一生所追问、思索、践行的文化选择。

---

[1] (宋)欧阳修:《梅圣俞诗集序》,茅坤编:《唐宋八大家文钞》,上海古籍出版社1993年版,第507页。

第六章　个案研究：中外比较视域中的世界性与本土性

在这里，我们应该走进他所书写的文本空间中，去阅读他本人的精彩自述。

> 人生从十八九到二十余，总是要经过一个浪漫的抒情时代的，当这时候，就是不会说话的哑鸟，尚且要放开喉咙来歌唱，何况乎感情丰富的人类呢？我的这抒情时代，是在那荒淫惨酷，军阀专权的岛国里过的。眼看到的故国的陆沉，身受到的导乡的屈辱，与夫所感所思，所经所历的一切，剔括起来没有一点不是失望，没有一处不是忧伤，同初丧了夫主的少妇一般，毫无气力，毫无勇毅，哀哀切切，悲鸣出来的，就是那一卷当时很惹起了许多非难的《沉沦》。①

在郁达夫的这段书写中，他援用了一个隐喻来指涉自己的情感，即不会说话的哑鸟也要放开喉咙去歌唱，何况他本人就是一个情感丰富的人呢？郁达夫的歌唱的确是哀切与悲鸣的，因为故国的"沉沦"是他中心积淤的"块垒"。如果说，从郁达夫"借小说之酒杯，浇胸中之块垒"的书写中，我们可以发现中国传统审美精神对他的颐养，而从下面一段文字的描述中，我们则可以见出西方文学精神对他的影响了。

> 流刑的判处期间总算满了，With a Diploma 兴浓浓地我就回到了上下交争利，后先不见人——是"人少畜生多"的意思——的故国。碰壁，碰壁，再碰壁，刚从流放地点遇赦回来的一位旅客，却永远地踏入了一个并无铁窗的故国

---

① 郁达夫：《忏余独白——〈忏余集〉代序》，《郁达夫文集》第7卷，花城出版社1983年版，第250页。原载于《北斗》月刊1931年12月20日第1卷第4期。

> 的囚牢,英国的一位讽世家所说的 Life is a prison without bar 的这一句金言,到此我才领悟到了彻底。愁来无路,拿起笔来写写,只好写些愤世疾邪,怨天骂地的牢骚,放几句破坏一切,打倒一切的狂吃。越是这样,越是找不到出路。越找不到出路,越想破坏,越想反抗。这一期中间的作品,大半都是在这一种心情之下写成的。①

我们可以发现,在这段文字的书写中,英国讽世家的"金言"成为郁达夫延续思考的支撑点。其实,在郁达夫一生的书写中,我们可以随处发现外域文学及文化历史对他的渗透与影响,然而,在他骨子里的深处,郁达夫又是本土中国文化传统精神的荷载者。因此,从总体的创作心理结构来透视,郁达夫及其文学创作无疑是中国传统文化之本土精神与外域异质文化之世界精神的汇通和整合。

三、在传统与现代之间:入世与出世的矛盾及纠葛

如果我们把研究视野从郁达夫生存的时代向前回溯,不难发现,在古老中国漫长的发展进程中,原始儒家"穷则独善其身,达则兼善天下""修身、齐家、治国、平天下"的人生哲学与正统思想在士人心中根深蒂固,中国知识分子自古就有家国情怀与忧患意识,他们把"士以天下为己任"的民族担当和历史使命感作为自身存在的价值和追求。孔子是儒家文化传统中的圣人,《论语》是孔子与其学生对话的语录体书写文本。在《论语·泰伯》一篇中记录了孔子学生曾子的一句名言:"士不可以不弘毅,任

---

① 郁达夫:《忏余独白——〈忏余集〉代序》,《郁达夫文集》第 7 卷,花城出版社 1983 年版,第 251 页。

第六章 个案研究：中外比较视域中的世界性与本土性

重而道远，仁以为己任，不亦重乎？死而后已，不亦远乎？"在曾子此句的表达中，闪烁着以孔子为圣的儒家学派的言说与思想①。孟子是儒家文化传统的"亚圣"，在《孟子·尽心上》一篇，孟子提出的士人——知识分子——为人处世的原则即在于"士穷不失义，达不离道"与"穷则独善其身，达则兼善天下"。孟子所提出的知识分子的处世准则是在与宋勾践的对话中表达的，在这里，我们不妨引出全文以给出一个整体的语境来体验孟子的思想。

> 孟子谓宋勾践曰："子好游乎？吾语子游，人知之，亦嚣嚣；人不知，亦嚣嚣。"曰："何如斯可以嚣嚣矣？"曰："尊德乐义，则可以嚣嚣矣。故士穷不失义，达不离道。穷不失义，故士得己焉；达不离道，故民不失望焉。古之人，得志，泽加于民；不得志，修身见于世。穷则独善其身，达则兼善天下。"②

早在先秦时代，儒家与道家两脉哲学思潮就为中国文化传统的原始期铺垫了发展路向，并对后世的中国知识分子产生了本土性的深刻影响。客观地讲，如果我们真正地从中国现代文学史史料学的深度，细读与把握郁达夫及其生存的背景史料，我们一定会感受到孟子所提出的中国古代知识分子的处世原则，不仅渗透于郁达夫的思想和精神气质中，也通贯于郁达夫一生的行为当中。此外，郁达夫在其思想发展与蜕变的历程中，也深受中国传统文化之道家遁隐精神的影响。

---

① 《论语注疏》，《十三经注疏》下册，中华书局1980年影印世界书局阮元校刻本，第2487页。
② 《孟子注疏》，《十三经注疏》下册，中华书局1980年影印世界书局阮元校刻本，第2764—2765页。

不同于儒家思想的是,虽然道家崇尚出世与自然无为,但道家审美精神那种超然旷达的出世态度却成为传统士人可以选择的另一种处世立场,其恰恰与儒家感时忧国、"知其不可为而为之"的积极入世思想形成了悖立并互为补充。儒道互补的中国哲学观,对于中国知识分子生存的价值选择来说,无论是居庙堂之高还是处江湖之远,无论是心怀魏阙还是归隐江湖,两者在悖立的维度上都共同构成了汉民族传统文人独特的文化心理结构和自觉遵守的人生处世哲学。

让我们再来反思郁达夫作为一介中国知识分子的文化心理构成与处世哲学。

郁达夫自幼浸润在由古典诗词与四书五经组成的传统文化氛围之中,儒家所倡导的积极入世态度、传统士大夫忧国忧民的家国情怀,早已沉淀为一种集体无意识和民族认同感潜移默化至郁达夫的灵魂深处,并成为其自觉遵守的本土叙述立场和道德价值取向。但在他所生存的那个时代,现实社会的黑暗腐败使他在生存中处处碰壁,贫病交加,这种境况又使他每每羡慕严子陵、陶潜等名士;他渴求远离浊世,其寄情山水的隐逸之心与遁世之念也时时"抬头"①。可以说,出世与入世、进取与归隐,这种长久以来纠结于中国传统文人内心世界的冲突与矛盾,也同样成为郁达夫所面临的两难选择。郁达夫曾在东洋留学,尽管深受外域异质文化的影响,在他的书写中充溢着那个时代的世界主义精神;然而,他在骨子里还是一介中国传统文人,背负着

---

① 1924 年郁达夫自己离京赴沪,在其写给郭沫若的信中谈道:"中国文坛上特有的奇闻逸事,觉得当上车时那样痛恨的北京城,比卑污险恶的上海,还要好些。于是我的不如归去的还乡高卧的心思,又渐渐的抬起头来了。"(郁达夫:《给沫若》,《郁达夫全集》第 3 卷,浙江大学出版社 2007 年版,第 91 页。原载于《创造月刊》1926 年 3 月 16 日第 1 卷第 1 期。)

第六章　个案研究：中外比较视域中的世界性与本土性

中国本土文化的传统精神。

事实上,我们只要走进郁达夫书写的文本空间中,就会发现,纠结于其人格观念中这种出世与入世的矛盾与纠葛,俯拾皆是。在其自传之七《大风圈外》一文中,郁达夫曾经谈道:

> 平时老喜欢读悲歌慷慨的文章,自然捏起笔来,也老是痛哭淋漓,呜呼满纸的我这一个热血青年,在书斋里只想去冲锋陷阵,参加战斗,为众舍身,为国效力的我这一个革命志士,际遇着了这样的机会,却也终于没有一点作为,只呆立在大风圈外,捏紧了空拳头,滴了几滴悲壮的旁观者的哑泪而已。①

辛亥革命之后,郁达夫自家所在的县城"平稳"光复,脱离了清政府的压制,尽管当年还是中学生的他并无机会参加革命党的义举,也无机会为革命"冲锋陷阵",但是拯救危难之中的国家和民族,"为众舍身","为国效力",却始终是他内心深处与精神领域自觉追求的理想和使命②。

年少时郁达夫从梅花牌的旧书铺里买到一大堆书,其中《吴诗集览》《庚子拳匪始末记》《普天忠愤集》对他影响最大。在读完这三部书后,他谈到他的"一个总感想"时有颇多感慨和遗憾:

---

① 郁达夫:《大风圈外——自传之七》,《郁达夫自传》,江苏文艺出版社1996年版,第37页。
② 在他的自传中,郁达夫多次阐明其为国为民舍身效力的理想和抱负:"杭州在望了,以后就是不可限量的远大的前程!"(《远一程,再远一程——自传之五》)"被解放了,以后便是凭我自己去努力,自己去奋斗的远大的前程。"(《大风圈外——自传之七》)"'太不值得了!太不值得了!我的理想,我的远志,我的对国家所抱负的热情,现在还有些什么?还有些什么呢?'心里一阵悔恨,眼睛里就更是一阵热泪。"(《雪夜——自传之一章》)(分别载《郁达夫自传》,江苏文艺出版社1996年版,第24、33、47页。)

"是恨我出世得太迟了,前既不能见吴梅村那样的诗人,和他去做个朋友,后又不曾躬逢着甲午庚子的两次大难,去冲锋陷阵地尝一尝打仗的滋味。"①在郁达夫赴日留学十年的历程中,他得以站在世界的高度看清了"中国在世界竞争场里所处的地位",觉悟到了"今后中国的运命",并深切地感受到了"国际地位不平等的反应",以及"弱国民族所受的侮辱与欺凌"②。因为曾经在日本留学多年,郁达夫能够把自己置放在世界性与本土性交集的场域中,了解当时的国际动向和世界格局,同时又能够借此透视并反省中国自己的处境。在《雪夜——自传之一章》中,郁达夫借自己的处境以慨叹中国的落后。

> 独自一个在东京住定以后,于旅舍寒灯的底下,或街头漫步的时候,最恼乱我的心灵的,是男女的性间的种种牵引,以及国际地位落后的大悲哀。③

也正是因为郁达夫深切地体验到母国在国际地位上的落后,所以他才有了《沉沦》中的呼吁,有了祖国"快富起来,强起来"的悲愤。让我们再从郁达夫的书写中细读他的情感意向。在《南迁》一文中,郁达夫表达了他同情与拯救同胞的意愿:"你要救日本的劳动者,你何不先去救救你自家的同胞呢? 在军人和官僚的政治底下,你的同胞所受的苦楚,难道比日本的劳动者更轻么?"④郁

---

① 郁达夫:《远一程,再远一程——自传之五》,《郁达夫自传》,江苏文艺出版社1996年版,第26页。
② 郁达夫:《雪夜——自传之一章》,《郁达夫自传》,江苏文艺出版社1996年版,第44页。
③ 同上书,第45页。
④ 郁达夫:《南迁》,《郁达夫选集》上册,人民文学出版社2004年版,第57页。

达夫不愿意看到自己的同胞在日本军人和官僚的统治、压制下而深受凌辱。在《茫茫夜》《秋柳》《怀乡病者》等小说中，郁达夫塑造了于质夫这一抒情主人公形象，而他笔下的于质夫们只是空有满腔的热忱，却报国无门，他们只能沉溺在苦闷的沉沦中私下地体验无尽的隐痛和悲哀。其实，这也许正是郁达夫对自己的写照。

当然，郁达夫在他的人格气质中始终秉有中国传统文化之儒家的入世精神，他毕竟也是一位有着家国情怀和良知的现代知识分子。面对中华民族内忧外患、风雨如磐、几近亡国灭种的黑暗现实，曾经在诗文中热衷于自我表现和主情感伤的郁达夫，也毫不犹豫地积极响应和支持郭沫若、成仿吾等中期创造社的同仁们。他接连发表了《文学上的阶级斗争》《无产阶级专政和无产阶级的文学》《〈鸭绿江上〉读后感》《农民文艺的提倡》《农民文艺的实质》《文学漫谈》等一系列文章。在这些文章中，郁达夫以高昂的激情与喧哗的呐喊声援并倡导着无产阶级革命文学、大众文艺、农民文艺等。

也正是如此，在他个人事业发展的逻辑进程上，他从个人主义的"小我"走向了代表多数人民大众的"大我"，他从"一时一刻"的"个人感情"，走向了"一时代或一阶级的汇聚感情"或"民族国家的大范围的情感"①。郁达夫在灵与肉两个维度上的蜕变，让他整装待发，他从书斋和象牙塔中"束装南下"，毫不犹豫

---

① "新小说内容的最大要点，就是把从前的小我放弃了，换成了一个足以代表全世界的多数民众的大我。把一时一刻的个人感情扩大了，变成了一时代或一阶级的汇聚感情。"（郁达夫：《关于小说的话》，《郁达夫全集》第 5 卷，时代文艺出版社 2000 年版，第 2103 页。）而在《悼胞兄曼陀》中，郁达夫也曾谈到其情感的转变："反过来说，就是个人主义的血肉情感，在我的心里，渐渐的减了，似乎在向民族国家的大范围的情感一方面转向。"（郁达夫：《悼胞兄曼陀》，《郁达夫全集》第 4 卷，时代文艺出版社 2000 年版，第 1594 页。）

地奔赴革命策源地广州,在他走向革命的心境中燃烧着一把激情之火,他欣然要把"满腔热忱,满怀悲愤"的心绪,都"投向革命中去"①。

在1926年3月创刊的《创造月刊》的《卷头语》中,郁达夫声称:"我们觉得生而为人,已是绝大的不幸,生而为中国现代之人,更是不幸中之不幸,在这一个熬煎的地狱里,我们虽想默默的忍受一切外来的迫害欺凌,然而有血气者又那里能够。"②同时,他又给予接续性的表达:"我们的志不在大,消极的就想以我们无力的同情,来安慰安慰那些正直的惨败的人生的战士,积极的就想以我们的微弱的呼声,来促进改革这不合理的目下的社会的组成。"③在为1927年9月创刊的《民众》旬刊所作的发刊词中,郁达夫又呼吁要唤醒大多数"被压迫,被绞榨"的人民大众,以增进他们的地位,联合他们共同完成民众的革命:"我们是被压迫,被绞榨的民众的一份子,所以我们敢自信我们的呼喊,是

---

① 1925年是郁达夫在其生活中最为苦闷的一年,在这一年中,他的身体一直处在重病的状态中,所以他一直以酗酒来排除心中的颓丧,而南下广州参加革命给他带来了精神上的亢奋,随后又因革命的失败让他再度回到了苦闷中。关于郁达夫这一时期摇摆在出世与入世选择中的心路历程,他在《〈鸡肋集〉题辞》中有着细腻的描述:"一九二五年是我衰颓到极点以后,焦躁苦闷,想把生活的行程改过的一年。这一年中书也不读,文章也不写,从前年冬尽,到这年的秋后止,任意的喝酒,任意的游荡,结果于冬天得了重病,对人生又改了态度。在客中病卧了半年,待精神稍稍恢复的时候,我就和两三位朋友,束装南下,到了革命策源地的广州。在那里本想改变旧习,把满腔热忱,满怀悲愤,都投向革命中去的,谁知鬼蜮弄着旗,在那里所见到的,又只是些阴谋诡计,卑鄙污浊。一种幻想如儿童吹玩的肥皂球儿,不待半年,就被现实的恶风吹破了。这中间虽没有写得文章,然而对于中国人心的死灭,革命事业的难成,却添了一层确信。"(郁达夫:《〈鸡肋集〉题辞》,《郁达夫文集》第7卷,花城出版社1983年版,第172页。原载于《鸡肋集》,上海创造社出版部1927年10月20日初版。)
② 郁达夫:《创造月刊》卷头语,《郁达夫文集》第7卷,花城出版社1983年版,第290页。原载于《创造月刊》1926年3月16日第1卷第1期,题为《卷头语》。
③ 同上书,第291页。

第六章　个案研究：中外比较视域中的世界性与本土性

公正坦白的。我们要唤醒民众的醉梦，增进民众的地位，完成民众的革命。"①郁达夫喊出了革命民众联合起来的口号："我们是大多数者，是被压迫者，是将来的大革命的创始人。革命的民众，大家应该联合起来！"②我们也注意到，郁达夫对推动母国民众走向革命的呐喊，是与世界大格局中燃烧着革命之火欣然呼应的。

在郁达夫生命的最后一程，他应邀赴新加坡担任《星洲日报》的主笔，也正是在这一时期，郁达夫投入了自己生命中最后的热情与力量。在这一时段，他编辑了《晨星》《繁星》《星洲文艺》等多种刊物。这一时期的郁达夫虽然栖住在外域新加坡，然而他一直在密切地关注着中国大陆正在发生与发展的那些事态，母国本土永远是他心头不可割舍的情怀。郁达夫在主编上述多种刊物时，发表了多篇宣传和支援抗战的杂文与文评，呼吁和支持全民族的"精诚团结与互助"，甚至不惜生命代价为祖国抗战的胜利和民族的复兴而奔走呼号，他俨然成为一位栖住于外域而时时为母国本土的抗战摇旗呐喊的文化主将③。凡此种种，均可以看出在深层的文化精神与思想内蕴层面，郁达夫始终

---

① 郁达夫：《民众》发刊词，《郁达夫文集》第7卷，花城出版社1983年版，第312页。原载于《民众》旬刊1927年9月11日创刊号。
② 同上书，第313页。
③ "中华民国二十八年的序幕揭开，以后的建国中兴与自强，到处都在要求我们全民族的精诚团结与互助。今后的《繁星》的读者投稿者，希望也能发挥这一种国民至上的团结的精神。"(《〈繁星〉的今后》，《郁达夫全集》第7卷，花城出版社1983年版，第333—334页。原载于新加坡《星洲日报·繁星》1939年1月9日。)"《星洲文艺》的使命，是希望与祖国取联系，在星洲建树一文化站，作为抗战建国的一翼，奋向前进的。凡与这宗旨不相违背，而能发扬光大我国文化及民族意识的文艺作品，都在欢迎之列。"(《〈星洲文艺〉发刊的旨趣》，《郁达夫文集》第7卷，花城出版社1983年版，第340页。原载于新加坡《星洲日报(半月刊)》1939年6月1日第23期。)

执著于原始儒家所倡导的济世救民、积极有为的入世观念,以及传统士人"兼济天下"、忧国忧民的历史使命感和社会责任感。

如前所述,在另一个维度上,郁达夫天性敏感脆弱,愤世嫉俗而又自卑消极,正如他的朋友郭沫若所说:"他的缺点是身体太弱,似乎在二十几岁的时候便有了肺结核,这使他不能胜任艰巨。还有一个或许也是缺点,是他自谦的心理发展到自我作践的地步。爱喝酒,爱吸香烟,生活没有秩序,愈不得志愈想伪装颓唐,到后来志气也就日见消磨,遇着什么棘手的事情,便萌退志。"[①]郁达夫亲眼目睹了祖国灾难深重的处境:军阀连年混战、社会政治的黑暗腐败与国人流离失所等,而他自己在现实生活中又处处碰壁,报国无门,这所有一切的苦闷与焦灼又使他往往怀念严子陵、陶潜等名士,并渴望回归道家所崇尚的归隐江湖、远离浊世与寄情山水。在中国文化传统知识分子心态形成的历程上,可以说入世的进取与出世的超脱就是纠结在他们心理结构中的一对永恒的矛盾,同样,这对矛盾也伴随着郁达夫,铸成了他徘徊不定且两难选择的立场。这一矛盾的徘徊和纠结在他与郭沫若、成仿吾等老友的通信与交流中表露无遗。

在原载于1923年10月20日《创造周报》的《海上通信》中,郁达夫对自己的前途犹豫不定:"究竟还是上北京去作流氓去呢,还是到故乡家里去作隐士?"但此时的他在内心里还是倾向于去北京"漂流":"名义上自然是隐士好听,实际上终究是飘流有趣。"[②]1924年他写信告知郭沫若,自己南下寻找机会离开北京以"别求生路",然而他看到当时同样黑暗与腐败的上海,听了

[①] 郭沫若:《论语达夫》,王自立、陈子善主编:《郁达夫研究资料》上册,花城出版社1985年版,第96页。

[②] 郁达夫:《海上通信》,《郁达夫全集》第3卷,浙江大学出版社2007年版,第65页。原载于《创造周报》1923年10月20日第24号。

那些在坊间与官场流传的话语,他还是给出了自己的判断与选择:"我看看这种情形,听了些中国文坛上特有的奇闻逸事,觉得当上车时那样痛恨的北京城,比卑污险恶的上海,还要好些。于是我的不如归去的还乡高卧的心思,又渐渐的抬起头来了。"①毫无疑问,中国文化传统是郁达夫人格构成的一项重要的本土元素,所以他推崇并向往魏晋的名士风流,遗憾自己既然生于此时的乱世,"何以不生在晋的时候"去做竹林七贤。

> 文明大约是好事情,进化大约是好现象,不过时代错误者的我,老想回到古时候还没有皇帝政府的时代——结绳代字的时代——去做人。生存乱世,本来是不大快乐的,但是我每自伤悼,恨我自家即使要生在乱世,何以不生在晋的时候。我虽没有资格加入竹林七贤——他们是贤是愚,暂且不管,世人在这样的称呼他们,我也没有别的新名词来替代——之列,但我想我若生在那时候,至少也可听听阮籍的哭声。②

隐居的宿愿、现实的失落促使郁达夫最终离开上海,举家迁往杭州,并定居风雨茅庐,希望从此可以远离世事纷争,逃避现实,寄情山水。在这里,我们可以把郁达夫栖居于杭州的生活境遇视为他短暂出世的逃避,中国传统士大夫归隐出世的精神成为他此时此地的生活信条,他让自己蜕变成了一介传统文人。也正是在这一期间,他书写了大量的游记性诗词、散文,《东梓关》《迟

---

① 郁达夫:《给沫若》,《郁达夫全集》第3卷,浙江大学出版社2007年版,第91页。原载于《创造月刊》1926年3月16日第1卷第1期。
② 郁达夫:《骸骨迷恋者的独语》,《郁达夫全集》第3卷,浙江大学出版社2007年版,第110页。原载于《达夫全集》1928年2月第4卷《奇零集》。

桂花》《瓢儿和尚》等蕴含着隐逸色彩和古典意趣的小说作品也是在这一时期写就的。他早年文学创作中震惊文坛的主观抒情、狂放暴露与悲切忧伤的情愫，也逐渐开始转向中国古典诗学传统中的舒缓圆融与宁静淡远。

可以说，在郁达夫一生的行走历程中，他曾一直摇摆于入世与出世之间的矛盾和纠葛之中，而在他人格构成的内在心理学结构中，似乎一直有两个郁达夫在冲突中对话着：一个是受世界激进主义思潮影响的郁达夫，另一个是受中国本土传统文化影响的郁达夫。从他一生书写的文本中，我们也时时可以透视到世界性元素与本土性元素在其中的出场、冲突及对话。而随着他与王映霞感情的破裂，再随着他于1938年应邀赴新加坡主编《星洲日报》，宣传和支援抗战，再到他从容赴死以身殉国，郁达夫在杭州的还乡"隐居"生涯短暂且并不太平，一切来得匆匆，也去得匆匆，他所有的理想仅仅成为一种乌托邦式的想象。

四、郁达夫文学创作中的疾病隐喻及其美学精神

郁达夫曾留学于东洋，那个时代的日本深受西方文化思潮的影响，因此西洋与东洋共同在文明、文化、历史与知识的多元层面上，铸就了郁达夫获有世界精神的人格魅力。然而，我们细读郁达夫书写的不同文体的读本，以及从我们上述所列举的种种案例中，均可以看出在郁达夫的深层文化精神与思想内蕴层面，儒家所倡导的济世救民与积极有为的入世观念对他影响至深，中国传统知识分子"兼济天下"的历史使命感与忧国忧民的社会责任感，铸成了郁达夫人格心理的一个重要维度。

在另外一个心理维度上，郁达夫天性敏感脆弱、愤世嫉俗而又自卑消极，他有着那个时代知识分子共同的心理弱点，尤其对郁达夫这样一位介入性公共知识分子来说，他心理的弱点就必

第六章 个案研究：中外比较视域中的世界性与本土性

然鲜活地凸显在他的书写中。郭沫若是与郁达夫同期的留日学生，也是郁达夫的挚友，他在后来的回忆中，为我们了解郁达夫提供了清晰的书写画面。

> 他的缺点是身体太弱，似乎在二十几岁的时候便有了肺结核，这使他不能胜任艰巨。还有一个或许也是缺点，是他自谦的心理发展到自我作践的地步。爱喝酒，爱吸香烟，生活没有秩序，愈不得志愈想伪装颓唐，到后来志气也就日见消磨，遇着什么棘手的事情，便萌退志。①

郭沫若在他书写中回忆了郁达夫在那个时段其灵与肉所处的疾病境遇。郁达夫身体的柔弱，使他在二十多岁便罹患了肺结核病，这在汉语本土又被称为"痨病"。在郭沫若的记忆中，患有痨病的郁达夫总是以颓唐的生存状态来消磨自己的志气。也正是如此，郁达夫厌厌的疾病心理也成为他文学书写中忧郁而出场的隐喻美学精神。

我们在这里所讨论的是郁达夫小说创作中的世界性与本土性，这个命题的逻辑必然使我们的研究视域投向西方，去了解18—20世纪西方文学艺术空间中曾经弥漫一时的痨病美学及其疾病隐喻的浪漫主义情愫。在18—20世纪的欧洲文学艺术发展史上，有一批才华横溢且以感伤为表达思想深度的文学艺术家，他们把文学艺术创作看视为自己生存的栖居境遇。这些西方的文学艺术家们往往沉溺在精神的困苦与情致的迷惘中，或者在其作品中以疾病作为一种隐喻或象征，以建构自己期望皈

---

① 郭沫若：《论语达夫》，王自立、陈子善主编：《郁达夫研究资料》上册，花城出版社1985年版，第96页。

依的乌托邦。生存境遇的困苦以及才情过人的敏感让他们远比常人更易于体验到压抑的伤感,很多文学艺术家都患有肺结核病,他们往往拖累着羸弱的身体,弱弱地操起手中的笔书写着伤感与凄美,痨病让文学艺术家在一种厌厌的忧伤与柔弱的雅致中营造出一方独特的文学艺术空间。

我们在18—20世纪的西方文学史上可以排出一个疾病隐喻的文学大师系谱:英国女作家简·奥斯丁(Jane Austen,1775—1817)、英国诗人乔治·戈登·拜伦(George Gordon Byron,1788—1824)、英国诗人雪莱(1792—1822)、英国女作家艾米莉·简·勃朗特 Emily Jane Bronte,1818—1848、新西兰女作家凯瑟琳·曼斯菲尔德(Katherine Manthfield,1888—1923)、奥匈德语作家弗朗茨·卡夫卡(Franz Kafka,1883—1924)、英国作家戴维·赫伯特·劳伦斯(David Herbert lawerence,1885—1930)、法国作家阿尔贝·加缪(Albert Camus,1913—1960)。当然,我们还可以列举西方文学史上更多的患有肺结核病的大师性作家,在他们的作品与人生经历中,我们不难体验到他们在疾病隐喻中追崇的美学精神。

非常有趣的是,哪怕是那些依然处在健康状态中的文学艺术家,有些人也刻意地逃遁于那种疾病隐喻的浪漫伤感中,伴装成为肺结核病患者,体验着一种自作多情的病态,一厢情愿地把自己遮蔽在病态的苦涩中,以求取一种疾病的隐喻意义与浪漫感伤的心绪。比如,法国19世纪浪漫主义作家亚历山大·大仲马(Alexandre Dumas,père,1802—870)即曾伴装患有肺结核病,以求得自己的作家身份及那个时代的书写情绪,当然,学界皆知亚历山大·大仲马有着一个强壮的身躯。

从诗学理论上来分析,这些作家正是如此沉沦于疾病隐喻的苦涩情绪中,并以此向周遭的社会与人物投射出状态隐喻的

第六章 个案研究：中外比较视域中的世界性与本土性

象征意义,以换得文学艺术创作中的伤感色彩。这种文学艺术创作以跌落于痨病中使诸种隐喻的象征意义出场,成为那个时代波及整个西方的世界性情绪。我们只有在病症隐喻的美学精神上理解了这一点,才能够理解拜伦为什么这样言说自己:他看上去病了,然后厌厌地望着自己在镜子中投射的孱弱形象,伤感地说他宁愿死于痨病。

在研究的方法论上,崇尚平行研究的美国学派不同于法国学派的实证性考据,美国学派主张从没有具体发生过实际接触的普世主义(universalism)美学精神中,寻找两个以上民族、国家与区域之间的共通思想。而给人启示的是,我们在郁达夫的文学书写中,也时时可以遭遇到他在书写中出场的疾病隐喻及其美学精神的象征踪迹。

可以说,在郁达夫的文学书写中,他的那种疾病隐喻的情绪与象征意义太沉重了,构成了郁达夫文学创作中那种绝然无法抹去的、疾病隐喻的美学色彩。我们从郭沫若对郁达夫回忆与郁达夫个人的诗文创作中,都可以见出郁达夫的疾病隐喻心绪。我们思考到这里,不难发现,郁达夫的文学创作在其审美情致的构成上,与曾在18—20世纪欧洲文学艺术思潮中所发生的疾病隐喻美学精神,有着普世性的呼应逻辑关系。

在一定程度上,可以说,疾病隐喻是一种世界性的美学精神。

思考到这里,我们把研究视域暂且投向美国当代作家与评论家苏珊·桑塔格(Susan Sontag),投向她的书写空间。在苏珊·桑塔格的书写空间中始终燃烧着一个永恒的亮点,那就是苏珊·桑塔格罹患乳腺癌后所撰写的两篇论文《疾病的隐喻》(Illness as Metaphor)和《艾滋病及其隐喻》(AIDS and Its Metaphors),这两篇论文后来结集成为《疾病的隐喻》一书并得以出版发行。

苏珊·桑塔格的原名叫苏珊·李·罗森布拉特(Susan Lee Rosenblatt),她的父亲杰克·罗森布拉特(Jack Rosenblatt)是一位从事毛皮生意的犹太商人,苏珊·桑塔格是杰克·罗森布拉特与他的第一任妻子米尔德里德·雅各布森(Mildred Jacobsen)所生的女儿。在苏珊·桑塔格五岁时,他的父亲杰克·罗森布拉特因罹患肺结核而死于中国天津。父亲的死亡及痨病的记忆,多少给年幼的苏珊·桑塔格蒙上了一层遭受疾病折磨的心理阴影。后来,她的母亲再度嫁给内森·桑塔格(Nathan Sontag),因此苏珊·桑塔格也改随了继父的姓。

苏珊·桑塔格的论文《疾病的隐喻》和《艾滋病及其隐喻》是对疾病隐喻的意义与社会伦理发生关系时所给出的抵抗性书写。疾病不仅给病人带来自身生理上的痛苦,疾病也隐喻着病人的自我心理与外界社会道德之间的矛盾和纠葛,这种纠葛往往是令人痛苦的。病人在生理上承受着疾病时,还要承受着外界社会的道德关怀及诸种评价。苏珊·桑塔格四十三岁罹患乳腺癌,她在得知病情的最初惊恐中,总是以焦虑的猜忌隐喻着一个个患病的可能因素:是不是由于工作节律过度紧张,是不是来源于人际关系之间的紧张及情绪压抑等等;并且外界社会道德所给予的同情也让她感受到自己疾病的严重,反而萌生了一种即将走向死亡的恐惧感。较之于平时,人在患病时期更加地敏感与脆弱起来,病人更是在猜忌中想象着自己的敌对者此时对自己的嘲笑,这一切均把社会道德伦理的评价放大为一种压抑且生命不可承受之重的意义,而往往这种疾病隐喻的意义在道德伦理的评价尺度上又可能被放大到极限。

疾病让患者在自己的非健康身体与外在社会的关系之间,充满着诸种隐喻性的过度猜忌,并以此形成了诸种意义与象征,也生成了一种疾病隐喻的意义表达。这就是我们在这里所界定的疾病隐喻。在《疾病的隐喻》这部读本中，苏珊·桑塔格恰恰是以疾病者的身份抵抗疾病隐喻给自己带来的额外的象征意义，她以反对阐释的立场，解构疾病隐喻在象征中给疾病者带来的附加意义，抵抗这种附加意义作为一种道德评判与政治态度对疾病者所产生的心理压迫。因为往往这种心理压迫在疾病者思想上接受的隐喻意义，比疾病者本人在生理上所承受的痛苦还要有过之而无不及。

抵抗疾病者的隐喻思维是苏珊·桑塔格反对疾病隐喻阐释的哲学家姿态。当然，一部分疾病者也会在厌厌的病态中让自己振作起来，在一种非凡的无所顾忌中，让自己的生命在悲怆的灿烂中继续行走下去。而郁达夫正是如此，他作为一位肺结核病患者，依然让自己的生命在文学书写中振作起来，民族的灾难、社会的黑暗、身体的疾病、才子的伤感、入世的挫折、出世的苦闷等元素，在整体上构成了郁达夫文学创作中在场的疾病隐喻美学精神。

在另一个维度上，如果我们不从郁达夫的痨病身体及心理层面，去探求他文中的疾病隐喻及其美学精神，我们将无法深入理解与阐释郁达夫文学创作及其批评如此大起大落的多元色彩。理解了这一点，我们也就不难理解在郁达夫的文学创作与文学批评的书写中，为什么通透着如此沉重苦闷且感伤的语言修辞色彩。

五、多元的文化资源与自觉的世界文学意识

如前所述，中国本土的民族文化传统与价值评判体系的浸润和积淀，促成了郁达夫文学创作中独特的审美情趣与根深蒂固的母国文化情怀。留日十年，郁达夫经由日本接受了欧风美

雨的文化洗礼，西方先进的异质文明对他产生了深度的影响，这一切都使得郁达夫拥有了全新的世界性眼光和开阔的多元文化视野。

　　毫无疑问，在日本留学的郁达夫是一位具有世界性眼光的中国知识分子，他精通英、日、德、法等多国语言，并且他的阅读范围又是相当广泛的。郁达夫欣赏施笃姆那种"带实写风的浪漫派的艺术"，又认为施笃姆"单纯简略"的文体及其抒情小说有着"内热的，沉郁的，清新的诗味"。他甚至把施笃姆的小说比作"春秋的佳日，薄暮的残阳"，认为篇篇都如同"荷叶上的露珠一样""优婉动人"①。

> 　　施笃姆的艺术，是带实写风的浪漫派的艺术。与其称他作小说家，还不如称他作诗人的好，他毕竟是一个大抒情诗人。……他的无数的短篇小说，是他的抒情诗的延长的作品。他的小说里，篇篇有内热的，沉郁的，清新的诗味在那里。②

---

① 在《施笃姆》一文中，郁达夫谈到了其对施笃姆小说创作特色和技巧的欣赏："他的一生的怀乡病，和北方住民特有的一种消沉的气象，便是他的艺术的中心要点。我们把他的短篇小说来一读，无论如何，总不能不被他引诱到一个悲哀的境界里去。……他的技巧上的特质，就是文体的单纯简略。我们读完了《茵梦湖》之后，无论如何总不能了解他何以用了这样简单的文字，能描写得出这样复杂的感情来的。……若把独斯托伊妇斯克的小说来比严冬的风雪，盛暑的狂雷，那么就不得不把施笃姆的小说来比春秋的佳日，薄暮的残阳。""他的小说都是朗朗可诵的，也没有什么优劣可分。但是把他的小说里边的比较得妩媚可爱的揭出来，第一就是《茵梦湖》，其他如《三色紫罗兰》……等，都是优婉动人的作品，他的诗虽然不多，篇篇都是同荷叶上的露珠一样。"（郁达夫：《施笃姆》，《郁达夫全集》第5卷，时代文艺出版社2000年版，第1653—1654页。原载于《文学周刊》1921年10月第15期。）
② 同上书，第1653页。

第六章 个案研究：中外比较视域中的世界性与本土性

他撰文向国内文坛推介集中于《黄面志》（The Yellow Book）文艺季刊的奥伯利·比亚兹莱（Aubrey Beardsley）、道森（Ernest Dowson）、约翰·戴维森（John Davidson）等英国艺术家们，肯定这些天才诗人们对于"艺术的忠诚"和对于"当时社会的已成状态的反抗"。他尤其"同情和景仰"道森，这位"薄命"诗人生前尽管沉溺酒色、悲观厌世，具有颓废的"世纪末"的性格，但却能作"最优美的抒情诗"、尝最悲痛的"人生苦"，诗人的"唯美天性""真挚之情"及其诗文中的"清词丽句"，成为郁达夫"无聊"和"孤冷忧郁"时候的"最好伴侣"①。让我们来阅读一下郁达夫关于道森的书写，从他书写的文字及修辞中，我们不难见出郁达夫的疾病隐喻情愫及其对一种颓废色彩的执著。

> Dowson 的诗没有一首不是根据他的唯美天性而来的，源于真挚之情，和谐微妙的音律，当然是可以不必说了。他的诗境是他所独造之处，别人断然不能摹仿。音乐上的美，象征上的美，技巧上的美，他毫不费气力，浑然都调合在他的诗中。……他所出没的世界，是黄昏的世界，沉默的世界，哀愁的世界。②

---

① "The Yellow Book 的一群天才诗人里，作最优美的抒情诗，尝最悲痛的人生苦，具有世纪末的种种性格，为失恋的结果，把他本来是柔弱的身体天天放弃在酒精和女色中间，作慢性的自杀的，是薄命的诗人 Ernest Dowson。""Ernest Dowson 的诗文，是我近年来在无聊的时候，在孤冷忧郁的时候的最好伴侣。我记得曾经在一篇小说里，把他的性格约略描写过的。大约是因为我的描写还没有力量，所以到了今日，仍不见有人称道他的清词丽句。但我对他的同情和景仰，反而因世人对他的冷淡，倒是日见增高了。"（郁达夫：《集中于〈黄面志〉(The Yellow Book)的人物》，《郁达夫全集》第 5 卷，时代文艺出版社 2000 年版，第 1724 页。原载于《创造周报》1923 年 9 月 23 日、30 日第 20、21 期，发表时题目为《The Yellow Book 及其他》。）

② 同上书，第 1728 页。

我们反复地强调郁达夫虽然留学东洋，但他恰恰是一位在东洋接受西洋文化的中国现代知识分子，东洋与西洋两种异质文化也正是如此同步地沉淀于郁达夫的知识结构中，成为一种汇通整合的世界文化精神颐养着他，并在他的文学创作与文学批评中多方面地呈现出来。

让我们来看视一下在东洋留学的郁达夫对西洋的卢梭又是怎样接受与书写的。郁达夫为卢梭在《忏悔录》中"赤裸裸"的暴露"自己的恶德丑行"而感到惊叹和震惊，卢梭作品中"雄伟的文字""特创的作风""牧歌式的描写"和"自然界的观察"，都使他深深迷恋并能同感悲欢①。

> 《忏悔录》是他的流浪时代的作品，……以雄伟的文字，和特创的作风，像这样的赤裸裸的将自己的恶德丑行暴露出来的作品，的确是如他在头一章里所说的一样，实在是空前绝后的大计划。尤其是前六卷的牧歌式的描写和自然界的观察，使人读了，没有一个不会被他所迷，也没有一个不会和他起共感的悲欢的。②

郁达夫对卢梭文本的阅读是非常细腻与通透的，从中我们可以见出一位中国知识分子虽然留学东洋，却能够透过东洋接受西洋的文艺思潮和文化元素，以获取西方知识分子在书写中所达向的自然空间。我们从下一段文字中即可以见出郁达夫是怎样

---

① 郁达夫：《卢骚的思想和他的创作》，《郁达夫全集》第 10 卷，浙江大学出版社 2007 年版，第 396 页。原载于《北新》半月刊 1928 年 2 月 1 日第 2 卷第 6 号。
② 同上。

地留恋于卢梭在《忏悔录》所描绘的大自然中的。

> 自然的描写,凡是他所经过的地方,乡村、深林、田园、草舍、溪流、湖波、山路、深渊、绝壑,甚而至于朝日、斜阳、行云、飞鸟、花草,等等,凡可以增加自然的美,表现自然的意的东西,在《忏悔录》里没有一处不写到,大自然的秘密,差不多被他阐发尽了。他的留给后世的文学上的最大的影响,也可以说就是在这自然发见的一点上。①

我们认为在郁达夫的文学创作中具有浓重的世界性因素,也就是说,郁达夫文学创作中的世界性因素当然不仅仅由西方文化所构成,其必然应该包括在传统文化上曾受中国影响的日本。需要提及的是,在那个历史时代,日本已经在开放与发展方面走在了中国的前面,并且成为众多有识之士"明时势,长志气,扩见闻,增才智"的留学目的国。彼时曾留学日本的郁达夫也密切关注着一批具有影响的日本作家,如田山花袋、佐藤春夫、永井荷风、谷崎润一郎、葛西善藏、志贺直哉等日本现代小说家。即使郁达夫回国后,也时常阅读上述日本作家新发表的小说作品。

当然,在郁达夫的文化积淀和知识结构中,关于西方文化影响的阅读大部分还是直接来源于他对西方作家作品的翻译与阅读。他也曾依据自己的喜好,有选择地翻译德国诗歌和施笃姆的《马尔戴和她的钟》、林道的《幸福的摆》、王尔德的《〈杜莲格来〉的序文》、卢梭的《一个孤独漫步者的沉思》等小说或

---

① 郁达夫:《卢骚的思想和他的创作》,《郁达夫全集》第 10 卷,浙江大学出版社 2007 年版,第 397 页。原载于《北新》半月刊 1928 年 2 月 1 日第 2 卷第 6 号。

散文①。毋庸置疑,这种多源而又丰富的东洋与西洋先进异质文明的洗礼和耳濡目染,对于催发郁达夫走上文坛进行文学创作的欲望和热情具有一定的意义和影响。我们从郁达夫小说作品中所呈现出来的文体形式、叙述技巧、艺术范式中,很容易就可以看出他对异域文学的接受程度,诸如情节的散漫设置、人物心理的细致刻画、内心独白式或日记式的自叙传体例、尊重一己体验的自我暴露与分析、性苦闷的压抑和宣泄、"零余者"的塑造和叙写等。郁达夫文学创作中的这些美学风格,在一定程度上都曾受到过日本和西方相关作家及其小说创作的启发和影响,并在审美与表现的层面上具备了普遍的"世界性"意义。

在《对中西文学关系的思考》一文中,陈思和先生认为在以往的中西文学关系研究中,"影响理论和接受理论制约了研究的基本模式",他提出打破以前的"影响源——传播过程——接受场"的单向性公式,从"世界性因素的角度"来考察中西文学关系。他认为:"在国际间的交流越来越密切的环境下,人们在相似的时代环境下面对同一类现象,有可能不通过直接的影响关系来达到某些思考结论的相似性。"②陈思和先生在这里所给出的论述在学理上恰恰吻合于比较文学研究的美国学派的主张。

---

① 郁达夫翻译的第一个标准即是依据自己的喜好:"我的译书,大约有三个标准:第一,是非我所爱读的东西不译。第二,是务取直接译而不取重译。在不得已的时候,当以德译本为最后的凭藉,因为德国人的译本,实在比英、法、日本的译本为更高明。第三,是译文在可能的范围以内,当使象是我自己写的文章,原作者的意思,当然是也顾到的,可是译文文字必使象是我自己做的一样。正因为常常要固执著这三个标准,所以每不能有许多译文产生出来;而实际上,在我,觉得译书也的确比自己写一点无聊的东西,还更费力。"(郁达夫:《〈达夫所译短篇集〉自序》,《郁达夫文集》第 7 卷,花城出版社 1983 年版,第 261—262 页。原载于《达夫所译短篇集》,上海生活书店 1935 年 5 月初版。)
② 陈思和:《对中西文学关系的思考》,《中国比较文学》2011 年第 2 期。

第六章 个案研究：中外比较视域中的世界性与本土性

美国学派所强调的平行研究，是指涉两种国族文学在没有直接的影响中所呈现出来的审美共同性，这种审美的共同性就是一种普世性的世界精神。因为两个国族的文学创作在某一维度上虽然并没有直接的互文性影响，然而两个国族共时处在那个时代同一种世界精神的感召下，其当然也会行走在共同的节奏上，操用不同的语言演唱着同一首歌，而在国族与区域的文化本质上，他们又是各自独立的。关于这一点，陈思和先生也有着类似意义的学理性表达：

> 我们还可以从这种现象推论到另外一种现象：即使影响关系是存在的，但接受者所处的环境和文化背景决定了接受者仍然可以通过自身的原因进行独立的选择，西方文学影响与他自己表现出来的独立性，两者既有相似之处，但独立性仍然是主要的。"[1]

对于郁达夫来说，作为一位独立的中国知识分子，多年异域文化的熏陶给了他全新的世界性眼光和多元开阔的文化视野，其文学创作呈现出一定的异质文化元素和多元审美倾向性，然而，他也根据自身的气质禀性、文化积淀和审美情趣，有意识地对外来文化进行了选择与过滤：王尔德对艺术和美的追求引起了他的强烈共鸣，道森凄美的"清词丽句"是他"无聊"和"孤冷忧郁"时候的最好伴侣，屠格涅夫笔下的"零余者"与他心意相通，葛西善藏的贫困不堪、体弱多病和他同病相怜。在深层的文化精神与思想内蕴层面，他的小说创作又具有鲜明的"独立性"和自觉的本土叙述立场，他始终执著于对中国本民族文化传统

---

[1] 陈思和：《对中西文学关系的思考》，《中国比较文学》2011年第2期。

与价值评判理念的认同与回归。他的文学创作呈现出明确的主观抒情特质和不加节制的情感沉溺与渲染,其中蕴含着中国本土文论传统中的"诗可以怨""发愤著书""不平则鸣"等诗学理论主张的精神内涵。儒家的感时忧国、积极入世与道家的自然无为、超然旷达,历代士人入世/出世、兼济天下/独善其身、心怀魏阙/归隐江湖的矛盾与纠结,也同样成为郁达夫徘徊不定、纠结一生的两难选择。

此外,在大段的书写中,郁达夫曾反复地絮叨着自己是一个于世界、社会、中国与家庭完全"没有益处"的"零余者":"我的确是一个零余者,所以对于社会人世是完全没有用的。a superfluous man! a useless man! superfluous! superfluous……证据呢?这是很容易证明的……"①而"superfluous man"是19世纪俄国文学在那个时代的宏大叙事(grand narrative)中接续性塑造的一种贵族知识分子的系列形象,也被翻译为"多余的人"。在中国现代文学发展史上,俄国文学大量地被翻译为汉语读本,曾对郁达夫、郭沫若等这一代人或后一代人有着刻骨铭心的影响。我们为什么以宏大叙事这个术语指称"多余的人"形象?因为在19世纪的俄国的文学语境下,有五位大师性文学家在他们的小说中共同塑造了"多余人"的形象,以集体性的书写指向那个时代生存在俄国动荡历史中的贵族知识分子及其思想意识形态,这种集体性塑造的"多余人"形象必然成为世界文学史上的一种宏大叙事的话语和声音;因为"多余人"已经成为一个历史时期的一种主流文学意识形态,而不再仅仅是一位孤独的作家在一部小说书写中所塑造的孤独形象。

---

① 郁达夫:《零余者》,《郁达夫全集》第3卷,浙江大学出版社2007年版,第70页。原载于《太平洋》1924年6月15日第4卷第7号。

第六章　个案研究：中外比较视域中的世界性与本土性

我们在这里陈述这样一个撼人心魄的文学书写阵容：普希金的小说《叶普盖尼·奥涅金》、莱蒙托夫的小说《当代英雄》、屠格涅夫的小说《罗亭》、赫尔岑的小说《谁之罪》、冈察洛夫的小说《奥勃洛摩夫》。这五部小说集中了五位大师的文学叙事，先后塑造了一个"多余人"之系列形象：奥涅金、毕巧林、罗亭、别尔托夫与奥勃洛摩夫。五位大师性作家、作品及其塑造的人物形象被翻译为汉语后，在一种宏大叙事的人物构型中启示与影响了郁达夫及其同时代的中国知识分子。他们发现了中国本土知识分子在当时无奈的历史处境、尴尬的社会地位与苦闷的求索心理等，他们也必然会把"零余者"或"多余人"的标签恰如其分地黏贴在自己的身份符码上。

从比较文学研究法国学派的文献考据方法论来看，郁达夫在书写中曾明确地把自己界定为"零余者"，并且还在书写中直接引入英文的表述，我们即使以泛泛的阅读姿态走进他的书写空间，也非常容易从他的文字中感受到俄国文学中"多余人"形象对他的影响。

郁达夫正是透过"零余者"的形象来返观自己在愤世嫉俗中所呈现出的"无用者"身份。他对自己所描述的"无用者"身份表达出沉重的哀叹，甚至偏激地认为自己沦落于蹉跎岁月中，自己肉体与灵魂的"死灭"在大千世界中也只是一件微不足道的小事："自己的半生，实在是白白地浪费去了。对人类，对社会，甚而至于对自己，有益的事情，一点儿也没有做过。自己的死灭，精神的死灭，在这大千世界里，又值得一个什么？"[①]郁达夫又深受19世纪末、20世纪初西方文学思潮中悲情主义的影响，当然，

[①] 郁达夫：《〈达夫全集〉自序》，《郁达夫文集》第7卷，花城出版社1983年版，第166页。原载于《创造月刊》1926年7月1日第1卷第5期。

我们在这里所提及的西方文学思潮也应该包含俄国文学。在他的文学书写与苦恼的思绪中,充满着他个人的唯意志主义悲情色彩与厌世的死亡意识:"第一,我对于世界是完全没有用的……我这样生在这里,世界和世界上的人类,也不能受一点益处;反之,我死了,世界社会,也没有一些儿损害,这是千真万真的……第二,且说中国吧!对于这样混乱的中国,我竟不能制造一个炸弹,杀死一个坏人。中国生我养我,有什么用处呢?"①其实,无论郁达夫是在怎样的苦楚中排遣个人的心绪,但是他依然时时把祖国悬系于自己生命不可承受之轻的血脉上,他作为一位介入性的公共知识分子,无论在怎样的个人牢骚中书写对所处世界的痛恨和无奈,而在内心深处却依然惦念着祖国。因此,我们在郁达夫的精神气质中,可以找到中国文学传统源头那位伟大的爱国主义诗人屈原的影子。的确,屈原在《离骚》的诗性书写中充满着无尽的"牢骚",而在屈原的"牢骚"中也时时呈现着一脉爱国的精神气质。

郁达夫也曾反思并懊恼自己寒窗苦读多年,却还是没有做出一番"轰轰烈烈"的事业,更无法衣锦还乡、光宗耀祖、照顾妻儿老母,他也为自己的"无用",为自己在生活中时时需要母亲的接济而感到悲哀与遗憾。

  ——家庭,家庭,……第三,家庭,……让我看,哦,啊,我对于家庭还是一个完全无用之人!……丝毫没有功利主义的存心,完全沉溺于的盲目之爱的我的祖母,已经死了。母亲呢?……啊啊,我读书学术,到了现在,还不能做出一

---

① 郁达夫:《零余者》,《郁达夫全集》第3卷,浙江大学出版社2007年版,第70页。原载于《太平洋》1924年6月15日第4卷第7号。

第六章　个案研究：中外比较视域中的世界性与本土性

点轰轰烈烈的事业来，就是这几块钱……①

——啊啊，就是这几块钱，还是昨天从母亲那里寄出来的，我对于母亲有什么用处呢？我对于家庭有什么用处呢？我的女人，我不去娶她，总有人会去娶她的；我的小孩，我不生他，也有人会生他的，我完全是一个无用之人吓，我依旧是一个无用之人吓！②

其实，我们只要深入理解郁达夫那种深受中西文化二重影响所构成的复杂且细腻的性格，就不难发现，尽管他是一位介入性公共知识分子，然而在内心深处，他还是守护着中国文化传统且眷顾母亲、妻子与孩子的庸常之人。从以上他真切的表述中，我们可以显而易见地洞视郁达夫人格底层中的本土性和民族性。

我们在这里需要指出的是，郁达夫留日十年，无论是行走于东方还是西方，他始终以敞开的心态去接受异域的先进文化，并深受当时流行的、具有世界性的文学思潮的影响。可以说，东洋与西洋先进的异质文明给了郁达夫开阔且多元的文化视野。作为那个时代的中国文学家，无论是在中国本土书写，还是在异域书写，他始终拥有世界性的文学眼光和自觉的世界性文学立场。他的留学经历与开放的知识结构给他的文学观念及小说创作带来了极大的渗透和影响。毫无疑问，这种渗透与影响也使郁达夫可以据守他者立场，并获有一种跨民族、跨语言、跨文化与跨学科的比较视域。可以说，郁达夫也正是以这种比较视域，来重新反观和透视中国现代小说与世界文学潮流、本土之民族性与

---

① 郁达夫：《零余者》，《郁达夫全集》第3卷，浙江大学出版社2007年版，第71页。原载于《太平洋》1924年6月15日第4卷第7号。
② 同上。

外域之世界性之间的交集关系。这也是为什么郁达夫始终能够站立在中国现代小说创作与世界文学潮流的交汇点上,并以此书写自己的人生。

比如在《小说论》一文中,郁达夫曾明确地指出中国现代小说在观念、内容、技巧与结构等方面都深受西洋近代小说的影响:"新文学运动起来以后,五六年来,翻译西洋的小说及关于小说的论著者日多,我们才知道看小说并不是不道德的事情,做小说亦并不是君子所耻的小道。并且小说的内容,也受了西洋近代小说的影响,结构人物背景,都与从前的章回体,才子佳人体,忠君爱国体,善恶果报体等不同了。"①实际上,我们阅读郁达夫、郭沫若等"五四"时期的中国现代作家作品以及他们的评论文章时,可以大量地发现他们在那个时代即指出了自己深受西方异质文化及文学思潮的影响。在某种程度上,可以说,一部中国现代文学发展史就是一部中国现代文学深受外域异质文化影响的流通史,因此,我们没有理由不把中国现代文学研究带入比较文学研究的领域中,给予其中外文化与学术研究的汇通性关照,这样才可能让我们更为切近地洞悉在中国现代文学发展史上,中国本土文化与世界文化在交汇中所形成的巨澜。

在这里,我们应该给出我们自己的一个研究性判断:如果说,中国古代文学承载了中国文化传统的本土精神,外国文学承载了异域文化传统的世界精神,那么中国现代文学恰恰是汇通中国文化传统之本土精神与异域文化之世界精神所形成的第三种文学。因此,郁达夫在讨论"现代我们所说的小说"时,他认为"与其说是'中国文学最近的一种新的格式',还不如说是'中国

---

① 郁达夫:《小说论》,《郁达夫全集》第5卷,时代文艺出版社2000年版,第1763页。原载于《小说论》,上海光华书局1926年1月版本。

第六章　个案研究：中外比较视域中的世界性与本土性

小说的世界化'，比较得妥当"①。郁达夫所言指的"中国文学最近的一种新的格式"，在某种意义上是对那个时代的中国小说创作走向世界提出了国际化的要求，而"中国小说的世界化"不也正是当下中国学界努力的方向吗？

在《现代小说所经过的路程》②《五四文学运动之历史的意义》等文中，郁达夫在谈到"五四"运动与文学的关系时，充分肯定"五四"运动打破了中国文学传统中沉淀的闭关锁国主义，他认为"五四"运动促成了中国现代的"真正文艺复兴"，中国从此"处入了世界呼吸的神经系统之下"，开始与世界接轨，而中国文学也因此得以在世界性的文学潮流中进入"欧洲各国的小说系统"和"世界文学的洪流"，成为"世界文学的一枝一叶"。我们有必要来细读一下郁达夫在《五四文学运动之历史的意义》一文中的陈述：

> 最重要的一点，是因五四一役，而打破了中国文学上传统的锁国主义；自此以后，中国文学便接上了世界文学的洪流，而成为世界文学的一枝一叶了。如封建思想的打倒，德

---

① 郁达夫：《小说论》，《郁达夫全集》第5卷，时代文艺出版社2000年版，第1763页。原载于《小说论》，上海光华书局1926年1月版本。
② 在《现代小说所经过的路程》一文中，郁达夫曾经谈道："一九一二年民族革命军兴，推翻了满清的帝制，中国的上下，才宽了一宽眼界。三五年后，于社会组织，社会风习，略变了一变式样之余，新的潮流，就在欧洲美国日本等处汹涌而来，于是在思想上一向抱着闭关自守的精神的中华民族，也不得不振作起来，转换方向。自此以后，中国的思想界便加入了世界的联盟，而成了受着世界潮流灌溉的一块园地，所以中国现代的真正文艺复兴，应该断自五四运动起始才对，正唯其如此，故而目下我们来论吉小说，也应该明白了西欧小说的古今趋势，才能够说话，因为现代的中国小说，已经接上了欧洲各国的小说系统，而成了世界文学的一条枝干的缘故。"（郁达夫：《现代小说所经过的路程》，《郁达夫全集》第11卷，浙江大学出版社2007年版，第9页。原载于《现代》1932年6月1日第1卷第2期，据《达夫全集》第7卷《断残集》。）

谟克拉西的提创，民族解放的主张等等，是风靡世界的当时的倾向。中国自五四以后，才处入了世界呼吸的神经系统之下，世界一动，中国便立时会起锐敏的感觉而呈反应。①

而当时风靡世界的各种哲学思潮、艺术理论、文学主张等都是在"五四"运动时期被翻译至中国的汉语语境下，推动着那个时代中国的意识形态产生了巨大的震动。同时，北欧的伊孛生（易卜生）、中欧的尼采、美国的霍脱曼（惠特曼）、俄国19世纪诸作家及其大量的文学作品也都被翻译到了中国。这些具有世界性意义的文学思潮与作家作品，不仅拓宽了中国现代文学的表现题材与美学风格，而且丰富了现代小说的内容和思想，中国现代文学开始与世界接轨，并可以据此融入世界性的文学大潮中。关于这一现象，郁达夫也不失时机地指出："自我发见之后，文学的范围就扩大，文学的内容和思想，自然也就丰富起来了。北欧的伊孛生，中欧的尼采，美国的霍脱曼，俄国的十九世纪诸作家的作品，在这时候，方在中国下了跟，结了实。"②

当然，越是民族的就越是世界的。

郁达夫在出国留学睁开双眼注视整个世界的发展时，他也以世界性的眼光审视与反思中国本土的传统文化，在相当的程度上，郁达夫在其文化身份上铭刻着自觉的民族意识和本土立场。在强敌压境、大力倡导民族文艺、发扬民族自觉意识以救亡图存的时刻，郁达夫也迫切地希望本国的民族文学和国民文学，能够凭借自身独特的本土性和民族性自立于世界文学格局。在

---

① 郁达夫：《五四文学运动之历史的意义》，《郁达夫全集》第11卷，浙江大学出版社2007年版，第82页。原载于《文学》月刊1933年7月1日创刊号。
② 同上。

第六章 个案研究：中外比较视域中的世界性与本土性

《谈谈民族文艺》一文中，他首先谈到了文艺与民族、文化、传统之间固有的联系："文艺与民族人种有关，是铁样的事实；因为文艺根本就是人所创造的东西，而个人终有其族，终有其种，荒岛上的卢柄逊是决不会为了他自己一个人而去创造文艺的。"[①]他进而提出："文艺就是民族文化的自我发现，亦是对于这民族以后的文化发展发生一种哺育作用的精神力。"[②]他还以意大利但丁、德国歌德的作品《神曲》和《浮士德》为例，指出其作为两国民族"个性表现"与"国民精神生活的养料"的重要作用。在此基础上，郁达夫强调"同一国土、言语、社会制度"条件之下产生的文艺，须与其他民族的文艺作品"总体来作一个比较"，以促成民族自觉意识的觉醒和民族文艺的产生[③]。因而，我们认为世界性与本土性、国际性与民族族始终是在郁达夫的文艺理论观念中共时存在的两种理论维度，并且这两种理论维度在融汇中构成了他的整体文艺理论观。也就是说，郁达夫绝不是仅仅偏向于世界性或本土性一方的偏执者。

与此同时，郁达夫在文中以 17 世纪法国批评家、文学家圣伯夫（Sainta Beuve）、泰纳（Hippolyte Taine）、与近现代批评家布吕纳季耶（Brunetiére）、贝拉斯（Maurice Berras）、布尔热（Paul

---

① 郁达夫：《谈谈民族文艺》，《郁达夫全集》第 11 卷，浙江大学出版社 2007 年版，第 220 页。原载于《学校生活》1936 年 1 月 10 日第 128、129 期合刊，据《闲书》。
② 同上。
③ "民族文艺当然是有文艺以后，同时就存在在那里的，因为文艺就是民族文化的自我发现，亦是对于这民族以后的文化发展发生一种哺育作用的精神力；譬如意大利的但丁、德国的歌德的作品《神曲》和《浮士德》，一面原是以当时两国民族的精神生活为背景的个性表现，但同时却又是第二代的国民精神生活的养料。民族文艺原是有文艺以后，同时就存在在那里的事实，但这观念的发生，却须有一种民族自觉的意识来促成；以在同一国土、言语、社会制度的条件之下所产出的文艺，与其他民族的文艺作品总体来作一个比较的时候，这观念才显示得格外的明确。"（同上书，第 220—221 页。）

Bourget)、都德(Leon Daudet),以及德国古艺术史研究家温克尔曼(Johann Joachin Winckelmann,1717—1768),德国诗人、哲学家赫尔德(Herder,1744—1803)等为例,追溯并探讨了欧洲民族文艺理论的"起伏经过"和发展历程。他认为泰纳基于人种、环境和时代的批评见解,堪称"民族文艺"论据的柱石①,德国古艺术史研究家温克尔曼关于希腊艺术的创导与诗人、哲学家赫尔德歌颂人类的"大议论",再加上大诗人歌德与雪莱作品的实证,使得民族文艺或国民文学的观念,"根深蒂固"地种入了日耳曼民族的头脑中。约翰·约阿辛·温克尔曼是欧洲古代艺术史研究的著名学者,他曾研究并论述了希腊艺术的民族性与本土性,认为希腊艺术的"精神之果"就是由希腊本土的"人种、风土、宗教、社会、习惯等全民族的内外生活"②所颐养且构成的。德国诗人、哲学家赫尔德在其 *Ideen Zur Philosophie der Geschichte der Menschheit*(《人类历史哲学的概念》——笔者注)一书中,也曾强调文学是一个国家"国民文化的反映",更是一国国民的"活的生力体系(Ein System Lebendiger Kraft)的表现"③。

郁达夫讨论或借用了以上西方相关批评家、文学家关于民族文艺的论述和观点,同时将思路和目光回顾到当时他所身处的中国本土。他认为在当时中国民族主义论调高涨、客观条件

---

① 郁达夫:《谈谈民族文艺》,《郁达夫全集》第 11 卷,浙江大学出版社 2007 年版,第 222 页。
② "民族文艺的论调,到了一境之隔的德国,经过古艺术史研究家 Winckelmann(1717—1768)的创导,以为希腊的艺术,就是从希腊的人种、风土、宗教、社会、习惯等全民族的内外生活所发生的精神果。"(郁达夫:《谈谈民族文艺》,《郁达夫全集》第 11 卷,浙江大学出版社 2007 年版,第 222 页。原载于《学校生活》1936 年 1 月 10 日第 128、129 期合刊,据《闲书》。)
③ "一国的文学全体,就是这一国国民文化的反映,这一国国民的活的生力体系(Ein System Lebendiger Kraft)的表现。诗人就是较周围诸人感觉更灵敏更深刻的民族先觉者,所以文学可以说并不是个人与个人的产物,也不是可以私有的东西。"(同上。)

已经具备的历史语境下,正是"提倡民族文艺最适当也没有的机会"①,知识分子可以通过"最微妙最易感"的文艺来发扬民族意识。同时倡导民族文艺与国民文艺,认为这一立场有着不可规避的重要性和必要性:"民族文艺的叫唤,大抵是某一个民族,受到了他一民族的重压,或某一民族伸张发展,将对其他民族施以重压时的必然地流露;前者的例,在中国历代被外族所侵,终至于亡国的时候,都可以看出,而尤以目下为最著;后者的例,是德国在世界大战以前的流行现象。"②他还进一步接续论述:"民族思想,民族意识,在我们之先的先觉者,不知已经说了多少次了,可是不到亡国的关头,不服奴隶的贱役,不至于家破人亡的绝境,民族自觉的意识,是不会普遍地发扬,像目下那么的深刻的。"③当我们的阅读投向郁达夫书写的文艺理论与批评文章中时,我们时时可以感受到郁达夫倡导的民族文艺与国民文艺的立场。

此外,对于民族文艺与国民文艺的叙写对象和表现内容,郁达夫反对"狭义"的民族文艺和不重民族全体、只重特异个人的英雄崇拜式的民族文艺,他提出了以"整个民族为中心"、以"世界人类为对象"的具体的要求:"伟大的文艺,就是不必提倡,也必然地是民族的文艺;但既经提倡了,则当以整个民族为中心,以世界人类为对象,本着先图自强,次求共存的精神做下去才对。"④不止如此,他还希望中国的民族文艺能够凭借中国特色和自身独特的本土性元素,进入"世界文艺的圈内",融入世界文学的大格局之中,并在与世界各民族文艺的汇通与比较之中,获得自身应有的

---

① 郁达夫:《谈谈民族文艺》,《郁达夫全集》第 11 卷,浙江大学出版社 2007 年版,第 222 页。原载于《学校生活》1936 年 1 月 10 日第 128、129 期合刊,据《闲书》。
② 同上书,第 220 页。
③ 同上书,第 223 页。
④ 同上。

地位和尊重:"民族文艺的确立,要进了世界文艺的圈内,才算能够稳定。同在前面已经说过的一样,民族文艺的成立,要有甲乙的比较,彼此的不同特点,才能要求独立的地位,世界的公认。"①

郁达夫是一位学者,他以文学书写表达着其对自身所处时代与环境的忧患意识,而在知识体系与学术观念的构成上,他也是一位把世界性与本土性融为一体的介入性公共知识分子。

第三节　老舍:本土立场与暴力改写

长期以来,国内外不少研究者在中外文学关系的研究上常常过于注重西方元素,倾向于将老舍及其文学创作中的人道主义和社会批判精神追溯至西方欧美文学传统。我们认为,老舍及其小说创作首先是中国本土的,其次才是世界的。老舍极具东方风情与鲜明民族特色的叙事性书写,不仅在中国文坛独具一格,而且引起了西方译者的广泛关注和译介推广。但以伊文·金(Evan King)为代表的西方译者基于其本土语言文化立场,对老舍的小说作品进行了一系列具有明显译入语文化烙印的译介与重构,并使其在跨语际的传播与旅行中,满足了西方译入语读者后殖民视域下的审美想象及其对东方异质文化的阅读期待,然而老舍作品中根深蒂固的民族意识和深层的文化批判精神却几乎完全被忽视和边缘化。

在谈到自己缘何进行小说创作并最终成为小说家时,老舍曾经不止一次给出过明确的回答:"二十七岁,我到英国去。设若我始终在国内,我不会成了个小说家——虽然是第一百二十

---

① 郁达夫:《谈谈民族文艺》,《郁达夫全集》第11卷,浙江大学出版社2007年版,第224页。

等的小说家。到了英国,我就拼命的念小说,拿它作学习英文的课本。念了一些,我的手痒痒了。离开家乡自然时常想家,也自然想起过去几年的生活经验,为什么不写写呢？怎样写,一点也不知道,反正晚上有工夫,就写吧。想起什么就写什么,这便是《老张的哲学》。"①"但是,在拿笔以前,我总得有些画稿子呀。那时候我还不知道世上有小说作法这类的书,怎办呢？对中国的小说我读过《唐人小说》和《儒林外史》什么的,对外国小说我才念了不多,而且是东一本西一本,……后来居上,新读过的自然有更大的势力,我决定不取中国小说的形式,……况且呢,我刚读了 Nicholas Nickleby（《尼考拉斯·尼柯尔贝》）和 Pickwick Papers（《匹克威克外传》）等杂乱无章的作品,更足以使我大胆放野,写就好,管它什么。这就决定了那想起来便使我害羞的《老张的哲学》的形式。"②也正是由于老舍此番诚挚的创作经验性表述与总结,长期以来国内外学界及众多研究者们,大都据此并自然而然地将其文学创作与西方特别是欧洲文学紧密地联系起来,他们不仅指明老舍及其小说创作深受狄更斯、康德拉、威尔斯、福楼拜、莫泊桑、梅瑞狄斯、哈代等西方著名作家的启迪和影响,并且在故事讲述、情节构筑与人物塑造等方面不遗余力地进行跨文化比较,力证其与西方文学大师有着千丝万缕而又无法摆脱的文化关系。如《老张的哲学》和《牛天赐传》对狄更斯小说《尼古拉斯·尼克尔贝》、亨利·菲尔丁小说《汤姆·琼斯》的刻意效仿及构思上的诸种对应；《猫城记》的体裁渊源丰富多元,除了借鉴英国威尔斯的《月亮上的第一个人》、斯威夫特的《格列佛游记》,法国拉伯雷的《巨人传》,意大利但丁的《神曲》,甚至古

---

① 老舍：《我的创作经验》,《老舍论创作》,上海文艺出版社1982年版,第202页。
② 老舍：《我怎样写〈老张的哲学〉》,《老舍论创作》,上海文艺出版社1982年版,第4页。

希腊喜剧作家阿里斯托芬及其剧作《鸟》都或多或少地给了老舍某些相关的启迪和影响。

不可否认,客居英国,为排遣寂寞、补习英文而大量阅读的英文小说和明显迥异于本土的异质文化给了老舍"试验笔力"①的启发和勇气,特别是对他前期的小说创作实践有一定的引导和影响作用。但通过研究我们发现:尽管在小说创作的剪裁布局、文体形式、叙述技巧、艺术范式等层面老舍曾经受到英文小说及西方相关作家的启发和影响,比如《二马》更加严谨的"倒叙"结构和细致的心理分析②、《猫城记》的寓言体小说形式、《老张的哲学》《赵子曰》等小说中幽默、夸张的表现手法等;但更为重要的是,五六年的异域文化熏陶并没有遮蔽老舍原本的审美倾向与情感追求,他的生活理念和创作构想反而表现出更加浓厚甚至根深蒂固的民族意识和东方情怀,老舍及其小说创作首先是中国本土的,其次才是世界的。我们不能将其过度甚至不遗余力地统统追溯到西方文化传统那里,从而把老舍及其文学创作的成就与辉煌主动让渡给西方。此外,作为中国现代文

---

① 在《习作二十年》一文中,老舍曾经谈道:"虽然在中学读书的时候,我已喜爱文学;虽然五四运动使我醉心于新文艺,我可是并没想到自己也许有一点点文艺的天才,也就没有胆量去试写一篇短文或小诗。直到二十七岁出国,因习英文而读到英国的小说,我才有试验自己的笔力之意。"(老舍:《我怎样写〈老张的哲学〉》,《老舍论创作》,上海文艺出版社1982年版,第117页。)

② 在《我怎样写〈二马〉》一文中,老舍曾谈到其受康拉德影响而对小说采取了"倒叙"的形式:"《二马》是我在国外的末一部作品:从'作'的方面说,已经有了些经验,而且认识了英国当代作家的著作。心理分析和描写工细是当代文艺的特色;读了它们,不会不使我感到自己的粗劣,我开始决定往'细'里写。《二马》在一开首便把故事最后的一幕提出来,就是这'求细'的证明:先有了结局,自然是对故事的全盘设计已有了个大概,不能再信口开河。可是这还不十分正确;我不仅打算细写,而且要非常的细,要像康拉德那样把故事看成一个球,从任何地方起始它总会滚动的。"(老舍:《我怎样写〈二马〉》,《老舍论创作》,上海文艺出版社1982年版,第12页。)

第六章 个案研究：中外比较视域中的世界性与本土性

学史上"杰出的北京市民社会的表现者与批判者"①，老舍曾经在其小说创作中"以广阔的审美视野，提供了一部古都社会新旧更迭期的市民阶层、市民性格的百科全书"②。他的那种极具东方风情和鲜明民族特色的叙事性书写，不仅征服了中国汉语本土的众多阅读者，在中国文坛独具一格，而且引起了西方译者的广泛关注和译介推广，在跨文化与跨民族的传播与旅行中满足了西方读者的审美想象及其对东方异质文化的阅读期待。这也使得老舍在大洋彼岸声名鹊起、蜚声中外文坛。

一、言说/被言说：市井风情与东方传奇

作为一座有着三千多年建城史、八百多年建都史的历史文化名城，北京不仅带有东方"皇城"特有的雍容典雅、宽厚大气与沉静闲适，而且有着相对完备的、贯通于整个中华民族的价值取向、行为准则、情趣追求与精神底蕴等一系列道德思维模式和审美价值评判体系。对老舍来说，北京不仅是他客居异国他乡之时魂牵梦绕的生身故土，更是他无法回避的精神故乡和取之不尽、用之不竭的创作源泉。无论是在伦敦、济南、青岛、重庆还是纽约，他都在书写北京，而且反复地陈述他对北京的一往情深和真挚情感③。以

---

① 赵园：《老舍——北京市民社会的表现者与批判者》，《文学评论》1982年第2期。
② 杨义：《中国现代小说史》第2卷，人民文学出版社2001年版，第182页。
③ "在抗战前，我已写过八部长篇和几十个短篇。虽然我在天津、济南、青岛和南洋都住过相当的时期，可是这一百几十万字中十之七八是描写北平。我生在北平，那里的人、事、风景、味道和卖酸梅汤、杏儿茶的吆喝的声音，我全熟悉。一闭眼我的北平就完整的，像一张彩色鲜明的图画浮立在我的心中。我敢放胆的描画它。它是条清溪，我每一探手，就摸上条活泼泼的鱼儿来。"（老舍：《三年写作自述》，《老舍论创作》，上海文艺出版社1982年版，第109页。）"北平是我的老家，一想起这两个字就立刻又几百尺'故都景象'在心中开映。啊！我看见了北平，马上有了个'人'。我不认识他，可是在我廿岁到廿五岁之间我几乎天天看见他。"（老舍：《我怎样写〈离婚〉》，《老舍论创作》，上海文艺出版社1982年版，第30—31页。）

古都北京为背景,老舍不仅在其作品中着力叙述了独具"京味"与中国本土特色的大杂院、小茶馆、胡同、四合院、庙会、相声、京韵大鼓、铁板快书、平民小吃等世态民情和风土习俗,并且以诙谐幽默的笔调对人力车夫、商人、小职员、娼妓、教员、老派市民、底层贫民、纨绔子弟、汉奸洋奴、三教九流等各色人等进行了原生态的刻画与描摹,同时以开阔的多元文化视野与世界性眼光对中国传统文化精神和民族命运进行理性的反思与深度的挖掘。源远流长的文化传统、浓郁多彩的地域风貌、独具特色的精神气质、纯正地道的北京方言、沉静诗意的自然景观……老舍在他的原生态叙事中不仅营造了一个独具东方韵味与市井风情的现代市民社会,而且在深层的文化精神与思想内蕴层面始终执著于对中华民族历史传统的自觉呈现和对本土、对本民族的自觉回归。

不啻如此,老舍旅居英美十年,欧风美雨的文化洗礼和西方先进异质文明的耳濡目染,也使他拥有全新的世界性眼光和开阔的多元文化视野,他可以据守他者立场并以跨民族、跨文化、跨语言的比较视域,在东西方两种文明的冲突与整合之间重新审视、返观中国本土几千年传统文化所沉积的落后和封闭。如《二马》中的老马"做官心盛"、麻木愚昧,赴伦敦继承兄长遗留的古玩生意却处处鄙视经商"俗气","天生看不起买卖人"。他非但不能趁机扩充买卖、经商盈利,反而不失时机地借着英国的圣诞节到处送礼套交情,甚至连送给房东太太小狗的礼物也费尽心思。《离婚》中的张大哥是"一切人的大哥","大哥"味十足,甚至"他的父亲也得管他叫大哥",一生所要完成的神圣使命就是做媒人和反对离婚。他为人热情、处事圆滑、中庸世故、事事操心,随时为人排忧解难,但当他游手好闲、不学无术的儿子张天真被诬下狱时,平时敬佩他、信赖他的同事和朋友们却躲之唯恐不及,甚至不愿意为他儿子"联名具保",待儿子出狱灾难过去之后,张大哥却依然按照从前那套庸俗圆通的处世哲学,大肆宴请虚伪世故的同事们。《四世同堂》中的祁老太爷善良正直却又闭塞守旧,他"什么也不怕,只怕庆不了八十大寿",即使国难当头、炮火蔓延到了家门口,他最关心的依然是家里是不是存着"全家够吃三个月的粮食和咸菜","关上大门,再用装上石头的破缸顶上",便足以消灾避祸。《牛天赐传》中"纵有许多的长处,可是仍不失为走狗"的老刘妈,不仅看不起新来的奶妈,反而得"牺牲了一切舒服自在",专门伺候厉害的牛老太,"帮助太太去欺侮老爷四虎子,或是门外作小买卖的",并从中得到精神的安慰和寄托。

在《大地龙蛇》一书的序言中老舍曾经谈道:"一个文化的生存,必赖它有自我的批判,时时矫正自己,充实自己;以老牌号自夸自傲,固执的拒绝更近一步,是自取灭亡。在抗战中,我们认识了固有文化的力量,可也看见了我们的缺欠——抗战给文化照了'爱克斯光'。在生死的关头,我们绝对不能讳疾忌医!何去何取,须好自为之!"①在东西方文化的双向观照与汇通之间,一方面,老舍在其文学创作中为我们提供了一幅完整、多面的北京市民生活的人情世风长卷,并对挣扎在社会底层的小人物及其悲惨命运给予了深刻的人道主义同情;另一方面,对于中国几千年的封建宗法制社会所沉积的钱本位、官本位、极端利己主义等诸种文化弊端,以及专制制度和异族奴役所造成的"东方顺民"式的麻木、敷衍、苟安、保守、懦弱等国民性弱点,老舍则在其尖锐夸张的幽默与讽刺之间逐一剖析并毫不留情地给予否定和批判。

需要指出的是,长期以来,不少研究者在中外文学关系研究

---

① 老舍:《大地龙蛇·序》,《老舍文集》第 10 卷,人民文学出版社 1980 年版,第 302 页。

上常常过度注重西方元素，倾向于将老舍及其文学创作中的人道主义和社会批判精神追溯至西方欧美文学传统，特别强调狄更斯在其小说中对19世纪英国资产阶级社会的揭露、批判及其对弱势群体的人道主义同情，对老舍及其小说创作有着直接的渊源和影响关系。但笔者认为，在中华民族风云变幻、民族生死存亡的年代，对挣扎在乱世中底层民众的人道主义同情和对封建传统陋习、国民劣根性的剖析批判，是任何一位有良知的作家都会持有的自觉的本土叙述立场和道德价值取向，并不一定经由西方"影响"而来。此外，"天下兴亡，匹夫有责"，中国知识分子自古就有与生俱来的忧患意识和"士以天下为己任"的民族担当和使命感。《论语·泰伯》曰："士不可以不弘毅，任重而道远，仁以为己任，不亦重乎？死而后已，不亦远乎？"《孟子·尽心上》则云："士穷不失义，达不离道。……穷则独善其身，达则兼善天下。"作为一位在本土传统文化浸润中成长起来的知识分子和有着强烈的民族责任感的现代作家，老舍立足于汉语文化语境，在其作品中对"小人物"的同情、对国民积习和痼疾的挖掘与否定，不仅是对中国传统士人精神的遥远回应，而且是对鲁迅所开创的现代文学启蒙与批判传统的一脉相承，意在"揭出病苦，引起疗救的注意"①。我们没有必要在对老舍的研究与阐释当中把那

---

① 鲁迅论及创作时曾经谈道："说到'为什么'做小说吧，我仍抱着十多年前的'启蒙主义'，以为必须是'为人生'，而且要改良这人生。我深恶先前的称小说为'闲书'，而且将'为艺术的艺术'，看作不过是'消闲'的新式的别号。所以我的取材，多采自病态社会的不幸的人们中，意思是在揭出病苦，引起疗救的注意。"（鲁迅：《我怎么做起小说来》，《鲁迅全集》第4卷，人民文学出版社1981年版，第512页。）"我便将所谓上层社会的堕落和下层社会的不幸，陆续用短篇小说的形式发表出来了。""也不免夹杂些将旧社会病根暴露出来，催人留心，设法加以疗治的希望。"（鲁迅：《集外集拾遗·英译本〈短篇小说选集〉自序》，《鲁迅全集》第7卷，人民文学出版社1981年版，第389页。）

个时代中国知识分子的良知及其批判精神完全归因于西方文化的启蒙。与此同时，从老舍及其作品经由翻译走向世界的跨语际传播与旅行来看视，老舍在其小说书写中受西方文学影响的创作技术，及其在小说书写中受西方文化影响的批判精神，或者源自作家自我良知和中国本土文化传统的批判精神，在西方异域的译者及接受者那里都没有受到关注，甚至被彻底遗忘。以伊文·金为代表的西方译者及其本土的目标语读者所青睐和感兴趣的，更多的是老舍作品中极具中国本土特色的东方传奇，及其对中国"皇城"北京的世态民情、风土习俗、地域特色等诸种民族文化形态的历史性记忆。这不仅符合西方他者长久以来对东方的"集体想象"，同时也满足了"二战"后处于上升发达时期的欧美宗主国及其本土大众对东方落后旧日文明的猎奇和文化殖民心理。

二、域外传播与偏见性过滤：译介与重构

早在 20 世纪 40 年代初，老舍的小说作品就已经被域外学者关注并被翻译、介绍到了国外。1940 年日本兴亚书局出版日文译本《小坡的生日》，随后《赵子曰》《牛天赐传》《骆驼祥子》等都被陆续译成日文出版，1944 年美籍华裔学者王际真译介的《当代中国小说集》(Contemporary Chinese Stories)在美国哥伦比亚出版社出版，其中也收录了老舍的 5 个短篇小说的英文译本①。1945 年美国译者伊文·金翻译《骆驼祥子》，并以 Rickshaw Boy(洋车夫)为书名在纽约出版发行，此译本一经问世便迅速引起轰动，不仅得到美国著名的"每月一书读书俱乐

---

① 《黑白李》(Black Li and White Li)、《眼镜》(The Glasses)、《善人》(The Philanthropist)、《柳家大院》(Liu's Court)、《抱孙》(Grandma Takes Charge)。

部"(Book-of-the-Month Club)重点推荐和大力宣传,而且短短时间内销量累计超过百万,奇迹般地成为美国当年图书市场上引人注目的畅销书,并多次再版。《骆驼祥子》在美国引起的轰动和热销不仅促使美国译者和出版商加紧对老舍其他作品如《离婚》《四世同堂》《鼓书艺人》《牛天赐传》的译介和推广,小说随后也引发了欧美其他国家的关注和翻译热潮,陆续被译为法语、德语、瑞典语、意大利语、捷克语、波兰语、俄语、朝鲜语等多种语言文字,在欧美以及全世界范围内广泛传播开来,中国现代作家老舍从此声名鹊起、蜚声中外文坛。在《译者的任务》(The Task of the Translator)一文中,本雅明(Walter Benjamin)曾经指出在一部本土性文本从边缘走向世界的进程中,翻译具备了的重要的、延续作品生命般的功能和作用。翻译赋予原文一种"来世"(afterlife)的生命以及"持续的"(continued life)生命,原作的生命借助翻译的中介"获得了最新的、继续更新的和最完整的展开"①,从而才有可能跨语际传播交流并成为具有国际性和世界性意义的作品。而在《什么是世界文学?》一书的结论部分,大卫·达姆罗什也曾总结并强调说明:"世界文学是不同民族文学的一种椭圆折射",是"在翻译中获益的书写"②。以伊文·金为代表的西方译者的广泛关注、拣选、译介和重构,不仅推动老舍及其文学作品走出本土、从汉语语境向不同的目标语文化语境传播与旅行,而且使其具备了"持续的"生命和跨语言、跨民族、跨文化的世界性意义,在文化身份与审美的普世价值层面成为大卫·达姆罗什所定义的世界文学。

---

① [德]本雅明:《译者的任务》,陈永国、马海良编:《本雅明文选》,中国社会科学出版社1999年版,第281页。
② David Damrosch, *What Is World Literature?*, Princeton University Press, 2003, p. 281.

第六章 个案研究：中外比较视域中的世界性与本土性

著名翻译理论家苏珊·巴斯奈特（Susan Bassnett）与安德烈·勒菲弗尔（André Lefevere）突破单纯的语言学和传统美学的研究范畴，将翻译及其研究视域从技术层面的两种或多种语言文字的相互转换，转向了对文本背后译入语语境的文化、政治、权利、意识形态、诗学等诸种超语言因素的关注和阐释。勒菲弗尔还在《翻译·历史·文化：指导书》(*Translation/History/culture: A Sourcebook*)的前言中明确指出："翻译当然是对原作的改写（rewriting）；所有的改写，不论其动机如何，均反映了一定的意识形态（ideology）和诗学（poetics），因而操纵（manipulate）文学在一定的社会以一定的方式发挥功能。改写是一种操纵，是为权力服务的，其积极的方面有助于文学和社会的进步。改写引进新的概念、新的文学样式、新的方法。实际上，翻译史也是文学改革的历史，是一种文化影响另一种文化的历史。但改写也能压制改革，进行歪曲或控制。"[1] 通过研究我们发现：译介并推动老舍及其作品走向世界的西方译者，尤其是促使老舍声名大震的美国译者伊文·金，在翻译文本的拣选、翻译策略的实施和具体的翻译进程中都严格地恪守美国本土的语言文化价值观念，对老舍及其小说作品进行了一系列大刀阔斧而又行之有效的删改（rewriting）、替换（substitution）、简化（simplification）、增补（supplementing）、重构（rearrangement）甚至劫持（hijacking）[2]。这种具有明显译入语文化烙印的改写与

---

[1] André Lefevere ed., *Translation/History/Culture: A Sourcebook*, London and New York: Routledge, 1992, p.9.
[2] 即译者对原文章节和内容随意地挪用和删改，"劫持"（hijacking）原本是加拿大女性主义翻译理论家路易丝·冯·弗洛托（Luise von Flotow）在总结女性主义翻译策略时提出的形象术语，目的在于凸显女性的主体性，从性别立场建构女性主义话语方式。但在此处，"劫持"（hijacking）也是伊文·金等西方译者惯用的一种翻译策略。

操纵,在一定程度上不仅满足了译者本土目标语读者的文化思维定势与审美阅读期待,更体现了其对译入语国家主流意识形态和权利话语的自觉遵循和主动迎合。

以伊文·金的译本为例,尽管 *Rickshaw Boy*(《骆驼祥子》)在美国大受欢迎并多次再版,但老舍对译者擅自对原作大幅改写以及过度诠释(over-interpretation)甚至"破坏性"诠释相当不满,翻译 *Divorce*(《离婚》)时伊文·金一如既往的"操纵"(manipulate)与改译甚至迫使老舍公开与之对簿公堂。译本最引人注目的就是伊文·金对老舍原著情节和结局的肆意删改和彻底颠覆,比如在《骆驼祥子》原文的第 22 章中,祥子没有找到小福子,失望沮丧地回到了车厂;第 23 章中祥子在街上"丧胆游魂"地走,遇见小马儿的祖父,被告知小福子"多半是下了白房子",得知小福子在妓院中不堪忍受折磨、上吊自杀以后,祥子回到车厂睡了两天,"决不想上曹宅去了,连个信儿也不必送,曹先生救不了祥子的命"[①],他最后的一丝希望没了,从此万念俱灰,吃喝嫖赌骗,"将就着活下去是一切,什么也无须乎想了"[②];第 24 章中祥子彻底堕落,曾经体面、健壮、要强的祥子成了"自私的,不幸的,社会病胎里的产儿,个人主义的末路鬼!"[③]而在伊文·金 *Rickshaw Boy* 中,译文的第 23 章末尾,经过十天的寻找,祥子没有找到小福子,但重新回到曹家继续拉洋车。译文的第 24 章,伊文·金除了将第 1—5 段老舍对北京初夏的自然风光和老北京人"朝顶进香"的庙会场景译出并多加描绘以外,原文的其余部分包括祥子消沉堕落的悲惨结局全部被删去,他反

---

① 老舍:《骆驼祥子》,《老舍文集》第 3 卷,人民文学出版社 1980 年版,第 236 页。
② 同上。
③ 同上书,第 249 页。

而将老舍原文第23章中祥子遇见小马儿的祖父,并到白房子找小福子的情节擅自"搬迁"了过来,并且衔接、改写得无比"奇妙":到了朝顶进香(the festival of the Imperial Sacrifices)的时节,曹先生给祥子放了一天假,失神落魄的祥子在街上碰到了小马的祖父,然后去了白房子,见到被伊文·金改写后独立(independent)、自由(retained freedom)的妓女"白面口袋"(White Flour Sacks),按照规矩给了"Tea Money"以后才被告知:"She's dying"①,在祥子愤怒的恐吓之下,"You take me to her or I will kill you"②,白面口袋才带她去见到了小福子。与此同时,为适应目的语国家大众读者的审美期待以及主流的社会文化精神和价值观念,译者还在 Rickshaw Boy 中重新改写或者"编写"了一个新结局:小福子已经绝食三天、一心求死、奄奄一息,看到祥子却奇迹般地生还,并且质问祥子"Elder Brother, why have you come so late?"③最终两个人一起重获新生和自由:

> Suddenly he knew what he meant to do, no one could stop him.
>
> ...
>
> In the mildness of summer evening the burden in his arms stirred slightly, nestling closer to his body as he ran. She was alive. He was alive. They were free. ④

---

① Lau Shaw, *Rickshaw Boy*, trans. Evan King, New York: Reynal & Hitchcock, 1945, p. 313.
② Ibid.
③ Ibid., p. 314.
④ Ibid., p. 315.

多么令人激动而又浪漫完美的"美式"大团圆结局呀！老舍作品中沉郁的批判性与悲剧性，在译者的执意操纵和"暴力式"改写之下几乎完全被遮蔽。同样完美的"结局"也发生在伊文·金的译本 *Divorce* 当中：原本懦弱、苦闷、彷徨、想要离婚却最终妥协的小职员老李，不仅敢于冲破枷锁追求自由和真爱，而且如愿以偿地和马太太终成眷属；原文中寄人篱下的贫民丁二爷，为挽救张大哥一家而铤而走险、杀了流氓小赵，从此惶惶不可终日，在译文中他的命运也得到了彻底的"改头换面"——戏剧化地赢得了老李太太的欣赏和爱情，最终还跟李太太结合了。

此外，除了对故事情节、人物命运、小说结局随意地删减和篡改，伊文·金还在译本中杜撰、添加了新的人物角色。比如，*Rickshaw Boy* 中的清华女学生和李麻子，并安排"坐过祥子洋车"的清华女学生高呼着"出版自由""言论自由"被游街枪毙。妓女"白面口袋"也在他的改写中具备了"传奇"的色彩：她死了五任丈夫，主动去了妓院，非常独立（independent），保持着自由身份（retained freedom），可以透露"白房子"的秘密并从中获取"Tea Money"。与此同时，为了满足美国本土读者对源语文化中的东方特色以及异质性的阅读期待，对于老舍原著中的典故、节庆、集市、庙会、姓氏、端午节、涮羊肉等民俗风情，译者非但没有删减，反而不厌其烦地给予详尽的解释，甚至是附加冗长的注解；原文中含蓄、轻描淡写的性描写，也在译本中得到了大肆添加和反复渲染。老舍及其小说创作在译者的操纵与改写之下被成功地"美国本土化"了，并被赋予了典型的译入语国家的文化价值观念和行为准则，在新的"来世"（afterlife）的生命以及"持续的"（continued life）生命中成为迎合、取悦美国本土大众审美文化心理的畅销书。

爱德华·W. 赛义德（Edward W. Said）曾在《东方学》

第六章 个案研究：中外比较视域中的世界性与本土性

(Orientalism)、《文化与帝国主义》(Culture and Imperialism)等著作中构建了后殖民主义理论，强烈批判与抨击西方由来已久的我族中心主义、帝国霸权主义、文化殖民主义与强权政治，以及在此意识形态支柱下对东方根深蒂固的制约、偏见、蔑视与边缘化。劳伦斯·韦努蒂(Lawrence Venuti)在其著名的《译者的隐身》(Translator's Invisibility: A History of Translation)一书中基于解构主义与后殖民主义立场，对西方/英美长久以来在翻译活动中以目标语或译入语读者为主旨的归化翻译(domestication)提出质疑和批判，抨击他们不仅无视"被翻译文本中的语言文化差异与异国情调"，并且据守"中心"的立场、以归化式翻译姿态对其他弱势语言与文化进行随意的干预与压制[1]。以伊文·金为代表的西方译者及其对老舍小说作品的一系列操纵、译介和重构，不仅满足了"二战"后处于上升发达时期的欧美及其本土大众对东方落后旧日风情的猎奇和想象，在某种程度上也反映出西方长期以来在不对等视域和后殖民语境下的文化侵略和文化殖民心理。尽管伊文·金归化式的"美国本土化"(American localization)改写和重构，严重背离了老舍原著的创作主旨和主题精神，但 Rickshaw Boy 红极一时，法语、德语、瑞典语、意大利语、捷克语译本均由金译本直接转译[2]，甚至知名译者葛浩文在2010年重译《骆驼祥子》时依然以 Rickshaw Boy 命名。Divorce 的销量和受欢迎程度也远远超过郭镜秋翻译的 The Quest for Love of Lao Lee（《离婚》），郭镜秋"更加忠实于原著"的译本并不受读者青睐，甚至仅仅"在道义上取得了胜

---

[1] Lawrence Venuti, *The Translator's Invisibility*, London and New York: Routledge, 1995.
[2] 舒悦：《评老舍小说〈离婚〉的伊文·金译本》，《中国翻译》1986年第5期。

利"①。老舍在美期间与人合译的自己的小说,出版后也大都市场反应冷淡,销量并不乐观。

既深受中国本土传统文化浸润,又持有跨民族与跨文化的比较视域和他者立场,老舍在其小说作品中执著于对古都北京世态民情与风土习俗的书写和展现、批判和眷恋,并以此构筑了一幅独具东方韵味与市井风情的现代市民生活长卷。其独特的本土文化视域与鲜明的民族元素在一定程度上满足了西方他者的东方想象和猎奇心理,因而他的小说能够被西方译者拣选、译介、推广,并在跨语际的传播和交流中成为了大卫·达姆罗什所定义的、具备"世界性"的文本。但这种被"操纵"和"改写"后的"世界性",其负面代价无疑是西方帝国霸权和后殖民意识形态下的"去中国化"(de-sinification)。尽管在翻译策略上,译文对老北京的风俗、典故、节庆等基本如实地译出,甚至附加了详尽的解释,但译者基于其本土语言文化的立场,对原著进行了一系列文化过滤、过度诠释和"暴力式"改写,这种翻译策略恰恰使得老舍作品中根深蒂固的民族意识和深层的文化批判精神几乎完全被忽视和边缘化。说到底,他们其实也没有真正地发现老舍作品中这种独特的东方情怀和民族精神。他们对老舍的解读仅仅是滞留在表层,或者是在异域通俗小说的层面抓取一种大众阅读心理快感,他们既没有触摸到沉淀在老舍小说叙事结构中的中国文化元素,也对老舍小说中的深层文化意蕴和批判精神不感兴趣。

需要指出的是,西方译者与读者的后殖民视域和接受立场决定了他们所需要的老舍的身份:老舍必须是一位负载着东方旧日风情的故事讲述者,而不是沉淀于中国近现代历史的苦痛

---

① 舒悦:《评老舍小说〈离婚〉的伊文·金译本》,《中国翻译》1986年第5期。

第六章 个案研究：中外比较视域中的世界性与本土性

与危难中挖掘人性及民族精神的思想者。由此我们认为：在中国文化本质上铸就的老舍其实还没有真正地走向世界，在翻译的推动中走向世界的老舍及其译入语小说，是仅仅经过西方译者与读者的偏见性过滤所拣选与改写过的。因此，我们也不完全同意大卫·达姆罗什对世界文学的定义，好像只要借助翻译走向世界的文学作品就具备了世界性。一部文学作品在翻译与跨语际传播的进程中是以怎样的性质和形象走向世界的，这一点非常重要。如果一部文学作品在翻译中走向世界后，作品的主题精神和文化内蕴完全被"暴力性"地改写与重构，那么这部文学作品的民族性与原创性也就丧失殆尽了。

无独有偶，2012年10月11日中国作家莫言获得诺贝尔文学奖，其背后的西方译者葛浩文、陈安娜等同样采用韦努蒂所批判和抵抗的"本土化"的归化翻译策略，不遗余力地对莫言的小说作品进行改写与创造性重构，并成功地建构了一个西方他者语境中的莫言。正如法国学者达尼埃尔·亨利·巴柔所说："一切形象都源于对自我与'他者'，本土与'异域'关系的自觉意识之中，即使这种意识是十分微弱的。因此，形象即为对两种类型文化现实间的差距所作的文学的或非文学，且能说明符指关系的表述。"[①]西方长期以来据守世界"中心"的立场，对他者、对中国、对东方的"集体想象"、文化殖民和猎奇心理，不仅使得他们对东方的注视与言说仅仅停留在表层的异域情调和东方风情，随意地干预和压制，甚至"操纵"与"改写"，也造成了源语文本中本土形象和民族精神的缺失和断裂。

而在当下的全球化时代，中国文学的经典作品借助于翻译

[①] [法]达尼埃尔-亨利·巴柔：《比较文学意义上的形象学》，孟华译，《中国比较文学》1998年第4期。

走向世界所获取的成功,其必然应该是在东西方平等对话与互动的原则中所展现的中国形象及其民族性。我们在这里还要告诫西方本土的译者,把中国经典文学作品翻译到西方本土,这无疑是推动中国文学走向世界,然而在推动中国文学走向世界的翻译策略中,需要更多地尊重中国文学作品的原创性与民族性,不要为了满足出版的商业利益而在翻译中过度改写中国。

第四节 莫言:从源语小说到译入语小说的翻译与改写

2012年10月11日,中国作家莫言获得诺贝尔文学奖,从而开展了一场中国文学与世界文学真正意义上的对话与交流。不可否认,莫言作品极富中国特色、民族色彩与文化魅力,历史与传统、幻想与现实、荒诞与朴实、反思与批判在他的小说叙事中悖立又完美地杂混在一起。他立足高密东北乡倾心讲述的充满东方风情与中国特色的现代民间传奇,不仅征服了汉语本土的大众读者,也更在迷惑中抓取了印欧语系的西方他者以及诺贝尔奖评委的眼球。与此同时,葛浩文、陈安娜等西方译者对莫言作品不遗余力地改写与创造性重构,也使得莫言及其作品得以走出本土。因此可以说,莫言的翻译小说在语际传播中走向了大卫·达姆罗什定义的世界文学。

一、"他者"的传奇——东方风情与自我殖民

在谈到自己的作品缘何能够打动欧美学界评委并成为中国本土首位荣获诺贝尔奖的作家时,莫言表示:"我想最主要的是因为我作品中的文学素质。……我的作品是中国文学,也是世界文学的一部分,我的文学表现了中国人民的生活,表现了中国

第六章 个案研究：中外比较视域中的世界性与本土性

独特的文化和民族的风情。同时我的小说也描写了广泛意义上的人，我一直是站在人的角度上，立足于写'人'，我想这样的作品就超越了地区和种族的、族群的局限。"①莫言的故乡山东高密在历史上属于齐鲁大地，自春秋战国伊始，这方地域便以民风淳朴、文化传统深厚、民间艺术资源丰富而著称，齐鲁的山水草木、风土人情、能人巧匠、神话传说、红高粱、猫腔戏与黄土地等都曾成为莫言文学创作的灵感与叙事的对象，他也曾在不同的场合与语境下不断地宣扬他对故乡的一往情深与复杂情感②。此外，齐地原是著名的志怪作家蒲松龄讲述《聊斋志异》之处，几百年前，蒲松龄曾在距离莫言故土三百里的山东淄川，摇着扇子摆着茶水请往行人讲述野史轶闻，以搜集素材与构思创作。莫言丝毫不掩饰自身对蒲松龄的敬仰之情甚至公开宣称要"学习蒲松龄"③。但如果说蒲松龄讲述的是充满灵异、神秘与虚幻色彩的"鬼狐传"，莫言立足于故土娓娓道来的则更多的是充满东方

---

① 张英：《问莫言》，《南方周末》主编：《说吧，莫言》，二十一世纪出版社2012年版，第12页。
② "每个人的故乡对自己的成长都发挥了巨大的作用，我想我的故乡跟我的文学密切相关，你们也都知道我们高密有三祥四宝，泥塑、剪纸、年画……这些民间艺术、民间文化伴随我成长，我从小耳濡目染的也是这些文化元素，所以当我拿起笔进行文学创作的时候，这些民间元素不可避免地进入我的小说，也影响甚至决定了我作品的艺术风格。"（同上书，第16页。）
③ "我童年时期阅读的作品，除了《水浒传》《三国演义》这些古典文学之外，我还阅读了《聊斋志异》这样古典的文言体小说，因为这样的一些作品是和中国的民间生活密切相关的。尤其是像《聊斋志异》这样的作品，它里面的很多故事在我的家乡口口相传，所以我从小就受到了这种民间文化和民间故事的影响。"（同上书，第18页。）"蒲松龄是根本的影响，是伴随着我的成长所产生的影响。童年时期我就听到了很多和蒲松龄笔下的故事完全一样的故事。像我在乡村的时候，就听村子里的老人讲狐狸变美女啊、公鸡变青年啊、大树成精啊，等等，这样的故事实际上就是蒲松龄故事的原型。我长大了读蒲松龄的《聊斋志异》发现："哎，这个故事我小时候听村子里的老人讲过。"（莫言、刘琛：《把"高密东北乡"安放在世界文学的版图上——莫言先生文学访谈录》，《东岳论丛》2012年第10期。）

333

风情与中国特色的现代民间传奇。

通过研究我们发现,自觉选择民间立场、承继中国古典小说中"说书人"传统、以"讲故事的人"自居而"接地气儿"的莫言,他那充满东方情调、乡土元素与悲悯情怀的故事和讲述,他对中国近现代社会发展进程的深层审视与俯瞰式的叙事,以及他对曾被遮蔽的中国民间老百姓生活、精神情状的细致体验与变异性呈现,都似乎更适合西方"他者"的猎奇。在故事的选材、叙事的策略与情节结构的设置甚至语言的修辞层面,莫言在他全力营造的"高密东北乡"这一文学共和国中纵横驰骋、恣意想象、激情澎湃,他的叙事性书写不仅征服了汉语本土的众多阅读者,更吸引了印欧语系的西方读者以及诺贝尔奖评委。

如果说20世纪80年代陈凯歌的《黄土地》《霸王别姬》、张艺谋的《红高粱》《大红灯笼高高挂》等曾以影片和艺术的形式展现东方旧日落后文明与独特的民族性,主动满足了西方的审美想象与后殖民猎奇心理,并以此频频荣获国际大奖;那么,莫言的小说被翻译为英语、法语、意大利语、瑞典语、日语等,走向了世界性的语际传播后,在某种程度上,其似乎也同样于无形之间展示了齐地的文化风俗习惯与历史传统——在修辞恰当、流畅、归化的译入语境中,西方读者有机会了解与体验中国的民间文化形态,也走进了鲁中独特的地域风情与他们憧憬已久的东方人文情怀。张艺谋根据《红高粱家族》改编的电影《红高粱》曾荣获柏林电影节金熊奖,这一事件不仅令世界影坛瞩目,也让世界认识了莫言。《红高粱》中"我爷爷"余占鳌与"我奶奶"戴凤莲的传奇爱情以抗日运动为背景,在血红炽烈的高粱地中惊心动魄地上演。《生死疲劳》亦人亦兽、亦真亦幻,莫言把佛家的六道轮回设定为通贯小说逻辑的主旨,叙述了地主西门闹与农民蓝脸一家的生死疲劳和悲欢离合,书写了从土地改革到合作化、人民

第六章 个案研究:中外比较视域中的世界性与本土性

公社、"文革"、改革开放等长达半个多世纪的中国乡村沉重的发展进程与蜕变历史。《檀香刑》在情节的叙事上恪守"凤头—猪肚—豹尾"的传统结构形式,有意识地"大踏步撤退",把高密传统悲凉凄苦的"猫腔"无尽地渲染于小说的文本中,同时莫言还借用了大量的民间俗语、俚语和散曲作为自己的修辞风格,此般用心都喻示了作者向本土民间传统历史文化的自觉回归。在《檀香刑》这部小说中,莫言还状写了清末胶东半岛农民揭竿抗击德国殖民者的侵略,叙述了顶级刽子手与清代酷刑檀香刑的"精心"出场和"本色"出演。可以说,这部小说弥漫着浓重的血腥暴力之气。此外,《酒国》对华夏文明传统中的喝酒文化与权力声色给予了讽喻性的阐释,对人们为了极度膨胀的欲望不惜出卖灵魂、人性,甚至出卖亲生孩子的生命等诸种疯狂、颓废和荒诞的行为给出了狂欢式的书写和隐喻性的批判。《蛙》对在一个特定时代席卷中国且备受争议的计划生育史给予了深度的叙述……莫言所讲述的这些东方故事对于汉语本土读者来说并不陌生,关键在于,他在小说中把历史与虚构、现实与荒诞、诗意与黑色幽默杂混为一体,配合福克纳、马尔克斯般的魔幻现实主义风格,成功赢得了西方"他者"的青睐。

当然,我们并不否认莫言所讲述的东方传奇与中国故事浸润着醇厚的中华文化底蕴,洋溢着浑厚悲悯的人类普世情怀,但这也并不能说明他的作品比同时代的余华、苏童、王安忆、贾平凹等更高明、更优秀,具有更强大的批判力度,只是历史——千年华夏文明中的民间文化传统与多年来颇受西方质疑、好奇又感兴趣的中国近现代曲折而又与众不同的发展进程,成就或者成全了莫言。由此我们认为,在当下商业资本全球化的逻辑下,莫言致力于编织种种神秘且奇异的东方旧日风情故事,尽管他是在汉语本土语境中操用汉语(后被译为英语、法语、意大利语、瑞典语、日语等他国语言）独立完成书写，但在某种程度上他似乎依然于自觉不自觉之间遵循或者执行着主动迎合西方的原则[1]；他讲述的民间传奇故事与原乡故土神话不仅吸引着汉语读者，而且更赢得了西方他者的推崇；他效仿福克纳的"约克纳帕塔法县"、马尔克斯的"马孔多镇"、鲁迅的"鲁镇"、沈从文的"湘西"，并以此营造了"高密东北乡"这一文学地理世界与隐秘王国；他作品中的"融合了民间故事、历史与当代社会的魔幻现实主义"（诺贝尔获奖评语），都在一定程度上昭示着并迎合了长期以来西方在殖民主义、后殖民主义意识形态与不对等视域下的东方想象和猎奇心理。

二、译者"操纵"莫言——改写与重构

2000年3月莫言在美国科罗拉多大学博尔德校区演讲时曾经明确表示："如果没有他（葛浩文，Howard Goldblatt）杰出的工作，我的小说也可能由别人翻成英文在美国出版，但绝对没有今天这样完美的译本。许多既精通英语又精通汉语的朋友对我说：葛浩文教授的翻译与我的原著是一种旗鼓相当的搭配，但我更愿意相信，他的译本为我的原著增添了光彩。"他还极力申述他的幸运："葛浩文教授不但是一个才华横溢的翻译家，而且还是一个作风严谨的翻译家，能与这样的人合作，是我的幸

---

[1] 爱德华·W. 赛义德曾在《东方学》(Orientalism：)、《文化与帝国主义》(Culture and Imperialism)等著作中建构后殖民主义理论，强烈批判与抨击西方由来已久的文化霸权主义与强权政治，以及在此意识形态支柱下对东方根深蒂固的制约、偏见、蔑视与边缘化；但中国大陆文学界、影视界甚至音乐艺术界的一些创作家们，在致力于展示古老华夏文明与东方民族特性的同时，反而自觉地表现出主动迎合西方他者的倾向：以满足西方对东方落后旧日文化猎奇的审美心理为创作主旨，并以此获得走向西方的入场券。

运。"①在中国当代的主力作家群体中,莫言可能是作品被译介到海外最多的汉语本土作者,英文译者葛浩文、瑞典文译者陈安娜（Anna Gustafsson）与意大利文译者李莎（Patrizia Liberati）等出色、地道、恰切的翻译在推动莫言及其作品走出本土、进行跨语际交往的实践中起着不可忽视的重要作用。特别是被誉为西方首席汉语文学翻译家的葛浩文,他的翻译精妙、通顺、流畅、收放自如,莫言、萧红、贾平凹等汉语作家的作品经由他翻译后,其地道、精彩得好像用英语书写的源语小说一样。

美籍意大利翻译理论学家劳伦斯·韦努蒂在《译者的隐身》一书中基于解构主义与后殖民主义立场,在梳理并总结西方漫长而久远的翻译历史的基础上,对一直以来在英美翻译文化中占主导地位的、以目标语或译文读者为归宿的归化翻译原则提出了质疑与批判,并号召译者用异化（foreignization）翻译的原则展现被翻译文本中的语言文化差异与异国情调,以抵抗和反对西方主流文化价值对其他弱势语言与文化的干预和压制,进而策略性地颠覆西方印欧语系中根深蒂固的帝国霸权主义与文化殖民主义。但通过研究我们发现,以葛浩文、陈安娜为代表的这批知名译者正是采用了韦努蒂所批判,所抵抗的西方传统的归化翻译原则,在译本的选择、翻译策略的选用和具体的翻译过程中,他们都充分发挥了译者的主体性,对莫言及其作品进行了归化性的改写与创造性重构,以满足其本土目标语读者的文化思维定势与审美阅读习惯。在他们的翻译活动中,译者并未隐身,而是一直存在与在场。他们对莫言作品的改写与操纵实际上建构了一个西方他者语境中的莫言。这个莫言不是汉语本土语境下的那个莫言,事实上,这个英语、法语、瑞典语、意大利语语境

---

① 莫言:《我在美国出版的三本书》《美国演讲两篇》,《小说界》2000年第5期。

下的莫言被归化得如此通顺与透明,却又如此陌生。笔者将以葛浩文的英文译本为例,具体说明译者基于其本土文化立场对莫言的源语文本所进行的操纵、改写与重构。

例1:河里泛上来的蓝蓝的凉气和高粱地里弥散开来的红红的暖气在河堤上交锋汇合,化合成轻清透明的薄雾。父亲想起凌晨出征时那场像胶皮一样富有弹性的大雾……①

译文:The blue chill of the water merged with the red warmth of the sorghum bordering the dikes to form an airy, transparent mist that reminded Father of the heavy, spongy fog that had accompanied them as they set out for the battle that morning. ②

莫言通常善用大量节奏急促的小短句连接成段,却经常被葛浩文删改、挪动或合并。此段便被他合并成为一个跌宕起伏、韵律整齐的长句,其中穿插的两个英文中常用的"that"从句,将整段表述衔接得流畅、简洁又通俗易懂。"像胶皮一样富有弹性的大雾"被他省略了状语"像胶皮一样",仅仅用"heavy, spongy fog"来说明"富有弹性的大雾";但他同时在此擅自增加了"accompanied"(伴随、陪伴)一词,既形象亲切又极富情感色彩。

例2:蓝脸还想啰嗦,一个公社干部上来,将他一把拖

---

① 莫言:《红高粱》,上海文艺出版社 2008 年版,第 89 页。
② Mo Yan, *Red Sorghum*, Howard Goldblatt trans., New York: Viking, 1993, p. 97.

到路边,声色俱厉地说:

"你他妈的简直是狗坐轿子不识抬举,县长能骑你家的驴,是你家三辈子的造化。"①

译文:Lan Lian wasn't finished, but an official from the co-op walked up, dragged him back to the side of the road, and said sternly:

"Like a goddamn dog who doesn't know how lucky he is to be carried in a sedan chair, you should be thanking your ancestors for accumulating good luck, which is why the county chief has chosen your donkey to ride."②

莫言笔下的传奇与故事中包含着大量极富中国传统文化积淀的民间谚语、口语、俗语与习惯用语等,为了使英语世界的目标语读者能够跨越这种语言文化障碍,葛浩文常常特意作出注解或者自由调换句子、段落甚至章节的位置与顺序,根据英文的句法习惯将之转换为更易理解的美式传奇。此处的"狗坐轿子不识抬举""三辈子的造化"都是汉语语境中具有特定意义的惯用语,除了用"sedan chair""ancestors""good luck"等表述基本意义以外,葛浩文还运用三个较长的复句(定语与状语从句)将原本简洁的源语文本翻译得清晰、熨帖。

例3:桥下的奇景吸引着妹妹们,她们站着不动。其实桥上的奇景也吸引着上官来弟,她拖拉着妹妹们往回走,眼

---

① 莫言:《生死疲劳》,上海文艺出版社2012年版,第80页。
② Mo Yan, *Life and Death are Wearing Me Out*, Howard Goldblatt trans., New York: Arcade Publishing, 2012, p. 44.

睛却始终没离开桥。

司马库得意洋洋地在桥上站着,啪啪地拍着巴掌,双眼放金光,满脸都是笑容。他对着家丁们炫耀:

"这条巧计,只有我才能想出来!妈的,只有我才能想得出来。小日本,快快来,让你们尝尝我的厉害。"①

译文:But they were mesmerized by the activity on the bridge. In fact, Laidi was as curious as they were, and even as she tried to drag her sisters away, her gaze kept returning to the bridge, where Sima Ku stood, smugly clapping his hands; his eyes lit up and a smile creased his face. "Who else could have devised such a brilliant strategy?" he crowed to the servants. "No one but me, damn it! Come on, you little Nips, get a taste of my might!"②

莫言此处独立的上下两个段落被葛浩文轻松地用一个"where"定语从句重新改写,第二段的内容被巧妙地提前并上移,从而使之更合逻辑也更富节奏感与韵律感;"Who else could have devised such a brilliant strategy?""No one but me",地道的美式反问从语气层面更加强调并突出了司马库的洋洋得意的炫耀姿态(smugly),"Nips"而不是普遍的"Japanese",则是典型的美国俚语。

---

① 莫言:《丰乳肥臀》,上海文艺出版社2012年版,第25页。
② Mo Yan, *Big Breasts and Wide Hips*, Howard Goldblatt trans., New York: Arcade Publishing, 2012, p. 42.

第六章 个案研究:中外比较视域中的世界性与本土性

例4:墨水河大石桥上那四辆汽车,头辆被连环耙扎破了轮胎,呆呆地伏在那儿,车栏杆上、挡板上,涂着一滩滩蓝汪汪的血和嫩绿的脑浆。①

译文:Omitted.②

此段被译者直接省略不译。

例5:父亲周身被着万恶的人眼射出的美丽光线,心里先是像紫红色的葡萄一样一串接一串愤怒,继而是一道道五彩缤纷的彩虹般的痛苦。③

译文:Omitted.④

此段被译者直接省略不译。

在《翻译·历史·文化:指导书》的前言中,著名翻译理论家安德烈·勒菲弗尔明确地指出:"翻译当然是对原作的改写(rewriting);所有的改写,不论其动机如何,均反映了一定的意识形态(ideology)和诗学(poetics),因而操纵(manipulate)文学在一定的社会以一定的方式发挥功能。改写是一种操纵,是为权力服务的,其积极的方面有助于文学和社会的进步。"⑤上文以葛浩文译本为例的分析也彰显了西方译者基于其本土文化立

---

① 莫言:《红高粱》,上海文艺出版社2008年版,第85页。
② Mo Yan, *Red Sorghum*, Howard Goldblatt trans., New York: Viking, 1993, p.93.
③ 莫言:《红高粱》,上海文艺出版社2008年版,第244页。
④ Mo Yan, *Red Sorghum*, Howard Goldblatt trans., New York: Viking, 1993, p.254.
⑤ André Lefevere ed., *Translation/History/Culture: A Sourcebook*, London and New York: Routledge, 1992, p.9.

场，主要运用意译（free translation）、简化（simplification）、扩展（amphfication）、增补（supplementing）、替换（substitution）等典型的归化翻译原则，对莫言作品进行了具有明显译入语文化烙印的改写与操纵。当然我们并不否认葛浩文等译者通顺、透明、恰切的翻译推动并促成了莫言及其作品从汉语语境向目标语文化的旅行与传播，翻译不仅提高了莫言在西方的知名度与影响力，也使其作品获有了跨民族、跨语言、跨文化并可供不同国别的读者欣赏的世界性。但与此同时，我们也不能忽略其背后西方世界根深蒂固的我族中心主义、帝国主义、殖民主义、后殖民主义与文化霸权的意识，推动莫言走向诺贝尔奖舞台的这批并未隐身，甚至具有操控性与生杀大权的译者，他们恪守本土的语言文化价值观，他们对莫言及其作品进行拣选、操控，以归化式的翻译姿态给予其"暴力"式的改写，最终还是以迎合本土译入语读者的审美需要为主要目的。

也许莫言从一开始就陷入了被西方译者拣选与操控、被他者拣选的宿命，他所书写与讲述的充满东方风情的传奇符合并满足了西方他者的审美想象。而译者站在自身本土文化的立场上，以他者的眼光，为目的语国家的潜在读者选择了合适的作家与作品，并且他们依然不自觉地遵循了西方传统的透明、通顺与流畅的归化翻译策略，对莫言作品进行了一系列大刀阔斧而又行之有效的删改、挪用、增补甚至劫持（hijacking）[①]，从而使之符合了本土目标语读者的文化思维定势与语言阅读习惯，并且很容易被他们所阅读、所接受、所欣赏。这个被译者所构建的、西

[①] 即对原文的挪用，"劫持"（hijacking）原本是加拿大女性主义翻译理论家路易丝·冯·弗洛托（Luise von Flotow）在总结女性主义翻译策略时提出的形象术语，目的在于凸显女性的主体性，从性别立场建构女性主义话语方式。但在此"劫持"也是葛浩文等西方译者常用的一种翻译策略。

第六章 个案研究：中外比较视域中的世界性与本土性

方他者语境中的"莫言"也由此得以走向世界并荣获诺贝尔奖。我们想表明的是：荣获诺贝尔奖的莫言，其实并不是在汉语本土语境中书写的莫言，而是被译者所劫持、操纵、删改、挪用、增补与改写的那位译入语莫言。同时，在某种程度上，汉语本土语境中的莫言获得诺贝尔奖实际上并不意味中国文学已然受到了尊重，由此可以和世界文学等量齐观、平起平坐，而是在故事内容与翻译策略这两个维度都迎合或符合了西方语言文化的习惯，并且满足他者东方想象的必然结果。

最后，我们想表述的是：爱德华·W.赛义德曾以东方（确切说应该是亚洲中东的印度和巴勒斯坦地区）伊斯兰教文化挑战西方经典及神圣的基督教文化，并借此抨击西方长久以来的文化霸权、种族偏见与殖民主义倾向。作为东方"重镇"并拥有悠长历史与绚烂文化的汉民族，随着综合国力的增强与国际政治地位的提升，在商业化大潮甚嚣尘上与后现代高科技文明众声喧哗之时，我们如何恰切地展现自身独立和独特的民族性与本土性？中国作为一个世界性符号，不应该被西方他者视为被边缘化、被轻视、被怜悯与被猎奇的神秘而又古老的东方，中国应该拥有承载着千年华夏文明与传统积淀的全新的汉民族（东方）形象，并以此得以汇入世界文学的大潮，真正做到世界性与本土性、民族性的汇通和整合。

结语：可以"通约"的世界性与本土性

他们是如此的相同。

既诵读四书五经，在中国传统的旧式教育中沉淀过自己，又从中国本土负笈留学海外，深受欧风美雨的文化冲击与浸染，这批留学归返母国的现代知识分子必然持有敞开的普世性文化立场和比较视域。他们在知识结构的铸造中，既承继了中国传统文化的精神，又沉淀着长期留学欧美或日本的独特经历与多元文化的学养。他们在中西文化的整体性观照与汇通性整合中进行文学创作，同时，把本土性与世界性整合在自己的文学批评与文学理论思想体系的建构中，以凸显出他们这个群体所独有的本质性特征。他们在知识构成上"通古晓今"并"学贯中西"，在思想上"多元开放"并"兼收并蓄"，在介入历史与社会的价值判断上具备明确的现代意识，他们以自身从本土投向世界的国际眼光，为那个时代的中华民族寻求启蒙与救亡的真理和方法，他们是那个时代为历史所铭刻的介入性公共知识分子（interventional public intellectuals）。

他们又是如此的不同。

他们作为两大留学归国的知识分子群体，留学背景的不同与思想文化资源的迥异导致他们持有不尽相同的文化立场，他们的知识结构、文化选择、价值评判、言说方式与审美诉求，必然存在差异性。然而他们无法摆脱中国传统文化对自身刻骨铭心的影响，在中国传统儒释道三脉文化思想的浸染下，无论他们选择居庙堂之高，还是处江湖之远，在风雨如磐的民族危难面前，他们都义无反顾地成为介入性公共知识分子，为救亡图存而奔走呐喊；当然在另外一个面向上，他们也是受当时西洋与东洋学术思想影响的纯粹学者，为学术而潜心探求知识，也为国族与个人情怀的表达而进行文学创作。因此，无论他们是作为介入性公共知识分子，还是作为正直、纯粹的学者，他们均在中国现代历史及中国现代文学史上留下了特有的足迹，并以此构成了中国现代文学史上留学归返本土的两类知识分子群落相互冲突与整合的多元文化景观。他们的存在及行走的踪迹，对"五四"以来的整个现代文学甚至当代文学的开拓和发展都影响深远。

而作为那个时代具有留学背景的中国现代知识分子，他们始终行走在东方与西方、世界性与本土性的融汇和紧张中，他们拥有全新的世界性眼光和和敞开的多元文化视野。他们可以据守他者立场并运用西方现代的文化思潮和价值理念，在东西方两种文明的冲突与整合之间重新审视、返观中国本土几千年传统文化所沉积的落后与封闭。同时，在他们的文学创作与批评中，他们也构筑了一个融汇世界性之时代精神与本土性之文化传统的互文空间。中国本土诗学理论中源远流长的济世情怀、出世精神、诗骚传统及其精神主张，也在西洋文化、东洋文化与中国本土文化激烈的碰撞和交融中，被重新赋予了崭新的现代性与世界性内涵。

以胡适、徐志摩、梁实秋、林语堂、闻一多、李金发、朱光潜、梁宗岱、宗白华等为代表的中国现代知识分子，他们都曾留学欧美，在中西文化的双向透视与观照之间融汇中西、贯通古今。他们不同程度地接受与吸收了当时西方盛行的各种先进的文学理论思潮及自由和独立的文化思想，并在知识结构的重组和自我精神的重铸两个面向上，将其翻译介绍至中国汉语本土。欧美哲学家、文学理论家、政治学家和经济学家在抽象的思维表达中所倡导的自由与独立，被留学欧美知识分子给予过滤性的选择与接受。在中西文化的冲突、对话与交流中，他们把西方文化精神及其学术思想，融汇于中国古典诗学批评与文学观念所倡导的抒情传统中，推动中西方文化精神在他们的书写中融汇贯通，并铸成了他们汇通东方与西方的第三种文学立场。"情"作为一个变异性呈现的范式，在留欧美知识分子的诗性书写中构筑了更具张力的深层表现空间，并在文学创作、文学理论与文学批评三个维度上形成了留欧美知识分子独特而又深具本土性与世界性的"情"本体论文艺观。

以鲁迅、郭沫若、郁达夫、成仿吾、田汉、夏衍、欧阳予倩等为代表的留学日本的中国现代知识分子，他们不同于同时期留学欧美知识分子一贯倡导的自由与独立，他们注重文学批判与改造社会的工具作用，强调文学创作、文学批评与文学理论在意识形态层面所表现出来的宣传功能，他们试图以一种激进、功利甚至介入性重构的方式来引导、规约文学的表现形态与发展路径。在文学观念的表达与审美姿态的选择上，他们呈现出与同期留学欧美的中国现代作家迥然相异的文化立场。留日知识分子这种颇具群体性特质的创作倾向与文化立场，不仅蕴含着在中国本土文化与诗学系统中一以贯之并长期居于主导地位的"文以载道"传统与经世致用的价值取向，同时也体现出他们深受经由欧美传至日本的无产阶级文学运动与文艺思潮的渗透和影响。而在他们所选择和所进行的单向度的社会批判与思想诉求中，他们往往也相对忽略和消解了文学自身独特的审美价值与多元化呈现的诸种可能。

何为世界文学？在当下经济全球化的时代语境下，我们如何来定义或看视中国现代文学的世界性与本土性呢？无论是歌德晚年充满理想主义和世界大同主义的憧憬现想象，还是马克思和恩格斯基于经济基础和物质生产，对人类精神层面的"世界文学"的形成和到来所作出的深刻洞察与预言，以及达姆罗什在全球化语境下基于文本、翻译和读者互动的流通模式与阅读模式，对"世界文学"理论和研究范式所作出的新拓展与新建构，我们都可以从这些理论表达与阐述论证中发现，从历史的发展眼光来看视，"世界文学"其实并非是一个单一、固定且狭隘的文学观念，它远远超越了民族、国家、区域、语言与文化的界限，并伴随不同的时代背景和文化潮流，不断地发展演化成为一个具有多层意义和丰富内涵的概念。

而从概念的本质上来评判，"世界性"也是一种跨文化、跨民族与跨语言的研究视域，当我们以这种视域作为方法论对具有留学背景的中国现代作家进行整体性观照和探讨时，我们会发现中国现代作家具有"双重"的呈现方式和多元的文化内涵。

一方面，他们曾在跨文化与跨民族的汇通性融合中，将西方先进的文化思潮和异质文明带入其文学创作、文学批评与文学理论中，书写出深受西洋和东洋影响的互文文本或间性文本（inter-text），表达出人类普遍的情思和历史文化精神，在审美与表现风格的层面上呈现出普世的（universal）和超民族的（transnational）世界文学意义。他们的世界性是由东西方两种异质文化汇通整合后所呈现出来的第三种独创性，是"被本土化"了的世界性。

另一方面，他们的文学创作完成以后，经由译者的翻译和推介走出本土走向世界，在由大众读者、译者与学者共同构建完成的一个汇通性知识场域中被拣选、被翻译、被评判，成为大卫·达姆罗什所定义的具备"世界性"意义的文本，同时拥有了走出本土的世界性或跨语际传播中的世界性与本土性。

在《科学革命的结构》(*The Structure of Scientific Revolution*)一书中，美国科学哲学家托马斯·库恩（Thomas S. Kuhn）认为，在科学发展史上，一次次的"革命"促成了科学的发展和进步，但革命前后的研究术语、研究标准、研究内容等"范式"（paradigm）之间并不存在共同的理论基础和统一的评价标准，因而是相互对立、"不可通约的"（incommensurable）。尽管库恩的质疑和理论阐释发生在自然科学领域，但"范式"和"不可通约性"理论在哲学、语言学、文学、历史学乃至心理学等领域也都产生了极具启发性的广泛影响。当然，这是库恩早期的理论与思想。从某种程度上，我们认为库恩的理论对于人类历史文化传统的承传性来说，是一种"视而不见"的武断性偏见。的确，每一个历史时期都拥有属于这个历史时期的话语体系，也正是如此，每个历史时期都在自己的话题体系中成就了自己的历史本质与特性，也因此，宋代不同于唐代，唐代不同于汉代，但人类历史传统在文化基因的主脉上依然不可遏制地承传下去，并以此推动一个国族的文化传统在承传与变革中向前发展。

而在运用库恩的思想理论体系来反观和透视这批具有留学背景的中国现代知识分子时，我们可以发现，对西方文化的过滤性接受和创造性转化，对中国传统的重新审视和理性承继，也使得他们不同于同期没有出国开眼看世界的本土作家。这批具有留学背景的中国现代知识分子在跨文化、跨民族、跨语言、跨学科的中外比较视域中，将东方中国的民族文化元素和本土性，置放在世界层面的国际平台上来给予现代、多元的观照和融会贯通，他们是开放与"保守"的整合体，他们拥有汇通东西方文化后所形成的第三种文化立场,他们的诗性书写是具有世界性与民族性的互文性文本,他们在文学创作中所呈现出来的世界性与本土性无疑是可以"通约"(commensurable)的。

参考文献

外文参考文献(含译著)

C. G. Jung, *Modern Man in Search of a Soul*, New York: Harcourt, Brace & World, 1933.

C. G. Jung, *Psychology of the Unconscious*, Princeton: Princeton University Press, 1991.

Claudio Guillén, *The Challenge of Comparative Literature*, Cambridge, MA: Harvard University Press, 1993.

David Damrosch, *What Is World Literature*, Princeton: Princeton University Press, 2003.

Edward W. Said, *Representations of the Intellectual*, New York: Pantheon Books, 1994.

Edward. W. Said, *Culture and Imperialism*, New York: Vintage Books, 1994.

Edward. W. Said, *Orientalism*, New York: Vintage Books, 1979.

Frank Furedi, *Where Have All the Intellectuals Gone? London*: Continuum International Publishing Group, 2004.

Graham Allen, *Intertextuality*, New York: Routledge Press, 2000.

Hans-Georg Gadamer, *Truth and Method*, London: Bloomsbury Academic, 2013.

Herbert Marcuse, *One Dimensional Man: Studies in the Ideology of Advanced Industrial Society*, Boston: Beacon Press, 1991.

Karl Jaspers, *The Origin and Goal of History*, London: Routledge, 2010.

Lau Shaw, *Rickshaw Boy*, trans. Evan King. New York: Reynal and Hitchcock, Inc, 1945.

Leo Ou-fan, *Voice From the Iron House: A Study of Luxun*, Bloomington: Indiana University Press, 1987.

Paul Ricoeur, *Lectures on Ideology and Utopia*, New York: Columbia University Press, 1986.

Prusek, *Chinese History and Literature: Collection of Studies*, Holland: D. Reidel, 1970.

Prusek, *The Lyrical and Epic: Studies of Modern Chinese Literature*, Bloomington: Indiana University Press, 1980.

Russell Jacoby, *The Last Intellectuals*, New York: Basic Books, 2000.

Stephen Owen, *Readings in Chinese Literary Thought*, Cambridge MA: Harvard University Press, 1992.

Susan Bassnett, *Comparative Literature: A Critical Introduction*, Oxford UK: Blackwell Publishers, 1993.

Venuti Lawrence, *The Translator's Invisibility*, London and New York: Routledge, 1995.

Venuti Lawrence, TheTranslation Studies Reader, ed. , London and New York: Routledge, 2000.

［奥］弗洛依德:《精神分析引论》,高觉敷译,商务印书馆2017年版。

［丹麦］勃兰兑斯:《十九世纪文学主流》第一分册,张道真译,人民文学出版社1988年版。

［德］爱克曼辑录:《歌德谈话录》,朱光潜译,人民文学出版社1978版。

［德］本雅明:《本雅明文选》,陈永国、马海良编,中国社会科学出版社1999年版。

［德］本雅明:《机械复制时代的艺术作品》,王才勇译,中国城市出版社2002年版。

［德］伽达默尔:《科学时代的理性》,薛华等译,国际文化出版公司1988年版。

［德］伽达默尔:《真理与方法》,洪汉鼎译,商务印书馆2010年版。

［德］顾彬:《二十世纪中国文学史》,范劲等译,华东师范大学出版社2008年版。

［德］尤尔根·哈贝马斯：《交往行为理论：行为合理性与社会合理性》，曹卫东译，上海人民出版社2004年版。

［德］哈贝马斯：《作为"意识形态"的技术与科学》，李黎等译，学林出版社2002年版。

［德］卡尔·曼海姆：《意识形态与乌托邦》，黎鸣、李书崇译，商务印书馆2000年版。

［德］尼采：《悲剧的诞生》，周国平译，生活·读书·新知三联书店1986年版。

［德］奥斯瓦尔德·斯宾格勒：《西方的没落》，商务印书馆1963年版。

［法］艾田蒲：《中国之欧洲》，许均、钱林森译，河南人民出版社1992年版。

［法］保尔·巴迪：《小说家老舍》，吴永平译，长江文艺出版社2005年版。

［法］梵·第根：《比较文学论》，戴望舒译，吉林出版集团有限责任公司2010年版。

［法］古斯塔夫·勒庞：《乌合之众：大众心理研究》，冯克利译，中央编译出版社2015年版。

［法］马·法·基亚：《比较文学》，颜保译，北京大学出版社1983年版。

［法］朱利安·班达：《知识分子的背叛》，佘碧平译，上海人民出版社2005年版。

［古希腊］柏拉图：《理想国》，郭斌和、张竹明译，商务印书馆1986年版。

［古希腊］亚里士多德：《诗学》，陈中梅注，商务印书馆2003年版。

［美］爱德华·霍尔：《超越文化》，何道宽译，北京大学出版社2010年版。

［美］布林顿：《西方近代思想史》，王德昭译，华东师范大学出版2005年版。

［美］陈世骧：《中国文学的抒情传统：陈世骧古典文学论集》，张晖编，生活·读书·新知三联出版社2015年版。

［美］大卫·达姆罗什、陈永国、尹星主编：《新方向：比较文学与世界文学读本》，北京大学出版社2010年版。

［美］费正清主编：《剑桥中华民国史：1912—1949》，杨品泉、刘敬坤等译，中国社会科学出版社1994年版。

［美］格里德尔：《胡适与中国的文艺复兴》，鲁奇译，江苏人民出版社1989年版。

［美］格里德尔：《知识分子与现代中国：他们与国家关系的历史叙述》，单正平译，广西师范大学出版社2010年版。

［美］雷纳·韦勒克、奥斯汀·沃伦：《文学理论》，刘象愚等译，生活·读书·新知三联书店1984年版。

［美］雷纳·韦勒克：《近代文学批评史》，杨自伍译，上海译文出版社2020年版。

［美］雷纳·韦勒克：《批评的诸种概念》，罗钢等译，上海人民出版社2015年版。

［美］李欧梵：《铁屋中的呐喊》，尹慧珉译，浙江大学出版社2016年版。

［美］李欧梵：《中国现代作家的浪漫一代》，王宏志等译，新星出版社2005年版。

［美］林毓生：《中国意识的危机：五四时期激烈的反传统主义》，穆善培译，贵州人民出版社1986年版。

［美］刘禾：《跨语际实践：文学,民族文化与被译介的现代性》，宋伟杰等译，生活·读书·新知三联书店2008年版。

［美］刘若愚：《中国文学理论》，杜国清译，江苏教育出版社2006年版。

［美］赫伯特·马尔库塞：《单向度的人：发达工业社会意识形态研究》，刘继译，上海译文出版社1989年版。

［美］马尔库塞：《审美之维》，李小兵译，生活·读书·新知三联书店1989年版。

［美］任达：《新政革命与日本——中国,1898—1912》，李仲贤译，江苏人民出版社1998年版。

［美］苏珊·桑塔格：《疾病的隐喻》，程巍译，上海译文出版社2018年版。

［美］孙康宜、［美］宇文所安主编：《剑桥中国文学史》（上、下），刘倩等译，生活·读书·新知三联书店2013年版。

［美］梯利：《西方哲学史》，葛力译，商务印书馆1995年增补修订版。

［美］王德威：《被压抑的现代性：晚清小说新论》，宋伟杰译，北京大学出版社2005年版。

［美］夏志清：《中国现代小说史》，刘绍铭等译，复旦大学出版社2005年版。

［美］弗雷德里克·詹姆逊：《政治无意识》，王逢振、陈永国译，中国社会科学出版社1999年版。

［日］吉田精一：《现代日本文学史》，齐干译，上海人民出版社1976年版。

［日］实藤惠秀：《中国人留学日本史》，谭汝谦、林启彦译，生活·读书·新知三联书店1983年版。

［日］相马御风：《欧洲近代文学思潮》，汪馥泉译，中华书局1930年影印版。

［日］伊藤虎丸：《鲁迅、创造社与日本文学——中日近现代比较文学初探》，孙猛、徐江、李冬木译，北京大学出版社2005年版。

［日］竹内好：《鲁迅》，李心峰译，浙江文艺出版社1986年版。

［瑞士］卡尔·古斯塔夫·荣格：《人、艺术与文学中的精神》，姜国权译，国际文化出版公司2011年版。

［瑞士］卡尔·古斯塔夫·荣格：《心理学与文学》，冯川、苏克译，译林出版社2014年版。

［匈］卢卡奇：《历史和阶级意识——马克思主义辩证法研究》，王伟光、张峰译，华夏出版社1989年版。

［意］葛兰西：《狱中札记》，曹雷雨、姜丽、张跣译，中国社会科学出版社2000年版。

［意］圭多·德·拉吉罗：《欧洲自由主义史》，［英］R. G. 科林伍德英译，杨军译，吉林人民出版社2001年版。

［英］阿伦·布洛克：《西方人文主义传统》，董东山译，生活·读书·新知三联书店1997年版。

［英］弗里德里希·奥古斯特·哈耶克：《通往奴役之路》，王明毅、冯兴元等译，中国社会科学出版社1997年版。

［英］弗里德里希·冯哈耶克：《自由秩序原理》，邓正来译，生活·读书·新知三联书店1997年版。

［英］霍布豪斯：《自由主义》，朱曾汶译，商务印书馆2009年版。

［英］罗素：《西方哲学史》，何兆武、李约瑟译，商务印书馆2009年版。

［英］苏珊·巴斯奈特：《比较文学批评导论》，查明建译，北京大学出版社2015年版。

［英］特雷·伊格尔顿：《二十世纪西方文学理论》，伍晓明译，北京大学出版社2018年版。

［英］特里·伊格尔顿：《瓦尔特·本雅明或走向革命批评》，郭国良、陆汉臻译，商务印书馆2015年版。

［英］约翰·格雷：《自由主义的两张面孔》，顾爱彬、李瑞华译，江苏人民出版社2005年版。

［英］约翰·密尔：《论自由》，许宝骙译，商务印书馆2019年版。

中文参考文献

一、典籍类

《白虎通疏证》,(清)陈立撰,吴则虞点校,中华书局 1994 年版。

《楚辞补注》,(宋)洪兴祖撰,白化文等点校,中华书局 1983 年版。

《汉书》,(东汉)班固撰、(唐)颜师古注,中华书局 1962 版。

《礼记正义》,(汉)郑玄注、(唐)孔颖达等正义,载《十三经注疏》,中华书局 1980 年影印世界书局阮元校刻本。

《吕氏春秋》,(战国)吕不韦撰、(东汉)高诱注,载《诸子集成》,上海书店 1991 版。

《论语注疏》,(魏)何晏注、(宋)邢昺疏,载《十三经注疏》,中华书局 1980 年影印世界书局阮元校刻本。

《毛诗正义·诗大序》,载《十三经注疏》,中华书局 1980 年影印世界书局阮元校刻本。

《诗品注》,(南朝梁)钟嵘著,陈延杰注,人民文学出版社 1998 年版。

《史记》,(西汉)司马迁撰,[南朝宋]裴骃集解,上海古籍出版社 2016 年版。

《说文解字》,(东汉)许慎撰,(宋)徐铉校定,中华书局 2013 年版。

《随园诗话》,(清)袁枚著,顾学颉校点,人民文学出版社 1960 年版。

《唐宋八大家文钞》,(明)茅坤编,上海古籍出版社 1993 年版。

《文赋集释》,(西晋)陆机撰,张少康集释,人民文学出版社 2002 年版。

《后汉书》,(南朝宋)范晔撰,(唐)李贤等注,中华书局 2007 年版。

《文心雕龙注释》,(南朝)刘勰著,周振甫注,人民文学出版社 1981 年版。

《荀子·正名》,见于《诸子集成》,上海书店 1991 年影印世界书局编印版。

《与元九书》,见于《白居易集》,(唐)白乐天撰,顾学颉校点,中华书局 1979 年版。

《中国历代文论选》(四卷本),郭绍虞主编,上海古籍出版社 2001 年版。

《庄子》,载《二十二子》,上海古籍出版社 1985 年缩印浙江书局汇刻本。

二、史料类

《创造季刊》,上海书店影印本 1983 年版。

《创造社研究资料》,饶鸿兢等编,福建人民出版社 1985 年版。

《创造月刊》,上海书店影印本 1988 年版。

《创造周报》,上海书店影印本 1988 年版。

《海上文学百家文库》,上海市作家协会、上海文学发展基金会主持编纂,上海文艺出版社 2010 年版。
《洪水半月刊》,上海书店影印本 1988 年版。
《近代中国教育史料》,舒新城编,上海书店 1990 年版。
《文化批判》,创造社出版部发行 1928 年版。
《新月》月刊,上海新月书店 1928—1933 年版。
《学衡》,江苏古籍出版社 1999 年影印版。
《中国近代教育史资料汇编·留学教育》,陈学恂、田正平编,上海教育出版社 2007 年版。
《中国留学生大辞典》,周棉著,南京大学出版社 1999 年版。
《中国文学史资料全编》(现代卷),中国社科院文学研究所总纂,知识产权出版社 2010 年版。
《中国新文学大系》,赵家璧主编,上海文艺出版社 1980 年版。

三、论著类

《百年嬗蜕:中国近代的士与社会》,杨国强著,上海三联书店 1997 年版。
《比较诗学与跨界立场》,杨乃乔著,复旦大学出版社 2011 年版。
《比较文学概论》,曹顺庆主编,中国人民大学出版社 2011 年版。
《比较文学概论》,杨乃乔主编,北京大学出版社 2014 年版。
《比较文学:理论思考与文学阐释》,王宁著,复旦大学出版社 2011 年版。
《比较文学、世界文学与翻译研究》,王宁著,复旦大学出版社 2014 年版。
《比较文学与翻译研究》,谢天振著,复旦大学出版社 2011 年版。
《比较文学与中国现代文学》,乐黛云著,福建教育出版社 2015 年版。
《比较文学原理新编》,乐黛云、陈跃红等著,北京大学出版社 2014 年版。
《创造社:别求新声于异邦》,黄淳浩著,社会科学文献出版社 1995 年版。
《从比较文学到比较文化》,刘象愚著,复旦大学出版社 2011 年版。
《重寻胡适历程——胡适生平与思想再认识》,[美]余英时著,广西师范大学出版社 2004 年版。
《多维视野中的吴宓》,王泉根主编,重庆出版社 2001 年版。
《多源与多元:从中国留学族到新月派》,周晓明著,华中师范大学出版社 2001 年版。
《二十世纪中俄文学关系》,陈建华著,学林出版社 1998 年版。
《法国汉学家论中国文学:现当代文学》,钱林森编,外语教学与研究出版社 2009 年版。

参考文献

《翻译论》(修订本),许钧著,译林出版社 2014 年版。
《郭沫若留日十年:1914—1924》,武继平著,重庆出版社 2001 年版。
《胡适留学日记》,胡适著,岳麓书社 2000 年版。
《"胡适派学人群"与现代中国自由主义》,章清著,上海古籍出版社 2004 年版。
《胡适思想与中国文化》,胡明著,广西师范大学出版社 2005 年版。
《胡适学术文集》,姜义华主编,中华书局 1998 年版。
《胡适与中国现代思潮》,周质平著,南京大学出版社 2002 年版。
《胡适与中国现代知识分子的选择》,[美]周明之著,雷颐译,广西师范大学出版社 2005 年版。
《回眸"学衡派":文化保守主义的现代命运》,沈卫威著,人民文学出版社 1999 年版。
《近代中国留学史》,舒新城著,上海古籍出版社 2014 年版。
《京派文学的世界》,许道明著,复旦大学出版社 1994 年版。
《抉择与扬弃:郭沫若与中外文化》,吴定宇著,中山大学出版社 2004 年版。
《跨文化的传播与接受——20 世纪中国文学与外国文学的关系》,龙泉明等著,人民文学出版社 2010 年版。
《跨越异质文化》,曹顺庆著,山东友谊出版社 2007 年版。
《类同研究的再发现——徐志摩在中西文化之间》,刘介民著,中国社会科学出版社 2003 年版。
《历史汇流中的抉择:中国现代文艺思想家与西方文学理论》,罗钢著,中国社会科学出版社 2000 年版。
《梁实秋论文学》,梁实秋著,时报文化出版公司 1981 年版。
《梁实秋文学回忆录》,梁实秋著,陈子善编,岳麓书社 1986 年版。
《梁实秋与中西文化》,高旭东编,中华书局 2007 年版。
《梁实秋:在古典与浪漫之间》,高旭东著,文津出版社 2005 年版。
《梁宗岱:穿越象征主义》,董强著,文津出版社 2005 年版。
《梁宗岱与中国象征主义诗学》,陈太胜著,北京师范大学出版社 2004 年版。
《灵魂的挣扎:文化的变迁与文学的变迁》,王富仁著,时代文艺出版社 1993 年版。
《留学背景与中国现代文学》,郑春著,山东教育出版社 2002 年版。

《鲁迅、郭沫若与中国传统文化》，王骏骥著，百花文艺出版社1995年版。

《鲁迅、胡适、郭沫若连环比较评传》，朱文华著，上海文艺出版社1991年版。

《鲁迅六讲》，郜元宝著，上海三联书店2000年版。

《迈向比较文学的第三阶段》，曹顺庆著，复旦大学出版社2011年版。

《欧美左翼文论与中国问题》，曾军主编，上海大学出版社2016年版。

《前期创造社同人自传文本研究——以郭沫若、郁达夫、张资平为中心》，刘海霞著，复旦大学出版社2016年版。

《生命之树与知识之树：中西文化专题比较》，高旭东著，北京大学出版社2010年版。

《士与中国文化》，[美]余英时著，上海人民出版社2013年版。

《抒情传统与中国现代性：在北大的八堂课》，[美]王德威著，生活·读书·新知三联书店2010年版。

《抒情之现代性："抒情传统"论述与中国文学研究》，陈国球、[美]王德威主编，生活·读书·新知三联书店2014年版。

《抒情中国文学的现代美国之旅：汉学家视角》，李涛著，复旦大学出版社2015年版。

《文本形式的政治阐释：詹姆逊文学批评思想研究》，杜明业著，世界图书出版公司2014年版。

《文学的接受与文化过滤：中国对法国象征主义诗歌的接受》，金丝燕著，中国人民大学出版社1994年版。

《文学的跨界研究：文学与心理学》，鲁枢元著，学林出版社2011年版。

《文学：精神之鼎与诗意家园》，童庆炳著，复旦大学出版社2016年版。

《文学与人生》，吴宓著，王岷源译，清华大学出版社1993年版。

《文艺心理学教程》，童庆炳、程正民主编，高等教育出版社2011年版。

《闻一多：从诗人到学者》，杨洪勋著，中国海洋大学出版社2006年版。

《闻一多：寻觅时空最佳点》，刘介民著，文津出版社2005年版。

《吴宓：理想的使者》，张弘著，文津出版社2005年版。

《吴宓日记》，吴宓著，吴学昭整理注释，生活·读书·新知三联书店1998年版。

《吴宓诗集》，吴宓著，吴学昭整理，商务印书馆2004年版。

《吴宓与〈学衡〉：1922年1月—1933年7月》，沈卫威著，河南大学出版社2000年版。

《五四激进主义的缘起与中国新文学的发生》，岳凯华著，岳麓书社 2006年版。
《五四时期外国文学翻译研究》，任淑坤著，人民出版社 2009 年版。
《五四新文化的源流》，陈万雄著，生活·读书·新知三联书店 1997 年版。
《五四运动史》，周策纵著，陈永明等译，岳麓书社 1999 年版。
《西方翻译理论流派研究》，李文革著，中国社会科学出版社 2004 年版。
《西方马克思主义概论》，衣俊卿著，北京大学出版社 2008 年版。
《西方马克思主义意识形态理论》，王晓升著，社会科学文献出版社 2009年版。
《现代中国小说十讲》，[美]王德威著，复旦大学出版社 2003 年版。
《想象中国的方法：历史·小说·叙事》，[美]王德威著，百花文艺出版社 2016 年版。
《写实主义小说的虚构：茅盾、老舍、沈从文》，[美]王德威著，复旦大学出版社 2011 年版。
《心灵的探寻》，钱理群著，北京大学出版社 1999 年版。
《新文学天穹两巨星：鲁迅与胡适》，易竹贤著，武汉大学出版社 2005 年版。
《"新月"及其重要作家》，陈敬之著，成文出版社 1980 年版。
《寻求跨中西文学的共同文学规律——叶维廉比较文学论文集》，温儒敏、李细尧编，北京大学出版社 1987 年版。
《杨宪益翻译研究》，辛红娟、马孝幸、吴迪龙等著，南京大学出版社 2018年版。
《伊格尔顿意识形态理论探要》，方珏著，重庆出版社 2008 年版。
《译介学导论》，谢天振著，北京大学出版社 2018 年版。
《译介学》（增订本），谢天振著，译林出版社 2013 年版。
《与鲁迅相遇：北大演讲录之二》，钱理群著，生活·读书·新知三联书店 2018 年版。·
《再读胡适》，欧阳哲生编，大众文艺出版社 2001 年版。
《在欧化与国粹之间：学衡派文化思想研究》，郑师渠著，北京师范大学出版社 2001 年版。
《拯救与逍遥》（修订本），刘小枫著，上海三联书店 2001 年版。
《政治的审美化与审美的政治化——现代性视野中的中英浪漫主义思潮》，张旭春著，人民出版社 2004 年版。

《知识分子立场——激进与保守之间的动荡》,李世涛主编,时代文艺出版社 2000 年版。
《知堂书话》,周作人著,钟叔河编,海南出版社 1997 年版。
《中法文学关系研究》,孟华著,复旦大学出版社 2011 年版。
《中国典籍在日本的流传与影响》,陆坚、王勇主编,杭州大学出版社 1990 年版。
《中国近代思想史上的胡适》,[美]余英时著,联经出版事业公司 1984 年版。
《中国人留学史话》,吴霓著,商务印书馆 1997 年版。
《中国文论的意象话语谱系》,徐扬尚著,中国社会科学出版社 2012 年版。
《中国文学翻译与研究在俄罗斯》,宋绍香编译,学苑出版社 2018 年版。
《中国文学中的世界性因素》,陈思和著,复旦大学出版社 2011 年版。
《中国现代社团文学史》,朱寿桐著,人民文学出版社 2004 年版。
《中国现代诗论》,杨匡汉、刘福春编,花城出版社 1986 年版。
《中国现代新诗的流变与建构》,林焕标著,广西师范大学出版社 2000 年版。
《中国现代学术之建立——以章太炎、胡适之为中心》,陈平原著,北京大学出版社 1998 年版。
《中国新文学俄苏传播与研究史稿》,宋绍香著,学苑出版社,2017 年版。
《中国自由主义文学论稿》,刘川鄂著,武汉出版社 2000 年版。
《中外文学交流史》,周发祥、李岫主编,湖南教育出版社 1999 年版。
《中西方文论话语比较研究》,李江梅著,人民出版社 2011 年版。
《中西文学与哲学宗教:兼评刘小枫以基督教对中国人的归化》,高旭东著,北京大学出版社 2004 年版。
《周作人自编文集》,周作人著,止庵校订,河北教育出版社 2002 年版。
《朱光潜:出世的精神与入世的事业》,钱念孙著,文津出版社 2005 年版。
《朱光潜美学文集》,朱光潜著,上海文艺出版社 1982 年版。
《朱光潜学术思想评传》,王攸欣著,北京图书馆出版社 1999 年版。
《自由守望——胡适派文人引论》,沈卫威著,上海文艺出版社 1997 年版。
《自由者梦寻——"现代评论派"综论》,倪邦文著,上海文艺出版社 1997 年版。
《自由主义之累:胡适思想的现代阐释》,欧阳哲生著,上海人民出版社

1993年版。

《宗白华美学思想研究》,王德胜著,商务印书馆2012年版。

《宗白华:文化幽怀与审美象征》,胡继华著,文津出版社2005年版。

《走向世界文学:中国现代作家与外国文学》,曾小逸编,湖南人民出版社1995年版。

四、思潮、历史与文学史类

《当代西方思潮词典》,王森洋、张华金主编,华东师范大学出版社1995年版。

《当代西方文艺理论》,朱立元主编,华东师范大学出版社2014年版。

《二十世纪欧美文学史》,张玉书主编,北京大学出版社1995年版。

《二十世纪西方文学史》,谢南斗等编著,南海出版公司2003年版。

《二十世纪中国思想史论》,许纪霖编,东方出版中心2000年版。

《二十世纪中国文学史》,[德]顾彬著,范劲等译,华东师范大学出版社2008年版。

《二十世纪中国文学史论》,王晓明主编,东方出版中心1997年版。

《20世纪日本文学史》,叶渭渠、唐月梅著,青岛出版社1998年版。

《20世纪中国文学通史》,唐金海、周斌主编,东方出版中心2003年版。

《简明日本近现代文学史教程》,徐明真著,北京语言大学出版社2007年版。

《剑桥中华民国史:1912—1949》,[美]费正清主编,杨品泉、刘敬坤等译,中国社会科学出版社1994年版。

《美国近代史述评》,董继民著,中国社会科学出版社2004年版。

《欧洲政治思想史》,高一涵著,东方出版社2007年版。

《日本大正时期政治思潮与知识分子研究》,陈秀武著,中国社会科学出版社2004年版。

《日本文学思潮史》,叶渭渠著,北京大学出版社2009年版。

《日本现代文学思潮史》,叶渭渠、唐月梅编著,中国华侨出版公司1991年版。

《世界近代史》,潘润涵、林承节著,北京大学出版社2000年版。

《西方美学史》,朱光潜著,人民文学出版社2004年版。

《西方社会思想史》,侯钧生著,南开大学出版社2007年版。

《西方文论思潮》,张玉能著,武汉出版社1999年版。

《西方文学史》,陈惇主编,四川人民出版社2003年版。

《西方文学思潮在现代中国的传播史》,张大明编著,四川教育出版社2001年版。
《西方现代社会思潮史》,顾肃、张凤阳著,山东教育出版社2004年版。
《西方政治思潮》,邵鹏著,知识产权出版社2008年版。
《西方政治思想史》(修订版),唐士其著,北京大学出版社2008年版。
《现代日本社会与社会思潮》,纪廷许著,中国社会科学出版社2007年版。
《现代西方文学思潮》,龚翰熊著,四川大学出版社1987年版。
《现代中国思想研究》,张汝伦著,上海人民出版社2001年版。
《中国比较文学百年史》,王向远著,中国社会科学出版社2013年版。
《中国当代文学史》,洪子诚著,北京大学出版社1999年版。
《中国当代文学史教程》,陈思和主编,复旦大学出版社1999年版。
《中国近代社会思潮》,高瑞泉主编,上海人民出版社2007年版。
《中国近代史》,王开玺主编,北京师范大学出版社2008年版。
《中国近代思想史论》,李泽厚著,人民出版社1979年版。
《中国近现代文学思潮史》,刘增杰、关爱和主编,上海文艺出版社2008年版。
《中国20世纪文学理论批评史》,黄曼君主编,中国文联出版社2002年版。
《中国文学批评史大纲》,朱东润著,上海古籍出版社2001年版。
《中国文学批评史》,罗根泽著,上海古籍出版社1984年版。
《中国文学批评史》,王运熙、顾易生主编,上海古籍出版社1985年版。
《中国现代思想史论》,李泽厚著,东方出版社1987年版。
《中国现代文学批评史》,温儒敏著,北京大学出版社1993年版。
《中国现代文学批评史新编》,许道明著,复旦大学出版社2002年版。
《中国现代文学三十年》(修订本),钱理群、温儒敏、吴福辉主编,北京大学出版社1998年版。
《中国现代文艺思潮史》,吴中杰著,复旦大学出版社1996年版。
《中国现代小说史》,[美]夏志清著,刘绍铭等译,复旦大学出版社2005年版。
《中国现代小说史》,杨义著,人民文学出版社1986年版。
《中国哲学史新编》,冯友兰著,商务印书馆2020年版。
《中国左翼文学思潮探源》,艾晓明著,北京大学出版社2007年版。
《自由主义基本理念》,顾肃著,中央编译出版社2003年版。

《自由主义》,李强著,中国社会科学出版社1998年版。
五、文集、全集类
《艾青诗全编》,艾青著,人民文学出版社2003年版。
《巴金全集》,巴金著,人民文学出版社1986年版。
《成仿吾文集》,成仿吾著,山东大学出版社1985年版。
《丰子恺文集》,丰子恺著,浙江教育出版社1992年版。
《郭沫若全集:文学编》,郭沫若著,人民出版社1984年版。
《胡适全集》,胡适著,安徽教育出版社2003年版。
《胡适文集》,胡适著,人民文学出版社1998年版。
《胡先骕文存》,胡先骕著,江西高校出版社1995年版。
《李金发诗集》,李金发著,四川文艺出版社1987年版。
《李叔同集》,李叔同著,东方出版社2008年版。
《梁实秋文集》,梁实秋著,鹭江出版社2002年版。
《梁宗岱文集》,梁宗岱著,中央编译出版社2003年版。
《林语堂名著全集》,林语堂著,东北师范大学出版社1994年版。
《鲁迅全集》,鲁迅著,人民文学出版社1981年版。
《梅光迪文录》,梅光迪著,辽宁教育出版社2001年版。
《欧阳予倩全集》,欧阳予倩著,上海文艺出版社1990年版。
《苏曼殊全集》,苏曼殊著,当代中国出版社2007年版。
《田汉全集》,田汉著,花山文艺出版社2000年版。
《闻一多全集》,闻一多著,湖北人民出版社1993年版。
《吴宓诗集》,吴宓著,商务印书馆2004年版。
《夏衍全集》,夏衍著,浙江文艺出版社2005年版。
《新编冰心文集》,冰心著,商务印书馆2008年版。
《徐志摩全集》,徐志摩著,天津人民出版社2005年版。
《郁达夫全集》,郁达夫著,浙江大学出版社2007年版。
《张资平代表作》,张资平著,华夏出版社1998年版。
《周作人全集》,周作人著,蓝灯文化事业股份有限公司1982年版。
《朱光潜全集》,朱光潜著,安徽教育出版社1993年版。
《宗白华全集》,宗白华著,安徽教育出版社1994年版。

六、传记、批评、创作类
《艾青论》,骆寒超著,浙江人民出版社1982年版。

《艾青传论》,杨匡汉、杨匡满著,上海文艺出版社1984年版。
《艾青论创作》,艾青著,上海文艺出版社1985年版。
《巴金传》,徐开垒著,上海文艺出版社1991年版。
《巴金论创作》,巴金著,上海文艺出版社1983年版。
《巴金评传》,陈丹晨著,花山文艺出版社1982年版。
《冰心传》,卓如著,上海文艺出版社1990年版。
《冰心论创作》,冰心著,上海文艺出版社1982年版。
《成仿吾传》,余飘、李洪程著,当代中国出版社1997年版。
《佛性文心:丰子恺》,汪家明编著,中国青年出版社1994年版。
《古道长亭:李叔同传》,吴可为著,杭州出版社2004年版。
《郭沫若传》,龚济民等著,北京十月文艺出版社1988年版。
《郭沫若论创作》,郭沫若著,上海文艺出版社1983年版。
《郭沫若新论》,刘茂林、叶桂生等著,社会科学文献出版社1992年版。
《胡适传论》,胡明著,人民文学出版社1996年版。
《胡适口述自传》,[美]唐德刚译注,华东师范大学出版社1993年版。
《胡适评传》,李敖著,中国友谊出版公司2000年版。
《老舍论创作》,老舍著,上海文艺出版社1980年版。
《李叔同传》,苏迅著,团结出版社1999年版。
《梁实秋传》,宋益乔著,百花文艺出版社2005年版。
《梁实秋批评文集》,梁实秋著,珠海出版社1998年版。
《梁宗岱批评文集》,梁宗岱著,李振声编,珠海出版社1998年版。
《林语堂传》,林太乙著,联经出版公司1991年版。
《林语堂批评文集》,林语堂著,珠海出版社1998年版。
《林语堂自传》,林语堂著,江苏文艺出版社1995年版
《鲁迅论创作》,鲁迅著,上海文艺出版社1983年版。
《鲁迅评传》,陈漱渝著,中国社会出版社2006年版。
《情痴诗僧吴宓传》,北塔著,团结出版社2000年版。
《人格的发展——巴金传》,陈思和著,上海人民出版社1992年版。
《世纪行吟:夏衍传》,陈坚、张艳梅著,浙江人民出版社2005年版。
《苏曼殊传》,邵盈午著,团结出版社1998年版。
《田汉论创作》,田汉著,上海文艺出版社1983年版。
《田汉评传》,何寅泰、李达三著,湖南人民出版社1984年版。

《闻一多传》,王康著,湖北人民出版社1979年版。
《闻一多传》,闻黎明著,人民出版社1992年版。
《无地自由——胡适传》,沈卫威著,安徽教育出版社2005年版。
《无法直面的人生——鲁迅传》,王晓明著,上海文艺出版社1993年版。
《夏衍传》,会林、绍武著,中国戏剧出版社1985年版。
《夏衍论创作》,夏衍著,上海文艺出版社1982年版。
《徐志摩传》,韩石山著,北京十月文艺出版社2001年版。
《郁达夫传》,郁云著,福建人民出版社1984年版。
《郁达夫自传》,郁达夫著,江苏文艺出版社2012年版。
《再造文明之梦:胡适传》,罗志田著,社会科学文献出版社2015年版。
《周作人传》,钱理群著,北京十月文艺出版社1990年版。
《周作人批评文集》,周作人著,珠海出版社1998年版。
《朱光潜批评文集》,朱光潜著,珠海出版社1998年版。
《资平自述》,张资平著,江苏文艺出版社2011年版。
《宗白华评传》,王德胜著,商务印书馆2001年版。

图书在版编目(CIP)数据

比较视域中的世界性与本土性:留学知识分子及其跨语际书写/娄晓凯著. —上海：复旦大学出版社,2021.10
ISBN 978-7-309-15857-1

Ⅰ.①比… Ⅱ.①娄… Ⅲ.①留学生-关系-中国文学-现代文学史-文学史研究 Ⅳ.①I209.6

中国版本图书馆CIP数据核字(2021)第167414号

比较视域中的世界性与本土性:留学知识分子及其跨语际书写
娄晓凯　著
责任编辑/宋启立

复旦大学出版社有限公司出版发行
上海市国权路579号　邮编：200433
网址：fupnet@fudanpress.com　http://www.fudanpress.com
门市零售：86-21-65102580　团体订购：86-21-65104505
出版部电话：86-21-65642845
上海盛通时代印刷有限公司

开本890×1240　1/32　印张11.625　字数271千
2021年10月第1版第1次印刷

ISBN 978-7-309-15857-1/I·1287
定价：65.00元

如有印装质量问题，请向复旦大学出版社有限公司出版部调换。
版权所有　　侵权必究